TOM WOOD

# Die Besucher

W0323120

GOLDMANN
Lesen erleben

*Buch*

Auf Jemima Talhoffer wartet der schlimmste Tag ihres Lebens. Es könnte ihr letzter sein …

Alles beginnt damit, dass zwei Fremde an Jems Tür klopfen, kurz nachdem ihr Mann zu einer Geschäftsreise aufgebrochen ist. Die beiden behaupten, vom FBI zu sein und Hinweise zu haben, dass Jems Mann Leo von einem Drogenkartell unter Druck gesetzt wird. Angeblich ist er seit geraumer Zeit in Geldwäsche-Aktivitäten verwickelt. Jem fällt aus allen Wolken. Während sie noch versucht, diese Informationen zu verarbeiten, erhält sie den Anruf eines FBI-Agenten, der sie ebenfalls zu Leo befragen will. Wie während des Telefonats deutlich wird, gehört das vermeintliche Ermittlergespann, das sich noch immer im Haus befindet, keineswegs zu seinen Kollegen. Jem vermutet, dass diese beiden Eindringlinge in Wahrheit dem Drogenkartell angehören und dass sie selbst und Leo in Todesgefahr sind. Sie versucht zu fliehen, doch so einfach ist es nicht, die zwei Besucher abzuschütteln …

Weitere Informationen zu Tom Wood sowie zu lieferbaren Titeln des Autors finden Sie am Ende des Buches.

Tom Wood

# Die Besucher

Thriller

Aus dem Englischen
von Leo Strohm

GOLDMANN

Die Originalausgabe erschien 2020 unter dem Titel
»A Knock at the Door«
bei Sphere,
an imprint of Little, Brown Book Group, London

Der Titel erschien in zahlreichen Ländern unter dem Pseudonym T. W. Ellis



Dieses Buch ist auch als E-Book erhältlich.

MIX
Papier aus verantwortungsvollen Quellen
FSC® C014496
FSC www.fsc.org

Verlagsgruppe Random House FSC® N001967

1. Auflage
Deutsche Erstveröffentlichung November 2020

Neumarkter Straße 28, 81673 München
Umschlaggestaltung: UNO Werbeagentur, München
Umschlagfoto: Composing (Schrabbel): FinePic®, München;
ganze U1 (Tür): Getty Images/Ralf Pollack/EyeEm
Redaktion: Gerhard Seidl
AB · Herstellung: ik
Satz: GGP Media GmbH, Pößneck
Druck und Bindung: GGP Media GmbH, Pößneck
Printed in Germany
ISBN: 978-3-442-49149-0
www.goldmann-verlag.de

Besuchen Sie den Goldmann Verlag im Netz

*Ein Klopfen an der Tür kann alles verändern. Vielleicht nicht, wenn du darauf eingestellt bist. Aber wenn du nicht damit rechnest, was dann? Da ist dieser Moment der Verblüffung, vielleicht sogar des Erschreckens, der deine gesamte Aufmerksamkeit in Beschlag nimmt. Wer taucht denn heutzutage noch unangemeldet irgendwo auf? Es ist eine Aufforderung, die sich nicht ignorieren lässt. Eine Frage, die nach einer Antwort schreit. Wer immer das sein mag, bringt er gute oder schlechte Nachrichten? Gibt er dir etwas, oder will er etwas von dir?*

*Ist er Freund oder Feind?*

# FRÜHER

*Im Sommer, auf dem Höhepunkt der Reisesaison, ist Rom eine sehr lebhafte Stadt, und zwar bis in die kleinsten Winkel. Diese Espressobar bildete da keine Ausnahme. Klein und eng, mit nackten Steinmauern und einer Gewölbedecke, lag sie versteckt in der Altstadt, und im Inneren war es nur unwesentlich kühler als draußen. Dafür sorgte schon die riesige Kaffeemaschine, die alle paar Sekunden ihren dampfenden, heißen Drachenatem ausstieß. Die Ventilatoren an der Decke brachten lediglich ein wenig Bewegung in den feuchten Dunst, mehr nicht. Aber das machte mir nichts aus. Der schimmernde Glanz auf meiner Haut gefiel mir. Ich war schon seit ein paar Wochen in Italien und hatte mich bis zu einem gewissen Grad akklimatisiert. Es gefiel mir, dass ich jeden Tag in Shorts und Sandalen losziehen konnte. Es gefiel mir, die übergroße Sonnenbrille und den Hut mit der Schlabberkrempe zu tragen. Ich kam mir vor wie verkleidet, ja, fast wie ein anderer Mensch. Nicht mehr länger eine ahnungslose New Yorkerin, sondern eine Pseudo-Europäerin. Ich war jetzt schon so lange unterwegs, dass die meisten Menschen, denen ich begegnete, nicht einmal errieten, wo ich aufgewachsen war. Aber jetzt musste ich wieder zurück, denn ich war pleite. Auf dem Weg dahin war ich kultiviert, braun gebrannt und weltgewandt geworden, aber vor allem langweilte ich mich inzwischen zu Tode.*

*Im Verlauf meiner Reise war ich den Kinderschuhen endgültig entwachsen, war ich eine ruhelose Erwachsene geworden.*

*Und leichtsinnig. Aber ich hatte einen Plan.*

*Ich hatte schon so viele schlechte Entscheidungen getroffen, dass ich nicht einmal mehr erkennen konnte, wenn schon die nächste im Entstehen war.*

*Er betrat die Bar.*

*Sein Gang wirkte so mühelos, seine Schritte federnd und leicht. Die italienische Sonne hatte seine Haut gebräunt und sein blondes Haar noch heller gemacht. Nach einem Blick auf seine Schuhe wusste ich, dass er kein Einheimischer war. Kein Italiener würde bei dieser Hitze solche festen Schnürschuhe tragen.*

*Ich beobachtete ihn von meinem kleinen, runden Tisch in der Ecke aus. Die Entfernung war kaum der Rede wert, weil die Espressobar so winzig war. Es gab überhaupt nur einige wenige Tische, weil die meisten Gäste nur einen Espresso bestellten, ihn im Stehen an der Bar hinunterkippten und für gewöhnlich nach einer Minute wieder draußen waren. Der Edelstahltresen wurde von den Baristas alle paar Minuten sauber gewischt, sodass er immer glänzte.*

*Zu Anfang hatten solche Bars mich eher eingeschüchtert, weil sie so anders waren als die entspannten Cafés, die ich aus meiner Heimat kannte. Aber jetzt konnte ich mir keinen besseren Ort denken, um zu sitzen und Menschen zu beobachten. Auf meinem Tisch lagen meine Handtasche, mein Reiseführer, das Buch, das ich versuchte zu lesen, mein Reisetagebuch, mein Hut und meine Sonnenbrille. Nur mit Mühe hatten das Wasserglas und die Espressotasse noch ein Plätzchen gefunden.*

*Mir gefällt die Vorstellung, dass dieses Chaos auch etwas Liebenswertes hatte.*

*Sein Italienisch war holperig oder lächerlich, je nachdem, ob ich großzügig oder eher grausam darüber urteilen wollte. Aber er versuchte es wenigstens und nahm nur deshalb wieder zu seinem Englisch Zuflucht, weil der Barista Mitleid mit ihm hatte und dem unwürdigen Schauspiel ein Ende bereitete.*

*Das war der Moment, als ich zum ersten Mal sein Lächeln sah.*

*Es wirkte so süß und unsicher, dass es mich unmittelbar anrührte. Es war, als hätte er keine Ahnung, wie attraktiv er war, wie schön er aussah, wenn er lächelte.*

*Natürlich wusste er das, anderenfalls wäre er ein Narr gewesen, doch die Macht seines Lächelns bestand gerade darin, diese Illusion der Unwissenheit hervorzurufen.*

*Vielleicht hatte er es geübt.*

*Ja, ich war zynisch.*

*Aber es war mir ohnehin gleichgültig. Ich fühlte mich bereits jetzt zu ihm hingezogen, und weil der einzige freie Tisch direkt neben mir stand, hatte ich meinen Stuhl möglichst dicht an den einen geschoben, den er unweigerlich nehmen würde, und zwar noch bevor er sich überhaupt nach einem Sitzplatz umgesehen hatte.*

*Als es so weit war, hatte ich mich natürlich bereits in mein Buch vertieft.*

*Es war eine dieser fast schmerzhaft tiefgründigen Schilderungen einer Reise zum Selbst, zu persönlichem Wachstum und Frausein.*

*Nach genau solch einer Reise sehnte ich mich auch, aber bis jetzt ohne Erfolg.*

*Er ließ sich Zeit für die kurze Strecke zwischen der Bar und dem Tisch. Vielleicht war ihm nicht ganz wohl dabei, dass er mir so nahe kommen musste. Vielleicht befürchtete er, dass ich das als Belästigung empfinden könnte.*

*Ich hatte schon Angst, dass er umkehren und seinen Kaffee wie ein Einheimischer an der Bar zu sich nehmen könnte. Darum hob ich den Blick und schenkte ihm ein scheues, freundliches Lächeln.*

*Er entspannte sich und stellte seine Tasse auf den Nachbartisch, nur um beim Hinsetzen mit dem Knie dagegenzustoßen. Der Kaffee schwappte aus seiner Tasse und bildete auf der Tischplatte eine kleine, dampfende Pfütze.*

*Er schnaufte. »Sehr elegant.«*

*»Machen Sie sich keine allzu großen Vorwürfe«, erwiderte ich. »Ihre Beine sind viel zu lang für diese winzigen Tische.«*

*»Aus der Entfernung haben sie größer ausgesehen.«*

*Er wollte aufstehen, um ein paar Servietten zu holen, doch ich gab ihm eine Packung Papiertaschentücher aus meiner Handtasche.*

*»Hier«, sagte ich.*

*Er bedankte sich und wischte die verschüttete Flüssigkeit auf, so gut es eben ging. Dabei schüttelte er ununterbrochen den Kopf, als hätte er einen unverzeihlichen Fehler begangen.*

*»Das war Rettung in höchster Not.«*

*»Sie wissen ja noch nicht, wie viel ich für die Taschentücher verlange.«*

*Er lächelte und reichte mir die Hand. »Ich heiße Leo.«*

*Ich schlug ein. »Jem.«*

*Er wusste bereits, dass ich aus den Vereinigten Staaten stammte, darum sagte er: »Was führt Sie nach Rom?«*

*»Das ist eine lange Geschichte.«*

*»Eine interessante Geschichte?«*

*»Das kann ich selbst nicht beurteilen, aber vielleicht verraten Sie es mir, wenn ich fertig bin.«*

*Er sagte: »Sie wollen diese Geschichte also tatsächlich einem Wildfremden erzählen?«*

*»Sind wir denn wirklich Fremde?«*

*Er lächelte erneut. »Jetzt nicht mehr.«*

## *8.01 Uhr*

Meine erste Erinnerung an diesen Tag besteht darin, dass Leo durch die Küche schwebt und einen Hauch von Duschgel und Shampoo hinter sich herzieht. Saubere, kräftige Düfte. Das Parfüm kommt erst kurz vor der Abreise. Er sucht etwas und summt dabei vor sich hin, sodass meine Vorbereitungen von einer liebenswerten, wenn auch ziemlich schrägen musikalischen Untermalung begleitet werden.

Er findet, was er gesucht hat – Manschettenknöpfe, die er neben das Waschbecken gelegt hat, um mit nassen Haaren und ungekämmt eine hastige Tasse Kaffee zu schlürfen –, und geht auf dem Rückweg hinter mir vorbei.

»Das ist doch völliger Quatsch«, sagt er nach einem Blick über meine Schulter.

Ich weiß genau, was er vorhat, und ignoriere den Köder.

»Wenn du das sagst, dann muss es ja stimmen«, gebe ich zurück. Mein Tonfall ist genauso unschuldig wie ein dicker, kleiner Rauschgoldengel.

Er stößt ein unzufriedenes Murren aus, heiser und kehlig. Er hätte sich gerne noch ein bisschen mit mir gekabbelt, aber er ist zu spät dran, um noch länger zu verweilen und einen aussichtslosen Kampf zu kämpfen.

Genauso schnell, wie er gekommen ist, ist er auch wieder verschwunden, aber ich weiß, dass er sich jetzt, während er letzte Vorbereitungen trifft, überlegt, wie er sich revanchieren kann. Wir spielen ein endloses Spiel, einzig und allein mit dem Ziel, den anderen auszustechen, und das mit sehr viel Begeisterung und Ausdauer. Im Grunde genommen ist es ein Duell, wenn auch ein sehr sanftes – wir spielen ja und kämpfen nicht –, und eines ohne Verlierer, weil das Spiel an sich einfach viel zu viel Spaß macht.

Ich muss lächeln, bin zugleich erfreut über meinen kleinen Sieg und gespannt auf seinen unausweichlichen Konter nach seiner Rückkehr. Ich ermahne mich innerlich, nicht allzu überheblich zu werden, weil ich eines unserer guten Samuraimesser in der Hand halte und mir auf keinen Fall versehentlich einen Finger abtrennen will. Ich muss mich auf meine Aufgabe konzentrieren, und die lautet: eine dicke Avocado zu halbieren, sie in meiner Hand zu drehen und den Stein zu umkreisen. Ich trenne die beiden Hälften und empfinde dabei eine unverhältnismäßig große Befriedigung, weil es wenig Befriedigenderes gibt, als eine Avocado zu teilen und festzustellen, dass sie nicht nur reif, sondern perfekt ist. Es gibt Menschen, die behaupten, so etwas nur durch Druck auf die Schale feststellen zu können, aber falls diese Gabe überhaupt existiert, besitze ich sie nicht. Ich kann lediglich einen ungefähren Reifegrad bestimmen, und selbst dann ist es immer noch denkbar, dass die Frucht eine Druckstelle hat oder irgendwo oxidiert ist. Daher ist der erste Schnitt immer eine Lotterie. Man muss bereit sein zu spielen, um zu wissen, ob man gewonnen oder verloren hat.

In diesem Fall habe ich den Jackpot geknackt.

Nicht ein einziger dunkler Fleck ist zu sehen. Nicht einmal ein Hauch von Oxidation. Das Fruchtfleisch ist weich, aber nirgendwo schwammig. Ich spieße den Stein mit der Messerspitze auf, drehe ihn und ziehe daran. Mühelos löst er sich aus dem Fleisch. Mein Magen zollt mir mit ermutigendem Knurren Beifall.

Ich beeile mich, so gut ich kann, versichere ich ihm.

Leo muss einen siebten Sinn haben, oder er hat heimlich vor der Küchentür genau auf diesen Moment gewartet, jedenfalls taucht er jetzt plötzlich wieder auf.

»Ganz ehrlich, das ist vollkommener Blödsinn«, wiederholt er seinen Satz, aber dieses Mal schwebt er nicht an mir vorbei, sondern bleibt stehen, während er seine Krawatte zu einem oft geübten Windsorknoten bindet. Seine Stimme klingt jetzt kräftiger, entschiedener, weil er, im Gegensatz zu vorhin, keine beiläufige Beobachtung mehr äußert, sondern eine konkrete Absicht verfolgt.

Ich gönne ihm einen schnellen Blick. »Suchst du etwas Bestimmtes, oder willst du bloß ein bisschen flirten?«

»Wenn ich mit dir flirten wollte, würde ich mir nicht die Krawatte binden«, entgegnet er mit einem schiefen Lächeln. »Dann würde ich sie mir vom Hals reißen.«

Ich lege das Messer weg und drehe mich um die eigene Achse, lehne mich mit dem Rücken an die Arbeitsplatte und halte mich mit beiden Händen daran fest.

»Und warum machst du es nicht?«, hauche ich und blicke ihm tief und bedeutungsschwanger in die Augen. »Ich gehöre ganz dir.«

Seine Wangen laufen rot an, während er ein paar unverständliche Worte nuschelt, bevor er einen frustrierten Schrei ausstößt.

»Was ist denn los mit dir?«, frage ich ihn.

Er zeigt mit dem ausgestreckten Finger auf mich. *»Du«*, stößt er hervor und lächelt dabei. »Du bist los.«

Ich klimpere mit den Augenlidern. »Was willst du denn damit sagen?«

Mit offenem Mund steht er da, still und stumm. Dann tippt er mit demselben Finger auf seine Armbanduhr und weicht zurück, erneut geschlagen.

Kühle Morgenluft weht mir entgegen, als ich auf die Terrasse trete und meine Tomatenpflanzen inspiziere. Es sind mehr als ein Dutzend, alle groß und kräftig, weil der Sommer sie mit Wärme umhüllt und ich sie gewissenhaft gegossen habe. Doch jetzt zeigen sich bereits die ersten Vorboten des Herbstes, und sie werden allmählich gelb, erleben die Tragödie der einjährigen Pflanzen. Bald werden sie abgestorben sein. Es sind alles Setzlinge, die ich aus Samenkörnern gezogen und zu Beginn des Frühjahrs eingepflanzt habe. Die Samen stammen aus der letztjährigen Ernte, und ich habe jeden einzelnen im Haus liebevoll so lange keimen lassen, bis die Triebe stark genug waren, um im Freien zu überleben. Keine Pestizide. Keinerlei Chemikalien. Auch wenn die Tomaten dadurch vielleicht nicht die größten geworden sind, sie sind doch zu einhundert Prozent biologisch und unfassbar köstlich. Wer noch nie eine selbst gezüchtete Tomate gegessen hat, weiß nicht, wie Tomaten wirklich schmecken.

Es dauert ein paar Minuten, bis ich zwischen den dichten Blättern die reifsten Früchte entdeckt und eine Handvoll davon gepflückt habe. Ich gehe zurück in die Küche und spüle sie schnell ab. Nur ein paar Sekunden unter dem laufenden Wasserhahn, mehr ist nicht nötig. Wie gesagt: bio.

In einer Edelstahlpfanne erhitze ich ein paar Tropfen kalt gepresstes Kokosnussöl – selbstverständlich auch bio – und gebe die Avocadostücke, die immer noch auf dem Schneidbrett liegen, dazu. Ein paar Minuten später folgen die halbierten Tomaten, gefolgt von etwas Himalajasalz, Chiliflocken und frisch geriebenem Pfeffer. Es duftet himmlisch.

Ich versuche, mich gesund zu ernähren, aber welchen Sinn hätte ein ewiges Leben ohne Brot? Ich schneide ein paar dicke Scheiben von dem krustigen Laib ab, den ich gestern auf dem Bauernmarkt gekauft habe – Sauerteig, Vollkorn und mit allen möglichen Körnern gespickt. Es ist weich und knusprig zugleich.

Leo kommt noch einmal in die Küche und unternimmt einen

letzten Versuch, wenigstens ein Unentschieden zu erreichen. Allerdings weiß ich, dass er in wenigen Minuten das Haus verlassen muss, sodass ich ihn praktisch mühelos besiegen kann. Ich habe fast ein schlechtes Gewissen deswegen … aber nur fast.

Er tut jetzt auch gar nicht mehr so, als würde er etwas suchen, sondern steuert ohne Umschweife das Ziel an, das er schon zweimal verfehlt hat.

Er zeigt auf mein Frühstück. »Genau das meine ich. Avocado und Tomaten. Beides ist ja eigentlich Obst, stimmt's? Und du willst das auf dein getoastetes Brot legen. Das heißt, du isst Obst-Toast zum Frühstück. Das ist doch Unfug.«

»Es schmeckt köstlich, und das weißt du auch.«

»Ein Hamburger-Eis wäre vermutlich auch eine Geschmackssensation, aber trotzdem würde ich es niemals probieren.«

Ich seufze. Es ist ein übertrieben mitleidiges Seufzen, in dem ein großer Anteil Enttäuschung mitschwingt.

»Das ist alles? Mehr kriegst du nicht zustande?«

Er knurrt: »Na ja, du hast mich ja gleich beim ersten Mal abgewürgt. Und beim zweiten Mal auch.«

»Zu einfach will ich es dir auch nicht machen, sonst würde sich doch die Mühe gar nicht lohnen.«

Er beugt sich vor und küsst mich auf den Hals. »Ich tue alles, was nötig ist, um deine Aufmerksamkeit zu bekommen.«

»Wenn du meine Aufmerksamkeit haben möchtest«, flüstere ich ihm ins Ohr, »dann weißt du genau, was du tun musst.«

*»Jemima Talhoffer«*, erwidert er in perfektem Schuldirektorentonfall. »*Das* kommt nicht infrage.«

»Seit wann bist du eigentlich so langweilig?«

»Nur, falls du es vergessen haben solltest, aber dein dich liebender Ehemann muss sehr bald schon ein Flugzeug besteigen.« Sein Lächeln könnte Gletscher zum Schmelzen bringen. »Und außerdem, weil du das offensichtlich schon vergessen hast: Ich war schon immer langweilig. Es hat dir bisher nur nichts ausgemacht.«

»Ja, genau«, erwidere ich. »Weil du nämlich *das* gemacht hast, wenn ich dich darum gebeten habe.«

»Damals hatte ich eben noch mehr Zeit. Hast du vielleicht meine Manschettenknöpfe gesehen?«

»Du trägst sie schon.«

Er richtet den Blick auf seine Handgelenke und schüttelt den Kopf. »Pfff.«

Ich scheuche ihn zur Küche hinaus. »Wage es ja nicht, deinen Flug zu verpassen.« Dann rufe ich ihm nach: »Ich erwarte, dass du mir auch weiterhin das Leben bietest, an das ich mich inzwischen gewöhnt habe.«

Er ruft irgendetwas zurück, aber ich habe bereits das Radio eingeschaltet, weil ich ein wenig musikalische Unterhaltung haben möchte, während ich meine Frühstücksvorbereitungen zu Ende bringe und mich an den Küchentisch setze, um meine Kreation zu verspeisen.

Der Tisch ist zu groß für uns beide, aber das gilt auch für das ganze Haus. Es hat mehr Zimmer, als Leo und ich je brauchen werden, und genau das ist der Sinn der Sache. Wir haben es mit der Vorstellung, ja, mit dem festen Vorhaben gekauft, die Leere zu füllen. Wir haben monatelang nach dem perfekten Ort, der perfekten Schule, dem perfekten Viertel, der perfekten Straße und dem perfekten Heim gesucht. Wir haben so viel Zeit damit verbracht, jeden einzelnen Aspekt zu bedenken, dass wir nicht eine Sekunde lang darüber nachgedacht haben, dass das alles schiefgehen könnte, bevor es überhaupt begonnen hat.

Mein Obstbrot schmeckt köstlich, aber aus irgendeinem Grund lässt es mich vollkommen kalt, und ich kann nicht weiteressen. Ich will diesen einen, kleinen Teller auf einem Tisch, der Platz für so viele Teller bietet, nicht leeren.

Leo sagt: »Ich bin fast fertig, und jetzt habe ich noch eine ganze Minute, um dich mit meiner Zuneigung zu überschütten.«

Zuerst nehme ich seine Worte gar nicht wahr, weil meine Gedanken beinahe automatisch an diesen dunklen Ort abgedriftet sind, der mir so vertraut ist. Es dauert einen Moment, bis sie zu mir durchdringen und mich aus dieser Leere ziehen. Ich habe keine Ahnung, wie lange ich dort verweilt habe. Es kommt mir vor wie wenige Sekunden, aber es könnte auch sehr viel länger gewesen sein.

Ich stehe auf und sehe ihn an, sodass er mich in seine Arme schließen kann. Er fühlt sich nach den morgendlichen Aktivitäten warm an, sicher und stark.

Er wirft einen Blick auf mein angefangenes Frühstück. »Hast du keinen Hunger?«

Ich schüttele den Kopf. »Weniger, als ich dachte.«

Er sieht mich an, und ich kenne diesen Blick nur zu genau. »Hast du gut geschlafen?«

Eine unschuldige Frage in unschuldigem Tonfall, und doch schwingen in diesem einen, kleinen Satz so viele Fragen mit, dass die Antworten den ganzen Vormittag in Anspruch nehmen würden. Es geht nicht nur darum, ob ich gut geschlafen habe, sondern auch darum, ob ich genug geschlafen habe. Hatte ich Albträume? Bin ich müde? Geht es mir gut? Wird mein Schlaf Einfluss auf meinen Tag haben? Meine Stimmung? Bin ich deswegen womöglich niedergeschlagen? Bin ich so deprimiert, dass ich mich wieder ins Bett legen werde? Werde ich den ganzen Nachmittag über weinen? Werde ich ihn anrufen und ihn anflehen, nach Hause zu kommen, weil ich ohne ihn nicht zurechtkomme? Wird er dann so schnell wie möglich zurückkommen, nur um festzustellen, dass ich bester Laune bin, weil meine Stimmung einmal mehr gekippt ist? Bekomme ich aus heiterem Himmel einen Wutanfall, nur weil ich all diese negativen Gedanken irgendwie loswerden muss? Gibt es eine Rettung für mich? Werde ich ihn mit dieser grausamen, schrecklichen Krankheit irgendwann endgültig vertreiben?

All diese Fragen und noch mehr lassen sich zu einer einzigen zusammenfassen, und das ist die, die er mir in Wirklichkeit stellt: Kann er mich immer noch lieben?

Ich lächele. Das Lächeln beherrsche ich so gut, dass ich manchmal sogar vergesse, dass es gar nicht echt ist. »Wie ein Baby.«

Erleichtert erwidert er mein Lächeln. Er kann mich also noch ein bisschen länger lieben.

Ich verfüge über ein ganzes Arsenal an Metaphern, um die Wahrheit zu verschleiern: geschlafen wie ein Baby, wie ein Murmeltier, wie eine Tote, wie eine ägyptische Mumie, wie schwer betrunken, wie ein normaler Mensch …

Er streckt die Hand aus und schnappt sich meine halb gegessene Toastscheibe. »Dann hast du bestimmt nichts dagegen …« Er nimmt einen großen Bissen und kaut laut, weil er, ganz egal, was er vorhin noch behauptet hat, seinen Flug auf keinen Fall verpassen will. »Du hast recht«, sagt er. »Schmeckt wirklich köstlich.«

Ich nicke nur, ohne jede spitze Bemerkung. Ein Hab-ich-doch-gleich-gesagt würde mich nicht zufriedenstellen.

»Ich rufe dich an, sobald ich gelandet bin«, sagt Leo und will mir einen Abschiedskuss geben, etwas Leidenschaftliches, etwas, woran ich mich noch eine Weile erinnern werde.

Wir stoßen mit den Zähnen aneinander.

Wir lachen.

Ich sage: »Also, wenn das kein Zeichen ist, dass du dich auf den Weg machen sollst, dann weiß ich auch nicht.«

Er reibt sich mit dem Finger über die Schneidezähne. »Komm, wir probieren es noch mal.«

Wir küssen uns, dieses Mal mit mehr Erfolg. Seine Hände liegen auf meinen Hüften und meine auf seinen Schultern. Er war schon immer ein guter Küsser und gibt sich auch jetzt noch, nach all den Jahren, viel Mühe. Trotzdem fällt mir auf, dass ich die Augen schon aufschlage, bevor wir fertig sind.

Er merkt es nicht.

Er tritt einen Schritt zurück und fragt: »Wie sehe ich aus?«

Dann dreht er sich einmal um die eigene Achse wie eine Ballerina, allerdings eine sehr plumpe.

»Absolut, voll und ganz, unübersehbar … passabel.«

Er runzelt die Stirn, aber er weiß, dass das ein Scherz war. Er braucht mich nicht, um zu wissen, dass er im Anzug attraktiv aussieht – viel zu attraktiv –, und bei der Vorstellung, dass er unweigerlich Aufmerksamkeit auf sich ziehen wird, spüre ich, wie die Eifersucht in mir aufflackert. In unserer Anfangszeit habe ich mich regelmäßig darüber amüsiert, dass er die interessierten Blicke anderer Frauen überhaupt nicht bemerkt hat. Das hat mir ein gutes Gefühl gegeben, in Bezug auf mich selbst und in Bezug auf uns. Aber jetzt kommt es mir vor, als sei das alles schon sehr lange her. Jetzt habe ich Angst, dass er die Blicke vielleicht doch bemerkt und anfängt, auch diese jungen, fruchtbaren Wesen mit Interesse zu mustern.

Ich werfe einen Blick auf die Uhr. »Du musst los, Kumpel.«

»Oha, du hast recht.«

Er greift nach seinem Koffer, und ich begleite ihn bis zur Tür. Es ist kalt, und ich schlinge die Arme um den Oberkörper, während ich ihn in sein Auto steigen sehe.

»Tschüs«, ruft er mir zu, als er hinter dem Lenkrad sitzt.

Ich winke ihm zu, während er die Einfahrt entlangfährt, und er sieht mich durch den Seitenspiegel an. Ich kann seinen Blick nicht recht deuten.

Ist das Traurigkeit?

Bedauern?

Ich nehme die Hand erst herunter, als er nicht mehr zu sehen ist.

Fünf Minuten später klopft es an der Haustür.

Nichts wird wieder so sein wie zuvor.

## 8.18 Uhr

In diesen wenigen Minuten zwischen Leos Abfahrt und dem Klopfen an der Tür gehe ich in die Küche, um ein wenig aufzuräumen, doch dann sitze ich mit einem Mal wieder am Tisch, fühle mich schwer und erschöpft. Milchige Sonnenstrahlen strömen zum Fenster über der Spüle herein und umhüllen mein Gesicht. Das gebrochene Licht fühlt sich hell und warm an. In diesem Augenblick kann ich mich beinahe davon überzeugen, dass ich nichts sonst brauche. Nichts als diesen Mann, dieses Leben, dieses Haus.

Ich müsste eigentlich dankbar sein für alles, was ich habe, und nicht zornig über das, was ich nicht habe.

Die Schönheit des Hauses ist atemberaubend, beziehungsweise wird es sein, sobald alles fertig ist. Das stattliche, alte Ding ist ziemlich heruntergekommen, und ich bin seit dem Tag unseres Einzugs mit Renovierungsarbeiten beschäftigt. Zu Anfang war es ein Hobby, ein leidenschaftliches Projekt, aber irgendwann ist es dann zu einer Art Medizin geworden. Wobei – Medikamente verlieren mit der Zeit ihre Wirkung, nicht wahr? Wir brauchen immer mehr, entwickeln Resistenzen, und irgendwann verlieren sie jegliche Wirkung.

Jetzt ist das Haus zu einem Alibi für meine Abschottung geworden, zu einem Anlass, mich von der Welt zurückzuziehen. Ich habe eigentlich nie Zeit, mich mit einer Bekannten auf einen Kaffee zu verabreden, weil immer irgendwo eine Fußleiste ausgetauscht werden muss. Nie kann ich ein Wochenende für einen Kurzurlaub frei machen, weil ich im Baumarkt die Wandfarbe für das Arbeitszimmer abholen muss. Aber nichts wird fertig. Jedes Zimmer ist und bleibt unvollendet.

Wir wissen beide, was da wirklich vor sich geht, aber es war ein langer und sehr zäher Lernprozess. In seiner allumfassenden Vollkommenheit hat Leo niemals gedacht, dass er sich mit meinen Problemen würde befassen müssen. Er weiß gar nicht, wie er das anstellen sollte, und da ich inzwischen eine so hervorragende Schauspielerin geworden bin, gibt es auch in aller Regel gar keinen Anlass dafür. Ich habe mich so sehr daran gewöhnt, meine Angst zu verbergen, dass er keine Ahnung hat, wie sehr mich allein ein Gang zum Gemüseladen unter Stress setzt. Er hat keine Ahnung, dass ich manchmal, noch bevor ich zu Hause ankomme, am Straßenrand anhalte und laut schreie oder weine, um mich anschließend wieder so im Griff zu haben, dass ich mit einem strahlenden Lächeln vorfahren kann. Ich habe immer Augentropfen, Feuchttücher und Schminke im Handschuhfach. Und ich weiß nicht, ob ihm klar ist, dass ich das Haus wahrscheinlich nie mehr verlassen würde, müsste ich nicht regelmäßig meinen Kurs unterrichten.

So, wie ich es sehe, haben wir nur eine begrenzte Kapazität, um mit Stress fertigzuwerden. Und es spielt keine Rolle, ob diese Kapazität durch ein einziges, riesiges Trauma oder viele kleine in Beschlag genommen wird.

Sobald das Fass überläuft, gibt es Probleme.

Dann kommen wir nicht mehr klar.

Leo ist ein guter Mensch, und diese Jem ist nicht die Jem, für die er sich entschieden hat, nicht die Jem, die er geheiratet hat, mit der er den Rest seines Lebens verbringen wollte. Wir leiden beide, und es ist ihm gegenüber nicht fair, dass ich mehr leide, dass ich so viel mehr brauche als er. Er ist immer noch Leo. Er ist immer noch genau derselbe Leo, in den ich mich verliebt habe, der ohne eine Sekunde zu zögern »Ja« gesagt hat. Er hat sich kein bisschen verändert. Meine größte Angst ist die, dass ihm eines Tages klar wird, dass er mich nicht mehr erkennt. Ich tue alles, was in meiner Macht steht, um die Maske des Ichs, das er will, am Leben zu erhalten, um ihm nicht mein wahres Ich zu offenbaren.

Unser Haus steht einsam und allein am Ende einer einspurigen Asphaltstraße. Die Vorbesitzer haben uns gesagt, dass hier ursprünglich noch mehr Häuser geplant gewesen seien, dass eigentlich ein kleiner Vorort hätte entstehen sollen. Doch dann hatte sich das Ganze anscheinend als komplizierter Steuerbetrug vonseiten des Bauträgers herausgestellt. Ich habe mich nie gründlich damit beschäftigt, daher kann ich auch nicht mit letzter Sicherheit sagen, ob das wirklich stimmt. Es ist mir auch egal. Das Haus steht jedenfalls allein auf weiter Flur, und genau das habe ich damals gewollt. Ich wollte Ruhe und Frieden und genügend Platz zum Spielen für die Kinder. Die Jem von heute ist der Jem von damals sehr, sehr dankbar dafür, weil die Jem von heute mit Nachbarn nämlich absolut nicht zurechtkäme, weil sie unmöglich ständig lächeln, ständig belanglose Gespräche führen könnte.

*Wie geht es dir heute?*

*Grässlich, und dir?*

*Ähh, ich, ähh …*

Nein, danke. Das bin ich nicht.

Wenn man an der Kreuzung nach links abbiegt, dann kommt man auf eine Landstraße, die irgendwann auf den Interstate Highway führt. In den fünf Jahren, seit wir hier wohnen, bin ich die Strecke vielleicht ein halbes dutzend Mal gefahren. In der Zeit, in der ich eine Fläche von fünfzig Quadratkilometern abgegrast habe, ist Leo zweimal um den Globus gereist. Ich bin die ultimative Stubenhockerin geworden, nie um eine Ausrede verlegen. Dann sage ich Sachen wie: »Ich habe hier doch alles, was ich brauche«, und es ist schon etliche Jahre her, seitdem er das letzte Mal versucht hat, mich zu einer Auslandsreise zu bewegen. Er bittet mich schon lange nicht mehr, ihn auf einer seiner vielen Geschäftsreisen zu begleiten.

Leo weiß natürlich, was ich mit dem Haus mache ... beziehungsweise nicht mache. Er sagt nichts dazu, und das wäre auch sinnlos. Was soll er denn sagen? Ich würde es schlicht und einfach abstreiten, würde alles so rational begründen, dass er am Schluss meinen Lügen Glauben schenken würde.

Er will, dass das Haus fertig wird, weil er sich so sehr wünscht, dass ich endlich etwas Neues ausprobiere. Aber nach meiner Erfahrung ist das Neue gar nicht unbedingt so großartig, wie alle immer behaupten. Vertrautheit bedeutet Sicherheit. Routine bedeutet geistige Gesundheit. Und ich brauche beides.

Das ist auch der einzige Grund, weshalb ich noch arbeite. Zum Glück bin ich selbstständig, sodass ich mich nicht gegenüber irgendeinem Chef verantworten muss. Es gibt niemanden, der mich feuern kann, nur weil ich meinen Verpflichtungen nicht nachgekommen bin.

Jetzt, wo ich an die Arbeit gedacht habe, fällt mir ein, dass ich noch duschen muss. Ich bin immer noch verschwitzt und zerzaust nach dem Frühkurs, aber ich stinke nicht – hoffe ich zumindest! Nach einer Stunde mit intensiven Dehnübungen habe ich immer einen Bärenhunger. Die Ahnungslosen glauben ja, dass Yoga ganz leicht ist, aber wenn man es richtig macht, ist es anstrengender als jedes andere Fitnesstraining. Man spürt es noch Tage danach, und nicht bloß in den Armen oder Beinen oder was man sonst gerade trainiert hat, sondern überall. Jeden einzelnen Muskel. Jede Sehne. Ich kenne kein Erbarmen mit meinen Teilnehmerinnen. Ich bin ein Monster. Ich genieße diese Rolle, und sie kommen in meinen Kurs, weil sie genau so jemanden brauchen. Auch wenn es nur eine Rolle ist. Dieses Monster, das bin nicht ich. Das bin ich mit einer furchterregenden Maske. Ich habe Mitleid mit denen, die meinen Kurs besuchen und dann in aller Hast ins Büro oder nach Hause müssen, um für ihre kreischende Brut das Frühstück zuzubereiten.

Als Leo weg ist, legt sich eine drückende Stille über unser Haus.

Dann durchbricht das Klopfen an der Tür diese Stille.

Es ist das kräftige Klopfen einer starken Hand.

Ich beeile mich, weil ich davon ausgehe, dass es Leo ist. Nicht eine Sekunde komme ich auf die Idee, es könnte jemand anderes sein. Hätte ich das geglaubt, ich wäre mit angehaltenem Atem am Küchentisch sitzen geblieben und hätte mich nicht von der Stelle gerührt. Ich kann keinem Fremden die Haustür öffnen. Ich weiß nicht einmal mehr, wann ich dies das letzte Mal versucht habe.

Während ich also den Flur entlangeile, stelle ich mir vor, wie Leo mit pochendem Herzen und leicht geröteten Wangen zurückgekommen ist, weil er seinen Reisepass oder die Auslandswährung oder irgendeinen Brief, ein Dokument, eine Bestellung vergessen hat. Er klopft deshalb so laut, weil er denkt, dass ich unter der Dusche stehe und ihn sonst nicht hören kann. Deshalb hat er auch gar nicht erst angerufen. Er hat den Motor laufen lassen, darum hat er den Hausschlüssel nicht dabei. Der baumelt nämlich an seinem Schlüsselbund neben der Lenksäule.

Kopfschüttelnd gelange ich bis ins Foyer und muss ein bisschen grinsen. Wie kann es sein, dass Leo einerseits so scharfsinnig, so schlau ist, aber gleichzeitig so vergesslich und unorganisiert. Er ist ein wandelnder Widerspruch, und deswegen liebe ich ihn noch ein bisschen mehr.

Jetzt klopft er noch einmal, lauter als zuvor. Er bearbeitet die Haustür mit der Faust.

»Ist ja gut, Mr. Sommelier«, rufe ich. »Ich komm ja schon, ich komme …«

Ich stoße ein paar orgasmische Seufzer aus, einen lauter als den anderen, je näher ich der Tür komme. Ich möchte albern sein, möchte ihn zum Lächeln bringen, trotz des Stresses, den er empfinden muss, weil er irgendetwas vergessen hat.

*»Ich komme«*, stöhne ich ein letztes Mal, während ich die Tür aufmache. Doch da steht nicht Leo. Da stehen zwei ernst dreinblickende Gestalten in dunklen Anzügen. Ein Mann. Eine Frau.

Die frischen Biotomaten, die ich vorhin gepflückt habe, waren weniger rot als mein Gesicht in diesem Augenblick.

Mein Mund ist wie ausgedörrt. Meine Kehle ist rau wie Sandpapier.

»Ich, also … ähh …«

»Komme?«, ergänzt der ernste Mann.

»Tut mir leid«, stammele ich mühsam und presse mit aller Kraft ein wenig Luft durch meine eng gewordene Luftröhre. »Das … also, das tut mir leid. Ich dachte, Sie wären jemand anderes.«

Die ernste Frau greift in die Innentasche ihrer Jacke und holt eine lederne Brieftasche heraus. Sie klappt sie mit einer beiläufigen Bewegung auf, einer Bewegung, die sie schon mindestens tausend Mal gemacht hat, daran kann es keinen Zweifel geben.

»Ich bin Agentin Wilks«, verkündet sie mit kräftiger, selbstsicherer Stimme. »Und das ist Special Agent Messer. Wir müssen mit Ihnen über Ihren Ehemann sprechen, Mrs. Talhoffer. Dürfen wir reinkommen?«

## 8.19 Uhr

Ich starre die glänzende FBI-Dienstmarke mit dem kleinen Foto von Agentin Wilks daneben an.

Sie sieht aus wie Ende vierzig und hat einen gebieterischen Gesichtsausdruck. Akkurat geschnittene, kurze blonde Haare. Grüne Augen. Messer ist ziemlich massig, zehn Jahre jünger als sie und besitzt ein quadratisches Gesicht sowie kurze schwarze Haare. Er ist auch ein wenig blasser als sie, ein bisschen gestutzter und gepflegter. Gerade jung genug, um Feuchtigkeitscreme zu benutzen, ohne das als Angriff auf seine Männlichkeit zu begreifen.

Ich bin eine gute, gesetzestreue Bürgerin, die nichts zu verbergen hat, und trotzdem ist mir dieser Besuch unangenehm. Ich fühle mich gedemütigt. Ich möchte diese beiden Menschen nicht in mein Haus lassen, aber es sind FBI-Agenten. Da kann ich doch nicht nein sagen, oder? Ich komme nicht einmal auf den Gedanken, sie zuerst um eine Erklärung zu bitten. Ich ordne mich sofort unter, lasse mich von ihren Dienstausweisen und ihrer Autorität augenblicklich einschüchtern.

Ohne ihnen in die Augen zu sehen, nicke ich und sage: »Okay.«

Ich halte ihnen die Tür auf, und sie treten ein, beide mit demselben roboterhaften Gang. Wahrscheinlich gibt es beim FBI für alles einen Kurs, auch für das Gehen.

»Bitte, gehen Sie durch«, sage ich.

Ich bin in erster Linie verwirrt.

Warum um alles in der Welt will das FBI mit mir über Leo sprechen?

Das Gute an der Peinlichkeit, die ich empfinde, ist, dass sie meine Angst überlagert. Schlagartig bin ich geheilt, wenn auch nur vorübergehend.

Ich folge ihnen durch den Flur bis ins Wohnzimmer. Dort drehen sie sich um und starren mich an. Meine Verlegenheit legt sich allmählich, weil ich mit jeder Sekunde ein bisschen neugieriger werde. Warum sind sie hier?

Sie stehen mit strengen Mienen und strengen Anzügen dicht nebeneinander. Messer ist groß und breit und wirkt allein dadurch schon einschüchternd, aber Wilks besitzt eine unglaubliche Selbstsicherheit, die mir genauso sehr den Wind aus den Segeln nimmt. Ich nehme an, sie ist die Ranghöhere, da sie auch die Ältere ist. Aber ich kenne mich beim FBI nicht so gut aus, dass ich sagen könnte, ob die beiden gleichberechtigte Partner sind oder in einem hierarchischen Verhältnis zueinander stehen. Ausnahmsweise bedaure ich jetzt, dass ich nicht mehr Zeit vor dem Fernseher verbringe.

»Sie haben ihn gerade verpasst«, sage ich. »Er ist vor wenigen Minuten weggefahren.«

Wilks erwidert: »Können wir uns vielleicht setzen?«

Ich zucke mit den Schultern. »Sicher.«

Ich setze mich auf die Lehne des nächstbesten Sessels, während Wilks und Messer sich für das Sofa entscheiden, das neben ihnen steht. Es ist ein Dreisitzer, sodass sie bequem darauf Platz finden. Sie lehnen sich nicht an. Sie entspannen sich nicht. Hier geht es um etwas Ernstes.

»Mrs. Talhoffer …«

»Nennen Sie mich Jem, bitte. Ich weiß gar nicht, wieso ich Leos Nachnamen angenommen habe, obwohl ich ihn so hasse. Na ja, hassen ist vielleicht ein bisschen übertrieben, aber …«

Wilks signalisiert mit einem höflichen Nicken, dass sie meine Vorbehalte zur Kenntnis genommen hat. »Jem, ich hoffe, Sie können uns bei unseren Ermittlungen behilflich sein. Es geht um einen Geldwäscher-Ring, dem wir schon seit einiger Zeit auf den Fersen sind.«

Noch nie haben meine Augenbrauen so perfekte Bogen gebildet. »Ein Geldwäscher-Ring? Ich weiß ja nicht einmal, wie Geldwäsche überhaupt funktioniert, ganz zu schweigen in einem ganzen Ring.« Da fällt mir etwas ein. Ich habe keine Ahnung, woher der Gedanke kommt, aber ich sage: »Fällt das nicht in die Zuständigkeit des Finanzamts? Müsste dann nicht eigentlich der Secret Service die Ermittlungen führen?«

Messer übernimmt. »Der Secret Service ist für Falschgeld zuständig. Geldwäsche fällt in den Zuständigkeitsbereich des FBI. Sonst wären wir nicht hier.«

Sein Tonfall wird gegen Ende ein wenig herablassend, was allem Anschein nach nicht abgesprochen war, jedenfalls wirft Wilks ihm einen tadelnden Blick zu.

»Aber was hat Leo mit Geldwäsche zu tun?«

Wilks erwidert: »Mrs. Talhoffer – Entschuldigung, Jem –, wir glauben, dass eine kriminelle Organisation den Weinhandel Ihres Mannes benutzt, um Drogengeld zu waschen. Sie werden mir sicherlich zustimmen, dass das eine sehr ernst zu nehmende Angelegenheit ist. Daher ist es von großer Bedeutung, dass Sie unsere Fragen so präzise und ausführlich wie nur möglich beantworten. Haben Sie das alles verstanden?«

Ich verstehe die Wörter, aber ich kann nicht glauben, was ich da gerade gehört habe. »Drogengeld …?«

Wilks nickt.

»Leos Geschäft?«

Wilks nickt.

»Eine kriminelle Organisation benützt Leo, um Drogengeld zu waschen? Also, ein Drogenkartell? Das kann ich nicht glauben. Das glaube ich nicht. Das würde er niemals machen, niemals, glauben Sie mir.«

Meine Stimme wird mit jedem Wort lauter.

Wilks beugt sich etwas dichter zu mir. »Wir glauben nicht,

dass Ihr Mann aus freien Stücken in diese Sache verwickelt ist. Darum wollten wir zunächst mit Ihnen sprechen, bevor wir uns an Ihren Mann wenden. Wir haben Grund zu der Annahme, dass er zur Mitarbeit in dieser Organisation gezwungen wird.«

»Die erpressen ihn? Aber wie? Warum?« Ich schüttele den Kopf. »Wie sollen sie denn Leo dazu zwingen, für sie zu arbeiten?«

Wilks und Messer sehen mich an, als wäre das doch offensichtlich.

»Ich?«

»Leo tut, was er tun muss, um Sie zu beschützen«, erläutert Wilks.

Messer äußert sich ein bisschen weniger feinfühlig. »Wenn er sich nicht genau an das hält, was diese Leute von ihm verlangen, dann beauftragen die irgendwelche anderen Leute damit, Sie zu töten. Und wir reden hier nicht über einen sauberen, schmerzlosen Kopfschuss. Das sind skrupellose Männer. Grässliche Menschen. Der Abschaum des Abschaums.«

Die Stille legt sich so schwer und drückend über den ganzen Raum, dass ich das Gefühl habe, er könnte jeden Moment zusammenbrechen und mich unter sich begraben. Ich weiß nicht, was ich sagen soll, darum sage ich: »Ich weiß nicht, was ich sagen soll.«

Wilks gibt sich alle Mühe, eine mitfühlende Miene aufzusetzen. »Wir wissen natürlich, dass das sehr schwer zu verkraften ist.«

»Nehmen Sie's mir nicht übel, aber das können Sie unmöglich wissen.« Ich senke den Blick und ringe die Hände im Schoß. »Mein Tag hat gerade erst angefangen, und da tauchen Sie hier auf und lassen diese Bombe platzen. Ich hab ja noch nicht mal geduscht.«

Wilks und Messer schweigen, während ich versuche, mit dem Schock fertigzuwerden. Da fällt mir etwas ein.

»Haben Sie extra gewartet, bis Leo weggefahren ist?«

Für einen kurzen Moment sehen sie aus wie zwei Schulkinder, die dabei erwischt worden sind, wie sie Steine geschmissen oder Süßigkeiten geklaut haben.

Ich frage: »Wie lange spionieren Sie uns schon nach?«

»Wir haben an der Kreuzung gestanden und gewartet«, erwidert Wilks. »Wir haben Leo vorbeifahren lassen, und eine Minute später haben wir uns auf den Weg gemacht. Wir haben Sie nicht ausspioniert, Jem.« Sie lächelt. »Dafür haben wir gar nicht genügend Leute.«

Ich nehme an, das Lächeln ist Teil einer taktvoll-behutsamen Strategie, aber das, was sie mir gerade eröffnet haben, war weder taktvoll noch behutsam, darum lächele ich nicht.

»Ist Leo in Gefahr?«

»Nein, nein«, stößt Wilks hastig hervor. »Er hat einen unersetzlichen Wert für diese kriminelle Organisation …«

»Warum sagen Sie nicht einfach Kartell?«

»Aufgrund seines Geschäfts ist Leo ein essenzieller Bestandteil dieser Organisation. Ihm droht keinerlei Gefahr, und genau dabei wollen wir es auch belassen. Darum sind wir ja zuerst zu Ihnen gekommen.«

Messer fügt hinzu: »Wir wollen Leo nicht ansprechen, für den Fall, dass er beobachtet wird.«

»Soll das heißen, dass das Kartell ihn beschatten lässt?«

»Das soll heißen, dass wir das für möglich halten.«

»Aber dann würden sie doch bestimmt das Haus hier bewachen, oder nicht?«

Noch bevor ich meine Frage zu Ende gebracht habe, schüttelt Wilks den Kopf. »Das haben sie gar nicht nötig. Sie wissen, wo er wohnt, wo Sie wohnen, und das reicht ihnen. Aber wenn er nicht hier ist, wenn er für diese Leute arbeitet, dann steht er ständig unter Beobachtung.«

»Wie können Sie das alles wissen?«

»Das ist unser Job«, erwidert Wilks mit einer unerschütterlichen Selbstgewissheit, wie ich sie noch nie empfunden habe, nicht einmal ansatzweise. »Wir wissen, wie diese kriminellen Organisationen – diese Kartelle – funktionieren. Bitte, glauben Sie uns.«

Ich stelle fest, dass ich irgendwann im Verlauf des Gesprächs von der Sessellehne auf den Sitz gerutscht sein muss. Wobei, gerutscht klingt vielleicht zu elegant. Ich bin geplumpst, bin zusammengebrochen.

»Sie versprechen mir, dass Leo nichts zustoßen wird?«

»Ich schwöre«, versichert Wilks mir im Brustton der Überzeugung.

»Also gut.« Ich atme tief ein und nicke. »Also gut. Was wollen Sie wissen? Auch wenn ich keine Ahnung habe, wie ich Ihnen überhaupt behilflich sein kann. Schließlich habe ich gerade erst von alledem erfahren.«

Messer übernimmt. »Wir glauben, dass Leo auf seiner letzten Europareise in Rom war, um sich dort mit dem für Europa zuständigen Kartellvertreter zu treffen. Wir glauben, dass Leo von diesem Mann bestimmte Informationen bekommen hat: Kontonummern, Passwörter, Unternehmen auf der ganzen Welt. Scheinfirmen, Jem, hinter denen sich das Kartell verbirgt. Wir glauben, dass Leo Zugang zu ihrer globalen Finanzinfrastruktur erhalten hat. Diese Informationen könnten für unsere Ermittlungen einen gewaltigen Fortschritt bedeuten. Ohne Übertreibung kann ich sagen, dass wir mit diesen Beweisen unter Umständen das gesamte Kartell auf einen Schlag erledigen können.«

»Aber warum sollten sie ihm so wichtige Informationen überhaupt anvertrauen?«

»Weil er sich bereits als vertrauenswürdig erwiesen hat«, erklärt mir Wilks. »Er ist schon lange als Geldwäscher tätig. Ein paar Tausend hier, Hunderttausend da. Er ist zuverlässig. Er ist berechenbar. Und er ist noch mehr als das: Überall dort, wo sie schmutzig sind, ist seine Weste vollkommen unbefleckt.«

»Außerdem«, fügt Messer hinzu, »sind Sie das perfekte Druckmittel. Leo kann diese Leute nicht hintergehen. Er kann sich nicht weigern.«

»Ich habe wirklich keine Ahnung von alledem«, sage ich. »Auch wenn ich wünschte, es wäre anders.«

»Das erwarten wir auch gar nicht. Aber vielleicht wissen Sie ja, wo Leo diese Informationen aufbewahrt. Er hat vielleicht eine externe Festplatte oder einen USB-Stick bekommen. Irgendetwas, was einen Kopierschutz besitzt und keine Verbindung zum Internet hat. Leo würde selbstverständlich sehr sorgfältig darauf achtgeben. Haben Sie vielleicht mitbekommen, dass er versucht hat, etwas zu verstecken?«

Ich zucke mit den Schultern und schüttele den Kopf. »Ich interessiere mich eigentlich nicht für Leos Geschäfte. Ich weiß wirklich nicht, ob er ein paar USB-Sticks aus Rom mitgebracht hat oder nicht. Wie auch?«

Wilks und Messer wechseln einen Blick, den ich nicht deuten kann. Wilks macht den Mund auf und will etwas sagen, aber in diesem Augenblick klingelt ein Telefon in der Küche. Für einen kurzen Moment glaube ich, dass es mein Handy ist, das immer noch neben meinem Teller auf dem Küchentisch liegt. Aber es ist das Festnetztelefon. Das Klingeln kommt mir fremd vor, weil kaum jemand diese Nummer anruft.

»Ich gehe lieber mal ran«, sage ich und bin dankbar für die Möglichkeit, den Raum verlassen und ein bisschen verschnaufen zu können.

Wilks ist sich unsicher, doch dann nickt sie und steht auf. »Falls das Leo sein sollte«, sagt sie, »dann erzählen Sie ihm bitte nichts von unserem Gespräch.«

Ich runzele die Stirn.

»Bis wir fertig sind«, fügt sie hinzu. »Bitte, um seinetwillen.«

Ich schenke ihr ein lahmes Nicken und gehe in die Küche. Es ist garantiert nicht Leo, der würde mich auf meinem Handy anrufen. Wer ruft heutzutage überhaupt noch auf dem Festnetzanschluss an? Niemand, oder?

Als hätte ich nicht schon genug zu verarbeiten, frage ich mich jetzt auch noch, wer um alles in der Welt so früh am Morgen hier anrufen könnte.

Die Antwort auf diese Frage wird alles verändern.

## *8.26 Uhr*

Immer noch benommen von all dem, was Wilks und Messer mir gerade eröffnet haben, erreiche ich das Wandtelefon in der Küche. Genau wie das Öffnen der Tür gehört auch das Annehmen eines Telefonanrufs nicht unbedingt zu meinen Stärken. Für gewöhnlich kann ich die Nummer des Anrufers auf meinem Handydisplay sehen, und wenn ich sie nicht kenne, gehe ich nicht ran. Aber Wilks und Messer haben meine Gedanken auf eine wilde Achterbahnfahrt geschickt, sodass mein Gehirn gerade mit völlig anderen Dingen beschäftigt ist. Meine persönlichen Probleme haben sich in den Hintergrund zurückgezogen.

Eine Angststörung ist ein lähmendes Leiden ohne äußere Symptome. Ich sehe normal aus. Ich benehme mich sogar normal. Ich kann meine Ängste so gut verstecken, dass die wenigsten etwas davon mitbekommen. Selbstvertrauen lässt sich vortäuschen. Innere Ruhe lässt sich vortäuschen. Ein Lächeln ist eine Maske, die jedem Menschen zur Verfügung steht, und ich konnte schon immer sehr gut lächeln.

Leo möchte verstehen. Er hat es weiß Gott versucht, aber wenn selbst ich meine Gefühle nicht verstehen kann, ganz zu schweigen von den Ursachen, wie soll er das dann können?

Ich verstehe es nicht.

Früher war ich nicht so. Und wenn ich eines Tages mit dieser Erkrankung aufgewacht wäre, hätte ich sie bestimmt beheben können. Ich hätte gewusst, dass es da irgendwo ein Problem geben muss. Aber so entstehen Angststörungen nun mal nicht. Man sieht sie nicht kommen. Man weiß nicht, dass man darunter leidet, und zwar so lange, bis der Schaden bereits entstanden ist und man sich in einem Teufelskreis aus negativen Gedanken und Gefühlen befindet, die sich ununterbrochen gegenseitig bestärken, einem endlosen Strudel der Trübsal.

Wenn es gut läuft, dann halten einen die Mitmenschen für launisch, abweisend, nervtötend, unkommunikativ oder unhöflich. Sie wissen nicht, dass im Inneren etwas nicht stimmt, weil äußerlich ja alles in Ordnung ist.

Es fällt mir schon ohne all das wirre Zeug über Leo und irgendwelche Drogenkartelle schwer, den Vormittag zu überstehen, aber aus einem unerfindlichen Grund scheint genau das meine eigentlichen Probleme in den Hintergrund zu drängen. Jedenfalls fühle ich mich wie benommen, ja, fast wie ein anderer Mensch.

Und so ist auch der Anruf eines Unbekannten ausnahmsweise nichts, was mich aus der Bahn wirft.

Mein anderes Ich greift also zum Hörer und sagt: »Hallo?«

Nach einer kurzen Stille ertönt eine Männerstimme. »Mrs. Talhoffer?«

Eine tiefe Stimme. Ein ernster Tonfall.

»Ja«, sage ich, während ich mit den Gedanken weit weg bin.

»Mrs. Jemima Talhoffer?«

»Hier gibt es nur eine Mrs. Talhoffer, das kann ich Ihnen versichern. Wer ist da?«

Die tiefe Stimme erwidert: »Mrs. Talhoffer, bitte entschuldigen Sie, dass ich Sie so aus heiterem Himmel anrufe. Ich bin Agent Carlson. Ich arbeite für das Federal Bureau of Investigation und möchte Sie bitten, sich ein paar Minuten Zeit zu nehmen und mir einige Fragen über Ihren Ehemann Leo zu beantworten. Es ist sehr wichtig.«

Ich bin nicht in der Stimmung, meine Zeit zu vergeuden, auch wenn es nur ein paar Minuten sind. »Stimmen Sie sich denn gar nicht mit Ihren Kollegen ab?«

Carlson sagt: »Wie bitte, was? Das verstehe ich nicht.«

»Ich bin heute schon von mehr als genug FBI-Agenten zu meinem Mann befragt worden, und dabei ist es noch nicht einmal 9 Uhr.«

»Wie bitte, was?«, wiederholt Carlson.

»Ich bitte Sie, tun Sie meiner geistigen Gesundheit und dem US-amerikanischen Steuerzahler einen Gefallen und koordinieren Sie Ihre Ermittlungen. Ich setze voraus, dass Sie meine Gereiztheit nachvollziehen können. Dieser Vormittag ist eine Katastrophe, und ich bin auch nur ein Mensch.«

»Mrs. Talhoffer, ich fürchte, ich ...«

»Und warum sind Sie eigentlich alle immer so förmlich? Nennen Sie mich Jem, um alles in der Welt. Schreiben Sie's auf einen Zettel. Legen Sie ihn in die Akte. Sagen Sie allen anderen Agenten Bescheid. Und wenn Sie schon dabei sind, dann sagen Sie ihnen auch gleich, dass ich nicht einmal Jemima genannt werden möchte. Kurz gesagt: Ich. Heiße. Jem.«

»Jem«, erwidert Carlson. »Ich weiß nicht, was Sie mir sagen wollen.«

»Holen Sie sich noch einen Kaffee, Carlson, weil Sie den nämlich brauchen werden. Ich will Ihnen sagen, dass zwei Ihrer Kollegen gerade in meinem Wohnzimmer sitzen und mir Fragen über Leo stellen, über sein Geschäft, über kriminelle Organisationen und Informationen auf irgendwelchen USB-Sticks. Also alles das, was Sie mich gleich fragen wollen. Aber ich bin nicht bereit, meine kostbare Zeit zu verschwenden, indem ich das alles jetzt noch einmal wiederhole. Warten Sie den Bericht ab oder rufen Sie nachher Ihre Kollegen an oder machen Sie das, was Sie normalerweise in so einer Situation tun würden.«

Schweigen. Und dann: »Sie haben zwei FBI-Agenten bei sich zu Hause? Jetzt in diesem Moment?«

»Genau das habe ich gerade gesagt. Einen Mann und eine Frau. Wilks und Messer.«

Erneutes Schweigen folgt, und meine Worte klingen mir noch in den Ohren. Ich habe ein schlechtes Gewissen, weil ich ihn so schroff angefahren habe. Das bin nicht ich.

»Es tut mir leid«, sage ich zu Carlson. »Ich bin im Moment etwas überreizt, und was ich gerade über Leo erfahren habe, ist nur schwer zu verkraften. Trotzdem hätte ich nicht so kurz angebunden sein dürfen. Es tut mir wirklich sehr, sehr leid.«

Gibt es eigentlich einen Satz, den Frauen öfter sagen als: »Es tut mir leid«?

Carlsons Tonfall wird sehr feierlich. »Hören Sie mir jetzt sehr genau zu, Jem. Außer mir gibt es keinen einzigen FBI-Agenten, der sich für die Geschäfte Ihres Mannes interessiert.«

Ich wiederhole Carlsons Worte von vorhin: »Wie bitte, was?«

»Das ist mein Fall, Jem. In diesem Stadium der Vorermittlungen ist niemand anderes beteiligt. Ich stehe ganz am Anfang. Und zwar alleine.«

Es gibt so viele Fragen, die ich ihm stellen möchte, aber ich bekomme nicht mehr heraus als: »Aber Wilks und Messer …«

»Wer immer dieser Mann und diese Frau zu sein behaupten, sie arbeiten nicht für das Bureau.«

Mein Herz rast so schnell, dass mein ganzer Körper anfängt zu zittern.

Carlson fährt fort: »Die Einzigen, die wissen können, was Sie mir gerade erzählt haben, sind ich selbst, Ihr Mann und seine Geschäftspartner.«

Mir wird kalt. Eiskalt.

»Sie haben mir ihre Dienstausweise gezeigt.«

»Jem«, fängt Carlson an. »Die Ausweise sind eine Fälschung. Wie gesagt: Es gibt beim FBI außer mir niemanden, der darüber Bescheid weiß. Jem, wer immer diese Leute zu sein vorgeben, sie haben Sie angelogen.«

## *8.29 Uhr*

Wilks und Messer sind keine FBI-Agenten.

Aber was sind sie dann?

Schon bevor ich meine Frage zu Ende gedacht habe, habe ich sie bereits beantwortet. Carlson hat es ja gesagt: Es gibt nicht viele Menschen, die über Leos Aktivitäten Bescheid wissen.

Wilks und Messer sind Leos Geschäftspartner.

Das Kartell.

*Wenn er sich nicht genau an das hält, was diese Leute von ihm verlangen, dann beauftragen die irgendwelche anderen Leute damit, mich zu töten.*

»Ich will Ihnen wirklich keine Angst machen«, sagt Carlson, »aber Sie müssen sofort aus dem Haus verschwinden.«

Zu spät, möchte ich sagen.

Ich habe bereits Todesangst, höre aber nur mit halbem Ohr hin, weil mir klar wird, dass Wilks zu mir in die Küche gekommen ist.

Ich war so auf Carlsons Worte fixiert, dass ich sie überhaupt nicht gehört habe.

»Sie schweben in größter Gefahr, Jem«, höre ich Carlson sagen, während ich den Blick starr auf die näher kommende Wilks gerichtet habe. »Legen Sie auf und verlassen Sie das Haus. Rufen Sie das Bureau an, sobald Sie in Sicherheit sind, dann hole ich Sie ab. Ganz egal, wo Sie stecken, ich komme zu Ihnen. Ich bringe Sie in Sicherheit, das schwöre ich. Aber jetzt, Jem, jetzt müssen Sie flüchten. Sie müssen verschwinden, und zwar auf der Stelle, Sie müssen …«

»Ist schon gut, Mom«, sage ich und versuche, die Angst aus meinem Gesicht zu verbannen. »Ich rufe dich später zurück. Muss los.«

Irgendwie schaffe ich es, den Hörer auf die Gabel zu legen, ohne dass er mir aus den zitternden Fingern rutscht.

»Ist alles in Ordnung?«, erkundigt sich Wilks mit ihrer strengen, emotionslosen Stimme.

Ich habe keine Ahnung, wie lange sie schon in der Küche ist. Ich habe keine Ahnung, was sie alles gehört hat.

Sie steht dicht vor mir, und hinter mir befindet sich die Wand. Ich kann nirgendwo hin.

Ich sitze in der Falle.

Ich muss an das Pistolenhalfter unter ihrer Jacke denken. Die Waffe ist immer noch dort. Ihre Hände, die schlaff an ihren Seiten baumeln, sind leer.

Wie lange noch?

Doch trotz der unterschwelligen Drohung, die in ihrer Anwesenheit mitschwingt, ist sie kein bisschen aggressiv. Sie hat also nichts Konkretes gehört. Sie hat nur das gehört, was ich gesagt habe. Sie weiß nicht, wer am Telefon war. Sie kann nicht wissen, was Carlson zu mir gesagt hat.

Messers Worte gehen mir durch den Kopf: *Genügend Beweise, um das gesamte Kartell auf einen Schlag erledigen zu können.*

Deshalb sind sie hier. Deshalb stellen sie mir all diese Fragen, das wird mir jetzt schlagartig klar. Sie wollen die Informationen sichern, die Leo über sie gesammelt hat. Sie *brauchen* diese Informationen. Ich verstehe zwar nicht, warum, aber irgendetwas muss sich geändert haben.

Carlson, natürlich. Sie haben gemerkt, dass ihnen jemand auf den Fersen ist. Und Leo. Sie wollen sich die Informationen wiederbeschaffen, bevor sie gegen sie verwendet werden können. Ich verstehe zwar nicht, wieso sie dann zu mir kommen und nicht gleich zu Leo, aber das spielt im Moment keine Rolle, nicht wahr? Ich muss von hier verschwinden, genau wie Carlson gesagt hat. Die Antworten können warten.

Ich zwinge mich, ganz normal auszusehen. Zum Glück ist das eines der Dinge, die ich wirklich gut kann. Das weiß ich. Wie gesagt, ein Lächeln ist eine Maske, die jedem Menschen zur Verfügung steht. Anderen Menschen ist vielleicht nicht klar, wie ermüdend es ist zu lächeln, wenn man es nicht spürt, wenn man eigentlich das genaue Gegenteil empfindet. Ja, es ist sehr anstrengend, aber ich habe so viel Übung darin, dass ich es auf der Stelle anknipsen kann und weiß, dass es funktioniert.

Ich lächele und rolle kopfschüttelnd mit den Augen, verlegen, als würde ich mich in einer Zwickmühle befinden.

»Meine Mutter …«, sage ich.

Bei diesen Worten scheint Wilks sich ein wenig zu entspannen. Sie wirkt beruhigt, überzeugt. Sie hat keinen Grund, an meinen Worten zu zweifeln. Soweit es sie betrifft, bin ich immer noch brauchbar. Immer noch unwissend. Immer noch keine Gefahr.

»Wir haben eine komplizierte Beziehung«, fahre ich fort. Irgendwie purzeln die Wörter aus meinem Mund, und ich bin erstaunt, wie stimmig es klingt. Ich hatte keine Ahnung, dass ich zu so etwas in der Lage bin. »Sie … also, wollen Sie wirklich, dass ich Ihnen unsere Mutter-Tochter-Beziehung schildere?«

Wilks erwidert: »Ich fürchte, wir haben drängendere Probleme zu lösen.«

Ich drehe die geöffneten Handflächen nach oben. »Ich verstehe. Ehrlich gesagt würde ich auch lieber über Leo und Geldwäsche sprechen als über meine geliebte Mama.«

Wilks verzieht die Lippen, was vermutlich so etwas wie ein Lächeln darstellen soll. Sie hat nichts Liebenswürdiges an sich, und als mir das klar wird, erkenne ich, dass das Kartell zwei ganz bestimmte Persönlichkeiten geschickt hat, um dieses Problem aus der Welt zu schaffen. Zwei Persönlichkeiten, die es nicht gewohnt sind, freundlich zu sein. Zwei Persönlichkeiten, die nicht einmal in der Lage sind, Freundlichkeit zu heucheln.

Der Abschaum des Abschaums, wie Messer selbst gesagt hat.

Ich schlucke. Meine Kehle ist schon wieder staubtrocken. Ich zeige auf die Türöffnung, in das Wohnzimmer, zu Messer. »Sollen wir weitermachen?«

Wilks nickt. »Wir werden Sie nach Möglichkeit nicht mehr allzu lange belästigen.«

»Kein Druck«, sage ich. »Ich bin froh, wenn ich Ihnen helfen kann.«

Es ist verblüffend, wie leicht einem die Lügen über die Lippen kommen, wenn man Angst um sein Leben hat.

Sie geht mit müden Schritten voraus. Im Flur angekommen sehe ich, dass Messer im Wohnzimmer steht und in unsere Richtung blickt. Er sieht besorgt aus, hat eine fragende Miene aufgesetzt. Ich kann Wilks' Gesicht nicht sehen, aber Messer entspannt sich und setzt sich wieder hin.

Als Wilks fast schon durch die Tür ist, sage ich: »Ich muss noch mal schnell auf die Toilette«, und gehe die Treppe hinauf.

Wilks bleibt stehen. Dreht sich um. »Gibt es denn hier unten keine?«

»Der Wasserkasten ist kaputt«, sagte ich beiläufig und ohne

mich umzublicken, weil ich befürchte, dass meine Lüge den direkten Augenkontakt nicht überstehen würde. Doch genau dieses Ausweichmanöver scheint eine willkommene Nebenwirkung zu entfalten und meiner Aussage noch mehr Glaubwürdigkeit zu verleihen. Warum sollte ich versuchen, jemanden von der Wahrheit zu überzeugen?

Am oberen Treppenende angelangt riskiere ich einen kurzen Blick nach unten und sehe Wilks von hinten, als sie ins Wohnzimmer geht. Sie hat es mir abgekauft.

Mein Herz hämmert wie wild. Eine Treppe ist für mich wirklich keine körperliche Herausforderung, aber das Adrenalin, das durch meine Adern tobt, bewirkt, dass ich ziemlich außer Atem oben ankomme. Ich muss mich so sehr zusammenreißen, um die Angst, die sich in meinem Inneren aufstaut, nicht nach draußen zu lassen, dass mein Körper sich anfühlt wie kurz vor der Explosion.

Trotzdem habe ich jetzt ein bisschen Zeit, ein wenig Spielraum gewonnen.

Aber was soll ich damit anfangen?

## 8.32 Uhr

Es war ein Fehler, dass ich nach oben gegangen bin. Ich habe zwar etwas Abstand zu Wilks und Messer gewonnen, aber dafür muss ich mich jetzt gegen das verzweifelte Gefühl wehren, in eine Falle getappt zu sein und dadurch alles noch schwieriger und noch gefährlicher gemacht zu haben. Ich hatte keine Wahl. Wie hätte ich denn Wilks und Messer erklären sollen, dass ich das Haus verlassen will, so wie Carlson es mir nahegelegt hat? Sie hätten jedes Wort sofort als billige Ausrede durchschaut. Nur ein bisschen frische Luft schnappen zu wollen und mir gleichzeitig die Autoschlüssel aus der Schale neben der Tür zu schnappen, das hätte niemals funktioniert.

Ich habe keinen Plan, aber ich muss mir einen zurechtlegen.

Und zwar schnell.

Ein paar Minuten habe ich wohl. Falls Wilks nicht sowieso schon misstrauisch geworden ist – aber wenn das so wäre, hätte sie mich gar nicht erst nach oben gehen lassen –, dann hat sie keinen Grund zu der Annahme, dass ich hier oben etwas anderes vorhabe, als zu pinkeln. Was das Ganze noch schlimmer macht, ist die Tatsache, dass ich tatsächlich pinkeln muss. Aber das muss warten. Ich kann es mir nicht erlauben, wertvolle Zeit zu vergeuden.

Ich trage immer noch meine Yogasachen. Soll ich schnell in etwas Praktischeres schlüpfen? Aber was? Ich weiß es nicht. Meine Gedanken überschlagen sich. Keine Zeit, mich umzuziehen. Wozu auch? Das Einzige, was jetzt zählt, ist, von hier zu verschwinden.

Aber wie?

Das Haus hat zwei Stockwerke. Ich bin zwar einigermaßen fit und kräftig, aber alles andere als eine Bergziege. Wenn ich jetzt versuche, die Regenrinne hinabzuklettern, dann stürze ich garantiert ab und breche mir das Genick, im besten Fall verstauche ich mir den Knöchel. Was womöglich auf dasselbe hinausläuft, sobald Wilks und Messer mitbekommen, was ich vorhabe. Mit nur einem gesunden Fuß kann ich ihnen unmöglich entkommen, und einer Kugel schon gar nicht.

Die Garage! Die hat nur ein Geschoss. Ich könnte auf das Garagendach klettern und von dort auf die Erde. Das ist nicht einfach, aber möglich. Machbar.

Aber zuerst öffne ich behutsam und so leise wie nur möglich die Badezimmertür, dann haste ich zum Waschbecken und drehe einen Wasserhahn auf. Als ich wieder nach draußen gehe, knalle ich die Tür bewusst ins Schloss. Ich glaube zwar nicht, dass der laufende Wasserhahn Wilks oder Messer lange hinhalten wird, wenn sie sich entschließen nachzusehen, aber vielleicht kostet es sie ein paar wenige Sekunden, und ich habe das schreckliche Gefühl, dass jede Sekunde zählt.

Das Fenster des Arbeitszimmers zeigt zur Garage hinaus, deshalb ist das mein nächstes Ziel. Behutsam setze ich meine nackten Füße auf, um möglichst wenig Lärm zu machen. Ich weiß, welche Dielen knarren, darum vermeide ich sie. Wir machen die Türen im Haus grundsätzlich nicht zu – Badezimmer ausgenommen –, darum brauche ich keine quietschenden Türangeln zu befürchten, als ich ins Arbeitszimmer husche. Falls ich das hier unbeschadet überstehe, dann bade ich jede einzelne Angel in Öl.

Falls …

Das Arbeitszimmer ist eigentlich für uns beide gedacht, aber nur Leo nutzt es mit einer gewissen Regelmäßigkeit. Für meine Tätigkeit reichen ein paar Tabellen und E-Mails vollkommen aus, darum arbeite ich mit dem Laptop immer dort, wo es mir gerade passt. Oft zum Beispiel draußen auf der Terrasse. Das Arbeitszimmer ist also so etwas wie Leos Domäne geworden, und darum ist es unordentlich. Nicht chaotisch, aber eben auch nicht aufgeräumt. Der Schreibtisch ist viel zu vollgepackt. In den Regalen stehen zu viele Aktenkisten, auf dem Fenstersims zu viele Fettpflanzen und Kakteen.

Er hat ihnen allen einen Namen gegeben. Noch vor fünf Minuten fand ich es irgendwie niedlich, dass er eine ganze Armee von Pflanzen auf seinem Fensterbrett stehen und jede einzelne auf den Namen irgendeines unbedeutenden Folksängers aus den Siebzigern getauft hat: Terry, Zachariah, Jethro, Moonshine … Aber jetzt bilden sie eine stachelige Abwehrkette, die mich bei meiner Flucht behindert oder mich womöglich verrät. Ich bin unentschlossen, zögerlich. Soll ich drüberklettern und riskieren, ein Töpfchen umzuwerfen? Oder soll ich mir die Zeit nehmen und sie alle beiseitestellen?

Zum Teufel mit dir, Leo. Zum Teufel mit deiner Niedlichkeit.

Ich drücke die Tür zu, lasse sie aber nicht ins Schloss rasten. Ich will die Geräusche aus dem Flur hören und auf keinen Fall selbst irgendwelchen Lärm machen. Dann rolle ich Leos großen Schreibtischsessel über den Teppich bis vor das Fenster. Ich klappe den Riegel auf und schiebe den Rahmen nach oben. Das ist anstrengend. Ich merke, wie meine Schultern sich verspannen. Ich muss mit aller Kraft drücken. Das Fenster lässt sich verschieben, aber es knarrt. Lackiertes Holz schabt über lackiertes Holz, als die Spannung sich ruckartig entlädt.

Es ist laut. Es ist so laut.

Ich wage nicht, mich zu bewegen. Regungslos stehe ich da, starr vor Angst, und lausche auf das Unvermeidliche, auf harte Schuhsohlen, die die Treppe heraufgetrampelt kommen, auf Wilks und Messer.

Nichts. Ich höre nichts.

Und das bedeutet, dass auch sie nichts gehört haben. Im Augenblick bin ich noch in Sicherheit. In diesem einen Augenblick noch.

Ich stelle mich auf den Schreibtischstuhl. Er steht auf vier Rollen und ist wackeliger, als ich gedacht hätte, aber der Teppich ist ziemlich dick. Die Rollen sinken ein und können sich kaum bewegen. Gott sei Dank haben wir uns nicht überall für Holzfußboden entschieden. Sonst hätte die Roteiche womöglich mein Schicksal besiegelt.

Ich halte mich mit der einen Hand am Stuhl fest und strecke ein Bein zum Fenster hinaus. Zum Glück habe ich noch nicht geduscht. Zum Glück trage ich noch meine Yogaklamotten. In Jeans wäre ich jetzt sehr viel unbeweglicher.

Ich blicke hinaus aufs Dach, auf die Barriere, die ich überwinden muss. Aber wohin dann?

Weit und breit sind keine anderen Häuser zu erkennen. Keine Nachbarn, bei denen ich mich in Sicherheit bringen könnte. Das Haus steht einsam am Ende der Straße. Überall wachsen Bäume: vor dem Haus, hinter dem Haus, zu beiden Seiten des Hauses. Wir haben es gerade wegen seiner abgeschiedenen Lage und seiner Ruhe gekauft, aber jetzt sind diese beiden Vorzüge urplötzlich zu Nachteilen geworden.

Ich versuche, nicht darüber nachzudenken, weil ich ja immer noch im Haus bin. Alles, was danach kommt, soll gefälligst warten.

Meine nackten Fußsohlen spüren Dachziegel. Sie sind kalt und hart und wackelig. Ich zittere, während ich den Druck verstärke, nach einem sicheren Stand suche, Angst habe, die Ziegel könnten unter meinem Gewicht brechen und eine Lawine auslösen, einen schwarzen Wasserfall, der mich mit sich reißt und auf die Einfahrt spült.

Mir wird schnell klar, dass ich die Stabilität, die ich suche, nicht finden werde. Ein Dach ist eben kein perfekter Ausstieg. Ich muss das akzeptieren, muss es riskieren, weil ich keine andere Wahl habe. Ich verlagere also mein Gewicht und seufze erleichtert, als die Dachziegel unter meinen Zehen nicht nachgeben, sondern bleiben, wo sie sind. Ich klammere mich an den Fensterrahmen und ziehe mich nach draußen, während ich mich mit einem Fuß vom Schreibtischstuhl abstoße.

Der Sessel rollt ein Stückchen weg, und ich sehe voller Bestürzung – halb im Zimmer und halb auf dem Dach, instabil und unbeweglich –, wie der Sessel langsam auf ein Bücherregal zurollt, das Leo nicht an der Wand festgeschraubt hat. Es ist voll mit Büchern und Aktenordnern und Kartons und allen möglichen Dingen, die Leo dort hineingestopft hat. Und alle werden sie herunterfallen, sobald der Sessel gegen das Regal prallt.

Doch er bleibt ein ganzes Stück davor stehen. Am liebsten würde ich den Teppich küssen.

Dann ziehe ich mein in der Luft baumelndes Bein nach draußen und stelle dabei fest, dass ich es nicht weit genug angehoben habe. Einer der Kakteen hat sich im Saum meiner Yogahose verhakt. Zum Teufel mit dir, Jethro.

Ich hebe das Bein und hoffe, dass die Schwerkraft mir behilflich ist und der kleine Jethro von selbst freikommt, aber ich habe kein Glück. Der kleine Scheißer ist zu stachelig und zu leicht. Ich kann ihn nicht abziehen, weil ich beide Hände brauche, um mich am Fensterrahmen festzuklammern. Obwohl ich noch nicht lange so schief und krumm dastehe, spüre ich, wie meine Muskeln anfangen zu brennen, wie ich beginne zu zittern. Erst jetzt wird mir klar, wie schwer ein Bein in kurzer Zeit werden kann.

Da ich keine andere Wahl habe, ziehe ich das Bein langsam – gaaanz langsam – mitsamt dem baumelnden Kaktus durch das Fenster.

Nicht fallen, Jethro, bitte, nicht fallen!

Als das linke Bein, der Fuß und der Kaktus schließlich ins Freie gelangt sind, kann ich eine Hand lösen und Jethro mit sanftem Ruck aus meinem Hosensaum befreien. Ein paar Lycrafasern bleiben an seinen Stacheln hängen, und ich stelle ihn zurück auf den Fenstersims.

Ich schwitze so sehr, dass sich an meiner Nasenspitze ein Tropfen bildet. Ich wische ihn weg.

Im Film ist jeder amerikanische Teenager schon einmal aus dem Fenster aufs Dach geklettert – oder andersrum –, aber ich nie. Ich habe Angst, so hoch oben und ohne festen Boden unter den Füßen, ohne festen Halt. Ich habe keine Ahnung, wie ich diese schräge Fläche bewältigen soll, wenn ich den Fensterrahmen losgelassen habe. Durch das jahrelange Yoga kann ich problemlos die verrücktesten Gleichgewichtsübungen absolvieren, aber hier draußen, auf einem schiefen Dach und mit wackeligen Dachziegeln unter den Füßen, verliere ich garantiert schon wenige Sekunden, nachdem ich mich aufgerichtet habe, das Gleichgewicht und kugele über die Kante nach unten.

Das ist der Schlüssel! Nicht aufstehen.

Ich rutsche also auf dem Hintern vom Fensterrahmen auf die Schieferziegel, stütze mich mit den Beinen ab – und lasse los.

Ich bewege mich nicht.

Ich bin stabil. Na ja, zumindest so stabil, wie ich gehofft hatte. Ich lege meine Hände zu beiden Seiten der Hüften auf das Dach und krabbele wie ein Käfer vorwärts. Die Schieferziegel unter mir klicken, aber leise. Ich komme nur langsam voran, aber solange sich kein Ziegel aus seiner Verankerung löst, habe ich die Situation bis zu einem gewissen Grad im Griff.

Ich weiß nicht, wie lange es dauert. Die Zeit scheint jede Bedeutung verloren zu haben – oder vielleicht bin ich auch zu gestresst, zu verängstigt, um sie im Blick zu behalten. Sind nur Sekunden vergangen oder bereits Minuten? Jedenfalls muss ich jetzt schnell sein. Ich muss von diesem Dach verschwinden, bevor Wilks und Messer merken, was ich vorhabe. Solange ich hier oben hocke, sitze ich genauso in der Falle wie vorhin im Wohnzimmer.

Ich komme bis hinunter zur Regenrinne, die diesen Teil des Dachs vom Garagendach trennt. Die Höhe beträgt nur noch etwa drei Meter, aber mir kommt es schwindelerregend vor. Immer noch hoch genug, um mir den Schädel zu brechen, falls ich mit dem Kopf voraus lande, aber endlich habe ich einen Rhythmus gefunden. Ich fühle mich gut, so gut, wie es eben geht, wenn man ein Hausdach hinunterrutscht, um nicht von zwei Kartell-Killern ermordet zu werden. Ich werde nicht abstürzen, das sage ich mir immer wieder.

Ich überquere die Regenrinne und gelange auf das Garagendach. Jetzt habe ich eine Schwelle überschritten, in der Realität genauso wie im übertragenen Sinn.

Ich schaffe das, weil ich es schaffen muss.

Das Dach hat jedoch andere Vorstellungen, und unter meinem Fuß löst sich eine Schieferplatte. Vielleicht habe ich sie zu sehr belastet. Vielleicht habe ich mich zu schnell bewegt, war zu ungeduldig. Ein Augenblick der Selbstsicherheit, der zur Selbstzerstörung führt.

Der Ziegel rutscht über das geneigte Dach, langsam zunächst, aber unaufhaltsam.

Ich benötige meine gesamte Kraft, mein gesamtes Gleichgewichtsgefühl, um meine Position beizubehalten, und kann nur zusehen, wie die Schieferplatte die Kante erreicht und schließlich vornüberkippt.

Für einen Moment habe ich deutlich vor Augen, wie der Ziegel in einem weichen Blumenbeet landet und intakt bleibt.

Ein Augenblick der grässlichen, grausamen Stille.

Dann zersplittert die Schieferplatte.

## 8.36 Uhr

Keine Zeit mehr für Heimlichkeiten. Jetzt zählt nur noch Geschwindigkeit.

Ich rutsche schneller über das Dach. Schieferplatten klicken und klappern. Ich arbeite mich bis auf die gegenüberliegende Seite vor, zur östlichen Garagenmauer, an der die Mülltonnen stehen. Sie sind aus Metall, aus geriffeltem Aluminium, und ich hoffe inständig, dass sie mein Gewicht halten, wenn ich mich auf eine oder mehrere davon sinken lasse.

Aber um bis dahin zu kommen, muss ich über den Dachfirst

der Garage klettern, das heißt, ich muss auf Händen und Füßen die Dachschräge hinaufrobben. Das ist deutlich einfacher, als anschließend im Käfergang abwärtszukrabbeln, aber ich beeile mich, spüre noch mehr Verzweiflung.

Immer wieder fühlen sich einzelne Dachziegel wackelig an und rutschen, so, als würde das ganze Dach in Bewegung geraten und mich mit sich reißen.

Nur noch wenige Sekunden, dann bin ich am Ziel, dann habe ich die östliche Dachkante erreicht, und doch fühlt sich jede einzelne, lange Sekunde an wie das reinste Entsetzen. Ich spähe hinab zu den glitzernden Mülltonnen. Sie sind vielleicht einen Meter hoch, also kann ich sie wahrscheinlich mit den Zehenspitzen berühren, wenn ich mich mit ausgestreckten Armen an die Kante hänge.

Hoffe ich.

Ich drehe mich also um und lasse mich langsam, Zentimeter für Zentimeter, nach hinten rutschen, bis meine Füße kein Dach mehr spüren, dann meine Schienbeine, dann mein linkes Knie. Schließlich mein rechtes Knie.

Ich versuche, gleichmäßig zu atmen, aber meine Angst ist zu groß. Zu viel Adrenalin. Ich atme so hastig, dass es viel eher ein Keuchen ist.

Die Dachrinne und die Ziegel bohren sich in meinen Unterleib, der das Gewicht meiner baumelnden Beine zu tragen hat. Meine Ellbogen und Handflächen stemmen sich mit aller Macht auf das Dach, aber trotzdem spüre ich, wie ich langsam rückwärtsrutsche. Ich kann mich nirgendwo festhalten, und ich bin nicht stark genug, um mich gegen die unbarmherzig zerrende Schwerkraft wehren zu können. Wie soll ich eigentlich rückwärts vom Dach steigen, ohne ins Rutschen zu kommen?

Die Schwerkraft gewinnt Stück für Stück die Oberhand.

Ich habe Schmerzen. Schieferziegel sehen vielleicht hübsch

aus, aber jetzt bohren sie sich in meine Weichteile, zerkratzen mir die Haut. Und das Adrenalin löscht bestimmt einen Großteil der Schmerzen aus, die ich normalerweise empfinden würde.

Mein Atem geht schnell und flach. Meine Ellbogen, die sich jetzt auf der Höhe meiner Schultern befinden, haben die Dachrinne erreicht, sodass der Großteil meines Körpers jetzt in der Luft hängt. Ich strecke die Zehen aus, ohne die Mülltonnen zu erwischen. Ich kann zwar den Kopf drehen, aber nicht nach unten sehen und die Entfernung abschätzen, weil immer ein Körperteil im Weg ist.

Gut möglich, dass Wilks und Messer direkt unter mir stehen.

Ich weiß nicht, was ich machen soll. Soll ich versuchen, mich weiter sinken zu lassen, auf die Gefahr hin, dass ich alle Kontrolle verliere? Oder soll ich bewusst abspringen, solange ich es noch selbst beeinflussen kann? Nur eines ist sicher: Lange kann ich mich nicht mehr halten. In meinem Haus sind zwei Killer, aber auch wenn das nicht so wäre, ich habe nicht die Kraft, noch länger so hängen zu bleiben.

Also lasse ich mich sinken, so schnell es mir möglich ist, aber ich komme nur quälend langsam voran. Ich möchte auf keinen Fall noch mehr Lärm machen, und ich will mir auch nicht bei einer unglücklichen Landung den Knöchel verstauchen oder noch Schlimmeres.

Ich gehe also das Risiko ein und lasse mich noch ein bisschen tiefer sinken, in der Hoffnung, dass die Mülltonnen nur wenige Zentimeter entfernt sind.

Sind sie nicht.

Ich verliere die Kontrolle. Die Schmerzen in meinen Fingerspitzen infolge des Drucks werden immer größer und sind bald nicht mehr zu ertragen. Ich werde abstürzen, jeden Augenblick. Ich muss loslassen.

Ich lasse los.

Ich falle.

Es dauert nicht einmal eine Sekunde, nicht einmal eine halbe. Eigentlich höre ich schon unmittelbar danach das laute Klappern des Aluminiumblechs. Obwohl ich damit gerechnet, obwohl ich es mir herbeigesehnt habe, bin ich nicht darauf gefasst. Kann ich nicht reagieren.

Die Mülltonne knickt ein, verformt sich, auch wenn sie für einen kurzen Augenblick mein Gewicht halten kann. Ich rutsche ab und schlage mit der Hüfte auf dem Boden auf. Ich verziehe das Gesicht. Es schmerzt, aber ich bin nicht verletzt. Ich rappele mich auf, bin mir bewusst über den Lärm, den der zerbrochene Dachziegel, die zerknickte Mülltonne gemacht haben. Den ich gemacht habe.

Jeden Augenblick müssen Wilks und Messer mit gezückten Pistolen hier auftauchen. Aber ich kann sie nicht hören. Vielleicht, aber nur ganz vielleicht, hat der Aufprall des Dachziegels sie doch nicht alarmiert. Immerhin liegt das Wohnzimmer im hinteren Teil des Hauses, und es ist ein großes Haus, größer als Leo und ich eigentlich benötigen, auf Zuwachs gekauft. Reine Geldverschwendung, aber in diesem Fall hat seine Größe mich gerettet.

Was nun?

Überall stehen Bäume, aber ich kann ja wohl schlecht in den Wald laufen, oder? In der Nähe des Hauses ist er noch nicht so dicht, aber dafür das Unterholz. Ich würde eine offensichtliche Spur hinterlassen. Vielleicht können Wilks und Messer schneller laufen als ich, aber ich zweifle keine Sekunde daran, dass ich mehr Ausdauer habe. Egal, wie fit sie sind, aber ich trainiere sieben Tage die Woche. Fitness ist meine Arbeitsgrundlage. Allerdings kann man sich für Ausdauer wenig kaufen, wenn man barfuß ist. Ich würde mir auf dem Waldboden die Fußsohlen ruinieren oder mir einen Ast in den Fuß bohren. Nein, danke. Wanderstiefel wurden schließlich nicht ohne Grund erfunden.

Ich weiß immer noch nicht, wie viel Zeit vergangen ist, seit ich den Fuß auf die Treppe gesetzt habe, aber ich weiß, dass es länger war, als ein Toilettengang normalerweise dauert. Wilks oder Messer oder beide müssen sich inzwischen auf die Suche gemacht haben. Vielleicht klopfen sie gerade an die Tür. Vielleicht fragen sie mich mit lauter Stimme, ob alles in Ordnung sei, werden besorgt, wenn ich keine Antwort gebe, machen sich schon bereit, die Tür einzutreten, bis sie die Klinke drücken und feststellen, dass die Tür gar nicht abgeschlossen ist.

Ich halte eine Sekunde lang inne, um wieder zu Atem zu kommen, um nachzudenken und zu erkennen, dass mein Handy immer noch auf dem Küchentisch liegt.

Dämlich. Dämliche Jem.

Nein, es ist nicht meine Schuld. Ich war in dem Moment, als Wilks neben mir stand, so verängstigt, dass ich gar nicht auf die Idee gekommen bin, ich könnte es wenige Minuten später vielleicht gebrauchen. Ich hatte nichts anderes als mein Überleben im Sinn. Und was soll ich mir jetzt den Kopf darüber zerbrechen? Ich habe schließlich ein viel größeres Problem zu lösen: Mein Auto steht in der Einfahrt, aber die Schlüssel liegen im Haus, in einer Schale gleich neben der Haustür, in einem Haus mit zwei Kartell-Killern.

Ein Geräusch. Gedämpft, aber erkennbar aggressiv.

Ein Schrei vielleicht.

Wilks oder Messer, die nach Verstärkung rufen, nachdem sie das Badezimmer leer und mit laufendem Wasserhahn vorgefunden haben.

Ich schleiche an der Garagenmauer entlang. Vorsichtig spähe ich um die Ecke zum Haus. Es sind vielleicht sieben Meter von hier bis zur Haustür. In der Einfahrt steht mein geliebter Prius, aber dahinter ein schwarzer SUV, ein Ford Explorer. Der muss Wilks und Messer gehören. Er sieht jedenfalls genau so aus wie ein Fahrzeug, das dem FBI – oder Leuten, die behaupten, vom FBI zu sein – gehört. Einschüchternd. Sie müssen langsam bis ans Haus herangerollt sein, sonst hätte ich dieses Monstrum garantiert gehört.

Ich spähe durch das Seitenfenster, hege die winzige Hoffnung, dass der Schlüssel noch im Zündschloss steckt, aber Wilks oder Messer sind natürlich weder dämlich noch nachlässig. Ich schleiche bis zum Haus. Vielleicht kann ich ja reingehen, mir die Autoschlüssel aus der Schale schnappen und verschwinden, bevor sie überhaupt etwas davon mitbekommen.

Nein, kann ich nicht. Ich höre Wilks mit lauter, heiserer Stimme rufen: »Nein, ist sie natürlich nicht.«

Eine Antwort auf eine Frage, die ich nicht gehört habe.

Es hört sich so an, als würde Wilks am oberen Ende der Treppe stehen.

Messer sagt: »Sie stehen neben der Tür, also ist sie nicht weggegangen.«

Er befindet sich im Flur, nur wenige Meter von meinem Versteck entfernt. Wir sind nur durch einige Zentimeter Walnussholz voneinander getrennt.

»Was hat sie denn dann …«, fängt Wilks an, doch sie unterbricht sich. »Ich kann einen Luftzug spüren. Da muss irgendwo ein Fenster offen sein.«

Ich habe nur noch Sekunden, bevor Messer herauskommt.

Ich weiß nicht, was ich machen soll, wo ich mich hinwenden soll. Wo soll ich jetzt hin?

Der große SUV.

Ich renne hinüber, lege mich auf den Bauch und schiebe mich unter den Wagen.

Krachend fliegt die Haustür auf.

Messer stürmt zur Tür heraus.

## *8.40 Uhr*

Ich habe den Blick auf das Haus gerichtet, weil ich mich bewusst umgedreht habe, bevor ich unter den Explorer gekrochen bin. Der Prius steht zwar im Weg, aber die geöffnete Tür, die Treppenstufe und Messers polierte schwarze Schuhe kann ich trotzdem erkennen. Stabile, gute Schuhe. Dazu den Saum seiner holzkohlegrauen Hose. Etliche Sekunden lang bewegt er sich nicht von der Stelle, und ich stelle mir vor, wie er den Blick über die beiden Autos schweifen lässt, um sich zu versichern, dass sie noch da sind. Er macht einen Schritt nach vorne, dann noch einen. Er blickt in die Ferne, sieht nach, ob ich vielleicht die Straße entlanglaufe oder mich zwischen die Bäume schlage, die die Straße flankieren und das Haus umgeben.

Er ruft: »Nichts. Hier draußen ist sie nicht.«

Ich weiß nicht, was ich jetzt machen soll. Solange ich nicht weiß, was sie vorhaben, habe ich viel zu viel Angst, selbst etwas zu unternehmen.

Bitte, gebt mir eine Chance.

Wilks stellt sich neben Messer.

»Oben steht ein Fenster offen. Ich glaube, sie ist aufs Dach geklettert. Das muss es sein. Im Haus ist sie jedenfalls nicht mehr.«

»Das ist doch nicht dein Ernst«, gibt Messer zurück. »Was hat sie denn vor?«

Eine kurze Pause. Wahrscheinlich zuckt Wilks gerade mit den Schultern. »Das Fenster zeigt nach vorne raus«, sagt sie. »Aber vielleicht ist sie ja übers Dach nach hinten geklettert. Du bleibst hier, ich sehe mal auf der Rückseite nach. Kann sein, dass ...«

»Da, schau mal«, unterbricht sie Messer. »Da fehlt ein Dachziegel. Da vorne liegt er.«

Ich sehe ihre Füße und Unterschenkel zu der zerborstenen Schieferplatte gehen. Sie bleiben stehen. Denken nach.

Messer sagt: »Wieso ist sie denn abgehauen?«

»Sie weiß Bescheid«, erwidert Wilks.

»Aber wie …?«

»Der Anruf. Das muss es sein.«

»Leo?«

»Kann sein.«

Messer sagt: »Dann los. Wenn sie hinterm Haus ist, dann kann sie ohne Schuhe nicht weit gekommen sein. Ich halte hier vorne die Augen offen.«

Wilks macht sich mit eiligen Schritten auf den Weg, aber nicht um das Haus herum, sondern mitten hindurch. Messer bleibt auf der Vorderseite, genau wie besprochen. Ich kann nicht erkennen, was er macht – ich kann immer noch nur einen Bruchteil von ihm sehen –, aber solange er hier ist, kann ich nirgendwo hin. Er würde mich sofort bemerken.

Mir bleibt nichts anderes übrig, als zu warten. Zu hoffen. Zu beten.

Ich kneife die Augen zusammen.

Bitte, lass mich das hier heil überstehen. Ich möchte nicht sterben.

Amen.

Nichts hat sich geändert. Wahrscheinlich bin ich einen Tick zu spät gläubig geworden.

Messer stapft hin und her. Ich kann ihn nur von den Schienbeinen abwärts erkennen. Es ist frustrierend, dass ich nicht sehen kann, was er macht, aber wahrscheinlich müsste ich dafür sogar dankbar sein. Wenn ich ihn nicht sehe, dann sieht er mich auch nicht.

Wie lange wird das so bleiben?

Wilks ruft ihn, und er geht ins Haus.

Endlich bin ich wieder allein.

Und jetzt?

Ich muss Schritt für Schritt vorgehen. Jetzt geht es nur darum, den nächsten zu tun, wieder zu Atem zu kommen und meine Gedanken zu sortieren. Die Kletterpartie über das Dach hat einen Schweißfilm auf meinem Gesicht hinterlassen, und die ständige Angst vor der Entdeckung trägt auch ihren Teil dazu bei.

Wo bist du da nur reingeraten, Leo? Du hättest es mir sagen sollen. Wir hätten einen Ausweg gefunden. Wir hätten …

Ich habe eine Idee. Keine Ahnung, woher die gekommen ist, aber es ist die einzige, die ich habe. Und darum ist es die beste.

Ich krieche unter dem SUV hervor. Stehe auf. Meine Haut ist gesprenkelt mit kleinen Schottersteinen, aber ich beachte sie nicht. Sie sind mir egal.

Ich haste zum Haus. Barfuß, wie ich bin, geht das beinahe lautlos. Ich kann Wilks und Messer nicht hören – sie müssen im Garten sein – und husche durch die Tür.

Ich bin so voller Adrenalin, voll überbordender Angst, dass ich am ganzen Leib zittere. Ich kann kaum atmen. Ich schnappe mir die Autoschlüssel aus der Schale neben der Tür, dann halte ich inne. Drehe mich um.

Der SUV blockiert den Prius.

Ich lege die Schlüssel wieder zurück, wenn auch äußerst ungern. Aber Wilks und Messer wissen, dass sie dort sein müssen. Wenn sie sehen, dass sie nicht mehr da sind, dann wissen sie, dass ich in der Nähe bin. Es braucht meine gesamte Willenskraft, um die Schlüssel loszulassen, mich freiwillig der Möglichkeit zu berauben, von hier wegzufahren, und doch muss ich es tun. Ich habe keine andere Wahl.

Ich höre, dass Wilks und Messer einander etwas zurufen, kann aber nicht verstehen, was sie sagen. Sie sehen hinter dem Haus nach irgendetwas. Vielleicht ist ja ein hilfsbereiter Fuchs oder ein

Reh vorbeigekommen, hat das Unterholz zertrampelt und sie in die Irre geführt.

Vom Foyer führt eine Tür in die Garage. Ich öffne sie behutsam und mache sie genauso behutsam hinter mir wieder zu. Das leise Klicken der Messingschnalle kommt mir so laut vor wie eine Klingel.

Es ist düster, aber ich lasse das Licht aus. Zu den Rändern des elektrischen Garagentors dringt genau so viel Tageslicht herein, wie ich brauche, und außerdem würde ich mich hier auch blind problemlos zurechtfinden. Die Garage ist mein Reich. Ich habe die Metallregale hier aufgebaut. Ich habe die Werkzeuge an das Drahtgestell gehängt. Leo kann Stunden in seinem Arbeitszimmer zubringen und dort irgendwelche Dinge erledigen. Aber ich stehe, wenn er mich nicht irgendwann nach draußen zerrt, das ganze Wochenende lang in meiner Garage, schleife Möbel ab, ziehe Kerzen, mache Kunst aus Müll. Wenn ich nichts zu tun habe, fange ich an nachzudenken. Und wenn ich nachdenke, kreise ich irgendwann unweigerlich um Dinge, die mich nur unglücklich machen. Ich bin kein gläubiger Mensch, aber das hier ist mein Tempel. Hier finde ich Frieden.

Jetzt interessieren mich keine Werkzeugmaschinen, kein heißes Wachs, ja, nicht einmal ein dickes Tischbein. Ich habe nicht vor, mich mit Gewalt aus diesem Schlamassel herauszukämpfen. Aber die Garage ist nicht nur meine Werkstatt, sondern auch der Abstellraum für unsere Mountainbikes. Wir haben ein blaues und ein pinkfarbenes … nicht, weil wir diesen Kitsch wirklich gut finden, sondern weil wir eine Art kindliche Freude dabei empfinden, wenn die anderen das von uns glauben. Soweit ich mich erinnern kann, war es Leos Idee: Lass sie doch denken, wir wären so. Das wird ein Spaß.

Ich nehme mein Rad vom Haken, stelle es vorsichtig ab, um keinen Lärm zu machen, entriegele das Garagentor und lasse es hochfahren. Das macht Krach, einen fürchterlichen Krach, aber ich kann es nicht ändern. Außerdem sind Wilks und Messer wahrscheinlich hinter dem Haus und weit genug entfernt, sodass sie den Lärm nicht hören können.

Ich bin eine gute Radlerin, und das Mountainbike ist ein ultraleichtes Wunderwerk der Fahrradbaukunst, aber gegen einen Explorer habe ich damit keine Chance, auch nicht mit einem Vorsprung. Vielleicht würde ich bis zur Kreuzung kommen, vielleicht auch noch ein Stück weiter, aber wie lange würde es dauern, bis sie mich von der Straße fegen? Die Stadt ist mindestens zehn Autominuten entfernt.

Anstatt mich also in den Sattel zu schwingen und um mein Leben zu strampeln, schiebe ich das Rad seitlich an der Garage entlang. Ich lehne es gegen die Wand und verstecke es hinter den Mülltonnen. Es wird dadurch zwar nicht komplett verdeckt, aber man muss schon dicht davorstehen, um es noch erkennen zu können. Und vom Haus aus ist die Sicht ja ohnehin blockiert. Mehr brauche ich nicht. Es soll ja nur eine schnelle Ablenkung sein, keine wirkliche Lösung für meine Zwangslage. Aber wer weiß, mit ein bisschen Glück ist das alles, was ich brauche.

Ich warte.

Ich kauere mich hinter die Mülltonnen und versuche, meinen Atem im Zaum zu halten. Ich bin mir sicher, dass es nicht lange dauern wird, und genau so ist es.

Messer.

»Ach, du Scheiße«, ertönt seine Stimme von der Einfahrt her.

Er hat das offene Garagentor entdeckt.

*»Ach, du Scheiße«*, ruft er.

Er hat Leos Mountainbike und den leeren Platz daneben entdeckt.

»He!«, ruft er Wilks zu. »Komm mal hier rüber. Sofort.«

Wilks' hastige Schritte sind gut zu hören.

»Was ist denn los?«, fragt sie ihn, während sie näher kommt.

»Da fehlt ein Fahrrad.«

»Cleveres Mädchen.« In ihrer Stimme schwingt so etwas wie Hochachtung mit. »Sie hat uns ausgetrickst. Du bleibst hier. Weit kann sie noch nicht sein, ganz egal, wie schnell sie ist.«

»Ich finde, ich sollte auch mitkommen«, protestiert Messer.

»Nein, du bleibst hier. Vielleicht ist sie nur ein Stück die Straße entlanggefahren und versteckt sich zwischen den Bäumen, wartet, bis wir vorbeigebraust sind, und holt sich dann ihr Auto.«

Keine schlechte Idee. Schade, dass ich da nicht selbst draufgekommen bin.

Messer scheint die Logik einzuleuchten, jedenfalls sagt er: »Fahr los.«

Sekunden später erwacht der Motor des großen SUV zum Leben. Mit durchdrehenden Reifen wendet Wilks, dann heult der Motor auf, und ich sehe den Wagen die Straße entlangrasen. Es riecht nach verbranntem Gummi.

Jetzt muss ich nur noch dafür sorgen, dass Messer den Standort wechselt, damit ich ins Haus gehen und mir die Schlüssel holen kann. Ja, gut möglich, dass ich Wilks und ihrem Explorer begegne, aber damit beschäftige ich mich erst, wenn es so weit ist.

Eine Attentäterin ausgeschaltet. Bleibt noch einer.

## 8.46 Uhr

Ich habe mich noch nie besonders für Geografie interessiert, aber in meiner unmittelbaren Umgebung kenne ich mich ganz gut aus. Bis zur Kreuzung sind es etwa achthundert Meter, dann geht es nach rechts beziehungsweise nach Osten, und wenige Kilometer später hat man die Außenbezirke des Städtchens erreicht. Es heißt Cornwall und ist mit etwas über tausend Einwohnern nicht besonders groß. Damals, in der guten alten Zeit, hätte man so etwas wohl als Dorf bezeichnet. Immobilienmakler, die hier Häuser verkaufen wollen, benützen zur Beschreibung mit Sicherheit Adjektive wie »unberührt« und »urig«, »friedlich« und »idyllisch«. Es ist schon lange her, dass Leo darauf aufmerksam geworden ist, kurz nachdem wir angefangen hatten, etwas außerhalb von New York City zu suchen. Auch wenn wir beide nicht zur Arbeit pendeln mussten, so wollten wir doch so wohnen, dass wir ohne allzu großen Aufwand nach Manhattan gelangen konnten. Außerdem wollte Leo in der Nähe der beiden New Yorker Flughäfen sein.

Nördlich der Stadt, im Bundesstaat New York, gibt es viele solcher Ortschaften. Die junge Jem hätte sie absolut unerträglich gefunden. Sie hätte sich vor Langeweile die Haare ausgerissen, wäre vor Frustration verrückt geworden. Die heutige Jem jedoch – *ich* – ist genau da angekommen, wo sie an diesem Punkt ihres Lebens sein muss.

Wenn ich doch nur Nachbarn hätte … ich könnte zum nächsten Haus laufen, an die Tür hämmern, um Hilfe rufen. Vielleicht wären sie gar nicht zu Hause, aber in irgendeinem der anderen Häuser an der Straße wäre jemand. Irgendjemand würde mich hören. Irgendjemand würde mir helfen.

Ich lausche angestrengt, um mitzubekommen, was Messer gerade macht. Seit Wilks mit dem Explorer davongerast ist, habe ich keinen Laut mehr von ihm gehört. Steht er noch in der Einfahrt, oder ist er ins Haus zurückgegangen? Mir wird klar, dass ich nicht einfach nur abwarten kann, weil Wilks ihre Suche irgendwann abbrechen und hierher zurückkommen wird. Und dann werden sie nicht allzu gründlich suchen müssen, um das pinke Fahrrad hinter den Mülltonnen zu entdecken. Spätestens dann wissen sie, dass ich noch hier bin und mit ihnen ein Versteckspiel auf Leben und Tod spiele. Verstecken hat mir schon als Kind keinen Spaß gemacht.

Als Erwachsene noch viel weniger.

Ich krieche an der Garagenmauer entlang, an der Hauswand, schleiche mich auf die Rückseite des Grundstücks. Ich darf mich auf keinen Fall sehen lassen, für den Fall, dass Messer noch irgendwo vor dem Haus herumlungert.

Ich lasse mir Zeit, taste mich lautlos vorwärts, bis ich bei meinen Tomatenpflanzen auf der Terrasse ankomme. In Reih und Glied stehen sie da, präsentieren sich voller Stolz ihrer Mama.

Die Hintertür steht offen. Wilks und Messer haben in der Eile vergessen, sie zu schließen. Gut. Eine Sache weniger, um die ich mir Gedanken machen muss. Ich ducke mich unter dem Küchenfenster hindurch und nähere mich der Tür, lausche. Kann keine schweren Schritte hören, kein Anzeichen dafür, dass Messer in der Nähe ist.

Aber das muss nichts heißen. Vielleicht hat er sich ja auf die Lauer gelegt? Vielleicht wartet er auf mich?

Könnte auch eine Falle sein. Er versteckt sich, wartet, bis ich einen Fehler mache und mich aus der Deckung wage.

Ich habe keine Wahl. Ich muss es riskieren.

Ich spähe durch die offene Tür, sehe Teile des Wohnzimmers und der Küche, aber keinen Messer. Er muss immer noch vor dem Haus sein, neben meinem Prius, für den Fall, dass ich tatsächlich das Fahrrad genommen habe und gleich wieder zurückkomme, so wie Wilks es vermutet hat.

Nicht gut. Überhaupt nicht gut.

Da er mit anderen Dingen beschäftigt ist, bin ich einigermaßen zuversichtlich, dass ich mir die Autoschlüssel nehmen kann, aber was nützen sie mir, wenn Messer direkt neben meinem einzigen Fluchtfahrzeug Wache hält?

Da fällt mir etwas ein: Mein Handy liegt auf dem Küchentisch, und die Küche ist nicht weit entfernt.

Ja.

Ich kann die Polizei anrufen, die Wache im Ort. Ich kenne die Leiterin der Dienststelle, Rusty. Sie würde sofort hier auf der Matte stehen, Verstärkung inklusive. Soweit ich weiß, hat sie nur ein paar wenige Mitarbeiter, aber die sind ganz in der Nähe, und in einem so ruhigen, langweiligen Örtchen ist die Wahrscheinlichkeit, dass sie gerade anderweitig gebraucht werden, äußerst gering. Erleichterung überkommt mich. Ein Ende dieses Albtraums ist in Sicht.

Ich kann es kaum erwarten, den wundervollen Klang jaulender Sirenen zu hören.

Auf Zehenspitzen husche ich in die Küche, aber nach wenigen schnellen Schritten ist all meine Erleichterung schon wieder zunichte. Mein Handy liegt nicht an seinem Platz auf dem Küchentisch. Wilks oder Messer müssen es eingesteckt haben.

Ich hätte damit rechnen müssen, aber trotzdem bin ich am Boden zerstört.

Die Hoffnungslosigkeit schnürt mir die Kehle zu. Ich sehe keinen Ausweg mehr. Ich kann nichts anderes tun, als das Unvermeidliche in die Länge zu ziehen. Aber irgendwann werde ich dieses Versteckspiel verlieren, ganz egal, was ich tue.

Am liebsten würde ich die Hände hochnehmen und zur Haustür hinausgehen, um mich an Messer und ein ungewisses Schicksal auszuliefern. Ich bin nicht stark genug für so etwas. Ich habe mir seit Carlsons Anruf etwas vorgemacht. Meine Augen werden feucht. Ich möchte anhalten, atmen, mich hinlegen. Ich würde alles geben, um ein wenig schlafen zu können.

Warum kann das nicht endlich aufhören?

Ein Telefon klingelt. Es ist nicht unser Festnetzanschluss, nicht mein Standardklingelton und auch nicht das putzige Geräusch, das ich für Leos Nummer eingestellt habe. Also muss es Messers Handy sein. Es kommt von draußen, von vor dem Haus.

Das Klingeln hört auf, und er meldet sich.

»Ja?«, höre ich ihn sagen.

Er kommt näher und betritt das Haus, um zu telefonieren.

»Was?«

Ich sehe seinen Schatten an der Wand des Hausflurs, düster und unheimlich.

»Das ist doch nicht dein Ernst.«

Wilks berichtet ihm, dass sie mich nirgendwo gesehen hat, dass ich in der kurzen Zeit unmöglich weiter gekommen sein kann, dass das Ganze nur ein Trick war.

»Falls sie noch hier ist, dann finde ich sie«, sagt Messer mit solcher Entschlossenheit, solcher Zielstrebigkeit, dass ich nicht den geringsten Zweifel daran habe.

Ich habe keine andere Wahl.

Ich renne los.

## 8.50 Uhr

Der Rasen hinter dem Haus ist immer noch kalt, immer noch feucht vom Tau und gleichzeitig weich. Es fühlt sich himmlisch an, mit meinen nackten Füßen darauf zu sprinten, auch wenn ich das in diesem Moment nicht wirklich würdigen kann. Erst als ich die Rasenkante erreicht habe und zwischen die Bäume laufe, erst als meine Zehen auf harte Erde und Steine und Pflanzen und Schutt treffen, wird mir klar, wie gut ich es hatte. Ist das nicht immer so? Erst, wenn wir es nicht mehr haben, wissen wir etwas wirklich zu schätzen.

Ich weiß nicht, wann genau Messer mich gesehen hat, aber ich wage erst dann einen Blick zurück, als ich schon zwischen den Bäumen bin. Die Rasenfläche ist bestimmt an die fünfzig, sechzig Meter lang, darum hoffe ich, dass ich wenigstens so viel Vorsprung habe.

Messer ist schon in der Mitte der Rasenfläche angelangt.

Unsere Blicke begegnen sich.

»Stopp!«, brüllt er.

Ich mache das genaue Gegenteil. Ich stürme vorwärts, weg von Messer, weg von meinem Haus. Sekunden später verziehe ich das Gesicht, weil ich mir bereits die Sohlen aufgerissen habe. Messer trägt seine guten Schuhe. Er hat diese Probleme mit Sicherheit nicht. Wenn ich geglaubt habe, ich könnte ihm davonlaufen, dann wird mir jetzt klar, dass meine Chancen mit jedem Schritt geringer werden. Dass ich höchstwahrscheinlich schon bald überhaupt nicht mehr gehen kann.

Er verfolgt mich, ohne mir noch einmal hinterherzurufen. Ich würde ohnehin nicht auf ihn hören, egal, was er sagt, und außerdem ist es schwer, gleichzeitig zu rennen und zu schreien. Vielleicht sogar unmöglich. Er spart sich seine Energie für die Verfolgung auf.

Ich weiß nicht, wohin ich mich wenden soll. Ich weiß nur, dass ich vor Messer weglaufen will. Ich erinnere mich vage an eine Straße, die mitten durch den Wald schneidet. Aber ich habe keine Ahnung, ob ich darauf zulaufe oder nicht. Ich kann nicht stehen bleiben, um nachzudenken, um mich zu orientieren.

Ich versuche, beim Laufen den Boden im Blick zu behalten, die geeigneten Stellen von den weniger geeigneten zu unterscheiden. Das ist nicht ungefährlich. Wenn ich nicht geradeaus schaue, bekomme ich Probleme mit dem Gleichgewicht, und das ist bei diesem Tempo und dem unebenen Untergrund ohnehin nicht so einfach zu halten. Ich stütze mich an Baumstämmen oder tief hängenden Ästen ab.

Da ich gleichzeitig nach unten und nach vorne schauen muss, wage ich nicht, mich nach meinem Verfolger umzublicken. Das kann ich nicht, wenn ich nicht hinfallen will. Aber ich weiß, dass Messer dicht hinter mir sein muss. Ich spüre ihn näher kommen wie einen erbarmungslosen Stier … wie er Erdklumpen aufwirbelt, durch das Unterholz bricht, kleine Bäume umrennt.

Dafür bin ich nur halb so breit und schwer wie er. Ich bin beweglicher. Das muss doch zu irgendetwas nütze sein. Ich muss versuchen, daraus einen Vorteil zu ziehen.

Also laufe ich gezielt dorthin, wo die Bäume dichter stehen, die Zwischenräume schmaler sind, das Unterholz dichter ist. Ich suche mir aus dem Boden ragende Wurzeln und springe darüber hinweg. Klettere über Felsbrocken. Krieche unter umgestürzten Baumstämmen hindurch.

Vor ein paar Jahren bin ich einmal den New York Marathon mitgelaufen, und das sogar in einer ziemlich guten Zeit, aber jetzt kommt mir das vor wie in einem anderen Leben. Dieser natürliche Hindernisparcours zehrt an meinen Kräften. Ich werde langsamer. Ich weiß nicht, wie lange ich noch durchhalten kann, stolpere mehr, als dass ich wirklich laufe.

Meine Lunge brennt wie Feuer. Ich schnappe nach Luft, sehne mich nach Erlösung.

Weiter vorne wird es ein wenig heller. Die Bäume lichten sich. Ist das Asphalt?

Ja, die Straße. Eine Straße, ganz egal, welche.

Etwas gelb Lackiertes saust vorbei.

*Hilfe*, schreie ich laut und deutlich, doch aus meiner Kehle dringt nur ein pfeifendes Krächzen.

Aber selbst wenn ich aus voller Kehle hätte brüllen können, der Wagen ist viel zu schnell, und ich bin viel zu weit entfernt. Schon Sekunden später ist er verschwunden, ist von einem gelben Blitz zu einem blassen, weit entfernten Fleck geworden.

Ich zwinge mich weiter, auch wenn man das kaum mehr Laufen nennen kann, auch wenn ich mich beinahe von den Bäumen abstoßen muss, an denen ich mich abstütze, weil ich keine Kraft mehr habe.

Vor mir öffnet sich jetzt der Wald, und ich stehe am Straßenrand. Die Asphaltdecke ist etwas höher als der umliegende Waldboden, genau so, wie es sein sollte, aber durch die Erschöpfung kommt es mir vor, als müsste ich einen gewaltigen Schritt machen, um dort hinaufzugelangen. Ich blicke in beide Richtungen, in der Hoffnung, ein Auto zu sehen, und habe gleichzeitig schreckliche Angst davor, dass ein schwarzer SUV auf mich zukommen könnte.

Kein Auto weit und breit.

Ich starre zwischen die Bäume. Ich kann Messer nicht sehen. Ich weiß nicht, ob ich ihn abgehängt habe oder ob er mir immer noch auf den Fersen ist.

Ich bin vollkommen erschöpft, aber was ich auf gar keinen Fall will, ist, auf einem Fleck zu verharren und meinem Verfolger dadurch die Chance zu lassen, näher zu kommen.

Noch einmal blicke ich in beiden Richtungen die Straße entlang. Der Asphalt erstreckt sich als schnurgerade Linie in die Ferne. Ich gehe unruhig auf und ab, kann nicht still stehen. Mein Puls ist nach der Rennerei immer noch im roten Bereich. Schweiß klebt in meinen Kleidern und trieft mir aus dem Gesicht.

»Komm schon«, sage ich zu der leeren Straße. »Nun komm schon.«

Mit jeder Sekunde, die ich hier warte, schmilzt mein Vorsprung auf Messer, gebe ich Wilks noch mehr Chancen, mir den Weg abzuschneiden. Aber was kann ich denn sonst machen? Ich bin ausgepumpt. Meine Füße sind von Schnittwunden übersät. Ich habe kein Handy bei mir. Kein Geld. Ich weiß nicht, wo ich hin soll.

Da höre ich Motorgeräusche. Einen Auspuff.

Die Erleichterung ist so überwältigend, dass mir für einen Moment schwindelig wird. Die Rettung ist nahe. Doch dann wird mir klar, dass das Geräusch aus der Richtung des Ortes, aus der Richtung meines Hauses kommt, und meine Erleichterung verwandelt sich in Furcht. Was, wenn das der große SUV ist? Was, wenn das Wilks ist?

Nein, nein, nein, nein …

Ich ziehe mich zwischen die Bäume zurück, ducke mich ins Unterholz, verstecke mich. Warte.

Ich will nicht nachsehen. Ich will nicht riskieren, dass Wilks mich sieht. Da Messer hinter mir ist, säße ich in der Falle. Aber ich muss nachsehen, denn vielleicht … vielleicht ist es ja gar nicht Wilks. Das könnte meine einzige echte Chance sein zu entkommen, denn wenn ich dieses Auto vorbeifahren lasse, ohne zu versuchen, es anzuhalten, dann könnte Wilks tatsächlich im nächsten sitzen.

Was soll ich machen?

Ich male mir aus, wie Messer hinter mir durch den Wald stürmt. Entschlossen. Erbarmungslos.

Das Motorengeräusch wird lauter. Der Wagen kommt näher.

Die Zeit der Entscheidung ist gekommen.

Ich richte mich auf und stelle mich auf die Straße, ganz egal, welches Schicksal mich erwartet.

## 8.54 Uhr

Reifen quietschen. Dichte Wolken aus verbranntem Gummi. Ich habe nicht mehr die Kraft auszuweichen, und in diesem Augenblick wird mir klar, dass es mir auch egal ist. Ich bin zu verängstigt und zu erschöpft.

Eine Stoßstange drückt sanft gegen meinen Oberschenkel, aber das ist alles. Ich breche beinahe auf der Motorhaube zusammen. Es ist nicht der schwarze SUV von Wilks, sondern ein ausgebleichter roter Pick-up.

Der Fahrer drückt lange und anhaltend auf die Hupe.

*»Was soll denn das, in drei Teufels Namen?«*

»Bitte …«

Ich kann kaum sprechen. Ich stolpere um den Radkasten herum zur Beifahrertür und will sie öffnen. Nichts. Zuerst vermute ich, dass ich zu schwach dazu bin, aber das ist es nicht. Sie ist verriegelt.

Am Steuer sitzt ein braun gebrannter Mann mit einem weißen Vollbart und tiefen Falten im Gesicht. »Finger weg von meinem Truck. Was soll denn das?«

Ich sehe bestimmt schrecklich aus. Wie eine Wahnsinnige.

»Bitte«, stoße ich noch einmal hervor. »Helfen Sie mir.«

Der Mann, der mich beinahe überfahren hätte, ist immer noch geschockt, immer noch verwirrt, aber er sieht mir meine Verzweiflung deutlich an. Er kann die Panik in meiner Stimme hören. Er zögert nur einen Moment, dann beugt er sich in meine Richtung und entriegelt die Tür. Ich mache sie mühsam auf, klettere auf den Sitz und ziehe sie mit letzter Kraft wieder ins Schloss.

»Was ist denn los?«, will der Mann wissen. »Wer sind Sie?«

»Fahren.« Mehr bringe ich nicht heraus.

Er schüttelt den Kopf. »Das hab ich ja gemacht, bevor Sie versucht haben, sich mit meinem Wagen umzubringen.«

»Bitte«, flehe ich ihn an. »Bitte.«

Wortlos legt er die Stirn in Falten und fährt los.

Als Messer aus dem Wald hervorbricht und hinter uns auf die Straße tritt, sind wir schon ein ganzes Stück weiter.

Ich drehe mich um, will sehen, was er jetzt macht, ob er seine

Pistole zieht, aber schon Sekunden später ist er nur noch ein dunkler Fleck in der Ferne und kaum mehr zu erkennen.

Schwer atmend und vollkommen erschüttert sacke ich auf meinem Sitz zusammen. Erst jetzt bemerke ich den kleinen Hund im Fußraum. Eine struppige Promenadenmischung mit dünnen Beinchen und einem Kugelbauch. Er fletscht die Zähne und knurrt mich an.

»Merlin müssen Sie gar nicht beachten«, sagt der Mann. »Der kann niemanden leiden.«

Ich wurde als Kind einmal gebissen und habe seitdem Angst vor Hunden, aber in diesem Moment habe ich das Gefühl, als sei ich von meiner Angst kuriert. Merlins wütendes Knurren, seine gefletschten Zähne lassen mich vollkommen kalt. Es kommt immer auf die Perspektive an, hätte mein Dad jetzt gesagt.

Wir schweigen. Das ist für den Fahrer vermutlich unangenehm, aber für mich genau das Richtige. Ich werde ruhiger. Mein Puls verlangsamt sich allmählich. Die Anspannung, die mich seit einer gefühlten Ewigkeit im Griff hatte, fällt endlich von mir ab.

Der Fahrer wirft mir immer wieder Blicke zu. Er zieht die buschigen weißen Augenbrauen zusammen. Ich nehme ihm sein Unwohlsein, seine Neugier nicht übel. Bis jetzt hat er keine Ahnung, wer ich bin oder weshalb ich in seinem Pick-up sitze.

Irgendwann sagt er: »Wieso versuchen Sie nicht, mir zu erklären, was passiert ist? Vielleicht können wir das Ganze ja gemeinsam wieder geradebiegen. Wie finden Sie das?«

Ich finde, das ist eine tolle Idee.

Ich versuche, ihm die ganze Geschichte zu schildern, aber mehr als Tränen bringe ich nicht zustande.

## 8.57 Uhr

Der alte Mann heißt Trevor und wartet sehr geduldig, während ich all der Angst und dem Stress, die sich in mir aufgestaut haben, freien Lauf lasse. Selbst an meinen Tiefpunkten – von denen es eine Menge gegeben hat – habe ich nur selten geweint, weil ich nicht zu emotional, zu instabil wirken wollte. Aber das hole ich jetzt alles nach. Pausenlos strömen mir die Tränen aus den Augen, ununterbrochen quillt mir Schleim aus der Nase. Irgendwann kramt Trevor ein Taschentuch aus seiner Jeans und reicht es mir. An jedem anderen Punkt in meinem bisherigen Leben hätte ich bei der bloßen Vorstellung, das Taschentuch eines anderen Menschen zu benützen, die Nase gerümpft, aber jetzt denke ich keine Sekunde lang darüber nach. Ich nehme das Taschentuch, um die Sturzbäche, die die Ärmel meines Yoga-Trikots nicht stoppen können, wenigstens einigermaßen einzudämmen.

Ich habe das Gefühl, dass es ziemlich lange dauert, bis ich mein Schluchzen so weit unter Kontrolle habe, dass ich wieder sprechen kann. Ich berichte ihm von Wilks und Messer, von Carlsons Anruf und wie ich um mein Leben gelaufen bin. Trevor ist ein verantwortungsbewusster Fahrer und hält den Blick die meiste Zeit auf die Straße gerichtet. Aber die wenigen Male, wo er den Kopf in meine Richtung dreht, sieht er mich mit ungläubigem Gesichtsausdruck an. Ich kann es ihm nicht verübeln. Allein, dass ich das alles laut ausspreche, erscheint mir verrückt. Wenn ich es nicht selbst erlebt hätte, ich würde es mir vermutlich auch nicht glauben.

Dabei erzähle ich ihm gar nicht alles. Dass mein Mann anscheinend für ein Kartell Geldwäsche betrieben hat, das behalte ich für mich. Das braucht er nicht zu wissen, und außerdem weigere ich mich, das zu glauben, solange ich keine Beweise habe.

Davon abgesehen hat Trevor mir das Leben gerettet und will mir helfen. Ich möchte ihn nicht in Gefahr bringen, indem ich ihm etwas verrate, was später als Bumerang zu ihm zurückkehren könnte. Das ist das Mindeste, was ich für ihn tun kann.

Er sagt: »Das klingt ja nach einem aufregenden Vormittag.«

Ich nicke und wische mir mit dem Handrücken über die Augen. Das Taschentuch ist mittlerweile klatschnass.

Ich räuspere mich. »Damit rechnet man ja wirklich nicht, wenn man gerade eine Scheibe Toast mit Avocado gegessen hat.«

Trevor sieht mich an. »Mit was?«

»Das ist ein Obst. Es ist …« Ich winke ab. »Ist nicht wichtig.«

Merlin knurrt mich immer noch an. Ich glaube, er hat, seit ich eingestiegen bin, keine Sekunde damit aufgehört.

»Wenn er nur den Hauch einer Chance kriegt, dann macht er ununterbrochen weiter.« Trevor schüttelt den Kopf. »Irgendwann wird er müde und schläft ein, träumt davon, wie er Sie anknurrt, wacht auf, und dann geht das Ganze wieder von vorne los.«

»Jedenfalls zeigt er Einsatz«, sage ich. »Das muss man ihm lassen.«

»So kann man es auch sehen. Er mag eben keine Menschen.«

»Ganz generell? Und was ist mit Ihnen?«

Trevor überlegt. »Ich würde sagen, er toleriert mich bestenfalls. Aber nur, weil ich ihm zu fressen gebe.« Er lächelt mich an, sodass ich seine schiefen Zähne und die Lücken dazwischen deutlich erkennen kann. Sein Lächeln ist listig und warmherzig zugleich. Er sagt: »Und nun? Wo soll ich Sie hinbringen?«

Ich rutsche auf meinem Sitz hin und her. »Ich muss zur Polizei. Ich muss mit Rusty reden.«

»Sie ist eine patente Frau«, sagt Trevor in anerkennendem Tonfall.

»Könnten Sie mich vielleicht in die Stadt bringen, zur Polizeiwache? Ich weiß, das ist ziemlich viel verlangt, und ich bin Ihnen bestimmt nicht böse, wenn Sie …«

»Natürlich, das mache ich«, unterbricht er mich. »Auch wenn das ganze Land immer mehr im Chaos versinkt, aber ein paar Menschen mit Anstand gibt es noch.«

»Danke. Vielen, vielen Dank.«

»Der Tag, an dem ich eine Dame in Not im Stich lasse, das ist der Tag, an dem ich ein gottverdammter Sozialist geworden bin.«

Ich warte auf ein Lächeln, auf ein Zeichen, dass das ein Scherz gewesen ist, aber es bleibt aus.

»Wir nehmen die Nebenstraßen«, fährt Trevor fort. »Im Moment fahren wir ja sowieso in die falsche Richtung. Wir schlagen einen schönen weiten Bogen, und dann kommen wir von der anderen Seite her in die Stadt. Falls diese Leute Ihnen also auflauern, weil sie darauf spekulieren, dass Sie dort auftauchen wollen – was keine schlechte Idee wäre, da Sie ja genau das vorhaben –, dann schleichen wir uns heimlich von hinten an. Dann sehen die uns nicht einmal kommen.«

Seine Äuglein funkeln. Er hat Spaß an seiner Idee, genau wie ich auch.

»Sehr gut«, sage ich. »Aber wir könnten die Polizei natürlich auch einfach anrufen, wenn Sie ein Handy hätten, so wie jeder andere Mensch auf dieser Welt.«

Das Funkeln in seinem Blick wird zu einem wütenden Blitzen.

»Hab noch nie so ein Mobildingsbums besessen, und dabei wird es auch bleiben. Wenn Sie wollen, dass der Staat über jeden einzelnen Augenblick Ihres Lebens Bescheid weiß, dann bitte sehr. Aber ich, ich möchte meine altmodische Freiheit behalten. Wir haben uns als Zivilisation doch ganz gut geschlagen, schon bevor diese ganzen Kommunikationsdinger erfunden worden sind, oder etwa nicht? Ihr modernen Leute, ihr beherrscht eure Technologie nicht, ihr werdet von ihr beherrscht. Eure Handys sagen euch, wann ihr aufwachen sollt, wann ihr schlafen gehen sollt, ihr müsst neunzig Mal am Tag in eurem Bookface-Konto nachsehen, habt die ganze Zeit einen GPS-Sender in der Hosentasche, damit auch jeder weiß, wo ihr gerade seid, und dann bezahlt ihr für den ganzen Spaß auch noch Geld. Aber das Beste ist, dass ihr glaubt, ihr wärt die Schlauen, und ich wäre verrückt, weil ich um das alles einen großen Bogen mache.« Er schüttelt den Kopf. »Ist doch völliger Humbug.«

Ich weiß nicht, was ich darauf erwidern soll.

Trevor ist noch nicht fertig. »Aber was weiß ich schon? Ich bin ja bloß ein alter Mann in einer neuen Welt, die ich nicht besonders mag und die mich nicht besonders mag. Also, scheiß auf die Welt.« Er streckt die Hand aus und zerzaust Merlin das Fell. »Hab ich nicht recht, Kumpel?«

Merlin antwortet mit einem Knurren.

Trevor hält sich an seinen Plan und nimmt mich mit auf eine Mini-Tour durch die unmittelbare Umgebung. Ich lerne Nebenstraßen und Feldwege kennen, von deren Existenz ich nicht einmal etwas geahnt habe. So schlagen wir einen Halbkreis um das Städtchen. Je näher wir kommen, desto nervöser werde ich. Ich werde das ungute Gefühl nicht los, dass Wilks und Messer uns auf die Schliche gekommen sind, dass sie sich irgendwo auf die Lauer gelegt haben, um uns abzupassen. Schließlich hat Messer den Pick-up gesehen.

Eine ganze Weile rollen wir schweigend dahin. Ich bin so müde, dass ich auf der Stelle einschlafen könnte. Ich muss ununterbrochen dagegen ankämpfen, aber gleichzeitig ist mein Geist hellwach und wälzt alle möglichen unbeantworteten Fragen. Das Entsetzen lässt mich nicht mehr los, ich kann ihm nicht entkommen. Noch nie im Leben habe ich so eine schreckliche Angst empfunden. Aufgrund meiner Angststörung mache ich mir permanent Sorgen, bin immer angespannt, ja, manchmal habe ich sogar Angst um mein Leben, aber noch nie zuvor habe ich geglaubt, dass mich jemand ermorden will. Das Gefühl ist so übermächtig, so archaisch, aber ich habe es bis jetzt noch nie empfunden. Mein bisheriges Leben ist so behütet, so ereignislos verlaufen, dass ich auf diese Erfahrung, auf diese Empfindungen nicht vorbereitet bin. Ich spüre eine Erschöpfung, aber nicht nur körperlich, sondern auch geistig, nicht nur geistig, sondern auch emotional. Ich spüre …

»Anhalten.«

Trevor sieht mich an. »Ich bin mir nicht sicher, ob wir das wirklich …«

*»Anhalten!«*

Mehr Überzeugungsarbeit ist nicht nötig.

Ich habe die Tür bereits aufgestoßen, bevor die Räder zum Stillstand kommen, und übergebe mich mitten auf die Straße.

Mehrfach und ziemlich brutal erbreche ich meinen Mageninhalt nach draußen, speie und würge so lange, bis ich innerlich vollkommen leer bin, bis Spucke- und Schnodderfäden von meiner Nasenspitze zu meinen Lippen führen, bis mir die Tränen in den Augen stehen und meine Wangen klatschnass sind, bis sich auf dem Asphalt eine große, helle Pfütze gebildet hat.

Es geht mir viel besser.

Trevor beugt sich zu mir herüber und mustert mich gründlich. Geschwächt recke ich den Daumen in die Höhe, zum Zeichen, dass er sich keine Sorgen zu machen braucht. Er späht an mir vorbei und knurrt.

»Wenn Avocado rückwärts so aussieht, dann bin ich sehr froh, dass ich es noch nie probiert habe.«

## *9.14 Uhr*

Trevor sagt: »ETA acht Minuten.«

Ich weiß nicht, was das heißt, aber eine Minute später sagt er: »ETA sieben Minuten.« Jetzt kann ich die Abkürzung entschlüsseln: Estimated Time of Arrival, die voraussichtliche Ankunftszeit. »Wir sind gleich da«, hätte es zwar auch getan, aber ich halte den Mund und bleibe, wo ich bin, halb im Fußraum und halb auf dem Beifahrersitz. Ich lasse ihn machen und bin so dankbar für seine Hilfe, dass er mir schlagartig zum liebsten Menschen auf der ganzen Welt geworden ist.

Es war meine Idee gewesen, ziemlich weit nach unten zu rutschen, aber inzwischen bin ich mir nicht mehr sicher, ob es die richtige war. Denn jetzt merke ich, dass meine Sicht sehr eingeschränkt ist, und das gefällt mir auch nicht. Bis auf die oberen Stockwerke der höheren Häuser am Straßenrand kann ich nichts erkennen. Ich kann nicht geradeaus und nicht auf die Bürgersteige sehen. Was im Gegenzug natürlich bedeutet, dass alle, die da draußen sind – insbesondere Wilks und Messer – mich auch nicht sehen können. Ich habe mich versteckt – und deshalb bin ich blind.

Dadurch komme ich auch Merlin näher, als wir beide uns das wünschen. Sein anhaltendes Knurren hat eine tiefere, aggressivere Note bekommen. Ich bin in seine Privatsphäre eingedrungen, und es überrascht mich nicht, dass ihm das ganz und gar nicht passt.

Ich weiß genau, wie du dich fühlst, Kumpel. Weil heute Morgen nämlich zwei Kartell-Killer in *meine* Privatsphäre eingedrungen sind.

»Sind Sie sicher, dass Sie das wirklich machen wollen?«, erkundigt sich Trevor.

»Was habe ich denn für eine Wahl? Ich muss zur Polizei gehen. Ich brauche Hilfe.«

Trevor zuckt mit den Schultern. »Meine Hütte steht ein ganzes Stück abseits, oben in der Schlucht. Da kommt niemand auch nur in die Nähe, ohne dass ich es mitkriege. Da wären Sie in Sicherheit.«

»Das ist sehr lieb von Ihnen, Trevor. Vielen Dank. Aber was dann? Ich kann mich ja nicht ewig da oben verstecken, stimmt's? Ich muss Leo erreichen, bevor er in sein Flugzeug steigt, vorausgesetzt, er hat das nicht schon getan, und dann muss ich noch mal mit Carlson reden und rauskriegen, was hier eigentlich los ist, wieso das Kartell hinter Leo her ist. Ohne Telefon bin ich hilflos. Noch schlimmer, Leo ist hilflos. Das ist ein Fall für die Polizei, ganz egal, was noch passiert oder auch nicht. Leo schwebt in Gefahr, genau wie ich. Und Rusty weiß bestimmt, was zu tun ist. Oder nicht?«

Trevor ist nicht völlig überzeugt.

»Sie könnten sich ein bisschen ausruhen«, sagt er. »Sich ohne Druck den nächsten Schritt überlegen. Bis jetzt war Ihr Tag ja die Hölle, wie sollen Sie da vernünftig denken können? Und meiner Erfahrung nach sind genau das die Situationen, in denen die Menschen Fehler machen. Können Sie es sich erlauben, einen Fehler zu machen?«

»Leo ist in diesem Moment unterwegs zum Flughafen. Vielleicht ist er schon da, vielleicht ist er kurz davor, in sein Flugzeug nach Europa zu steigen. Ich hoffe es. Ich hoffe, er sitzt sicher und geborgen auf seinem Platz und schwebt durch die Lüfte, weit weg von allem. Aber wenn das nicht so ist, dann muss ich ihn warnen. Oh Gott, vielleicht haben sie ihm ja auch irgendwelche Leute auf den Hals gehetzt. Vielleicht erwarten sie ihn sogar am Flughafen.« Mein Herz rast, und mein Atem geht schneller, als ich mir bildlich vorstelle, wie Leo von Leuten wie Wilks und Messer entführt wird.

»Klingt eher so, als hätte er *Sie* warnen müssen, finde ich.«

Ich gebe ihm keine Antwort. Ach, Leo, wo bist du da bloß reingeraten? Du hättest es mir sagen müssen. Wir hätten eine Lösung finden können, bevor Attentäter auf unserer Türschwelle aufgetaucht sind.

»ETA fünf Minuten«, sagt Trevor. »Bis jetzt sieht alles gut aus.«

Ich habe ihm den schwarzen SUV beschrieben, sodass er weiß, worauf er achten muss. Ich habe ihm auch Wilks und Messer beschrieben, was mir aber, sehr zu meiner Verblüffung, nicht leichtgefallen ist. Ist Wilks älter als Messer, oder ist es umgekehrt? Tragen sie beide holzkohlegraue Anzüge, oder ist der von Wilks marineblau? Wer von den beiden hatte dunkle Haare und wer blonde?

»Ein Mann und eine Frau in Anzügen«, fasst Trevor zusammen. »Traue keinem Menschen im Anzug.«

Er ist meine Augen. Er hält mich auf dem Laufenden, während wir in Richtung Ortszentrum fahren, aber wenn er spricht, dann nur mit aufeinandergebissenen Zähnen und ohne die Lippen zu bewegen ... eine extreme, aber notwendige Vorsichtsmaßnahme. Allmählich legt sich meine Angst. Kein schwarzer SUV, der die Straße blockiert oder im Hinterhalt auf uns wartet. Kein Paar in Anzügen, das unseren Pick-up mit Kugeln durchlöchern will.

Mein Rücken tut schon eine ganze Zeit lang weh, während ich mich immer noch unter dem Fenster im Fußraum zusammenkauere.

»Soll ich Sie direkt vor der Wache rauslassen?«

»Ihrem Tonfall entnehme ich, dass Sie das nicht unbedingt empfehlen würden?«

Er presst beim Sprechen immer noch seine schiefen Zähne aufeinander und gibt für seine Rolle als Bauchredner-Imitator alles, was er hat. Ich muss fast lachen, trotz der widrigen Umstände. »Ist nur so ein Gedanke«, sagt er. »Aber Sie haben ja nicht wahnsinnig viel Auswahl, stimmt's? Die wissen das. Vielleicht rechnen sie damit, dass Sie zu Rusty wollen. Und dann hatten sie mehr als genug Zeit, um vor Ihnen hier zu sein, oder? Nicht, dass ich ernsthaft davon ausgehe, dass sie vor einer Polizeiwache eine Schießerei anfangen würden, aber meiner Meinung nach tun Sie sich keinen Gefallen, wenn Sie Ihre Gegner unterschätzen.«

»Okay«, sage ich. »Dann halten Sie in der Mitte des Häuserblocks an. Wenn die Luft rein ist, gehe ich den Rest zu Fuß und kann mich noch einmal gründlich umsehen. Ich meine den Häuserblock auf der Rückseite der Wache.«

Er nickt. »Hatte ich sowieso vor.«

Es ist ein ruhiges Örtchen. Beschaulich. Es gibt eine Handvoll kleiner Frühstückspensionen, einladende Cafés und ein paar kleine Tante-Emma-Läden. Weit und breit kein Beton in Sicht. Jedes Haus sieht aus, als sei es seit hundert Jahren unverändert. Jede Straße wird von Bäumen gesäumt. Überall roter Backstein und weiß lackiertes Holz. Viele dekorative Markisen. Die Menschen, die hier wohnen, lieben diesen dörflichen Charme und wollen ihn erhalten.

Der Diner in der Main Street bietet den besten Apfelkuchen im ganzen Bundesstaat an. Das Kino ist, soweit ich weiß, das zweitälteste im ganzen Land. Trotzdem ist es ein typischer Durchreise-Ort, weil eigentlich niemand bewusst hierherkommt, um die pittoreske Schönheit zu genießen. In jede Richtung gibt es berühmtere, touristischere Städtchen. Ortschaften, die richtige Postkartenromantik versprechen. Und das ist uns gerade recht so, herzlichen Dank auch.

Wir nähern uns unserem Ziel, und Trevor fährt jetzt langsamer. Er ist vorsichtig. Er hält permanent Ausschau. Ich hoffe, dass er Wilks und Messer mit ihren Anzügen leicht identifizieren kann. Hier laufen die Leute normalerweise nicht mit Hemd und Krawatte, Halbschuhen und Einreihern herum. Die Wall Street ist zwar nur hundert Kilometer entfernt, aber es könnten genauso gut auch tausend sein.

Er hält in der Straße an, die hinter der Polizeiwache verläuft, direkt vor Earnest's Gemischtwarenladen. »Da wären wir«, sagt er.

Ich hole einmal tief Luft.

»Keine Eile«, versichert er mir. »Steigen Sie erst aus, wenn Sie so weit sind. Ich habe den ganzen Tag Zeit, wenn es nötig ist.«

Ich rutsche aus meinem Versteck nach oben, spüre jeden meiner erschöpften Muskeln. Alles tut mir weh. Trevor sieht mich leiden.

»Sie haben ja gar keine Schuhe an«, sagt er. »Wieso merke ich das erst jetzt?«

Meine nackten Füße sind von einer dicken Schicht aus Schmutz und geronnenem Blut bedeckt. Die ekligsten Strümpfe der Welt, gewissermaßen.

»Hier, nehmen Sie meine«, sagt er und knüpft seine Schnürsenkel auf. »So können Sie doch nirgendwo hingehen.«

Seine Großzügigkeit rührt mich an, aber … »Sie haben richtige Clownsfüße, Trevor. In den Dingern kann ich unmöglich gehen. Da falle ich bloß hin und schlage mir den Schädel blutig.«

Er hält inne. Schmollt ein wenig.

»Hören Sie«, sage ich. »Ich kann Ihnen gar nicht genug danken für das, was Sie für mich getan haben. Sie haben mir das Leben gerettet. Das ist keine Übertreibung. Ich weiß ganz sicher, dass ich jetzt tot wäre, wenn Sie nicht genau zum richtigen Zeitpunkt vorbeigekommen wären.«

Er kann mich nicht anschauen, so verlegen macht ihn mein Lob. Ich lege ihm einen Arm um die Schultern und drücke ihm ein Küsschen auf die Wange. Er wird rot wie eine Ketchupflasche.

»Trevor«, necke ich ihn. »Sie werden ja rot.«

»Gar nicht«, erwidert er hastig. »Das ist bloß der Blutdruck.«

Ich lächele. Er ist süß. »Ich hätte gern Ihre Telefonnummer, aber Sie haben ja keine.«

Er antwortet mit einer Art Knurren.

»Wo steht denn Ihre Hütte?«, frage ich ihn. »Ich bringe Ihnen ein paar von meinen Tomaten vorbei, sobald das alles hier vorüber ist. Die sind köstlich. Und hundert Prozent bio.«

Er schnaubt verächtlich. »Hören Sie mir bloß auf mit diesem Hippie-Blödsinn. Wir haben dieses Land aufgebaut, indem wir unser Essen vernünftig angebaut haben. Wir sind doch nicht über den weiten Ozean hierhergekommen, um …«

»Ihre Adresse, Trevor. Bitte.«

Er gibt sie mir und fügt noch hinzu: »Ich bleibe noch eine Weile hier stehen. Falls Ihnen irgendwas seltsam vorkommt, dann rennen Sie … humpeln Sie wieder zu mir zurück, einverstanden? Das müssen Sie mir versprechen, Jem.«

Ich nicke. »Wird gemacht.« Ich hole tief Luft und stoße die Beifahrertür auf. »Bis bald, Merlin.«

Merlin knurrt.

Ich hole noch einmal Luft. Nur ein paar Meter, dann bin ich in Sicherheit. Dann bin ich bei Rusty.

Ich sage mir, dass ich das schaffen werde.

## 9.18 Uhr

Jeder normale Mensch will seinen Tag mit einer guten Tasse Kaffee beginnen, und das geht Rusty ganz genauso. Allerdings darf dieser Kaffee nicht aus einer der üblichen Filterkaffeemaschinen stammen. Oh nein, was das angeht, hat Rusty einen sehr viel ausgefeilteren Geschmack, und zwar schon seit ihrer Kindheit. Als ihr Großvater nach dem Ende des Krieges aus Italien zurückgekehrt war, da hatte er, neben tausend Geschichten, auch einen kleinen Kaffeekocher aus Aluminium im Gepäck gehabt. Rusty, die zahlreiche Sommer bei ihm verbrachte, sah jeden Morgen zu, wie er sich Zeit nahm, um die Kaffeebohnen von Hand zu mahlen, bis er genügend feines schwarz-braunes Pulver beisammenhatte. Es wurde, das würde sie im Lauf der Zeit lernen, Espresso genannt.

Ihr Großvater füllte das Pulver in das Kaffeesieb des Kochers und sagte: »Und jetzt kommt das Beste. Wir warten.«

Damals hatte sie den Wert des Wartens noch nicht begriffen. Die kleine Rusty war ein ungeduldiges Kind gewesen, wie die meisten Kinder, und das Ganze hatte sie schon nach wenigen Sekunden gelangweilt. Geduld ist schließlich eine Tugend, die man lernen muss. Aber sie wollte, dass ihr Großvater stolz auf sie war, darum setzte sie sich Morgen für Morgen zu ihm, um den Kaffeekocher zu beobachten.

Wenn das Ding dann endlich anfing zu zischen, grinste der alte Mann, sodass sein schiefer Kiefer, den ein deutscher Gewehrlauf vor langer Zeit entzweigebrochen hatte, deutlich zu erkennen war. Er goss den dampfenden Kaffee aus der Kanne in einen Emaillebecher und nahm laut schlürfend einen ersten Schluck.

»Unübertrefflich«, sagte er glücklich und zufrieden.

Während dieses ersten Mals beobachtete Rusty ihn mit begierigen Blicken und wartete darauf, dass auch sie diese unübertreffliche schwarze Flüssigkeit probieren durfte. Vor Erwartung lief ihr das Wasser im Mund zusammen.

»Oh nein, junge Dame, das ist nichts für dich.«

Darüber war Rusty nicht erfreut. So viel Geduld hatte sie bewiesen, so hohe Erwartungen gehabt, und das alles für nichts?

»Du bist noch zu jung«, hatte ihr Großvater beharrt.

Tja, sie würde es ihm schon zeigen. Sie hatte ja jeden seiner Handgriffe beobachtet, darum wartete sie, bis er nach draußen gegangen war, um sein Tagwerk zu beginnen. Und dann machte Rusty sich daran, ihm nachzueifern. Sie mahlte die Bohnen, was sehr anstrengend war. Sie musste die Mühle zwischen die Oberschenkel klemmen und mit beiden Händen die Kurbel packen, um sie überhaupt drehen zu können. Doch mit jeder Umdrehung ging es ein bisschen leichter, ein bisschen schneller, so lange, bis sie das gleiche feine Espressopulver hergestellt hatte wie ihr Großvater. Er hatte die Kanne bereits ausgewaschen, also füllte sie Wasser in das Unterteil, gab das Kaffeepulver in den Trichtereinsatz und schraubte die Kanne darauf. Weil sie so klein war, musste sie sich einen Hocker nehmen, um die Kanne auf den Herd stellen zu können.

Dann wartete sie.

Dieses Mal machte es ihr nichts aus. Es wurde ihr nicht langweilig. Sie war aufgeregt und ängstlich und konnte es kaum erwarten, ihre Kreation zu probieren.

Sie hatte in der Küche eine ziemliche Schweinerei veranstaltet – Kaffeebohnen auf dem Fußboden, Kaffeepulver hier und Wasserpfützen dort. Aber sie bemerkte es nicht.

Irgendwann fing die Kanne an zu zischen und verkündete so ihren Erfolg, ihren Sieg.

Großvater hatte ein Tuch benutzt, um die Kanne vom Herd zu nehmen, und sie machte es ihm nach. Als sie vom Hocker hüpfte, tropften ein paar kochend heiße Kaffeespritzer auf den Fußboden und hätten beinahe ihre winzigen rosafarbenen Zehen verbrüht. Das war knapp gewesen, und sie nahm sich fest vor, konzentrierter und vorsichtiger zu sein.

Großvater hatte seinen Emaillebecher mit nach draußen genommen, darum suchte sie sich einen anderen, stellte ihn auf den Küchentisch und füllte ihn bis zum Rand mit Kaffee.

Feuchter Dampf legte sich auf ihr Gesicht, während sie das Ergebnis ihrer Bemühungen betrachtete. Ihre Speicheldrüsen arbeiteten auf Hochtouren, sodass sie die überschüssige Flüssigkeit sogar schlucken musste.

Es war noch zu heiß, um daran zu nippen, das war ihr klar.

Sie wartete.

Aber sie wusste nicht, wie lange, und wurde allmählich ungeduldig. Sie blies auf die schwarze Oberfläche und betrachtete die kleinen Wellen. Noch mehr Dampf stieg auf. Sie nahm den Becher in beide Hände und hielt ihn sich vors Gesicht. Dabei kühlte sie die Flüssigkeit ununterbrochen mit ihrem Atem.

Der Becherrand berührte ihre Unterlippe, sie neigte ihn leicht und nippte an ihrem Kaffee.

Und spuckte ihn wieder aus.

Nicht, weil er zu heiß war, sondern weil er ekelhaft schmeckte.

Vierzig Jahre später lässt sie alles andere stehen.

Und darum fragt sie sich, wieso Wachtmeister Sabrowski eine Tasse mit geschmacklosem, seelenlosem Filterkaffee auf ihren Schreibtisch gestellt hat. Sie nimmt einen Schluck, verzieht das Gesicht und ruft Sabrowski zu sich, um ihn mit einem Kugelschreiber zu bewerfen.

Immerhin ist er schnell genug, um sich zu ducken.

»Willst du mich eigentlich vergiften, Herr Wachtmeister?«

»Chef?«

»Willst du, dass ich leide?«

»Chef?«

»Hasst du mich denn wirklich so sehr?«

»Chef?«

Mit beiden Händen deutet sie auf den Becher voll reinster Beleidigung auf ihrem Schreibtisch.

Sabrowski braucht ein paar Sekunden, bis er verstanden hat. »Tut mir leid, Chef. Da hab ich wohl Zeke aus Versehen deinen gegeben und dir seinen.«

Rusty stemmt ihre fleischigen Pranken auf die Tischplatte und beugt sich nach vorne. »Dann solltest du dich lieber beeilen und diesen Irrtum korrigieren, bevor Zeke auf einen Geschmack kommt, der seinen Dienstgrad bei Weitem übersteigt.«

»Wie jetzt?«

Sie greift nach dem nächsten Kugelschreiber und richtet ihn drohend in Sabrowskis Richtung. »Bring mir meinen Kaffee, du Vollpfosten!«

Sabrowski zuckt erschrocken zurück, als könnte der Kugelschreiber ihm tatsächlich etwas anhaben, und greift nach der Türklinke.

»Und nimm diese Abscheulichkeit hier mit«, befiehlt sie ihm. »Der bloße Anblick ist eine schwere Beleidigung.«

Sabrowski gehorcht. Zwei Minuten später ist er wieder da.

»Warum kommst du mit leeren Händen wieder, Herr Wachtmeister?«, will Rusty wissen. »Mein Durst ist mittlerweile unerträglich geworden und mein Geduldsfaden dünner als deine Beine.«

Sabrowski erwidert: »Tut mir leid, Rust, aber ich bin aufgehalten worden.«

»Und was hat das jetzt wieder zu bedeuten?«

»Da sind zwei Leute, die dich sprechen wollen«, fügt Sabrowski erläuternd hinzu. »Vom FBI.«

»Für solche Scherze ist es noch zu früh, Herr Wachtmeister. Wenn ich jetzt aufstehe und da draußen Zeke mit einem geliehenen Anzug und Schweineschmalz im Haar erwische, der so tut, als hätte er die Pubertät endlich hinter sich, dann wird es ungemütlich. Solche Dummheiten sparen wir uns für den Nachmittag auf, und eine unterkoffeinierte Vorgesetzte hat darauf überhaupt keine Lust.«

Sabrowski beteuert seine Ernsthaftigkeit. »Wenn ich es dir sage, Rust. Da draußen stehen zwei sehr verkniffene Gestalten mit Dienstmarken, die sofort mit dir sprechen wollen.«

Rusty ist immer noch nicht bereit, das zu glauben. In all ihren Jahren als Polizeidienststellenleiterin hat sie noch nicht einmal einen Anruf vom FBI bekommen, geschweige denn Besuch von zwei leibhaftigen Agenten.

»Die sehen echt verkniffen aus, Chef«, fährt Sabrowski fort. »Soll ich ihnen sagen, sie sollen am Nachmittag wiederkommen, wenn du mehr Lust auf ihre Dummheiten hast?«

»Hör endlich auf, in jedem wachen Moment den Idioten zu spielen, Sabrowski.« Rusty steht auf. »Mach ab und zu mal eine Pause. Probier's aus. Vielleicht gefällt es dir ja.«

Sie umrundet ihren Schreibtisch und sieht erneut nach, ob ihr Gürtel eng geschnallt und das Hemd in die Hose gestopft ist.

Vor ihrem Büro stehen eine Frau und ein Mann in Anzügen. Sie fallen eindeutig aus dem Rahmen und blicken bereits ungeduldig in ihre Richtung. Sabrowski hatte recht: Das sind zwei sehr verkniffene Menschen.

»Ich bin die Leiterin der Dienststelle«, sagt Rusty und geht auf die beiden zu.

Die Frau ergreift das Wort: »Ich bin Agentin Wilks, und das ist Special Agent Messer. Wir würden uns gerne mit Ihnen über eine Bewohnerin dieses Orts unterhalten.«

»Und um wen geht es? Wer in unserem friedlichen, kleinen Städtchen hat es geschafft, die Aufmerksamkeit der wundervollen, herzensguten Menschen beim FBI auf sich zu lenken?«

»Eine gewisse Jemima Talhoffer.«

Rusty spitzt die Lippen. »Yoga-Jem? Die ist doch stiller als eine stumme Maus. Was hat sie denn verbrochen?«

Wilks wirft Zeke und Sabrowski einen Blick zu, während die beiden zentimeterweise näher rücken, um kein Wort dieser noch nie da gewesenen Konversation zu verpassen.

Sie sagt: »Vielleicht sollten wir die Angelegenheit in einer etwas privateren Atmosphäre fortsetzen?«

»Na, klar«, erwidert Rusty. »Wollen Sie vielleicht etwas zu trinken?«

»Ich nicht«, sagt Wilks.

Messer schüttelt den Kopf.

Rusty macht einen Schritt zur Seite und bittet die beiden FBI-Agenten mit einer Handbewegung in ihr Büro.

»Da entlang, bitte. Fühlen Sie sich wie zu Hause.«

Sie folgt den beiden, verharrt aber noch einmal kurz, um Sabrowski mit stummen Lippen eine Anweisung zu geben: *Mein Kaffee, sofort.*

## 9.23 Uhr

Im Sommer ist das Städtchen wunderschön, und jetzt, im Herbst, behält es diese Schönheit bei, ergänzt um eine zusätzliche Nuance, eine gewisse reife Fülle, die sich in den rostroten Blättern zeigt, die auf den Bürgersteigen und Dächern liegen. Es ist still, weil es hier immer still ist. Ich brauche diese Stille. Ohne sie wäre ich niemals in der Lage, hier einzukaufen. In letzter Zeit mag ich, abgesehen von vielen anderen Dingen, auch keinen Krach mehr. Aber jetzt, an diesem Morgen, mag ich die Stille nicht. Durch den fehlenden Lärm fühlt sich die Stadt leer und bedrohlich an. Es sind nur wenige Meter bis zur Polizeiwache, aber ich werde das Gefühl, beobachtet zu werden, einfach nicht los. Ich bin mir der vielen Fenster ringsumher überdeutlich bewusst – auf meiner Straßenseite, auf der gegenüberliegenden Seite, im Erdgeschoss und in den höheren Stockwerken. Und hinter jedem dieser Fenster könnte jemand stehen. Sie könnten mich sehen, obwohl ich sie nicht sehen kann.

Ich komme mir vor, als wäre die ganze Stadt mein Feind.

Ich bin paranoid, ich weiß, aber angesichts dessen, was passiert ist, habe ich auch jedes Recht dazu. Oder etwa nicht?

Reiß dich zusammen, Jem. Du bist gleich da. Geh einfach in die Wache.

Da drin bist du in Sicherheit. Da drin können Wilks und Messer dir nichts anhaben.

Ohne die aufputschende Wirkung des Adrenalins bereitet mir jeder Schritt Schmerzen. Ich hinke mehr, als dass ich gehe. Allmählich spüre ich jeden einzelnen Kratzer, jede Schnittwunde an meinen Fußsohlen, und davon habe ich eine Menge. Die Verfolgungsjagd durch den Wald hat mehr Schaden angerichtet, als ich gedacht hatte.

Da sehe ich mein Spiegelbild in einem Schaufenster. Mannomann … als würde ich direkt aus dem Dschungel kommen, nachdem ich zehn Jahre lang dort umhergeirrt bin. Meine Haare stehen in alle Richtungen ab, meine Kleider sind mit Schmutz und Blut und Gott weiß was beschmiert … es ist beinahe zum Lachen. Vorhin habe ich mir noch Sorgen gemacht, dass ich nach dem Yoga vielleicht nach Schweiß rieche, aber jetzt … jetzt stinke ich mit Sicherheit zum Himmel.

Das ist deine kleinste Sorge, Jem.

Um ehrlich zu sein, es macht mir überhaupt nichts aus. Nicht einen Hauch. Schon komisch, wie oft wir uns über unser äußeres Erscheinungsbild Gedanken machen, aber wenn es wirklich hart auf hart geht, dann spielt das überhaupt keine Rolle mehr.

Ich nähere mich der Polizeiwache. Es ist ein niedriges, rechteckiges Gebäude. Auf der Rückseite gibt es keinen Hinweis darauf, welchem Zweck das Gebäude dient, und wer es nicht weiß, der könnte alles Mögliche darin vermuten: Büros, eine Bank, womöglich sogar einen Gottesdienstsaal.

Ich drehe mich um und blicke zu Trevor. Ich weiß gar nicht

genau, wieso, was ich mir davon erhoffe. Eine Vergewisserung vielleicht. Ich will einfach nur wissen, dass er noch da ist.

Ist er. Er nickt mir bedächtig zu, und das reicht mir schon. Ich drehe mich wieder um und humpele den Rest des Weges bis zur Straßenecke. Ich gehe um die Wache herum, weil es keinen öffentlich zugänglichen Hintereingang gibt.

Jetzt kann ich Trevor nicht mehr sehen, und das ist nicht gut für meine Nerven, aber ich bin der Rettung so nahe, dass ich weiterhumpele und die Vorderseite des Gebäudes erreiche.

Auf dem Parkplatz steht ein schwarzer Explorer.

Ich zögere keine Sekunde, sondern trete sofort den Rückzug an. Ich sehe weder Wilks noch Messer, aber sie müssen im Gebäude oder ganz in der Nähe sein.

Hastig kehre ich zu Trevor zurück, der mich den Bürgersteig entlanghumpeln sieht und sofort Gas gibt, um mir jeden weiteren Meter zu ersparen.

»Was ist denn los?«, will er wissen, während ich die Beifahrertür aufreiße und in die Kabine klettere.

»Sie sind hier«, stoße ich atemlos und in heller Panik hervor. »Wilks und Messer.«

»Vor der Wache?«

»Ich habe ihr Auto gesehen. Das steht da. Sie sind vielleicht drin. Oh Gott, was soll ich denn jetzt machen?«

Trevor ist verwirrt. »Sie glauben, dass die beiden auf der Polizeiwache sind?«

Ich nicke. »Ja. Ja, genau. Ihr SUV steht auf dem Parkplatz, also was sonst?« Ich schüttele den Kopf, bin wütend auf mich selbst. »Wir haben zu lange gebraucht. Wir haben ihnen zu viel Zeit gelassen. Sie müssen dahintergekommen sein, was wir vorhaben. Was soll ich jetzt bloß machen?«

Trevor sieht immer noch ziemlich verwirrt aus. »Die Kartellleute sind auf der Polizeiwache?«

*»Ja«*, fauche ich ihn an. So langsam verliere ich die Geduld. »Was ist denn daran so schwer zu verstehen? Sie waren eben schneller.«

Trevor versinkt in nachdenkliches Schweigen und spitzt die Lippen. Seine grauen Augen sehen mich fragend an.

Meine Empörung legt sich langsam, und jetzt bin auch ich verwirrt.

Ich frage: »Warum sind die auf der Wache?«

»Da bin ich überfragt«, sagt Trevor. »Also, ich weiß natürlich nicht allzu viel über Fälschungen, aber ich kann mir nicht vorstellen, dass Drogendealer in der Lage sind, FBI-Dienstmarken so echt nachzumachen, dass die Polizei sich davon ins Bockshorn jagen lässt.«

»Wollen Sie damit sagen, dass diese Leute nicht nur für das Kartell arbeiten? Dass es vielleicht korrupte Agenten sind?«

Er zuckt mit den Schultern. »Kann schon sein, aber das wollte ich damit eigentlich gar nicht sagen.«

Ich weiß, was er sagen wollte, und verstumme. Für einen kurzen Moment schlage ich die Hände vors Gesicht.

»Bitte, Trevor, sagen Sie nicht, dass ich vor echten FBI-Agenten davongelaufen bin. Oh Gott, bitte sagen Sie das nicht. Das kann doch nicht wahr sein, oder?«

Trevor stößt einen mitfühlenden Seufzer aus.

Dann sagt er: »Ich glaube, Sie müssen mit der Möglichkeit rechnen, dass Sie die ganze Zeit auf dem falschen Dampfer waren. Weil, selbst wenn zwei üble Vollstrecker eines Verbrecherkartells sich so gute Fälschungen besorgen könnten, dass sie Rusty austricksen können, bleibt die Frage, ob sie das Risiko wirklich eingehen würden. Würden sie tatsächlich in die Höhle des Löwen marschieren und versuchen, den Löwen zu täuschen, wenn es nicht unbedingt notwendig wäre?«

Ich kann ihm nicht antworten. Meine schmerzenden Füße

habe ich vollkommen vergessen, weil ich mich bei jedem weisen, vernünftigen Wort aus Trevors Mund noch ein bisschen schlechter fühle.

»Aber Carlson«, sage ich schließlich. »Er … er hat gesagt, dass ich in Gefahr bin. Dass die beiden gar nicht für das FBI arbeiten. Das hat er gesagt, ich schwöre. Dass er der einzige Agent ist, der mit dem Fall befasst ist, der über Leo Bescheid weiß. Ich habe mich nicht verhört, Trevor. Ich denke mir das nicht aus.«

»Das glaube ich Ihnen«, erwidert Trevor mit sanfter Stimme. »Ich bin mir sicher, dass er genau das gesagt hat.«

Ich weiß, was Trevor als Nächstes sagen wird. »Aber woher weiß ich, dass Carlson mir die Wahrheit gesagt hat?«

Trevor zuckt mit den Schultern.

»Oh nein«, hauche ich. »Oh, Jem, du dummes, dummes Ding.«

»Machen Sie sich keine allzu großen Vorwürfe«, sagt Trevor. »Man kann immer nur das tun, was man im Augenblick für richtig hält. Und Augenblicke ändern sich nun mal.«

»Danke für Ihre aufmunternden Worte, Trevor. Ich weiß das wirklich zu schätzen. Aber reden wir nicht um den heißen Brei herum: Ich habe Mist gebaut, und zwar Riesenmist. Ich habe einen schrecklichen Fehler begangen. Ich dachte, ich würde um mein Leben laufen, dabei bin ich vor dem verdammten FBI davongelaufen.«

»Das können Sie nicht mit Sicherheit sagen.«

»Oh doch«, fauche ich ihn an. »Und Sie auch!« Ich stoße die Beifahrertür auf. »Ich muss das wieder in Ordnung bringen, bevor sie im ganzen Land nach mir fahnden. Ach, Trevor, vielleicht haben Sie die ganze Zeit eine gesuchte Person bei sich versteckt. Vielleicht haben Sie sich strafbar gemacht.«

»Wir sollten jetzt keine voreiligen Schlüsse ziehen.«

Ich schüttele den Kopf. »Genau das habe ich aber getan.« Ich steige aus. »Ich habe den schlechtesten aller voreiligen Schlüsse gezogen, und zwar nur, weil ich einen Anruf von einem wildfremden Mann bekommen habe. Ich habe ja gewusst, dass ich verrückt bin, aber so verrückt? Das hätte ich nicht gedacht. Fahren Sie nach Hause, Trevor. Nehmen Sie Merlin mit und lachen Sie über mich. Das werde ich auch irgendwann machen, sobald ich die Demütigung überwunden habe und wieder einigermaßen normal gehen kann. Aber jetzt noch nicht, und es wird wohl noch eine ganze Weile dauern.«

Trevor beugt sich über den Sitz, etwas näher zu mir. »Soll ich Sie vielleicht einmal um den Block fahren und vorne absetzen?«

»Nein, danke. Sie haben schon mehr als genug für mich getan. Ich will nicht noch mehr von Ihrer Zeit verschwenden. Und ich muss jetzt erst mal allein sein, für ein paar Augenblicke wenigstens. Ich muss meine Gedanken sortieren, bevor ich da reingehe.«

Seine buschigen Augenbrauen heben sich. »Wie Sie wollen, Jem. Sie wissen am besten, was gut ist für Sie. Und wegen meiner Zeit brauchen Sie sich keine Gedanken zu machen. Es war in jedem Fall ein interessanter Vormittag.«

Er lächelt mir zu. Ich kann nicht zurücklächeln.

»Bis demnächst«, sage ich und mache mich auf den Weg, um mein Urteil entgegenzunehmen.

Ich komme nur sehr langsam voran. Ich schlurfe, aber nicht, weil mir die Füße wehtun, sondern weil es mir so peinlich ist, weil ich mich so sehr schäme, dass ich am liebsten gar nicht ankommen möchte. Im Rückblick kann ich gar nicht glauben, dass ich jemals auf Carlson gehört habe, wer immer er sein mag. Ich versuche, mich zu erinnern, was er gesagt hat, was ich gesagt habe, aber es ist alles sehr verschwommen und durcheinander. Er muss sich sehr überzeugend angehört haben. Ich habe jedenfalls keinen Augenblick an seiner Echtheit gezweifelt. Vielleicht lasse ich mich ja leicht verführen. Vielleicht bin ich zu leichtgläubig, zu passiv, mache mir zu wenig eigene Gedanken.

War ich schon immer so?

Nein, auf keinen Fall. Früher habe ich mich nie unvollständig gefühlt. Früher habe ich mich nie gehasst.

Ich drehe mich um und sehe, dass Trevor immer noch an derselben Stelle steht, dass er immer noch wartet. Ein unablässiger Bewacher.

Ich stemme die Hände in die Hüften.

Er macht eine fragende Handbewegung, will wissen, was ich da mache.

*Los*, fordere ich ihn mit stummen Lippen auf.

Er zieht die Stirn kraus und schüttelt den Kopf.

Ich zucke trotzig mit den Schultern. Wenn er nicht wegfährt, dann gehe ich eben auch nicht weiter.

*Na gut*, entgegnet er ebenfalls stumm. Dann noch etwas, was ich nicht verstehe. Vermutlich geht es in Richtung *Wie Sie wollen*, wenn auch eine Spur weniger höflich.

Er fährt los und rollt an mir vorbei, nickt mir zu, und ich nicke zurück.

Dann ist er weg. Ich nehme an, dass Merlin jetzt wenigstens nicht mehr knurrt.

Ich gehe auf die Wache zu und seufze, schüttele den Kopf angesichts meiner überhasteten Reaktion, meiner miserablen Urteilsfähigkeit. Was ist bloß in mich gefahren?

Es wird Zeit, das richtigzustellen. Zeit herauszufinden, was eigentlich wirklich los ist.

Als ich näher komme, sehe ich den großen SUV auf dem Parkplatz und Wilks danebenstehen. Sie telefoniert. Sie ist zu weit entfernt, um ihre Worte zu verstehen, und bis jetzt hat sie noch nicht in meine Richtung geblickt, darum weiß sie nicht, dass ich da bin. Es ist noch keine Stunde her, dass ich Todesangst vor ihr hatte, und jetzt kann ich nicht einmal mehr verstehen, wieso. Sie sieht absolut korrekt aus, kraftvoll und durchsetzungsstark. Nichts an ihr deutet darauf hin, dass sie eine Auftragsmörderin für ein Drogenkartell sein könnte. Sie sieht, oh Wunder, aus wie eine FBI-Agentin.

Oh Jem, warte bloß, bis Leo davon erfährt.

Leo, der Verbrecher, der für ein Kartell Geld wäscht. Kann das denn stimmen? Selbst wenn das, was Wilks mir vorhin erzählt hat, stimmt, wenn er gezwungen wird, das zu tun ... ich kann es trotzdem nicht glauben. Wieso weiß ich denn nichts darüber? Wie konnte er so etwas vor mir geheim halten?

Vermutlich werde ich schon in wenigen Minuten mehr darüber erfahren, aber erst nach einer gepfefferten Gardinenpredigt wegen all dem, was vorhin passiert ist. Ich hoffe bloß, dass Messer nach dieser Verfolgungsjagd keinen Herzinfarkt erlitten hat. Er schleppt ja eine ganze Menge überflüssige Pfunde mit sich herum. Wahrscheinlich hat er noch nie viel Zeit im Fitnessstudio verbracht.

Gerade, als ich Wilks ansprechen will, höre ich hinter mir ein Auto. Ich drehe mich um und rechne fest damit, dass Trevor noch einmal zurückgekommen ist. Doch stattdessen sehe ich eine unauffällige graue Limousine heranrauschen und neben mir anhalten.

Das Seitenfenster ist bereits unten, und der Mann am Steuer sieht mich an.

»Ich bin Carlson«, sagt er. »Kommen Sie mit. Jetzt sofort.«

## *9.31 Uhr*

Nach all den verblüffenden Wendungen des heutigen Vormittags dürfte mich diese nächste eigentlich nicht überraschen. Carlson sieht aus wie Ende vierzig. Er ist Afroamerikaner. Seine kurz geschorenen dunklen Locken sind schon ziemlich ausgedünnt, und trotz der frühen Stunde ist der Bartschatten auf seinen Wangen nicht zu übersehen. Er trägt einen Anzug, ein weißes Hemd und Krawatte. In vielerlei Hinsicht ähnelt er Wilks und Messer. Oberflächlich betrachtet ein FBI-Agent, aber ein zweites Mal lasse ich mich nicht so einfach täuschen.

»Lassen Sie mich in Ruhe«, sage ich und weiche ein Stück zurück. Meine Verblüffung angesichts seines plötzlichen Auftauchens schlägt in Besorgnis um.

»Bitte, steigen Sie ein. Sie müssen mitkommen. Ich muss Sie hier wegschaffen, solange es noch geht. Wir haben keine Zeit. Bitte, Jem, steigen Sie ein!«

»Wo ist Ihre Dienstmarke? Ihr Ausweis?«

»Wir haben wirklich keine Zeit mehr. Sie müssen mir vertrauen.«

»Von wegen. Ich habe Ihnen schon einmal vertraut, und was hat es gebracht? Sehen Sie mich an, ich habe die Hölle durchgemacht.«

»Ich habe Ihnen das Leben gerettet«, erwidert er. »Und das möchte ich noch einmal tun.«

»Vor wem denn?«

»Vor den beiden, die heute Morgen vor Ihrer Tür gestanden haben, Wilks und Messer. Die suchen Sie immer noch.«

»Meinen Sie etwa die beiden, die jetzt in diesem Augenblick mit der Polizeichefin sprechen?«

Er nickt. »Sehr gefährliche Leute.«

»Tatsächlich? Sehr gefährlich? So gefährlich, dass sie mit der örtlichen Polizeidienststelle zusammenarbeiten. Wie soll das funktionieren? Das würde mich wirklich interessieren. Was treibt zwei Schwerverbrecher, zwei Kartellkiller, dazu, so etwas zu tun?«

»Es ist kompliziert«, erwidert Carlson.

»Das ist doch lächerlich.«

Ich lasse ihn stehen und gehe den Bürgersteig entlang. Carlson lässt nicht locker, sondern fährt im Schritttempo neben mir her.

»Es gibt so vieles, was Sie wissen müssen«, macht er weiter. »Über diese Leute, über Leo, über Sie. Aber das geht hier auf dem Bürgersteig nicht, innerhalb von dreißig Sekunden. Kommen Sie mit. Ich kann all Ihre Fragen beantworten. Und wenn Sie mir nicht glauben, wenn Sie mir nicht vertrauen, bringe ich Sie wieder zurück, und Sie können sich an die Polizei wenden. Aber bitte, wir müssen uns beeilen.«

»Keine Chance.« Ich schüttele den Kopf. »Das ist das Letzte, was ich jetzt muss. Das ganze Chaos hat ja nur dadurch angefangen, dass ich eine überhastete Entscheidung getroffen habe. Den Fehler mache ich nicht noch mal. Jetzt halte ich mich an die Regeln. Wenn Sie mit mir reden wollen, dann kommen Sie mit auf die Wache. Dort können wir dann gemeinsam über alles sprechen. Was sagen Sie dazu?«

Er zögert zunächst, dann sagt er: »Das kann ich nicht.«

»Komisch, aber damit hatte ich fast gerechnet, Agent Carlson … oder wie immer Sie heißen mögen.«

»Ich bin Carlson«, beharrt er. »Und ich versuche, Ihnen zu helfen, Jem. Ich versuche, auch Leo zu helfen. Bitte! Vertrauen Sie mir. Ich möchte doch nichts weiter, als dass Sie am Leben bleiben.«

»Noch vor einer Stunde waren Sie eine Stimme am Telefon, die mir gesagt hat, dass ich um mein Leben laufen soll. Jetzt sind Sie ein Fremder in einem Auto, der mich bittet einzusteigen. Sind Sie verrückt? Lassen Sie mich in Ruhe.«

»Bitte«, sagt er noch einmal mit flehender Stimme. Es ist beinahe mitleiderregend.

In seinem Blick liegt eine Ernsthaftigkeit, die mich zweifeln lässt. Soll ich ihm vielleicht doch Glauben schenken? Ich halte inne, zögere.

Er hält an und macht mir die Tür auf, deutet mein Zögern als Einverständnis, als Zeichen meiner Bereitschaft, zu einem Fremden ins Auto zu steigen.

»Niemals.« Ich ziehe mich wieder zurück. »Es ist mir egal, wer Sie angeblich sind oder was Sie angeblich wollen. Ich kenne Sie nicht. Ich vertraue Ihnen nicht. Ich glaube Ihnen kein Wort.«

Er versucht es noch einmal. Es ist ein einfacher Appell, nur ein einziges Wort: »Nicht.«

Ich drehe mich um.

Ich lasse ihn stehen.

## *9.33 Uhr*

Wilks steht nicht mehr vor der Tür – sie muss irgendwann während meiner Begegnung mit Carlson wieder in die Wache gegangen sein –, darum überquere ich ungehindert den kleinen Parkplatz. Ich passiere den schwarzen Explorer, der mir vorhin noch so furchterregend erschienen ist, und dann einen blau-weißen Streifenwagen. Meine Füße schmerzen wie nie zuvor, und ich komme nur mühsam voran. Es ist kein Gehen und kein Hinken, eher eine Art Schlurfen, wobei ich versuche, meine geschundenen Fußsohlen möglichst zu entlasten. Ich bewege mich hauptsächlich auf den Ballen vorwärts und verziehe bei jedem Schritt das Gesicht.

Man sollte niemals barfuß durch einen Wald laufen, und schon gar nicht, nachdem man über ein Schindeldach gekrabbelt ist. Kurz gesagt: Man sollte immer Schuhe tragen. Schuhe sind großartig. Schuhe haben viel mehr Anerkennung verdient.

Die Wache befindet sich in einem gesichtslosen, eingeschossigen Flachdachgebäude. Durch und durch funktional. Für ein einladendes Äußeres war kein Geld mehr übrig. Ich stoße die Tür auf, die mir mit meinen wackeligen Beinen unnötig, fast lächerlich schwer vorkommt. Ein kleines Messingglöckchen kündigt meine Ankunft an. Der Geruch von Tannennadel-Raumspray liegt schwer, fast übermächtig in der Luft. Haben die hier irgendwo ein riesiges Duftbäumchen aufgestellt?, frage ich mich, aber ich kann es nirgendwo sehen. Sie müssen es versteckt haben.

»Ist Rusty hier?«, frage ich den bleistiftdürren Kerl, der mich aus kleinen, fragenden Augen mustert.

Sein spärliches blondes Schnurrbärtchen zuckt, dann sagt er: »Wer will das wissen?«

»Jem Talhoffer«, gebe ich zur Antwort.

»Und worum geht es?«

Ich zucke mit den Schultern, weil ich nicht weiß, wie ich ihm die Ereignisse des Vormittags schildern soll. »Wenn Sie ihr sagen, wer ich bin, dann weiß sie Bescheid.«

Er sieht mich skeptisch an, so als würde ich versuchen, ihn in eine Falle zu locken und vor seiner Chefin zu blamieren. Einen Scherz, den er zwar nicht ganz verstehen kann, den er aber nichtsdestotrotz fürchtet. Vielleicht möchte Rusty nur im äußersten Notfall gestört werden.

»Bitte«, fahre ich fort. »Sagen Sie Rusty, dass Jem sie auf der Stelle sprechen will.«

Das Schnurrbärtchen zuckt, aber er sagt nichts mehr, sondern stemmt sich aus seinem Stuhl und zieht die Hose nach oben. Nach einem letzten, zweifelnden Blick schlurft er davon.

Ich kann nichts weiter tun, als zu warten und meine Gedanken zu sammeln, mir zu überlegen, was ich gleich sagen werde, welche Ausreden ich gebrauchen könnte, weil die Wahrheit sich, ehrlich gesagt, selbst in meinen Ohren lächerlich anhört.

Ein Fremder hat mir am Telefon gesagt, ich soll fliehen, und darum bin ich weggelaufen.

Wie sehr wünschte ich, ich würde in der Werbung oder in der Politik arbeiten. Dann würde mir vielleicht etwas einfallen, was etwas weniger wahnsinnig klingt.

Vielleicht wäre das eine Möglichkeit.

Ich hatte kurzzeitig einen Anfall von geistiger Umnachtung.

Aber vielleicht auch nicht.

Keine Zeit mehr, noch länger zu überlegen. Der Kerl mit dem Schnurrbärtchen kommt wieder zurück, und in seinem Schlepptau auch die örtliche Polizeichefin, Rusty, sowie Wilks und Messer.

»Wo haben Sie denn gesteckt, Jem?«, erkundigt sich Rusty, während sie näher kommt. »Ich hab hier ein paar Leute, die sich schreckliche Sorgen um Sie machen.«

Rusty ist nicht groß und fast so breit wie hoch. Sie ist robust gebaut, fast schon quadratisch. Sie watschelt ein bisschen beim Gehen, aber sie kommt nie aus der Puste. Wir sind uns ein paar Mal begegnet, und sie war immer freundlich zu mir, immer fair. Ich vertraue nicht mehr vielen Menschen, wenn überhaupt, aber ich weiß, dass Rusty sich nichts vormachen lässt und immer offen und ehrlich ist.

»Wie schön, Sie zu sehen«, antworte ich und setze ganz automatisch wieder meine Maske auf. »Wie geht es Alice?«

Sie verdreht die Augen. »Das kleine Miststück hat sich gerade ein Tattoo stechen lassen.«

»Das klingt doch gar nicht so schlimm.«

Rusty schüttelt den Kopf. »Im Gesicht.«

»Oh. Ist es vielleicht abwaschbar?«

Auf Rustys Miene zeigt sich die Andeutung eines Lächelns.

Wilks und Messer stehen schweigend hinter ihr. Die beiden haben bis jetzt nicht einmal geblinzelt.

Rusty sagt: »Warum setzen wir uns nicht erst mal in mein Büro? Um in Ruhe über alles zu reden.«

Ich nicke. »Gern.«

Der dünne Kerl mit dem Schnurrbärtchen wirkt irgendwie verloren – er hat keine Ahnung, was hier los ist. Ich gehe um ihn herum und folge Rusty in ihr Büro.

Es gibt nur zwei Besucherstühle, darum lehnt Wilks sich an das Fensterbrett, nachdem ich mich auf den einen Stuhl gesetzt habe und Messer sich auf den anderen. Ich fühle mich in der Enge des Büros, so dicht in der Nähe der beiden, unwohl. Unsere Körper strahlen Wärme und Feuchtigkeit ab, aber ich scheine die Einzige zu sein, die das bemerkt.

Rusty lässt sich als Letzte auf den großen Ledersessel hinter ihrem völlig überfüllten Schreibtisch plumpsen. Zwischen den Papierstapeln stehen diverse Bilderrahmen unterschiedlicher Größe. Ich kann die Bilder von meinem Sitzplatz aus nicht erkennen, aber es sind garantiert irgendwelche Angehörigen, auch wenn sie keinen Ehering trägt. Vielleicht auch Haustiere.

»Nehmen Sie's mir nicht übel, Jem«, fängt Rusty an, »aber Sie sehen furchtbar aus. Ich habe Sie kaum erkannt.«

»Ich fühle mich jedenfalls deutlich schlechter, als ich aussehe, das kann ich Ihnen versichern.«

»Möchten Sie vielleicht eine Aspirin?«

»Im Moment geht es so.«

Rusty beugt sich ein kleines Stück nach vorn. »Ich habe eine Flasche Gin in meiner Schreibtischschublade, wenn Sie möchten. Ich weiß, es ist noch ein bisschen früh dafür, aber ich hätte vollstes Verständnis. Sie sehen aus, als könnten Sie einen Schluck vertragen.«

Ich schüttele den Kopf.

Sie lässt sich wieder an ihre Lehne sinken. »Die Agenten Wilks und Messer haben mir berichtet, dass sie Ihnen heute Morgen einen Besuch abgestattet haben.«

»Das kann ich mir denken«, sage ich und versuche, nicht allzu kleinlaut, nicht allzu jämmerlich zu klingen.

»Warum sind Sie weggerannt?«, schaltet sich Messer ein.

Rusty ist nicht glücklich über seinen unverblümten Vorstoß. »Ich glaube, was Special Agent Ungehobelt damit sagen möchte – ich meine, abgesehen davon, dass er zu diesem Zeitpunkt eigentlich gar nichts sagen möchte –, ist Folgendes: Was ist denn bloß in Sie gefahren, Jem? Warum haben Sie sich so furchtbar erschrocken?«

Messer ist ebenfalls nicht glücklich über diese Zurechtweisung. »Wollten Sie Leo warnen?«

Rusty knallt die Handfläche auf ihren Schreibtisch. »Wie wär's, wenn Sie uns mal einen schönen, kalten Becher mit köstlich frischem Leitungswasser besorgen?«

Messer rührt sich nicht von der Stelle.

Rusty bombardiert ihn mit Laserblicken. »Sollte ich das als Frage formuliert haben, dann bitte ich hiermit in aller Form um Entschuldigung.« Sie schnipst mit den Fingern und zeigt mit ihrem fleischigen Daumen in Richtung Tür. »Wasser. Und zwar dalli, dalli.«

Messers Kiefermuskulatur arbeitet so heftig, dass ich erstaunt bin, dass seine Zähne heil bleiben, aber er sagt kein Wort. Langsam erhebt er sich und geht noch langsamer nach draußen.

Rusty seufzt und wirft Wilks einen Blick zu. »Wollen Sie Ihrem Kollegen einen Maulkorb verpassen, oder soll ich das machen? Wobei, das würde Ihnen garantiert nicht gefallen, das kann ich Ihnen gleich sagen.«

Wilks macht eine entschuldigende Handbewegung. »Wird nicht wieder vorkommen.«

Rusty nickt. »Ganz bestimmt nicht. Werden den edlen und erhabenen FBI-Agenten heutzutage denn gar keine Manieren mehr beigebracht?«

Wilks zuckt nur mit den Schultern. Die Frage bedarf keiner Antwort.

Rusty wendet sich wieder an mich. »Schildern Sie mir bitte in Ihren eigenen Worten, was sich da abgespielt hat.«

Ich hole tief Luft und berichte ihr von dem Anruf, von Carlson. Ich versuche es, so gut ich kann, aber meine Erinnerung weist etliche Lücken auf. Ich bin mir nicht mehr sicher, was er genau gesagt hat. Aber meine Angst, an die kann ich mich sehr eindeutig erinnern.

Rusty hört hoch konzentriert und mit gerunzelter Stirn zu.

Als ich mit meinem Bericht fertig bin, hakt sie nach: »Dieser Carlson hat also behauptet, er sei vom FBI?«

»Ja.«

»Und dass die beiden Menschen in Ihrem Wohnzimmer für das Kartell tätig sind?«

»Ja«, bestätige ich, doch dann bin ich mir mit einem Mal nicht mehr so sicher. »Kann sein, dass er es nur angedeutet hat.«

»Wie soll er so etwas denn angedeutet haben?«

Ich überlege, versuche mir jeden Satz, jedes Wort ins Gedächtnis zu rufen. Je mehr ich mich anstrenge, desto verschwommener wird alles. »Vielleicht hat er auch von Geschäftspartnern gesprochen.«

»Geschäftspartner?«

Ich nicke. »Ja, ich bin mir ziemlich sicher, dass er genau das gesagt hat. Und dass er der Einzige sei, der gegen meinen Mann ermittelt, dass niemand sonst weiß, was er angeblich im Auftrag des Kartells macht, bis auf das Kartell selbst.«

»Und könnte es sein«, sagt Rusty, »dass er Ihnen sozusagen den Schluss nahegelegt hat, dass die Agenten Wilks und Messer Vertreter dieses Kartells sind?«

»So muss es gewesen sein.«

Rusty denkt schweigend nach. Ich werfe Wilks einen Blick zu. Sie scheint ebenfalls nachzudenken.

»Was fangen Sie damit an?«, wendet sich Rusty an sie.

Wilks erwidert: »Ich kenne beim Bureau niemanden mit Namen Carlson. Ich werde der Sache natürlich nachgehen, aber ich habe große Zweifel, dass dieser Betreffende – wer immer er auch sein mag – sich tatsächlich als FBI-Mitarbeiter erweisen wird. Ich vermute eher, dass er Leo kennt. Höchstwahrscheinlich ist er einer dieser Geschäftspartner, vor denen er Sie gewarnt hat.«

Ich sage: »Aber warum hat er mich dann angerufen? Warum hat er mich vor Ihnen gewarnt?«

Wilks meint: »Auch hier kann ich wieder nur spekulieren, aber wenn dieser Carlson Ihren Mann kennt, dann ist es durchaus denkbar, dass er auch in diese Geldwäsche-Operation verwickelt ist. Er will ja offensichtlich verhindern, dass Sie mit uns sprechen. Ich könnte mir vorstellen, dass er von unseren Ermittlungen erfahren hat, auch wenn ich mir nicht erklären kann, wie.«

»Gibt es beim FBI womöglich eine undichte Stelle?«

Wilks zuckt mit den Schultern. »Wäre nicht das erste Mal im Zusammenhang mit Organisierter Kriminalität.«

Ich nicke. Das klingt einleuchtend: Carlson gehört genau zu den Leuten, vor denen er mich angeblich warnen wollte. Ich sollte glauben, dass er mir helfen kann – ein guter Trick, denn er hat ja funktioniert.

Ich sage: »Deshalb wollte er, dass ich mit ihm mitkomme. Damit ich nicht mit Ihnen sprechen kann.«

Wilks reagiert verwirrt. »Wie bitte?«

»Er wollte nicht, dass ich hierherkomme.«

Rusty sagt: »Er hat Ihnen am Telefon gesagt, Sie sollen sich nicht an die Behörden wenden?«

Ich schüttele den Kopf. »Nein, er hat mich gerade eben auf der Straße angehalten. Er wollte, dass ich mich zu ihm ins Auto setze. Er hat richtig gebettelt, ehrlich gesagt. Genau, wie Wilks gesagt hat: Er will nicht, dass ich rede.«

Wilks richtet sich auf und zeigt mit dem Finger auf mich. »Carlson war hier im Ort? Da draußen?«

Ich nicke.

»Wann?«

»Vor wenigen Minuten. Wie lange bin ich jetzt schon hier? Das war kurz, bevor ich zur Tür reingekommen bin.«

»Kennzeichen?«, blafft Wilks mich an.

Ihr Tonfall schüchtert mich ein. Ich zögere. »Ich … ich weiß nicht. Ich habe nicht darauf geachtet. Ich …«

»Was für ein Auto?«

»Ich weiß nicht. Eine Limousine. Grau, vielleicht.«

Eine Sekunde später hat Wilks das Büro verlassen.

Ich sehe ihr durch die Lamellen der Jalousie vor der Fensterwand in Rustys Büro hinterher. Ich höre, wie sie Messer etwas zuruft. Dann laufen die beiden nach draußen und rennen dabei fast den Schnurrbärtchen-Typen über den Haufen. Jetzt ist er noch verwirrter als zuvor.

Langsam drehe ich den Kopf und stelle fest, dass Rusty mich mit ihrem Laserblick fixiert. Ich komme mir vor wie der kleinste Mensch der Welt.

»Das hätte ich vielleicht schon früher sagen sollen.«

Rusty nickt. »Vielleicht.«

## *9.40 Uhr*

Kein Mensch möchte Angst empfinden, das ist klar, aber gleichzeitig ist Angst ein normaler Bestandteil des menschlichen Lebens. Wir alle geraten von Zeit zu Zeit in Situationen, in denen wir Angst haben. Das Entscheidende daran ist: Es muss eine eindeutig erkennbare Ursache geben. Und wenn es keine Ursache gibt, dann dürfte es eigentlich auch keine Angst geben.

Wenn es doch nur so einfach wäre.

Wer unter einer chronischen Angststörung leidet, für den gibt es keine unbedeutenden Stresssituationen oder banalen Befürchtungen. Selbst die kleinste Abweichung von der Normalität hat extreme Auswirkungen. Noch das unbedeutendste Problem kann ein lähmendes Gefühl der Hoffnungslosigkeit auslösen. Alltagshindernisse können zu unüberwindlichen Hindernissen werden. Selbst heutzutage können die meisten Menschen das Phänomen der Angststörung nicht verstehen, weil jeder Mensch sich gelegentlich Sorgen macht, weil alle ab und zu Angst empfinden. Das ist ganz natürlich, das ist sogar etwas Gutes. Ohne Angst wären wir hemmungslos verwegen. Der Unterschied zwischen dem Gefühl der Angst und einer Angststörung liegt darin, dass Letzteres chronisch ist. Dass es keinen guten Grund braucht, um Angst zu haben. Dass man unter Umständen vor etwas Angst hat, vor dem man keine Angst zu haben bräuchte. Dass man weiß, dass man keine Angst zu haben bräuchte, sie aber dennoch hat. Dass man die Angst nicht unter Kontrolle bringen kann.

Es gibt viele Gründe, weshalb Menschen eine Angststörung entwickeln – als Nebenwirkung einer langfristigen Erkrankung beispielsweise, oder infolge einer sehr belastenden Erfahrung. Manchmal ist ein körpereigenes Ungleichgewicht zwischen den Hormonen Serotonin und Noradrenalin der Auslöser. Vielleicht liegt es auch an einer genetischen Disposition, an übermäßigem Drogenkonsum oder an einem unüberwindlichen Trauma.

Insofern habe ich sogar Glück gehabt. Ich weiß, was bei mir der Auslöser war. Es gibt auch andere, die die Antwort auf diese Frage nicht kennen. Die unter einer Angststörung leiden, ohne zu wissen, warum.

Wahrscheinlich sollte ich für diese kleine Gnade sogar dankbar sein.

Rusty kocht mir einen Kaffee. Sie überlässt es nicht einem ihrer Mitarbeiter, und ich weiß nicht, ob sie mir eine Art Sonderbehandlung gönnt oder ob es einfach ihre Art ist. Wenn ich Polizeichefin wäre, ich würde meine Leute ständig nach meiner Pfeife tanzen lassen. Ich habe ihr nicht gesagt, dass ich keinen Durst habe. Ich mache mir, ehrlich gesagt, nicht einmal besonders viel aus Kaffee. Eine Tasse Matcha-Tee wäre mir wesentlich lieber.

Sie lässt sich viel Zeit. War das mit dem Kaffee vielleicht nur eine Ausrede, weil sie mit jemand anderem sprechen oder irgendetwas überprüfen will? Ich weiß nicht, was ich in der Zwischenzeit machen soll, also bleibe ich einfach auf dem unbequemen Stuhl sitzen und hoffe, dass sie vor Wilks und Messer wieder da ist. Ich habe jetzt keine Angst mehr vor den beiden, aber ich will mich auch nicht von ihnen anschnauzen lassen, weil ich das mit Carlson nicht früher erzählt habe. Ist schließlich nicht meine Schuld, oder? Nach einem so außergewöhnlichen Vormittag kann ich doch wohl ein bisschen Verständnis erwarten.

Jetzt merke ich, dass ich sehr schnell und flach atme.

Ich fühle, wie das Herz in meiner Brust schlägt. Es trommelt einen ungleichmäßigen Rhythmus, und ich spüre den Pulsschlag in meinen Schultern und meinen Ohren. Ich höre die flatternden Schläge meines Herzens und kann es fast vor mir sehen, wie es auf und ab hüpft und keine Sekunde stillstehen kann. Ein seltsames Gefühl in meinem Hals macht sich bemerkbar, als wollte mein Herz sich durch meine Kehle zwängen.

Ich sage mir, dass das nur das Herzklopfen ist. Dass das meine Panik ist.

Ich bin in Sicherheit, sage ich mir.

Ich bin in Sicherheit.

Als Rusty zurückkommt, hat mein Herz sich wieder ein bisschen beruhigt, und sie reicht mir einen weißen Plastikbecher. Er ist geriffelt, was ihm ein wenig mehr Stabilität verleihen soll, aber trotzdem muss ich aufpassen, dass ich nicht zu fest zugreife. Der Kaffee dampft, und obwohl ich zuerst zur Kühlung auf die Oberfläche puste, verbrenne ich mir beim ersten Schluck die Zungenspitze. Rusty hat eine große Keramiktasse in der Hand, allem Anschein nach ihre eigene, da mit großen Buchstaben »ICH CHEF, DU NICHT« daraufsteht. Vermutlich ist ihr Gaumen mit Asbest ausgekleidet, denn sie schlürft den dampfenden Kaffee ohne erkennbares Zögern.

»Tja«, sagt Rusty. »Wie wird man eigentlich Yogalehrerin?«

»Es ist eines der wenigen Dinge, die mir Freude machen.«

»Haben Sie eine Ausbildung gemacht?«

»Eigentlich nicht. Um ehrlich zu sein, am College habe ich Rechnungswesen studiert.«

»Im Ernst? Von Dezimalzahlen zu Yoga? Das ist ein ziemlich weiter Weg, stimmt's?«

Ich nicke. Ich stimme ihr zu, aber ich will nicht darüber reden.

»Tja«, sagt Rusty noch einmal, aber jetzt in einem anderen Ton. »Was halten Sie davon?«

Ich stelle meinen Kaffeebecher auf ihren Schreibtisch. »Ich glaube es nicht.«

Sie nimmt Platz. »Sie glauben, dass Ihr Mann übers Wasser gehen kann?«

»Oh, *er* glaubt das mit Sicherheit. Aber ich glaube nicht, dass er so etwas vor mir geheim halten könnte. Ich meine, ich hätte zumindest geahnt, dass irgendetwas nicht stimmt. Ich hätte gemerkt, dass er schlecht schläft oder gereizt oder gestresst ist oder wahnsinnige Angst hat. Aber da war nichts dergleichen. Er ist Leo, der Weinhändler. Mehr nicht. Da muss irgendeine Verwechslung vorliegen.«

»Manche Menschen beherrschen die Kunst, ihr Inneres zu verbergen, besser als die meisten anderen.«

Das kommt mir angesichts meiner persönlichen Probleme sehr bekannt vor, aber ich bin anders. Ich bin ja nicht normal, ganz im Gegensatz zu Leo. Mit ihm ist alles in Ordnung.

Ich erwidere: »Aber Leo nicht. Er versteckt seine Gefühle nicht, hat er noch nie gemacht.«

Rusty schlürft ihren Kaffee.

»Was immer Wilks und Messer zu wissen glauben, sie irren sich. Sie haben den Falschen im Visier. Vielleicht ist dieser Carlson ja der eigentliche Geldwäscher. Vielleicht hat er mich genau deswegen heute Morgen angerufen. Hat sich vielleicht schon jemand darum gekümmert? Ist jemand der Sache nachgegangen?«

Rusty sagt: »Ihnen ist aber schon klar, Jemima, dass bis vor Kurzem noch niemand außer Ihnen überhaupt von der Existenz dieses Carlson gewusst hat, oder?« Es ist bewundernswert, wie sie es schafft, ihrer Stimme einen subtil, aber unmissverständlich tadelnden Tonfall zu verleihen. Obwohl sie das sofort zu bereuen scheint, weil sie sagt: »Aber Sie haben auch eine Menge durchgestanden, also machen Sie sich keine allzu großen Vorwürfe deswegen.«

Das hatte ich auch nicht vor. »Keine Angst.«

Rusty schnaubt und nippt noch einmal an ihrem Kaffee.

»Trinken Sie«, sagt sie dann. »Nicht, dass er kalt wird.«

Wilks und Messer waren nicht lange weg, aber jetzt kommen sie mit enttäuschten Gesichtern wieder. Messer sieht mich sehr bewusst nur ein einziges Mal an, dann gar nicht mehr. Ich nehme an, Wilks hat ihn sich vorgeknöpft und ihn gebeten, seine Frustration im Zaum zu halten, zumindest vorübergehend, zumindest so lange, bis sie nicht mehr unter Rustys kompromissloser Aufsicht stehen.

Wilks sagt zu Rusty, nicht zu mir: »Wenn er überhaupt da war, dann ist er schon längst über alle Berge.«

»Er war da«, beharre ich.

»Und er ist längst über alle Berge«, wiederholt Wilks.

»Was brauchen Sie?«, wendet Rusty sich an sie.

Wilks schüttelt den Kopf. Sie weiß nicht so recht, was sie als Nächstes unternehmen soll. »Zeit«, sagt sie nach einer kurzen Pause. »Mehr brauche ich im Moment nicht. Ich muss viel telefonieren. Alle möglichen Quellen anzapfen ... das Ganze ist viel zu schnell viel zu auffällig geworden. Ich muss versuchen, da wieder den Deckel draufzukriegen. Diese Carlson-Sache ändert alles. Ich muss sehr vorsichtig sein, mit wem ich worüber spreche.«

Rusty sagt: »Wie kann ich Ihnen behilflich sein?«

»Im Moment gar nicht. Ich weiß Ihre Bereitschaft zu schätzen, aber ich glaube, hier endet unser gemeinsamer Weg. Ich möchte nicht respektlos erscheinen, aber im Moment fällt mir einfach nichts ein.«

Rusty zieht ihre Mundwinkel nach unten. »Na ja, da richte ich mich ganz nach Ihnen. Sind Sie sicher, dass ich keinen Streifenwagen vor das Haus der Talhoffers stellen soll, falls dieser Carlson sich dort blicken lässt?«

Wilks schüttelt den Kopf. »Ich glaube nicht, dass das nötig ist. Aber falls Leos Geschäftspartner sich aus irgendeinem Grund dort blicken lassen und den Streifenwagen sehen, dann wüssten sie sofort, dass er aufgeflogen ist. Das würde unsere gesamte Ermittlungsarbeit mit einem Schlag zunichtemachen und ihn in tödliche Gefahr bringen.«

»Bitte, tun Sie das nicht«, sage ich.

Rusty nickt. Keine Überwachung.

Wilks beugt sich über den Schreibtisch und streckt die Hand aus. Rusty ergreift und schüttelt sie.

Anscheinend haben sie mich alle vergessen.

Darum sage ich: »Und was wird aus mir?«

»Sie können tun und lassen, was Sie wollen«, sagt Wilks.

Ich drehe meine Handflächen nach außen. »Einfach so?«

Wilks sieht mich an, als würde ich eine fremde Sprache sprechen.

»Nach allem, was heute Morgen passiert ist?«

Meine Stimme wird lauter.

»Ja, genau«, sagt sie. »Sie können Ihren Tag wieder genießen.«

»Ich kann meinen Tag genießen«, wiederhole ich.

»Ja, genau«, bestätigt sie. »Wir müssen natürlich irgendwann noch einmal mit Ihnen sprechen, das ist klar. Aber nicht jetzt, nicht heute. Zunächst einmal müssen wir rauskriegen, wer dieser Carlson sein soll.«

Rusty gibt mir ein Handzeichen. »Gehen Sie nach Hause, Jem. Legen Sie sich in die Wanne. Versorgen Sie Ihre Füße. Gönnen Sie sich ein Glas Wein. Oder zwei. Entspannen Sie sich. Und überlegen Sie sich schon mal, wie Sie diese Geschichte bei Ihrer nächsten Grillparty zum Besten geben wollen.«

Ich nicke. »Was ist mit Leo?«

Wilks erwidert: »Wann soll er denn in Europa landen?«

»Kurz nach sechs, heute Abend.«

Wilks und Messer wechseln einen Blick. Sie gestikulieren hin und her, führen ein ganzes Gespräch nur mit Gebärden.

»Wir melden uns bestimmt vorher bei Ihnen«, wendet sich Wilks dann an mich. »Aber in den kommenden Stunden lassen wir Sie in Ruhe. Leo kann warten, bis er wieder zurückkommt.«

Ich komme mir vor wie ausgebremst. Erst erfahre ich, dass mein Mann ein Geldwäscher ist, dann laufe ich um mein Leben, weil ein Fremder namens Carlson versucht, mich zu manipulieren, aus Gründen, die niemand verstehen kann … und jetzt ist alles vorbei. Ende. Aus.

Ich stehe auf und bin verunsichert, weiß nicht, was ich mit meinen Händen anfangen soll.

»Dann gehe ich mal«, sage ich und steuere die Tür an. »War mir ein Vergnügen.«

Beim Auftreten belaste ich eine verletzte Stelle und schreie auf. Ich muss mich an Wilks festhalten, damit ich nicht ins Straucheln gerate.

Sie sagt: »Sollen wir Sie nach Hause bringen?«

Ich werfe einen Blick auf meine schmutzigen, blutverschmierten Füße. Der Gedanke, auch nur einen Zentimeter weiter zu gehen, ist vollkommen unerträglich.

»Natürlich, gern«, sage ich, ohne zu ahnen, wie sehr ich diese beiden Worte noch bereuen würde.

## FRÜHER

*Ich bin in New York aufgewachsen und habe mich die ganze Zeit als echte New Yorkerin gefühlt, aber damals kannte ich mich noch nicht. Ich dachte, ich brauche den Trubel des Großstadtlebens. Ich war so sehr an die dichte Bebauung gewöhnt, dass ich große offene Flächen und die Natur als etwas Feindseliges empfunden habe. Stille war gleichbedeutend mit Langeweile. Friedliche Stimmung war gleichbedeutend mit Frustration.*

*Doch das hat sich durch das Reisen grundlegend geändert.*

*Meine Eltern starben, als ich noch auf dem College war. Danach bin ich ziemlich aus dem Tritt geraten. Es fiel mir schwer, mich auf quantitative Finanzanalysis, Prüfungswesen und Mikroökonomie zu konzentrieren. Eine Zeit lang habe ich alles schleifen lassen und mich an falsche Freunde gehängt, wollte meine Trauer mithilfe von Drogen, Alkohol und einer Reihe falscher Entscheidungen besiegen. Nach einem Kater zu viel und einer weiteren existenziellen Krise, die ich nicht in den Griff bekommen konnte, packte ich meine Sachen und kaufte mir ein Ticket für den nächstbesten Flug.*

*Ich landete in Südamerika und spulte zunächst einmal das übliche Touristenprogramm ab. Ich ging den Inka-Pfad in Peru entlang, fotografierte die Christusstatue in Rio de Janeiro, wanderte staunend über das Galapagos-Archipel und betrachtete den Sonnenuntergang auf der Osterinsel. Meine Eltern hatten mir eine ganze Stange Geld hinterlassen, und ich drehte jeden Cent mehrfach um, um so viel wie möglich davon zu haben.*

*Aber meine Erbschaft reichte nicht ewig, und nach den sorgenfreien*

*Abenteuern der ersten Jahre waren meine Reserven aufgebraucht. Also fing ich an zu arbeiten, um meine Reisen zu finanzieren. Oft stand ich hinter einem Tresen oder kellnerte. Ich war Obstpflückerin und Schmuckdesignerin mit einem eigenen, kleinen Marktstand. Ich unterrichtete Englisch als Fremdsprache, war Fremdenführerin, und einmal dachte ich sogar, ich könnte Autorin werden. Ich fing an, ein Reisetagebuch zu schreiben, um es eines Tages zu veröffentlichen. Aber ich bin keine Wortakrobatin. Irgendwann stellte ich fest, dass ich viel zu viele Ausschmückungen vornahm, um meine Erlebnisse interessanter zu gestalten, anstatt ständig nur langweilige Spaziergänge zu beschreiben. Ich meine, es hat mir riesigen Spaß gemacht, aber wer interessiert sich schon für die Erlebnisse einer verirrten Seele auf einer endlosen Urlaubsreise? Ich hatte nichts Erhellendes über die Orte zu sagen, die ich besucht habe. Keine großen Enthüllungen. Keine Dramen. Nicht einmal mich selbst habe ich gefunden, also machte ich aus fröhlichen Abenden düstere Begegnungen, aus interessanten Menschen zwielichtige Charaktere und aus langweiligen Fahrten gefährliche Expeditionen.*

*Irgendwann habe ich dann aufgehört, Tagebuch zu schreiben. Sosehr es mir auch Spaß gemacht hat, mir irgendwelche Geschichten auszudenken, aber ich musste mich mit etwas Produktiverem beschäftigen.*

*Mein gesamtes drittes Lebensjahrzehnt habe ich auf Reisen verbracht. Obwohl, vielleicht wäre »auf der Flucht« passender. Ich war auf der Flucht vor meinem alten Leben, meinen Irrtümern, meiner Trauer.*

*Ich werde jetzt nicht den Fehler machen und behaupten, dass ich mich selbst gefunden hätte – das wäre mir dann doch zu platt –, aber ich habe Eigenschaften an Jem entdeckt, die ich vorher noch nicht kannte.*

*Mein Leben bekam ein atemberaubendes Tempo.*

*Zunächst habe ich Europa in den Blick genommen.*

*Dann habe ich in Rom Leo kennengelernt, und es dauerte nicht lange, bis wir wieder in den Vereinigten Staaten waren.*

*Nach vielen Jahren auf Reisen und ohne einen Gedanken an die Zukunft zu verschwenden war ich nun mit einem Mal verheiratet und konnte an nichts anderes mehr denken als an die Zukunft.*

*Eines Tages rief Leo mich an und sagte, dass er das perfekte Städtchen entdeckt hätte, den perfekten Ort, um eine Familie zu gründen.*

*»Wie bist du eigentlich hierhergeraten?«, fragte ich ihn, als wir zum ersten Mal vor einer Kneipe anhielten.*

*»Ist eine lange Geschichte«, war seine Antwort gewesen, und ich hatte ihn nie nach den Einzelheiten gefragt.*

*Den ganzen Tag waren wir fast ehrfürchtig durch das Städtchen spaziert, weil wir so sehr an die Großstadt, den Großstadtlärm und die Großstadtmenschen gewöhnt waren. Es kam uns so unwirklich vor, dass wir von Fremden im Vorbeigehen gegrüßt wurden, dass Autofahrer ihre Fahrt verlangsamten, nur um uns über die Straße zu lassen, obwohl weit und breit keine Verkehrszeichen zu sehen waren, die das verlangt hätten. Es fühlte sich an, als seien wir in die Vergangenheit gereist und in einer zivilisierteren Zeit gelandet.*

*»Ich bin begeistert«, sagte ich. »Es ist perfekt, genau das, was wir brauchen.«*

*Leo ließ sein charakteristisches Schauspielerlächeln sehen. »Gut so. Ich habe nämlich schon ein Angebot für ein Haus am Ortsrand abgegeben.«*

*»Das hast du nicht gemacht!«*

*»Hey, du bist diejenige, die die Pläne macht. Ich setze sie nur um.«*

*Dann erzählte er mir, dass er beim Anblick des Zu-Verkaufen-Schildes keine andere Möglichkeit gesehen hatte, als sofort zu reagieren, aus Angst, dass uns jemand anderes unser Traumhaus wegschnappen könnte, noch bevor er die Gelegenheit gehabt hatte, es mir zu zeigen.*

*Glücklicherweise war es tatsächlich unser Traumhaus gewesen. Wir hatten schon so viel Zeit mit Planen und Suchen verbracht, dass ich ein sehr konkretes Bild vor Augen hatte, wie es aussehen sollte, was ich haben wollte, was wir brauchten. Das Haus, das Leo entdeckt hatte, entsprach in jeder Hinsicht meinen Vorstellungen … und in einigen anderen, von denen ich noch nicht einmal etwas geahnt hatte, auch.*

*Der Umzug war ein einziges Fest.*

*»Wir hätten eine Möbelspedition beauftragen sollen«, keuchte Leo außer Atem, nachdem er wieder einmal eine Kiste hereingeschleppt hatte.*

*Ich wischte mir mit dem Ärmel die Stirn ab. »Und wo bleibt dann der ganze Spaß?«*

*»Dir macht das Spaß?«*

*»Wollen wir vielleicht ein Spiel spielen, während wir unsere Bandscheiben ruinieren?«*

*»Unsere Bandscheiben zu ruinieren ist dir nicht genug?«*

*»Wir könnten zum Beispiel spielen, wer sich zuerst die Bandscheiben ruiniert. Wer gewinnt, hat verloren.«*

*»Ich glaube, meine Chancen stehen nicht schlecht.«*

*Er spreizte die Ellbogen, um größer und stärker zu wirken. Einen Augenblick lang stolzierte er mit gebieterischer Miene hin und her: ein Silberrücken, der sein Revier begutachtet.*

*Ich rollte mit den Augen. »Ich hab genau gesehen, wie du dich bückst, wenn du einen Karton hochheben willst. Du hast nicht die geringste Chance, Mister.« Ich streckte die Fäuste aus, nebeneinander, als würde ich einen Strohhalm umfassen und dann ruckartig zerbrechen.*

*»Ich sage es dir wirklich nur äußerst ungern«, erwiderte Leo, »aber dein Sieg wäre nur von kurzer Dauer. Wir würden beide verlieren. Wenn ich mir einen Bandscheibenvorfall hole, dann musst du mich nämlich pflegen. Gut möglich, dass ich monatelang das Bett hüten muss. Du müsstest mich anziehen. Mich waschen. Du müsstest mir sogar …«*

*»Sag's nicht«, flehte ich ihn an. »Um alles Schönen und Reinen in dieser Welt willen, lass es. Lass uns nicht einmal in die Nähe dessen kommen.«*

*Ich trug eine kurze Jeans und eines von Leos Hemden, das sich wie eine Art altertümlicher Umhang über mir bauschte. Ich bekam zwar*

Warum habe ich eigentlich das Gefühl, als wollten mich alle aus dem Weg schaffen?

Ich spähe zwischen den Sitzen hindurch auf die Uhr am Armaturenbrett. Es ist kurz vor zehn. Dieses ganze Chaos hat erst vor zwei Stunden überhaupt angefangen. Es kommt mir viel, viel länger vor, und trotzdem wird es noch endlos lange dauern, bis ich mit Leo sprechen kann. Ich stelle mir vor, wie er im Flugzeug sitzt, sich entspannt zurücklehnt, ohne zu ahnen, dass das FBI Erkundigungen über ihn einzieht. Wieder lasse ich mir die vergangenen Wochen durch den Kopf gehen. Wie hat er sich benommen? Stand er irgendwie unter Druck? Nichts. Mir fällt absolut nichts Ungewöhnliches ein.

Er kann das unmöglich vor mir geheim gehalten haben.

Ich kenne meinen Mann, oder nicht?

»Hallo«, sage ich und beuge mich nach vorne. »Kann ich mein Handy wiederhaben?«

Messer sieht Wilks an, die so lange von ihrem Smartphone aufblickt, wie sie braucht, um zu sagen: »Hab ich nicht.«

Ich runzele die Stirn. »Wie bitte, was? Sie haben es doch vom Küchentisch genommen, oder nicht? Als ich es holen wollte, war es jedenfalls nicht mehr da.«

»Vielleicht ist es ja runtergefallen«, mutmaßt Wilks. »Irgendwo druntergerutscht.«

»Kann ich mir nicht vorstellen.«

Sie zuckt mit den Schultern, ohne mich anzusehen. »Liegt bestimmt irgendwo im Haus.«

Die Vorstellung, dass mein Handy nicht da ist, wo es hingehört, ärgert mich. Wenn es weg ist, wie soll ich dann mit Leo Kontakt aufnehmen? Ich weiß gar nicht, ob ich seine Nummer überhaupt zusammenkriege. Ich glaube, inzwischen weiß ich keine einzige Telefonnummer mehr auswendig. Die Zeiten, wo man sich Telefonnummern noch sorgfältig eingeprägt hat, sind längst vorbei. Vielleicht habe ich sie irgendwo aufgeschrieben. Oder ich kann mich wieder erinnern, wenn ich sie wirklich brauche.

Die Straßen sind leer. Auf unserer Fahrt bis zum Stadtrand sehen wir ein halbes Dutzend Fahrzeuge, und auf der Landstraße noch weniger. Wilks und Messer reden nicht miteinander und nicht mit mir. Warum stellen sie mir eigentlich nicht noch mehr Fragen? Sie müssen doch noch mehr über Leo, über Carlson erfahren, oder nicht? Das bisschen, das ich ihnen gesagt habe, kann ihnen doch unmöglich reichen.

Oder?

Messer schleicht im Schneckentempo auf die Kreuzung zu. Ich sehe, dass uns ein Pick-up entgegenkommt, und hoffe für einen kurzen Moment, dass Trevor am Steuer sitzt, damit ich ihm zuwinken kann, aber bevor er an uns vorbeifährt, biegen wir ab. Ich drehe mich um und sehe durch das Heckfenster, dass Trevor sowieso ein anderes Modell fährt. Und eine andere Farbe hat sein Wagen auch.

Die einspurige Straße bis zu unserem Haus ist leicht geneigt, und Messer rollt langsam vorwärts. Ich höre den Schotter unter den Reifen knirschen und starre in den Wald. Ich denke daran, wie ich dort hindurchgerannt bin, verzweifelt, in Todesangst vor den beiden Menschen, bei denen ich jetzt im Auto sitze und die mich genau dahin zurückbringen, von wo ich vorhin geflüchtet bin.

Was für eine Wendung.

Messer stellt den Explorer ab und zieht die Handbremse. Einen langen Augenblick lang sagt niemand ein Wort. Die beiden ziehen offensichtlich nicht einmal ansatzweise in Erwägung, auszusteigen und mir die Tür aufzumachen.

Der abkühlende Motor gibt ein leises Ticken von sich. Ich ziehe am Türgriff, doch die Tür bleibt verschlossen.

Verriegelt.

»Können Sie mich bitte rauslassen?«

Wilks meint: »Klar«, und Messer drückt auf eine Taste.

Ich steige als Erstes aus, lasse mich behutsam auf meine verletzten Fußsohlen sinken. Die Einfahrt ist mit scharfkantigen Schottersteinen belegt. Sie fühlen sich an wie Krähenfüße, und ich bewege mich vorsichtig balancierend auf den Außenkanten meiner Fußsohlen vorwärts und stütze mich mit einer Hand an den SUV, um möglichst viel Gewicht abzufangen.

»Danke fürs Herbringen«, sage ich. »Ich warte dann also auf Ihren Anruf.«

Wilks und Messer beobachten mich, wie ich quälend langsam das Fahrzeug umrunde und mich so lange an der Karosserie abstütze, bis ich die schmalste Schotterstelle erreicht habe. Ich kann nur den Kopf schütteln angesichts der miserablen Manieren der beiden. Natürlich schaffe ich das auch alleine, aber es wäre schon nett gewesen, wenn sie mir wenigstens ihre Hilfe angeboten hätten. Es fällt mir keineswegs leicht, und nichts von alledem wäre passiert, wenn sie nicht vor zwei Stunden an meine Haustür geklopft hätten.

Ich bekomme mit, dass Wilks und Messer sich im Flüsterton unterhalten. Ich kann zwar kein Wort hören, aber ich sehe, wie sie die Lippen bewegen. Was sie wohl sagen?

Warum haben sie gewartet, bis ich ausgestiegen bin, um miteinander zu reden?

Ich bringe die Krähenfüße erfolgreich hinter mich, verziehe das Gesicht und reiße mich zusammen, um nicht immer wieder aufzuschreien. Endlich stehe ich auf der Türmatte. Die rauen Fasern fühlen sich im Vergleich zu den Schottersteinen fantastisch an. Ich kann es kaum erwarten, meine Füße zu waschen, zu desinfizieren und zu verbinden. Ich kann es kaum erwarten, endlich unter die Dusche zu kommen, die ich eigentlich schon vor zwei

Stunden gebraucht hätte, noch vor der ganzen Aufregung. Zögerlich neige ich meine Nase in Richtung Achselhöhle. Ich komme nicht einmal in die Nähe.

Mein Gott, ich stinke fürchterlich.

Ich drehe mich um. Wilks und Messer stehen immer noch da, sitzen immer noch auf den Vordersitzen und machen überhaupt nicht den Eindruck, als wollten sie demnächst zur nächsten FBI-Dienststelle hier in der Nähe oder nach New York, oder wo immer sie sonst stationiert sind, zurückkehren.

Jetzt registriere ich, dass der Motor des SUV nicht mehr läuft.

Die Haustür ist abgeschlossen, und ich habe meinen Schlüssel nicht dabei. Wieso habe ich daran nicht gedacht? Gut, dass Wilks und Messer noch da sind.

»Die Tür ist abgeschlossen«, rufe ich ihnen zu.

Wilks sagt etwas zu Messer, und dieser nickt. Die beiden steigen aus.

Messer geht zum Kofferraum des Explorers, und Wilks fragt mich: »Was haben Sie gesagt?«

Ich zeige auf die Tür. »Ich habe keinen Schlüssel dabei.«

»Ah«, erwidert Wilks und steckt die Hand in eine Hosentasche. »Hier.«

»Puuuh«, sage ich aufatmend. »Ich hatte schon Angst, ich müsste ein Fenster einschmeißen.«

Wilks kommt näher. »Das wollen wir natürlich nicht.«

»Ist das strafbar, wenn es mein eigenes Haus ist?«

»Ist was strafbar?«

»Einbrechen.«

Wilks verzieht keine Miene. »Es ist Ihr Haus.«

Messer hat den Kofferraum aufgeklappt und holt etwas heraus.

»Hier.« Wilks steckt den Schlüssel ins Schloss. »Wenn Sie gestatten.«

Sie dreht den Schlüssel und hält mir die Tür auf, als hätte sie urplötzlich so etwas wie ihre fürsorgliche Ader entdeckt. Ich humpele hinein.

Messers große Füße knirschen laut über die Schottereinfahrt. Er kommt näher und hat eine Sporttasche in der Hand.

Wilks sagt: »Dürfen wir reinkommen?«

Ich warte auf eine Erklärung.

Sie tut mir den Gefallen. »Es ist eine lange Fahrt, und ich würde gern zuerst noch ein paar Telefonate erledigen. Der Empfang auf den kleinen Straßen hier draußen ist ja eher bescheiden.«

»Haben Sie das auch schon gemerkt«, erwidere ich. »Na, klar. Kommen Sie rein und machen Sie es sich bequem.«

Ich trete beiseite und hätte um ein Haar den Blick verpasst, den die beiden wechseln, als ich sie zum zweiten Mal an diesem Morgen in mein Haus lasse.

## *10.03 Uhr*

Ich bringe Wilks und Messer ins Wohnzimmer und versuche, das diffuse Unbehagen, das uns alle umgibt, zu ignorieren. Buchstäblich ein Déjà-vu, denke ich und biete ihnen Platz an. Sie setzen sich. Messer stellt die Sporttasche neben seinem Sessel auf den Fußboden.

»Kann ich Ihnen etwas anbieten?«

Wilks schüttelt stellvertretend für beide den Kopf. »Nein, danke.«

»Okay. Dann stelle ich mich jetzt erst einmal unter die Dusche und verarzte meine Füße.« Ich blicke mich um. »Und falls Sie irgendwo ein Handy sehen, dann geben Sie mir bitte Bescheid.«

Wilks nickt. »Geht klar.«

Ich humpele hinaus auf den Flur. Das Badezimmer im Erdgeschoss hat keine Dusche, darum schleppe ich mich zur Treppe.

Wie ein gewaltiger Berg türmt sie sich vor mir auf.

Am Fuß des Berges starre ich auf meine Füße hinab und dann wieder auf die Stufen.

Auf dem üblichen Weg wird das nicht gehen.

Ich regrediere also in meine frühkindliche Phase und krabbele, wie ein übergroßes Baby, auf Händen und Knien die Treppe hinauf. Ich stelle fest, dass das gar nicht so schwierig ist und dass ich einigermaßen zügig vorankomme. Noch besser ist, dass meine geplagten Fußsohlen mein Körpergewicht nicht mehr zu tragen brauchen. Oben angekommen richte ich mich wieder auf, obwohl ... am liebsten wäre ich bis ins Badezimmer weitergekrabbelt, aber dann kommt mir das doch zu albern vor.

Gott sei Dank haben wir eine ebenerdige Duschkabine, die ich, nachdem ich mich langwierig und unter Schmerzen meiner Kleidung entledigt habe, problemlos betreten kann. Das heiße Wasser fühlt sich so gut an, dass ich nie wieder hier wegmöchte. Ich säubere meine Fußsohlen mehrfach und gründlich und setze mich dazu auf den Boden der Dusche, weil ich auf einem Bein nicht stehen kann. Ich wasche die Erde aus den Schnittwunden, ziehe Holzsplitter und Steinchen aus der Haut und schrubbe das verkrustete Blut ab. Obwohl ich dabei ununterbrochen das Gesicht verziehe, fühlt es sich unglaublich befriedigend an.

Das ablaufende Wasser bildet einen rot-schwarzen Strudel über dem Abfluss. Die Regendusche sorgt dafür, dass man, wenn man sich direkt darunterstellt, von der Welt da draußen nicht das Geringste mehr mitbekommt.

Genau so habe ich es gern.

Heute ist die Wirkung nicht ganz so allumfassend wie sonst, was daran liegt, dass schon so viel passiert ist. So viele Fragen sind noch ungeklärt.

Leo. Ein Kartell. Geldwäsche.

Kann das denn wahr sein?

Dass wir uns in Rom kennengelernt haben, kommt mir fast vor wie in einem anderen Leben. Die Stadt hätte eigentlich nur eine weitere Etappe auf meiner endlosen Reise sein sollen. Ich wollte dort nicht länger bleiben, einige Wochen vielleicht, allerhöchstens zwei Monate. Die Sehenswürdigkeiten besuchen. Lernen, wie man Pasta macht. Mir ein paar italienische Brocken aneignen, bis ich genügend Geld für das nächste Flugticket beisammenhabe.

Ich war nicht auf der Suche nach einem Ehemann, nicht einmal nach einer Romanze. Ich war überhaupt nicht auf der Suche. Es kam nur höchst selten vor, dass ich länger als eine Woche im Voraus dachte. Mein Leben war in einzelne Augenblicke unterteilt. Ich hatte keinen Plan und war sehr zufrieden mit meinem nomadischen Lebensstil. Ich hatte keine echten Bedürfnisse, ja, ich habe meinen Lebensstil kein einziges Mal hinterfragt. Ich habe einfach nur gelebt.

Aber ich habe nicht mit Leo gerechnet.

Im Verlauf meiner Reise hatte ich zwar mehrere Männerbekanntschaften, aber seit dem College eigentlich keine ernsthafte Beziehung mehr gehabt. Mein Drang, unterwegs zu sein, meine unablässige Unruhe ließen so etwas nicht zu. Vielleicht bin ich aus diesem Grund auch nirgendwo heimisch geworden. Vielleicht hatte ich immer zu viel Angst, mich einem anderen Menschen gegenüber zu öffnen. Vielleicht bin ich immer vor mir selbst weggelaufen.

Da ich oft in Cafés und Restaurants gearbeitet hatte, ging ich bei meiner Ankunft in Rom fest davon aus, dass ich das auch hier tun konnte, sobald ich einen freundlichen Besitzer gefunden hatte, der sich an meinen mangelhaften Sprachkenntnissen nicht störte. Und schnell stellte sich heraus, dass es kein Problem war, eine Stelle zu finden – die Italiener sind eines der herzlichsten und offensten Völker, die ich je kennengelernt habe. Viel schwieriger jedoch war es, die Stelle auch zu behalten. Rom im Sommer ist eine Touristenhölle. Der Druck, sie alle gleichzeitig und dabei auch noch mit dem Richtigen zu bedienen, überforderte mich mit meinen begrenzten Italienischkenntnissen und meiner – auch wenn es mir peinlich ist, das zuzugeben – schlechten Arbeitsmoral.

Noch vor dem Ende meiner Schicht wurde ich wieder gefeuert.

Damit war der Druck noch größer geworden. Ich brauchte dringend eine Arbeit, weil ich für das Hostelzimmer, das ich mir mit jemand anderem teilte, mein letztes Geld ausgegeben hatte.

Ich stehe so lange unter der Dusche, dass meine Haut, als ich schließlich aus der Kabine trete und mir ein Handtuch schnappe, völlig verschrumpelt ist, wie nach einem langen Bad.

Trocken und im Bademantel nehme ich den Erste-Hilfe-Kasten aus dem Medizinschränkchen und setze mich auf den Badewannenrand, um meine Fußsohlen großzügig mit einer antiseptischen Salbe zu bestreichen, bevor ich sie mit Verbänden umwickele.

Ich mache meine Sache ziemlich gut, wenn ich das sagen darf. Zumindest, bis ich beschließe, auch meine Zehennägel zu schneiden, wo ich schon einmal dabei bin, und mir dabei mit der Nagelschere in den großen Zeh ritze. Die Schere ist so scharf, dass es nur eines winzigen Ausrutschers bedarf, um einen dicken Blutstropfen zu produzieren. Es tut fast gar nicht weh, macht mich aber so wütend, dass ich am liebsten laut losgeschrien hätte.

Ich schleudere die Schere mitsamt dem dazugehörigen wasserfesten Nagelpflegeetui quer durch das Badezimmer. Ich balle die Hände zu Fäusten und presse die Kiefer aufeinander. Ich spüre, wie das Blut in meinen Schläfen pocht.

Meine Wut ebbt allmählich ab. Ich bekomme mich wieder in den Griff, sammle den verstreuten Inhalt des Nagelsets ein und lege es wieder an seinen Platz neben dem Waschbecken.

Anscheinend habe ich meinen Füßen etwas Gutes getan, jedenfalls kann ich wieder gehen. Nicht, dass ich in nächster Zeit auf dem Laufband irgendwelche Rekorde brechen werde, aber ich kann zumindest normale Schritte machen. Ein bisschen unsicher noch, aber trotzdem ein großer Fortschritt gegenüber dem Schlurfen und Hinken, zu dem ich seit meiner wilden Jagd durch den Wald gezwungen gewesen war. Die Mullbinden an meinen Füßen fühlen sich ein bisschen an wie Hausschuhe, beinahe schon bequem.

Ich gehe wieder zum Medizinschränkchen, um den Erste-Hilfe-Kasten zurückzustellen und mir zwei Paracetamol zu holen … und halte inne. Ich starre die vielen verschiedenen Arzneifläschchen an. Diazepam und Tramadol. Prozac und Lithium. Wenn ich alleine wäre, würde ich jetzt etwas Stärkeres als Paracetamol nehmen, das steht fest. Aber ich muss wach und aufmerksam bleiben. Ich kann nicht den Rest des Tages im Halbschlaf verbringen. Ich muss konzentriert sein, wenn Leo landet, und ich habe keine Ahnung, wie lange Wilks und Messer sich hier noch aufhalten wollen.

Erst jetzt wird mir klar, dass ich so lange im Badezimmer war, dass Wilks und Messer ihre Telefonate oder was sie sonst zu erledigen hatten, längst beendet haben müssten. Vielleicht sind sie ja schon weg. Vielleicht haben sie die Treppe hochgerufen, um sich zu verabschieden, nur habe ich sie nicht gehört.

Wenn ich nicht so müde wäre, würde ich nachsehen, aber als ich in unser Schlafzimmer gehe, muss ich gähnen und setze mich aufs Bett, um mir die Haare abzutrocknen. Als Nächstes sinke ich gegen das Kopfbrett, weil ich mich nicht mehr aufrecht halten kann.

Und dann lege ich mich hin.

Meine Augenlider sind so schwer.

Ich muss sie kurz zumachen, bloß für eine Minute.

Bloß eine Minute …

## *11.45 Uhr*

Rusty ist müde, weil Rusty ständig müde ist. Aber das liegt nicht an ihrem Gewicht, das weiß sie. Niemand ist müder als diese superfitten Leute mit der dünnen, gespannten Haut, die aussieht, als würde sie im nächsten Augenblick von ihren Knochen rutschen. Nein, sie ist ständig müde, weil Müdigkeit und Erwachsensein heutzutage untrennbar zusammengehören. Der menschliche Körper ist nicht für den Stress des modernen Lebens gemacht. Er war eigentlich dazu gedacht, in der Wildnis überleben zu können, zu jagen und zu sammeln, aber nicht dazu, sich durch diese unbarmherzige Ödnis zu kämpfen, die wir einst Zivilisation genannt haben.

In dieser stillen Apokalypse sind wir alle müde, sind wir alle Zombies.

Und was noch schlimmer ist: Wir wissen es nicht einmal.

»Beschäftigst du dich eigentlich gelegentlich mit dem Zustand des menschlichen Daseins?«, fragt sie Sabrowski, der ihr Büro mit einem sauber verschnürten Dokumentenordner unter dem Arm betritt und ihre Gedanken unterbricht.

Sie wird die Frage bereuen, das ist ihr sofort klar. Ihr Vertrauen in ihren Mitarbeiter, ja, in die gesamte Menschheit, wird wieder einmal erschüttert werden.

»Ist das so was wie ein Virus?«, erkundigt er sich und runzelt verwirrt die Stirn.

Sie seufzt und nickt, weil ... warum nicht? Sie hat schließlich selbst schuld, weil sie ihn überhaupt an ihren Gedanken beteiligt hat. Dann kann sie jetzt auch mitspielen.

»Ja, genau«, lautet ihre Antwort. »Und das Schlimmste daran ist, dass er tödlich wirkt. Garantiert. Wenn du ihn hast, dann bist du todgeweiht.«

Bei der Vorstellung eines unausweichlichen Todesfluchs verlangsamt Sabrowski unwillkürlich seine Schritte. Nur zögerlich legt er den Ordner auf ihren Schreibtisch, weil er sich nicht sicher ist, ob er damit sein Ableben womöglich beschleunigt.

»Haben sie vielleicht schon ein Mittel dagegen erfunden?«

In seiner Stimme schwingt die Hoffnung mit, dass Rusty ihm die Angst vor dieser neuartigen Bedrohung, die sie ihm soeben eingeflößt hat, gleich wieder nehmen wird, aber auch die Furcht, dass sie das nicht kann.

Sie lässt sich gegen ihre Stuhllehne sinken und trommelt mit den Fingern auf die Schreibtischplatte. »Ich schätze mal, es gibt da so ein paar superschlaue Leute, die sich gerade so richtig den Arsch aufreißen deswegen. Vielleicht sogar ein ganzes Labor, das bloß daran forscht. Aber so, wie ich das sehe, gibt es ein paar Dinge, die sind es nicht mal wert, kuriert zu werden, selbst, wenn man es kann.«

Rusty sieht, dass sie Sabrowskis Fantasie entfacht hat. Sein schmales Schnurrbärtchen zuckt jedenfalls, wie sie es noch nie gesehen hat.

»Also impfen?«, schlägt er mit gepresster Stimme vor. »Weil, man kann denen nicht trauen. Die tun da Arsen und alles Mögliche rein, bloß damit du immer krank bleibst und immer schön weiterzahlen musst.«

»In Äpfeln ist auch Arsen.«

»Dann esse ich ab jetzt keine Äpfel mehr.«

Rusty stemmt die Hände auf die Tischplatte und beugt sich wieder nach vorne, verringert den Abstand zwischen sich und ihrem Wachtmeister, sodass sie ihm direkt ins Gesicht sehen und er ihre zweifelnde Miene auf keinen Fall übersehen kann.

»Wachtmeister Sabrowski, würdest du mir bitte freundlicherweise mitteilen, wann du zum letzten Mal tatsächlich ein Stück Obst gegessen hast?«

Er überlegt. »Heute Morgen habe ich mir Ahornsirup auf die Pancakes gemacht.«

»Ahornsirup ist kein ... ach, weißt du was? Vergiss es. Zurück an die Arbeit, Herr Wachtmeister.«

Er zeigt auf den Dokumentenordner. »Ich hab jetzt nichts mehr zu tun.«

Rusty wirft mit dem nächstbesten Stift nach ihm. »Dann denk dir was aus.«

Er reagiert schnell und weicht dem heranfliegenden Stift aus. Das liegt daran, dass sie so oft welche nach ihm schmeißt. Er ist zwar keine Katze, aber sie hat ihm im Lauf der Zeit so viel Gelegenheit zum Training gegeben, dass er sich ein recht ansehnliches Muskelgedächtnis zugelegt hat.

Sabrowski hebt den Stift auf und steckt ihn zurück in den Stiftehalter, bevor er das Büro verlässt. In dieser Hinsicht ist er gut erzogen.

Rusty zieht den Ordner zu sich heran und sieht sich die ausgedruckten Papiere an, die er enthält. Sie kann mit Computern nicht allzu viel anfangen. Schon beim allerersten Mal war ihr klar, dass sie mit ihren klobigen Fingern nie auch nur halbwegs präzise würde schreiben können. Als Dienststellenleiterin muss sie einigermaßen damit klarkommen, weil ihr nichts anderes übrig bleibt, aber in der Regel lässt sie Sabrowski oder Zeke, oder wer sonst gerade in Reichweite ist, die ganzen technischen Dinge erledigen. So ist es besser. Für alle Beteiligten.

Aus diesem Grund hat sich Sabrowski in ihrem Auftrag mit Leo Talhoffers Geschichte befasst und hat, als er damit fertig war, alle wichtigen Informationen ausgedruckt und in den Ordner gelegt, den Rusty jetzt durchgeht. Sie weiß seine Bemühungen durchaus zu schätzen, auch wenn er an manchen Stellen den Locher etwas sorgfältiger hätte bedienen können. Dann würde nicht die Hälfte der Blätter herausrutschen, wenn man den Ordner in eine bestimmte Richtung dreht.

Rusty will, dass er das weiß, und brüllt ihn durch das Innenfenster an. Aber nicht schlimm, nur ein bisschen, weil er seine Arbeit im Großen und Ganzen sehr gewissenhaft erledigt hat.

Ein Weilchen später bringt er ihr eine Tasse von ihrem guten Kaffee, als Entschuldigung sozusagen. Sie musste nicht einmal darum bitten und ist ganz gerührt von der Geste.

»Irgendwo da drin hast du ein gutes Herz«, sagt sie zu ihm, als er ihr die Tasse serviert. »Vielleicht holt der Rest von dir ja eines Tages noch auf.«

Rusty trinkt in kleinen Schlucken, lehnt sich zurück und liest sich sämtliche Informationen über den Mann durch, auf den sich zurzeit das gesamte Interesse richtet.

Leo Talhoffer ist zweiunddreißig Jahre alt und hat dieses blond-blauäugige Perfekte-Zähne-Aussehen, das bei Rusty schon aus Prinzip auf Widerstand stößt. Manche Leute werden eben mit vier Assen in der Hand geboren, während Leute wie Rusty nicht einmal einen Platz am Tisch ergattern können.

Sie hat ihn gelegentlich schon in der Stadt gesehen – Rusty hat alle gelegentlich schon in der Stadt gesehen –, aber sie hat nie ein Wort mit ihm gewechselt und nie in seiner Nähe gestanden.

Sie liest, dass er es bis an die Brown University geschafft und dort einen Masterabschluss in Betriebswirtschaftslehre erlangt hat. Aber danach, für den Rest seiner Zwanzigerjahre, war er anscheinend immer wieder in beruflichen Sackgassen gelandet und hatte alle paar Monate den Job gewechselt. Nirgendwo hatte er es ein Jahr lang ausgehalten, aber trotzdem die Zeit und das Geld gefunden, regelmäßig ins Ausland zu reisen. Manchen Leuten wird das Leben eben auf dem Silbertablett serviert, das denkt Rusty, als sie das perfekte Antlitz eines weißen protestantischen Amerikaners angelsächsischer Herkunft betrachtet.

Das Weingeschäft hat er bestimmt auch mit Unterstützung seiner Familie gestartet und bis heute immer weiter ausgedehnt, aber inzwischen macht er damit eine ordentliche Stange Geld. Nicht, dass er sich gleich eine Jacht davon kaufen könnte, aber doch immerhin so viel, dass Rusty ihre Entscheidung, eine Dienerin des Staates zu werden, noch einmal infrage stellt. Sie kann sich jedenfalls keinen aufblasbaren Pool in den Garten stellen.

Allerdings, seine Kreditkarten sind am Limit. Sein Privatkonto ist im Plus, wenn auch nicht üppig, aber sein Geschäftskonto in den roten Zahlen.

Das findet Rusty interessant.

Außerdem interessant ist die Tatsache, dass es keine großen Überweisungsbeträge zu finden gibt, die ihr Anlass gegeben hätten, noch einmal etwas genauer hinzuschauen. Es sieht alles normal aus. Er gibt zu viel aus, aber wer macht das nicht? Wir müssen uns schließlich so viel Zeug wie nur möglich kaufen, um uns von der Apokalypse abzulenken, die um uns herum stattfindet. Um uns davon zu überzeugen, dass diese erbarmungslose Müdigkeit unsere eigene Entscheidung war, dass es sich lohnt, ein Zombie zu sein.

Rusty legt den Ordner weg und achtet sorgfältig darauf, dass die ganzen losen Dokumente nicht wieder herausfallen. Sie schiebt ihren Stuhl zurück, damit sie ihn um neunzig Grad drehen kann, und legt die Füße auf den Tisch. Dann denkt sie nach.

Sie hat nicht das gefunden, womit sie gerechnet hat. Sie stehen immer noch am Anfang, und obwohl Sabrowski gute Arbeit geleistet hat, liegt ihr bisher nur die gekürzte Biografie Leo Talhoffers vor. Es wird noch dauern, bis sie sich ein vollständiges Bild von diesem Mann und seinem Leben gemacht hat. Aber trotzdem …

Da kommt ihr ein Gedanke, und sie ruft nach Sabrowski.

»Ist der Kaffee okay?«, erkundigt er sich, während er ängstlich und gespannt darauf wartet, dass sie den nächsten Stift nach ihm wirft.

Rusty sagt: »Wenn etwas watschelt wie eine Ente und quakt wie eine Ente …«

Sabrowski ist ebenso verwirrt wie besorgt.

»Ich versichere dir, dass das die allerbeste Tasse Kaffee ist, die die Welt je gesehen hat.« Sie deutet auf ihren Becher. »Das hier, auf diesem Schreibtisch, ist der Höhepunkt der Zivilisation.«

Sabrowski strahlt. »Echt?«

»Nicht mal annähernd«, sagt Rusty, und Sabrowski knipst so schnell die Lichter aus, dass sie einen Hauch von schlechtem Gewissen spürt. »Aber es war ein respektabler Versuch, Herr Wachtmeister, und zwar einer, auf den du stolz sein solltest. Diese Zwei-Plus-Tasse Kaffee ist jedoch mitnichten der Grund, weshalb ich dich in diese heiligen Hallen gebeten habe.«

»Nicht?«

Rusty schüttelt den Kopf und zeigt mit ausgestrecktem Finger auf den Dokumentenordner.

»Habe ich was ausgelassen?«

»Im Gegenteil. Auch hier hast du gute Arbeit geleistet, Sabrowski. Sehr gute. Um offen zu sein, hast du so gute Arbeit abgeliefert, dass ich mich ernsthaft frage, weshalb du in der übrigen Zeit so ein mieser Polizist bist.«

Sabrowskis magere Schultern sacken nach vorne.

»Ach, Herr Wachtmeister, jetzt nimm's nicht so tragisch. Ich will dich doch bloß ein bisschen aufziehen.« Rusty nimmt den Ordner und schiebt ihn über den Schreibtisch. Wenn sie ihn geworfen hätte, dann wäre die Hälfte der Seiten dabei rausgeflogen. »Aber jetzt will ich, dass du noch einmal ganz von vorne anfängst … allerdings mit einer ganz bestimmten Einschränkung.«

»Chef?«

## *15.59 Uhr*

Ich schlage die Augen auf. Es ist dunkel.

Nicht völlig dunkel, nicht Nacht, aber jedenfalls sehr viel später als vorhin, als ich die Augen zugemacht habe, viel später, als ich eigentlich gewollt habe. Ich habe mehrere Stunden in diesem tranceartigen Tiefschlaf zugebracht, der einen nur überkommt, wenn man wirklich erschöpft ist. Nur dass ich mich kein bisschen erfrischt fühle. Meine Augen brennen, meine Kehle ist ausgedörrt, und ich bin so groggy, als wäre es früher Morgen, und ich sei viel zu früh aufgewacht. Nur mühsam stemme ich mich hoch, und noch schwerer fällt es mir, vom Bett zu rutschen.

Einen kurzen Moment lang glaube ich, dass es Morgen ist, dass ich Leos Abreise und das Klopfen an der Tür, Wilks und Messer und Carlson und Rusty nur geträumt habe. In diesem Moment glaube ich, dass die Ereignisse des Vormittags nur ein einziger, grässlich realistischer Albtraum waren.

Doch endet diese köstliche Selbsttäuschung in dem Augenblick, als meine Füße die Bodenbretter berühren und ich den erbarmungslosen Stich der Realität spüre.

Warum ist die Realität eigentlich immer schmerzhaft?

Ich binde den Gürtel meines Bademantels fest. Er hat sich gelöst, während ich geschlafen habe.

Es ist still im Haus. Ich höre lediglich die Umgebungsgeräusche, meinen eigenen Atem und nehme meine Gedanken wahr. Wilks und Messer müssen schon längst weggefahren sein, müssen längst alles erledigt haben, was sie noch zu tun hatten. Vielleicht sind sie ja losgefahren, als ich noch unter der Dusche war, oder ich habe so fest geschlafen, dass ich nicht mitbekommen habe, wie sie sich verabschiedet haben.

Ich bin erleichtert, dass sie nicht mehr hier sind. Ich will allein sein, aber gleichzeitig empfinde ich eine unterschwellige Besorgnis. Carlson – wer immer er sein mag – ist ja immer noch irgendwo da draußen unterwegs, und ich bin hier ganz alleine.

Wilks und Messer hätten mich bestimmt nicht in der Einsamkeit zurückgelassen, wenn mir irgendeine Gefahr drohen würde. Vielleicht sitzt Carlson ja bereits im Gefängnis, dank einer groß angelegten Fahndungsaktion mit Bundesbeamten und der örtlichen Polizei. Oder er ist in mein Haus eingebrochen und hat es sich unten im Wohnzimmer bequem gemacht, nachdem er vom Waldrand aus beobachtet hat, wie Wilks und Messer abgefahren sind.

Mach dich nicht verrückt, sage ich mir.

Wenn meine Angststörung doch nur auf die Stimme der Vernunft hören würde … na ja, dann hätte ich sie gar nicht erst.

Auf dem Treppenabsatz angekommen fällt mir auf, dass Leos Arbeitszimmertür geschlossen ist. Habe ich sie vielleicht heute Morgen zugemacht, bevor ich zum Fenster hinausgeklettert bin? Ich muss beinahe lächeln, fast lachen. Inzwischen kommt mir das alles so albern vor. Bin ich wirklich aus meinem eigenen Haus geflüchtet, weil eine Stimme am Telefon mich dazu gedrängt hat?

Ich gehe die Treppe hinunter und bin erleichtert, dass ich dazu in der Lage bin, auch wenn es ein bisschen wehtut. Die Verbände an meinen Füßen vollbringen wahre Wunder. Trotzdem bin ich immer noch unsicher, habe ich immer noch Angst, die falschen Stellen meiner Fußsohlen zu sehr zu belasten. Ich halte mich am Geländer fest und kann so dem Schmerz die Spitze nehmen.

Kein Laut ist zu hören, darum gehe ich davon aus, dass mir im Erdgeschoss kein Carlson auflauert. Natürlich ist es denkbar, dass er ruhig an einem Fleck verharrt, aber wenn er wirklich hier wäre, warum hat er mich dann in Ruhe schlafen lassen?

Er benötigt Informationen. Vielleicht durchsucht er ja das Haus, vielleicht hat er mich deshalb nicht aufgeweckt? Ich sehe mich um. Ich kann die Arbeitszimmertür nicht sehen, aber ich stelle mir vor, wie er irgendwo dahintersitzt, wie er Leos Computer hackt oder irgendwelche Akten liest. Hat er gehört, dass ich aufgestanden bin?

Ich hole Luft, halte den Atem an und versuche, meine Gedanken zum Schweigen zu bringen. Sie drehen sich nicht um Carlson, sondern um mich. Sie wollen Zweifel säen. Sie sind die Stimme in meinem Kopf, die mir niemals vertrauen wird, die niemals zufrieden sein wird mit dem, was ich tue.

Aber zumindest machen sie mich endgültig wach, und ich denke an Leo. Ich glaube, er ist immer noch über dem Atlantik. Was soll ich ihm sagen, wenn er mich nach der Landung anruft? Ich fühle mich schlecht informiert und weiß nicht, wie ich mit all dem, was da auf mich zukommt, umgehen soll. Wilks und Messer haben sich mit Ratschlägen zurückgehalten, aber ich nehme mir fest vor, alles gründlich zu durchdenken, bevor ich mit Leo spreche. Ich werde jeden Aspekt meiner Ehe unters Mikroskop legen, und ich werde dahinterkommen, was ich übersehen habe, und zwar von Anfang an, seitdem diese Geldwäschegeschichte im Gang ist.

Immer vorausgesetzt, es handelt sich nicht um ein gewaltiges Missverständnis.

Ich klammere mich immer noch an diese Hoffnung, aber je länger ich darüber nachdenke, desto unrealistischer fühlt es sich an. Das FBI würde doch nicht an meine Haustür klopfen, wenn es nicht zwingende Beweise gäbe. Und dann ist da noch Carlson. Wer immer er ist, sein Auftauchen spricht eindeutig gegen Leo. Wenn die Vorwürfe falsch wären, warum sollte Carlson mich anrufen, warum sollte er versuchen, mich zu sich ins Auto zu locken? Wenn Wilks und Messer unrecht haben, dann ist Leo nichts weiter als ein Sommelier. Aber niemand ruft am frühen Morgen die Frau eines Weinhändlers an, um ihr einen üblen Streich zu spielen, der sich zufälligerweise mit den Behauptungen zweier FBI-Agenten deckt.

Ach, Leo, du hättest mir Bescheid sagen sollen.

Ich bin fast am unteren Ende der Treppe angelangt und erleichtert, dass ich es, ohne zu stürzen, ja, sogar ohne einmal auszurutschen, geschafft habe. Ich bin nur selten mit mir zufrieden, aber jetzt empfinde ich einen außergewöhnlichen Stolz auf diese vergleichbar kleine Leistung.

Die Haustür ist nur wenige Meter entfernt. Ihr oberer Rand besteht aus Milchglassteinen, und da ich auf der Treppe stehe, kann ich das Terrassenlicht sehen, das bei Dunkelheit automatisch anspringt. Die Lampe beleuchtet die Einfahrt, und dort kann ich einen dunklen Umriss erkennen.

Ein Auto.

Der große Ford Explorer parkt immer noch da.

Wilks steht im Wohnzimmer, aber Messer ist nirgendwo zu sehen.

Sie hat mir den Rücken zugekehrt und telefoniert auf ihrem Handy.

»... Ich weiß nicht, was ich dazu sagen soll. So war das Ganze jedenfalls nicht geplant. Aber Probleme sind dazu da, gelöst zu werden. Dazu sind wir schließlich hier.«

Eine kurze Pause entsteht, aber aus irgendeinem Grund widerstehe ich dem Drang, mich bemerkbar zu machen, sie zu fragen, wieso sie immer noch hier in meinem Haus ist. Ich bleibe stumm. Ich möchte zuhören.

»Nein, die Dienststellenleiterin ist neutral. Sie beobachtet nur. Kein Problem.«

Ich runzele die Stirn. Warum sollte Rusty für irgendjemanden ein Problem sein, insbesondere für das FBI?

»Das ist schlicht und einfach falsch«, sagt Wilks jetzt, und ihre Stimme wird ein wenig schriller, ein wenig bestimmter. »Wir haben das unter Kontrolle. Es wird keine weiteren Fehlschläge geben. Die Frau ist nicht …«

Wilks bricht ab, weil sie in einem Bilderrahmen mein Spiegelbild gesehen hat.

»Ich rufe zurück«, sagt sie zu der Person am anderen Ende der Leitung.

Sie dreht sich zu mir um. Einen Augenblick lang ist ihre Miene vollkommen ausdruckslos. Dann fängt sie an zu lächeln, als hätte sie für einen Moment ihre Manieren vergessen.

»Wie haben Sie geschlafen?«, erkundigt sie sich.

Ich reibe mir die Augen. »Mit wem haben Sie da telefoniert?«

»Mit einem Kollegen«, erwidert sie. »Im Bureau.«

»Wie spät ist es?«

»Ungefähr 16 Uhr.«

»Warum sind Sie immer noch hier?«

»Wir hätten sowieso noch mal wiederkommen müssen«, erklärt sie mir, ohne wirklich etwas zu erklären. »Es wäre sinnlos gewesen, den ganzen Weg zurückzufahren, bloß um dann wieder umzukehren.«

Ich lege die Stirn in Falten. »Das finde ich nicht gut. Sie können sich doch nicht einfach ohne Erlaubnis in meinem Haus breitmachen.«

Sie nickt. »Sie haben recht. Es tut mir leid. Ich hätte Sie ja gefragt, aber Sie haben geschlafen. Ich wollte Sie nicht aufwecken, nach allem, was Sie durchgemacht haben. Aber das war falsch, das wird mir gerade eben klar.«

Ich zucke mit den Schultern, um zu signalisieren, dass es mir nichts ausmacht – es macht mir sehr wohl etwas aus! –, aber wo sie nun schon einmal hier ist, kann ich das auch ausnützen. Ich habe schließlich eine Menge Fragen.

»Haben Sie Carlson erwischt?«

Sie schüttelt den Kopf. »Noch nicht. Aber wir arbeiten daran.«

»Wissen Sie schon, wer er ist?«

»Wir arbeiten daran«, wiederholt sie.

Wilks kann mir offensichtlich nicht allzu viel bieten.

»Wo ist Messer?«, will ich wissen.

»Er klärt gerade ein paar Dinge.«

Ich trete von einem Bein auf das andere. »Hören Sie, ich möchte nicht, dass Sie einen falschen Eindruck von mir bekommen. Ich weiß, dass ich Ihnen heute Vormittag erlaubt habe hereinzukommen, und ich weiß, dass Sie mich nicht aufwecken wollten. Danke dafür. Aber jetzt hätte ich gern meine Privatsphäre zurück. Ich muss wieder einen klaren Kopf bekommen, verstehen Sie?«

»Das verstehe ich«, erwidert Wilks.

»Ich habe lange geschlafen, aber das hat leider nichts genützt. Ich bin immer noch erschöpft. Ich muss mich ausruhen und essen und trinken. Mir schwirrt alles Mögliche durch den Kopf. Das Wichtigste ist, dass ich diese innere Anspannung loswerde, aber das geht nicht, solange Sie beide hier sind.«

»Das verstehe ich«, wiederholt Wilks. »Aber zunächst brauchen wir Antworten auf einige Fragen, die uns sehr stark beschäftigen.«

»Kann das nicht warten?«

Sie schüttelt den Kopf. »Nein, kann es nicht. Nicht, nachdem dieser Carlson bei Ihnen aufgetaucht ist.«

»Was wollen Sie wissen? Ich habe Ihnen alles gesagt, was ich weiß, nämlich gar nichts. Und während ich geschlafen habe, ist mir auch nichts Neues eingefallen, ganz ehrlich.«

»Das glaube ich Ihnen gern«, erwidert Wilks. »Aber wir haben in der Zwischenzeit noch mehr entdeckt. Vielleicht erinnern Sie sich, dass wir Sie nach bestimmten Informationen gefragt haben? Da geht es um die Geschäftspartner Ihres Mannes?«

»Ja, ja. Sie haben gesagt, dass die vielleicht auf einer externen Festplatte oder so was gespeichert sein könnten.«

»Ganz genau«, erwidert sie. »Wenn Sie so eine Festplatte sehen, meinen Sie, Sie würden erkennen, ob sie Ihrem Mann gehört oder nicht?«

»Wie soll ich das erkennen können? Ich habe ja noch nie zuvor so was gesehen.«

Wilks sagt: »Weil es irgendwie aus der Reihe fällt, vielleicht. Wenn wir so eine Festplatte bei den Sachen Ihres Mannes finden würden, könnten Sie dann sagen, ob Sie sie schon einmal gesehen haben oder nicht?«

»Ich glaube nicht. Mit Technik kenne ich mich nicht so aus.«

Wilks überlegt.

»Moment mal«, sage ich. »Was soll das denn heißen, wenn Sie so was bei Leos Sachen finden würden?«

Wilks gibt keine Antwort.

Da fällt mir die geschlossene Arbeitszimmertür wieder ein. »Ist Messer etwa in Leos Büro?«

Noch bevor Wilks mir antworten kann, füge ich hinzu: »Ich habe geschlafen, und er hat in der Zwischenzeit nach irgendwelchen Festplatten gesucht?«

»Wir müssen wissen, wer Leos Geschäftspartner sind, bevor sie merken, dass wir ihnen auf der Spur sind.«

»Aber vorhin haben Sie doch gesagt, dass Sie wissen, wer die sind.« Ich bin bereits auf dem Weg zur Treppe. »Und so oder so gibt Ihnen das noch lange nicht das Recht, ohne meine Erlaubnis in meinem Haus herumzuschnüffeln. Wie können Sie es wagen! *He!*«, brülle ich die Treppe hinauf. »Verlassen Sie sofort das Arbeitszimmer meines Mannes!«

Wilks kommt zu mir. »Warum beruhigen Sie sich nicht erst mal ein bisschen?«

Das war das Falscheste, was sie hätte sagen können.

Ich wirbele herum und schiebe mich so dicht vor sie, dass unsere Nasenspitzen sich beinahe berühren. »Verschwinden Sie aus meinem Haus! Verschwinden Sie auf der Stelle und kommen Sie erst wieder, wenn Sie einen Durchsuchungsbeschluss haben.«

## 16.06 Uhr

Wilks macht keine Anstalten, sich von der Stelle zu rühren. Sie steht nur wenige Zentimeter von mir entfernt und zeigt keine andere Reaktion, als sich in aller Ruhe ein paar Spritzer meines Speichels von der Wange zu wischen. Das bringt mich nur noch mehr auf die Palme, aber was soll ich machen?

Ich ignoriere sie zunächst einmal und stapfe die Treppe hinauf. Ich klammere mich an das Geländer und gehe schneller, als ich eigentlich sollte, weil mich dieses Eindringen, dieser Verrat, so unglaublich wütend macht. Wie können sie es wagen? Nach allem, was ich durchgemacht habe, wie können sie es wagen, mir auch noch das hier anzutun?

Ohne nach unten zu blicken, rufe ich Wilks zu: »Das, was Sie hier machen, ist nicht richtig. Es ist absolut nicht richtig.«

Wilks sagt nichts, aber ich weiß, dass sie mich vom Fuß der Treppe aus beobachtet.

Als ich den oberen Absatz erreicht habe, steht Messer bereits vor mir. Er hat wohl den Wortwechsel mitbekommen. Jetzt baut er sich vor mir auf und versperrt mir den Weg in Leos Arbeitszimmer. Er macht sich breit, sodass ich versuchen muss, mich an ihm vorbeizudrängen.

Genauso gut könnte ich versuchen, einen Felsblock beiseitezuschieben.

*»Lassen Sie mich durch!«*, brülle ich ihn an.

Er macht mir Platz, wenn auch reichlich verzögert, und zieht einen Fuß zurück, sodass er jetzt parallel zur Wand steht. Ich nutze die Lücke.

Ich werfe einen Blick in Leos Arbeitszimmer und halte die Luft an.

Der Fußboden ist mit Papieren bedeckt. Jede Schublade ist ausgeleert, jede Akte und jeder Ordner leer geräumt worden. Es wird den ganzen Tag dauern, das alles wieder in Ordnung zu bringen, vielleicht sogar noch länger.

»Was zum Teufel soll denn das?« Ich bin so wütend, dass ich am liebsten laut losgekreischt hätte, aber ich nehme alle Kraft zusammen, um wenigstens ein Mindestmaß an Ruhe zu bewahren. »Verschwinden Sie aus meinem Haus«, sage ich zu Messer. Dann lehne ich mich über das Geländer und brülle Wilks zu: *»Raus! Hier!«*

Wilks entgegnet: »Ich fürchte, zunächst gehen wir nirgendwo hin. Wir brauchen keinen Durchsuchungsbefehl, Mrs. Talhoffer, weil es um Fragen der nationalen Sicherheit geht. Das Gesetz steht in diesem Fall ganz eindeutig auf unserer Seite.«

Ich gehe die Treppe hinunter. Meine Schritte sind immer noch ein wenig ungelenk, aber es geht schon viel besser. Schließlich bin ich in den letzten Minuten schon einmal hinunter- und wieder hinaufgegangen. Messer versucht gar nicht erst, mir den Weg zu versperren, sondern steht nur da und beobachtet mich.

»Warum?«, wende ich mich an Wilks. »Was reden Sie da? Wie kann ein Drogenkartell eine Sache der nationalen Sicherheit sein?«

Wilks erwartet mich am Fußende. »Ich fürchte, ich kann Ihnen zum jetzigen Zeitpunkt keine Auskunft über die Einzelheiten geben, aus Rücksicht auf die soeben erwähnten nationalen Sicherheitsbelange.«

Ich starre sie wutentbrannt an. »Sie fürchten also, Sie können mir zum jetzigen Zeitpunkt keine Auskunft über die Einzelheiten geben, ja?«

Sie nickt, als hätte sie meinen offensichtlichen Sarkasmus gar nicht bemerkt.

»Ach so«, fahre ich fort. »Na, dann ist ja alles in Butter.«

»Ich fürchte, ich kann Ihnen nicht ganz folgen«, sagt Wilks nüchtern.

Ich nehme all meine Entschlossenheit und meine Beherrschung zusammen. »Ich bitte Sie zu gehen. Dies hier ist mein Haus. Sie haben kein Recht, hier zu sein. Bitte.«

»Es gibt da immer noch ein paar Dinge, die wir …«

»Gehen Sie jetzt?«

Wilks schüttelt den Kopf.

»Dann nehmen Sie hiermit zur Kenntnis, dass Sie sich weigern, meiner durch und durch vernünftigen Bitte, mein Grundstück zu verlassen, Folge zu leisten.«

Wilks nickt. »Zur Kenntnis genommen.«

»Können Sie mir wenigstens sagen, wie lange Sie noch hier sein werden?«

Wilks sieht Messer an, der immer noch auf dem oberen Treppenabsatz steht.

Er sagt: »Vielleicht noch eine Stunde.«

Wilks sieht mich an. »Vielleicht noch eine Stunde.«

Ich seufze, weil mir gar nichts anderes übrig bleibt. »Zuerst geht es um Geldwäsche, dann um die nationale Sicherheit. Und worum als Nächstes?«

Ich erwarte keine Antwort, und Wilks gibt mir keine. Ich würde am liebsten durch den Flur in die Küche stürmen, aber das lassen meine Füße nicht zu. Ich bin gezwungen, meinem Ärger und meiner Verstimmung in gemäßigtem Tempo und mit vorsichtigen Schritten Ausdruck zu verleihen, doch damit erziele ich nicht den gewünschten Effekt. Aber ich gebe mir Mühe. Ich tue, was ich kann.

Ich gieße mir in der Küche ein Glas Wasser ein. Schlagartig fällt mir auf, wie ausgedörrt meine Kehle sich anfühlt, wie lange es her ist, seit ich das letzte Mal etwas getrunken habe. Die paar Schlucke von Rustys kochend heißem Kaffee zählen nicht, finde ich. Das Glas ist schon nach wenigen Sekunden leer, und ich schenke mir nach und setze mich an den Tisch – den Tisch, auf den ich am Morgen mein Handy gelegt habe.

Ich werfe einen Blick darunter. Nichts. Ich sehe mich in der Küche um. Da ist es nicht. Und es gibt auch keinen Schlitz, keine Spalte, wo es versehentlich hineingerutscht sein könnte.

Von Carlsons Anruf einmal abgesehen kann ich mich nicht erinnern, wann ich das Festnetztelefon in der Küche das letzte Mal benutzt habe. Es ist an der Wand zum Flur hin befestigt und hat eines dieser endlos langen Spiralkabel, die uns früher einmal so praktisch, so unverzichtbar erschienen sind. Ich nehme den Hörer ab und verharre mit dem Finger über der Tastatur. Wie war noch mal meine Nummer? Einige wenige Sekunden lang bin ich ratlos – es gab seit Jahren keinen Anlass mehr, wo ich sie hätte wissen müssen –, aber dann fällt sie mir wieder ein, steht klar und deutlich vor meinem inneren Auge. Ich drücke auf die Tasten. Das letzte Mal ist so lange her, dass ich ganz verblüfft registriere, wie angenehm sich dieser direkte Tastenkontakt im Gegensatz zu einem Glasdisplay anfühlt. Vielleicht ist Fortschritt auch nicht immer so großartig, wie alle behaupten. Ich muss an Trevor denken.

Es dauert endlos, bis ich den Klingelton höre. Für einen Moment glaube ich fast, ich hätte mich verwählt und tatsächlich meine eigene Handynummer vergessen. Doch dann fängt es an zu tuten. Ich lasse den Hörer sinken, um den Klingelton meines Handys besser hören zu können, aber ich höre ihn überhaupt nicht. Ist der Akku leer? Nein. Aber selbst wenn es ganz in meiner Nähe wäre, könnte ich es nicht hören, weil ich es heute Morgen vor der Yogastunde nämlich stumm gestellt habe. Manchmal vergehen Tage, bis ich merke, dass ich es nicht wieder laut gestellt habe. Ich bekomme nicht besonders viele Anrufe oder Textnachrichten.

Ich drücke also den Telefonhörer an meine Brust und lausche konzentriert auf eine Vibration, ein leises Schnurren. Dadurch bekomme ich fast nicht mit, wie das Tuten abbricht und sich eine fremde Stimme meldet.

»Hallo?«

Ich lege den Hörer ans Ohr, konsterniert, aber fest entschlossen zu fragen, wer sich da mein Handy unter den Nagel gerissen hat, als die Stimme sich erneut vernehmen lässt.

»Wer ist da?«

Es ist eine Frauenstimme, und ich habe sie erkannt.

Wilks.

Wilks hat mein Handy.

Ich lege den Hörer auf die Gabel zurück. Mein Herz rast.

Im Auto hat sie behauptet, sie hätte es nicht. Sie hat gesagt, dass es immer noch im Haus sein muss. Sie hat gesagt, dass es vom Tisch gefallen sein muss.

Warum hat sie mein Handy genommen?

Warum hat sie mich angelogen?

In welchen Punkten lügt sie mich sonst noch an?

## *16.09 Uhr*

Ich husche rasch zurück auf meinen Platz am Küchentisch, trinke einen Schluck Wasser und versuche, meinen keuchenden Atem zu beruhigen. Messer ist oben und nimmt auf der Suche nach Informationen Leos Arbeitszimmer auseinander. Wilks sitzt im Wohnzimmer, mit meinem Handy, und das, nachdem sie behauptet hat, sie hätte es nicht. Die beiden weigern sich, mein Haus zu verlassen, obwohl ich sie darum gebeten habe.

Ein schreckliches Gefühl, eine Mischung aus Zweifel und Furcht, kriecht mir die Wirbelsäule empor.

So langsam glaube ich, dass es ein fürchterlicher Fehler war, hierher zurückzukehren, aber das alles ergibt so gar keinen Sinn. Wilks und Messer sind FBI-Agenten. Sie waren in Rustys Dienstzimmer. Sie müssen also genau die sein, die sie zu sein behaupten. Oder nicht?

Das alles ändert nichts an der Tatsache, dass Wilks sich mein Handy unter den Nagel gerissen hat und keine Anstalten macht, es mir zurückzugeben. Es gibt dafür keinen guten Grund. Es gibt keinen Grund, mich anzulügen.

Ich blicke an mir hinab. Ich trage immer noch meinen Bademantel, der sich mit einem Mal so leicht, so dünn, so fadenscheinig anfühlt. Wieder einmal gehe ich die Treppe hinauf, um zum ersten Mal an diesem Tag vernünftige Kleider anzuziehen. Ich schlüpfe in Unterwäsche, eine Jeans, ein Sweatshirt. Keine Socken. Ich will meine verletzten Fußsohlen nicht mehr einzwängen als unbedingt nötig. Ich bürste die Haare zurück und binde sie zu einem Pferdeschwanz zusammen.

Wieder im Erdgeschoss schlüpfe ich in meine Turnschuhe. Das erfordert eine gewisse Mühe, da meine Füße durch die Verbände ziemlich dick geworden sind. Dafür löse ich die Schnürsenkel so weit wie möglich. Trotzdem muss ich gut aufpassen, um die Schnitt- und Schürfwunden nicht zu reizen, und meine Zähne sind die ganze Zeit über fest zusammengepresst.

Durch die hervorquellenden Verbände sitzen die Schuhe sehr fest, aber ich beklage mich nicht. Dass ich überhaupt zum ersten Mal seit Stunden in Schuhen hier stehen kann, kommt mir vor wie der Höhepunkt der Dekadenz.

Endlich fühle ich mich vollständig. Und handlungsfähiger.

Ich bin allein im Flur. Ich greife nach den Autoschlüsseln in der Schale neben der Haustür.

Noch nie habe ich sie so langsam und vorsichtig herausgenommen. Ich versuche, möglichst leise zu sein, kein Geräusch zu machen.

Aber ich schaffe es nicht, weil Wilks in meinem Rücken sagt: »Was machen Sie da?«

Ich habe damit gerechnet, dass so etwas passieren könnte. Ich bin vorbereitet.

»Muss Milch besorgen«, sage ich. »Wir haben keine mehr.«

»Sie können jetzt nicht wegfahren«, sagt sie. »Das ist zu gefährlich.«

Ich drehe mich zu ihr um. »Wieso ist das gefährlich?«

»Solange wir nicht wissen, wer dieser Mann namens Carlson ist, müssen wir davon ausgehen, dass er eine Bedrohung darstellt.«

»Er hätte mich ja umbringen können, bevor ich zur Polizei gegangen bin, oder nicht? Aber das hat er nicht gemacht.«

»Es ist zu gefährlich«, wiederholt Wilks ihre Worte.

Ja, das Gefühl habe ich inzwischen auch – allerdings nicht da draußen, sondern hier drin.

»Das Risiko gehe ich ein«, sage ich leichthin.

Wilks kommt auf mich zu. »Ich kann das nicht zulassen.«

Ich frage sie nicht, ob sie mich aufhalten will, weil sie im Prinzip genau das gesagt hat. Außerdem sehe ich es ihrem Blick an, dass ich nirgendwo hingehen werde. Ich versuche, so gelassen wie möglich zu bleiben, zumindest nach außen hin, so zu tun, als wüsste ich nicht, was ich weiß. Wenn sie merkt, dass ich Angst habe, dann sieht sie sich vielleicht genötigt zu handeln. Das Problem ist, dass ich tatsächlich Angst habe, und dass diese Angst von Sekunde zu Sekunde zunimmt, dass sie immer schwerer zu verbergen ist.

»Na, toll«, zische ich. Meine Stimme klingt frustriert und verärgert, aber hoffentlich nicht ängstlich. Ich lasse die Schlüssel in die Schale fallen, und zwar so, dass sie es sehen kann. »Zufrieden?«

Das Schauspiel scheint sie überzeugt zu haben, jedenfalls deutet sie zuerst ein Achselzucken und dann ein Nicken an, bevor sie wieder ins Wohnzimmer geht.

Was nun, Jem? Was nun?

Wie habe ich es bloß geschafft, genau da zu enden, wo ich angefangen habe?

Wenn das ein Albtraum ist, dann, bitte: Wach auf! Ich verspreche auch, dass ich nie wieder vor dem Einschlafen schwer Verdauliches esse.

Aber ich wache nicht auf. Das ist kein Albtraum, das ist die Realität. Irgendwie habe ich es geschafft, genau denselben Fehler noch einmal zu machen. Ich habe zwei Menschen in mein Haus gelassen, die mich belügen und mich mit Waffengewalt zwingen zu bleiben. Ich bin eine Gefangene in meinem eigenen Heim und habe meine Kidnapper auch noch selbst hereingebeten.

Ruhig bleiben, sage ich mir. Geißeln kannst du dich später noch. Die Selbstverfluchung kann noch warten.

Beim letzten Mal habe ich es mit Weglaufen versucht, und das hat mich genau an den Ausgangspunkt zurückgebracht. Dieses Mal muss ich einen anderen Ansatz ausprobieren. Ich spiele die Ahnungslose, die Naive. Ich sage mir, dass ich sie auf keinen Fall merken lassen darf, dass ich Bescheid weiß, ganz egal, was ich mache.

Wenn ich doch nur auf meine eigenen Ratschläge hören würde.

Ich gehe in die Küche, um dicht bei der Hintertür zu sein, weil ich – selbst, wenn ich hierbleibe, bis ich mehr weiß – einen Fluchtweg in meiner Nähe wissen möchte. Ich bin schon einmal barfuß durch den Wald gerannt. Mit Turnschuhen kriege ich das bestimmt auch noch ein zweites Mal hin.

Also, was weiß ich? So gut wie gar nichts. Das muss sich ändern.

Die ganze Geschichte dreht sich doch um Leo, um sein Geschäft, um Geldwäsche und Drogenkartelle und die nationale Sicherheit … falls es stimmt, was Wilks und Messer behauptet haben. Aber sie haben mich schon einmal belogen. Ich kann ihnen kein Wort mehr glauben. Allerdings … das, was Carlson mir erzählt hat, stützt einen Teil ihrer Behauptungen. Welchen Teil? Leo und sein Weingeschäft. Carlson hat nicht von einem Kartell gesprochen, nicht von der nationalen Sicherheit, nicht einmal von Geldwäsche. Er hat nur gesagt, dass er auf eigene Faust gegen Leo ermittelt und dass außer ihm nur noch Leos Geschäftspartner über dessen Aktivitäten Bescheid wissen.

Also, was hat Leo gemacht?

Ist es denkbar, dass Wilks und Messer tatsächlich FBI-Agenten, aber gleichzeitig auch Geschäftspartner von Leo sind? Ist diese Kartellgeschichte nur ein Ablenkungsmanöver? Geht es vielmehr um die nationale Sicherheit?

Ich habe keine Zeit mehr, mir darüber Gedanken zu machen, weil Wilks die Küche betritt. Zuerst vermute ich, dass sie misstrauisch geworden ist oder mir ein paar Fragen stellen will, aber das stimmt nicht. Sie kommt mit schnellen Schritten auf mich zu.

Sie hat ein Smartphone in der Hand, aber nicht ihr eigenes.
Es ist meins.
»Gehen Sie ran«, befiehlt mir Wilks.
Mein Handy vibriert.
»Sagen Sie kein Wort über uns.«
Ihre Stimme klingt eindringlich, angsteinflößend.
Auf dem Display leuchtet der Name »Leo«.

## 16.15 Uhr

Wilks steht dicht vor mir. Viel zu dicht. Ich kann nirgendwohin ausweichen. Ich habe keine persönliche Distanzzone mehr. Der Küchentisch drückt sich in meinen unteren Rücken, während ich mich instinktiv so weit wie möglich nach hinten beuge.

Sie umklammert mit den Fingerspitzen die Ränder des Smartphones und streckt es mir entgegen. Leos Name leuchtet direkt vor meinen Augen. Auf dem dazugehörigen Foto schneidet er eine Grimasse, weil er sich nur sehr ungern fotografieren lässt.

Ich habe keine Zeit, darüber nachzudenken, wieso er anruft, oder gar, wie er überhaupt anrufen kann, weil Wilks so furchterregend dicht bei mir steht. Ihre Miene bildet einen starken Gegensatz zu Leos Bild. In ihrem Blick liegt eine solch durchdringende Intensität, dass ich sie kaum ansehen kann. Ihre grünen Augen funkeln. Sie blinzelt kein einziges Mal.

»Sie nehmen jetzt diesen Anruf an«, befiehlt sie mir in einer Tonlage irgendwo zwischen Knurren und Flüstern. »Sie werden sich melden und dann werden Sie so tun, als sei alles in bester Ordnung. Als sei alles normal. Ein ganz gewöhnlicher Tag. Sie erwähnen uns und diesen Vormittag mit keinem Wort. Haben Sie das kapiert?«

Das Handy summt weiter. Leo blickt mir mit seinem dämlichen Gesicht entgegen.

»Ich …«

Wilks blafft mich an: *»Haben Sie das kapiert?«*

Ich zucke zusammen. Ich nicke. »Ja.«

*»Messer«*, brüllt Wilks. »Komm runter, sofort.« Sie wendet sich wieder mir zu. »Ich schalte den Lautsprecher ein, also glauben Sie nicht, dass Sie heimlich irgendwelche Botschaften absetzen können. Ich weiß Bescheid. Sie würden sich nur noch mehr schaden, und Leo auch.«

»Ich … ich … nicht«, stammele ich.

Ich zittere. Ich habe schreckliche Angst.

Das Handy vibriert immer noch. Jeden Augenblick kann die Mailbox anspringen.

Wilks sagt: »Sind Sie so weit?«

Ich nicke. Ich glaube zumindest, dass ich nicke.

Wilks dreht das Handy um, tippt mit der Fingerspitze auf die grüne Taste und anschließend auf Lautsprecher. Sie streckt es mir entgegen.

Ich räuspere mich. »Hallo … du.«

»Hallo ebenfalls«, sagt Leo fröhlich, ohne die tiefere Bedeutung meiner Heiserkeit zu erfassen. Wie auch? Wieso sollte er annehmen, dass irgendetwas nicht stimmt? »Meine Maschine kann nicht starten.«

»Verdammt«, bringe ich mit Mühe und Not hervor. »Wieso denn das?«

»Ach, ich weiß auch nicht. Ich glaube, die Besatzung ist nicht vollständig oder so. Bei solchen Durchsagen schalte ich automatisch immer ab. Es gibt einfach zu viele davon, da hat man keine andere Wahl, wenn man nicht wahnsinnig werden will. Zumindest geht es mir so. Aber wenn sie dann was ansagen, was wirklich wichtig ist, bin ich mit den Gedanken oft meilenweit weg.

Eigentlich hätte ich auf einen anderen Flug umgebucht werden sollen, aber der war dann überbucht. Wenn ich gewusst hätte, dass ich so lange warten muss, hätte ich mich schon früher bei dir gemeldet. Aber ich schweife ab. Wie geht es dir? Wie läuft dein Tag?«

»Na ja …«

Leo lacht leise. »Dein Tag ist also ›na ja‹?«

»Na ja«, sage ich und presse mir ein künstliches Lachen ab.

Wilks starrt mich wütend an, weil ich meine Sache nicht besonders gut mache.

Ich gebe mir noch mehr Mühe. »Also, weißt du, mein Tag ist … na ja. Was soll's.«

»Oh«, erwidert Leo. »So ein Tag also. Genau so einen habe ich auch.«

Messer tritt zu uns. Wilks fordert ihn mit dem erhobenen Zeigefinger auf, leise zu sein, und formt mit den Lippen ein stummes *Leo*. Messer kommt behutsam näher.

Leo sagt: »Ist alles in Ordnung, Baby? Du klingst so zerstreut.«

Wilks bombardiert mich mit Blicken und bedeutet mir, ihn davon zu überzeugen, dass es mir blendend geht. Wenn ich das bis jetzt noch nicht geschafft habe, was kann ich denn sonst noch tun, sonst noch sagen, um diesen Moment, diese Angst zu übertünchen?

»Es ist … alles in Ordnung. Ich bin bloß müde.«

»Hmm. Aber als ich losgefahren bin, warst du noch ziemlich aufgekratzt, oder? Bist du sicher?«

Ich glaube, Wilks hat in der ganzen Zeit nicht einmal geblinzelt. Ich spüre ihren unterschwellig brodelnden Zorn, der nur darauf wartet, in meine Richtung zu explodieren. Sie versetzt mich in Todesangst.

Und mit einem Mal weiß ich ganz genau, was ich Leo erzählen muss.

»Ich habe nicht so gut geschlafen.«

In der nun folgenden Stille wird Wilks' nur mühsam beherrschte Wut noch größer. Ich behalte aber die Nerven, weil ich weiß, dass es funktionieren wird.

Leo sagt: »Hast du nicht gesagt, dass du geschlafen hast wie ein Baby?«

»Ich wollte dich so kurz vor der Abreise nicht unnötig beunruhigen.«

»Ach, Liebes«, sagt er. »Du hättest mir sagen müssen, dass du dich nicht gut fühlst.«

Was du nicht sagst. Das mit der Geldwäsche hättest du mir auch sagen müssen, aber ich nehme an, wir haben jetzt beide unsere kleinen Geheimnisse.

»Es geht mir schon viel besser«, sage ich. »Ich muss mich bloß hinlegen und ein bisschen schlafen, dann wird alles wieder gut, ganz von selbst.«

»Gut«, sagt er. »Ich bin froh, dass es dir schon besser geht.«

Wilks nickt beifällig. Jetzt, wo sie merkt, dass Leos Tonfall entspannter wird, ist sie mit meiner Vorstellung zufrieden.

»Hast du was gegessen?«, will Leo nun wissen.

»Noch mehr Avocado auf Toast, nachdem du mir das halbe Frühstück stibitzt hast.«

Er muss lachen. »Wer zu spät kommt, den bestraft das Leben.«

Wilks will mir etwas sagen, aber ich verstehe nicht ganz, was sie meint. Ich kann nicht Lippenlesen. Ich muss den Kopf schütteln, und sie winkt Messer näher und reicht ihm das Smartphone.

»Hast du den Lautsprecher eingeschaltet?«, erkundigt sich Leo.

»Ich bin zu faul, um das Telefon ans Ohr zu halten.«

»Weil du beim Yoga zu viel Energie verbraucht hast. Lass noch ein bisschen was für deinen Ehemann übrig, okay?«

Wilks hat jetzt einen Notizblock und einen Stift in der Hand und schreibt: *Kommt er nach Hause?*

Ich schlucke. Ich räuspere mich noch einmal. Ich möchte ihm diese Frage nicht stellen, weil ich die Antwort nicht hören möchte, weil ich nicht will, dass Wilks und Messer das erfahren.

Wilks hält mir den Notizblock unter die Nase und zeigt mit dem Finger auf das Geschriebene. Ihre Wut ist wieder da. Ich kann ihr nicht länger standhalten.

Obwohl ich mich dafür hasse, sage ich: »Kommst du nach Hause?«

Wilks und Messer warten gebannt auf die Antwort.

Leo stößt den Atem aus und schnalzt mit der Zunge. »Ich warte jetzt schon seit Stunden, und ständig heißt es, dass ich mit der nächsten Maschine bestimmt wegkomme, deshalb wäre es besser, wenn ich hierbleiben würde. Wenn ich jetzt nach Hause fahre, ist der ganze Tag verloren, und ich muss morgen wieder von vorne anfangen. Jennifer – wieso heißen die eigentlich immer Jennifer? – hat mir versprochen, dass sie alles tut, was in ihrer Macht steht, aber wer weiß, ob das stimmt. Wir sollen schließlich schön die Ruhe bewahren, stimmt's? Dann erzählen sie einem alles, Hauptsache, man macht keine Szene. Also, vielleicht bleibe ich noch ein bisschen hier, oder ich gebe auf und lasse mir das Ticket erstatten und mache die Szene, die Jennifer so unbedingt vermeiden will. Vielleicht schwimme ich auch einfach nach England. Die Bewegung würde mir guttun. Was meinst du? Soll ich den Freiwasserrekord im Schmetterlingsstil in Angriff nehmen?«

»Gute Idee«, sage ich. Die Bedrohung durch Wilks und Messer nimmt mich so sehr in Beschlag, dass ich gar nicht merke, dass Leos Bemerkung ein Scherz war.

Er merkt hingegen sofort, dass etwas nicht stimmt. »Was ist denn los mit dir, Jem? Das ist doch nicht nur die Müdigkeit, oder?«

Wilks starrt mich durchdringend an, und in ihrem Blick liegt eine solche Bösartigkeit, dass ich keinen Ton, kein einziges beruhigendes Wort herausbringe. Messer kommt einen Schritt näher.

Leo sagt: »Jem?«

Ich schlucke. Kein Tropfen Speichel befindet sich in meinem Mund. Ich versuche zu sprechen, doch mein Kehlkopf funktioniert nicht.

*Sagen Sie, dass alles in Ordnung ist*, befiehlt mir Wilks mit stummen Lippenbewegungen.

»Jem?«, wiederholt Leo. »Was ist denn bloß los mit dir?«

»Tut mir leid, tut mir leid.« Ich räuspere mich, und dann kann ich wieder sprechen. »Ich bin so müde, dass ich kaum die Augen offen halten kann.«

»Leg dich hin. Worauf wartest du noch?«

Ich kann seinen frustrierten Unterton deutlich hören.

Wilks' Lippen sagen: *Er soll nach Hause kommen.*

Meine Augen werden riesig. Mein Puls rast. Mein Atem geht schneller. Ich schüttele den Kopf. Das mache ich nicht. Auf keinen Fall locke ich Leo hierher.

Ohne einen Laut von sich zu geben, knurrt Wilks: *Sagen Sie's ihm.*

Sie rückt noch näher. Messer auch, bis diese beiden angsteinflößenden Menschen mich komplett eingeklemmt haben. Ihre Blicke versprechen bittere Rache, falls ich mich weigern sollte, das zu tun, was sie von mir verlangen.

»Leo«, sage ich. »Komm nach Hause.«

Ich schäme mich so sehr. Ich habe Leo verraten, um mich selbst zu retten.

Ich bin ein Feigling.

Er sagt: »Vermisst da ein Frauchen vielleicht seinen Ehemann?«

Wilks nickt, zum Zeichen, dass ich zustimmen soll.

»Ja.« Mehr kriege ich nicht heraus. Es klingt alles andere als überzeugend, dafür habe ich viel zu viel Angst.

»Jem, bist du dir ganz sicher, dass alles in Ordnung ist? Obwohl, warum frage ich überhaupt. Ich kann doch hören, dass da etwas nicht stimmt. Bitte, sag mir, was los ist. Hast du etwas genommen? Bist du deshalb so unkonzentriert? Und falls ja, was ist denn passiert? Was war der Auslöser? Wir können das doch in aller Ruhe besprechen. Ich möchte nicht, dass du so etwas vor mir geheim hältst. Wie oft habe ich dir das schon gesagt? Das ist nicht gesund, und es hilft dir kein bisschen.«

Wilks und Messer könnten nicht dichter bei mir stehen.

Meine Augen sind feucht. »Mir geht es gut, Ehrenwort. Ich bin bloß müde. Als du angerufen hast, war ich gerade am Einschlafen.«

Das klingt irgendwie glaubhaft. Plausibel.

Erleichtert atmet Leo auf. »Also gut, also gut. Bitte entschuldige. Ich möchte dich nicht unter Druck setzen. Es ist bloß, weil ich weiß, dass du gewisse Dinge manchmal verdrängst. Ist denn wirklich alles in Ordnung?«

»Ja«, sage ich mit Tränen in den Augen.

»Gut so. Sehr gut. Ich bin erleichtert. Und weißt du was? Normalerweise würde ich jetzt noch eine Weile hier ausharren und auf Jennifer und ihre magischen Kräfte hoffen. Aber ich komme jetzt nach Hause, und zwar auf der Stelle. Nein, sag nichts. Auch wenn es dir wirklich gut geht, auch wenn du einfach nur müde und erschöpft bist, aber ich möchte dich sehen. Ich möchte bei dir sein. Leg dich hin und schlaf ein bisschen, dann wecke ich dich mit einer Tasse Grüntee und einem Kuss auf. Na, wie hört sich das an?«

»Perfekt«, sage ich und wische mir die Tränen aus den Augen.

Wilks und Messer sind erleichtert. Leo kommt hierher, zu ihnen. Messer gibt mir das Handy, dann treten sie ein paar

Schritte zur Seite und flüstern leise. Ich kann nichts verstehen und kann ihre Lippen nicht lesen, aber ich weiß genau, was sie sagen, was sie vorhaben.

Sie überlegen sich, wie sie Leo am besten in einen Hinterhalt locken können.

Für einen kurzen Augenblick sehen sie mich nicht an.

»Komm nicht nach Hause«, brülle ich Leo zu. »Hier sind zwei Leute, angebliche FBI-Agenten, aber das glaube ich ihnen nicht.« Bei diesen Worten wende ich mich ab, drehe Wilks und Messer den Rücken zu, um es ihnen schwerer zu machen, mir das Handy aus der Hand zu reißen, was Wilks sofort versucht. »Die wollen dich hierherlocken. Sie sind hinter irgendwas her. Ich habe Angst, Leo. Ich ...« Wilks bekommt das Telefon nicht zu fassen, weil ich mich über den Tisch beuge, darum packt sie meine Arme und zieht sie nach hinten – *»Lassen Sie mich in Ruhe!«* –, damit Messer mir das Handy entwenden kann – *»Hilf mir, Leo! Hilfe!«*

Messer unterbricht die Verbindung.

Einen Augenblick lang verharren wir alle drei in einem chaotischen Durcheinander aus gebeugten Gliedmaßen und verrenkten Körpern.

Dann fängt mein Smartphone wieder an zu summen.

Leo ruft zurück.

Wilks befreit sich und nimmt Messer das Handy ab, wirft es auf den Küchenfußboden und zertritt es mit ihrem Absatz.

Dann stößt sie einen Urschrei aus, in dem sich ihre ganze aufgestaute Wut mit einem Mal entlädt.

Ich bleibe stumm. Zu Tode erschrocken. Geduckt.

»Sie haben ja keine Ahnung, was Sie da getan haben«, zischt Wilks mich an.

Messer packt mich mit einer Hand am Oberarm. Seine Hände sind so riesig, dass seine Fingerspitzen bis fast an den Daumen reichen. Ich versuche, mich loszureißen, aber er ist viel zu stark. Ich bin hilflos.

»Es hätte so einfach laufen können«, fährt Wilks fort. »Es könnte schon längst vorbei sein. Ich habe alles versucht. Trotz Ihrer fortgesetzten Provokationen habe ich mich redlich bemüht, das Ganze einigermaßen zivilisiert über die Bühne zu bringen. Und was machen Sie? Das ist also der Lohn für meinen Anstand?«

»Wer sind Sie?«, bringe ich mit letzter Kraft hervor.

Wilks seufzt und kneift sich mit Daumen und Zeigefinger in den Nasenrücken. »Das ist jetzt sowieso gleichgültig, oder? Ihnen ist doch inzwischen alles gleichgültig.«

Was soll das denn bedeuten?

Sie wirft Messer einen Blick zu, und dieser zuckt mit den Schultern.

Wilks nickt und sagt: »Bring sie nach oben.«

»Wieso denn?«, wehre ich mich mit brechender Stimme. »Was ist denn da oben?«

»Da oben, Mrs. … Jem, wartet das unausweichliche Ende Ihrer Einmischung.«

Messer sagt: »Los geht's.«

»Nein, ich gehe nirgendwohin.«

Messer hat immer noch meinen Arm gepackt und drückt jetzt noch fester zu. Ich merke, wie der Druck seiner Finger das Blut in meinen Adern stoppt, wie meine Fingerspitzen anfangen zu prickeln.

Ich schlage ihn, aber ohne jede Wirkung. Er schleift mich beinahe mühelos zur Küche hinaus.

»Sieh zu, dass du keine Schweinerei anrichtest«, sagt Wilks zu ihm.

## 16.23 Uhr

Ich wehre mich ununterbrochen.

Ich schreie. Ich strampele. Ich schlage um mich und trete Messer mit allem, was ich habe. Es ist mir egal, ob ich mir dabei selbst wehtue, aber er zeigt kaum eine Reaktion. Er versucht nicht einmal, sich zu verteidigen, weil es keinen Grund dafür gibt. Ich tue alles, was ich kann, um ihn aufzuhalten, aber er ist unerbittlich. Langsam, aber unaufhaltsam. Ich halte mich mit meiner freien Hand am Türrahmen fest, als wir durch die Wohnzimmertür kommen, kralle meine Fingernagelstummel in das Holz. Es dauert nur eine Sekunde. Messer packt mich noch etwas fester und zieht mich weiter. Einer meiner Fingernägel bleibt hängen und reißt entzwei.

Der Schmerz ist unerträglich. Blutspritzer besprenkeln den Fußboden.

Auch wenn Messer viel stärker ist als ich, fällt es ihm alles andere als leicht, mich die Treppe hinaufzuschleifen. Ich mache mich schwer. Ich halte mich an jeder Geländerstrebe fest. Ich versuche, meine Beine um sie zu schlingen. Ich bin nicht schwer genug, nicht stark genug, um ihn ganz aufzuhalten, aber wenigstens kann ich ihn verlangsamen. Ich mache ihn müde.

Keuchend versucht Messer, eine zappelnde, widerstrebende, schwere Masse die Treppe hochzuziehen. Er ist knallrot und schweißüberströmt. Ein starker Kerl, aber ohne Ausdauer.

Oben angelangt zieht er mich auf die Füße, und ich schlage ihn ins Gesicht, während er noch damit beschäftigt ist, mich unter seine Kontrolle zu bringen. Es ist ein satter Faustschlag an die Wange, der eine deutlichere Wirkung haben muss als meine bisherigen Schläge, weil er sich nämlich wehrt und mich ebenfalls schlägt.

Seine Faust landet in meinem Unterbauch und jagt eine schmerzhafte Schockwelle durch meine Eingeweide. Tränen treten mir in die Augen. Ich schnappe vergeblich nach Luft, und in einem einzigen schmerzerfüllten Moment fällt jeder Kampfeswille von mir ab.

Ich sinke auf die Knie und kann mich nicht mehr wehren, während er mich durch den Flur zum Badezimmer zerrt.

Er schleudert mich hinein, und ich lande auf dem Bauch, unfähig, mich wieder aufzurappeln. Mit weit geöffnetem Mund ringe ich um Atem. Meine Wangen sind tränennass, und ich kann nur noch verschwommen sehen. Die Schmerzen sind so mächtig, dass ich keinen klaren Gedanken fassen kann.

Messer sagt: »Das ist ganz allein Ihre eigene Schuld.«

Mit einer schier übermenschlichen Anstrengung drehe ich mich auf den Rücken. Nur undeutlich und verzerrt kann ich Messer in der Türöffnung erkennen, wie er sein Jackett auszieht und seine Krawatte ablegt. Unter seinen Achseln und über seinem Brustbein haben sich Schweißflecken gebildet. Sein Gesicht glänzt.

Ohne das Jackett kann ich auch das Schulterhalfter mit der Pistole unter seinem linken Arm erkennen.

Ich bin tot.

Ich weiß, dass ich so gut wie tot bin.

Er wird mich erschießen, und ich kann nichts, absolut nichts dagegen tun.

Er legt das Jackett und die Krawatte über das Waschbecken. Er löst nicht die Lasche, die die Pistole im Halfter festhält, er zieht nicht die Waffe und erschießt mich. Er öffnet den Kragenknopf und anschließend die Manschettenknöpfe. Dann krempelt er seine Hemdsärmel hoch.

Ich winde mich immer noch unter Schmerzen und kann nichts anderes tun, als ihm zuzusehen, aber immerhin bekomme ich wieder Luft. Ich atme in kurzen, schmerzhaften Stößen, während mein gelähmtes Zwerchfell sich allmählich entspannt.

Messer blickt auf mich herab. Zwischen seinen Augenbrauen hat sich eine steile, nachdenkliche Falte gebildet. Er spitzt die Lippen und sieht sich um. Ich versuche, seine Absichten zu durchschauen. Sein Blick bleibt am Handtuchhalter hängen. Er macht einen Schritt über mich hinweg, um nach einem Handtuch zu greifen, und steht jetzt über mir, die Füße links und rechts neben meinen Hüften platziert.

Er hat das Handtuch an beiden Enden gepackt und dreht es zu einem dicken Seil.

Jetzt weiß ich, was er vorhat.

Er will mich erdrosseln.

Er beugt sich vor, um mir das Handtuch um den Hals zu schlingen, aber das werde ich nicht regungslos über mich ergehen lassen. Ich habe mich inzwischen von den Folgen des Schlags so weit erholt, dass ich um mich schlagen, nach dem Handtuch greifen, beiseiterobben kann.

Messer ist massig und ziemlich ungeschickt. Er kann sich in dem engen Badezimmer kaum bewegen, zumal ich den größten Teil des Bodens einnehme. Er will sich über mir stabilisieren und kommt dabei aus dem Gleichgewicht. Er muss sich am Waschbecken festhalten, um nicht umzukippen.

Dieser kurze Moment reicht mir, um unter ihm hervorzuschlüpfen und mich aufzurappeln.

Als ich auf den Füßen stehe, hat er sich bereits umgedreht, und als ich zur Tür laufen will, packt er meinen Pferdeschwanz.

Das reicht, um mich von den Beinen zu holen, und ich falle wieder hin. Haare werden aus meiner Kopfhaut gerissen, mein Hintern landet auf dem Boden, und Messer lässt meinen Pferdeschwanz aus der Hand rutschen. Trotzdem bremst er meinen Sturz so weit, dass mein Hinterkopf nicht auf den Fliesen aufschlägt.

Seine Faust, gespickt mit zahlreichen Haarsträhnen, saust direkt auf mein Gesicht zu.

Ich reiße den Kopf zur Seite. Seine Faust verfehlt mich und landet stattdessen mit voller Wucht auf den Bodenfliesen.

Knochen brechen.

Messer schreit auf.

Sein Gebrüll verleiht mir neue Energie, impft mir Hoffnung ein, lässt mich nicht mehr an Flucht, sondern an Kampf denken.

Ich wälze mich auf die Seite, packe mit der einen Hand seinen Fuß, mit der anderen sein Schienbein und schlage meine Schneidezähne in seine Wade.

Messer heult auf.

Er will mich mit seiner gesunden, seiner linken Hand wegziehen, aber ich habe mich in seine linke Wade verbissen. Der Hebel ist ungünstig, und seine Kraft reicht nicht aus.

Also versetzt er mir einen Fußtritt und rammt mir seine rechte Schuhspitze in den unteren Rücken.

Ich spucke sein Blut aus, schlängele mich zwischen seine Beine und weiche einem zweiten Tritt ebenso aus wie seinem Versuch, mir auf den Knöchel zu stampfen.

Ich rutsche so weit wie irgend möglich nach hinten, bis ich gegen die Toilettenschüssel stoße und mich aufsetze. Ich atme jetzt genauso schwer wie er. Noch nie zuvor hat mein Herz so heftig geschlagen.

Ich bin erschöpft. Die Flucht durch den Wald war dagegen ein Kinderspiel.

Messers Brust hebt und senkt sich. Sein Hemd ist klitschnass geschwitzt. Seine rechte Hand ist geschwollen. Ich nehme an, er hat sich bei dem Schlag auf den Boden mehrere Knochen gebrochen. Er blickt auf seine Wade hinab und zieht das Hosenbein hoch, um nachzusehen, welchen Schaden meine Zähne angerichtet haben. Als er sich dann wieder mir zuwendet, ist sein Gesicht vor Schmerz und Wut knallrot angelaufen.

»Ich soll also die Pistole nehmen?«, sagt er. »Na gut, dann eben die Pistole.«

»Weil Sie ohne das Ding gegen eine Frau mit fünfundvierzig Kilo nicht ankommen?«

Ich wiege mehr als fünfundvierzig Kilo, und zwar deutlich mehr, aber es ist eine Provokation. Und sie funktioniert. Sein Ego kann diese Beleidigung, diese implizite Entmannung nicht ertragen.

»Ich brauche die Pistole nicht«, sagt er.

Er greift nach dem Handtuch, verdreht es einmal mehr zu einem dicken Seil, auch wenn er dieses Mal – mit der gebrochenen Hand – länger braucht als zuvor. Messer umschließt die beiden Enden des verdrehten Handtuchs mit der linken Faust und hält jetzt ein Zwischending zwischen Peitsche und Knüppel in der Hand.

»Aber du wirst es dir noch wünschen.«

## 16.27 Uhr

Ich kann nirgendwohin. Die kühle Keramikschüssel drückt gegen mein Rückgrat. Zu meiner Linken befindet sich die Dusche und daneben, an der Wand, die Badewanne. Zu meiner Rechten steht das Sockelwaschbecken. Ich bin eingeklemmt, und zwischen mir und der Tür hat sich Messer aufgebaut.

Ich sehe mich um. Ich brauche eine Waffe. Bitte, lass mich irgendwo eine Waffe finden.

Messer hat zwei. Die Pistole in seinem Schulterhalfter und das Handtuch in seiner linken Hand. Wenigstens brauche ich mich nur mit Letzterem zu befassen.

Er kommt einen Schritt näher. Die Knöchel seiner unverletzten Hand sind fast so weiß wie das Handtuch, das er damit umklammert. Er hebt es hoch über seinen Kopf.

Ich habe keine Chance mehr. Mir bleibt nichts anderes übrig, als mir schützend die Arme vors Gesicht zu halten, während das Handtuch auf mich niedersaust und mich trifft – plötzlich und schmerzhaft. Furchterregend.

Meine Zähne knallen aufeinander. Ich spüre den Schmerz längst nicht so intensiv wie die Schwindelgefühle und eine plötzliche Übelkeit. Mein Schädel brummt wie verrückt. In meinen Ohren ertönt ein unablässiges Jaulen, aber alle anderen Geräusche scheinen sehr weit entfernt zu sein.

Ich habe das Gefühl, als würde ich mich in meine Einzelteile spalten. Als würde mein Ich sich in verschiedene körperliche und geistige Komponenten zerlegen. Die entfernten Geräusche verstummen. Farben werden zu Grau.

Ich habe mich zu einer Kugel zusammengerollt, wie ein Fötus, instinktiv.

Noch ein Schlag, dann bin ich bewusstlos.

Ich kann nichts dagegen machen. Ich bin zu benommen.

Alles, was ich tun kann, ist, auf diesen kühlen Fliesen zu liegen und darauf zu warten, dass es vorbei ist.

Ich warte.

Und warte noch länger.

Einen Augenblick lang glaube ich, dass ich schon bewusstlos bin. Ich glaube, dass ich sterbe.

Dann blinzele ich die Meeresfluten aus meinen Augen und linse zwischen meinen Fingern hindurch. Messer steht nicht mehr über mir, sondern in der Tür und späht nach draußen. Wohin, kann ich nicht erkennen. Ich nehme seine Stimme, vielleicht sogar sein Rufen wahr, allerdings so weit entfernt, dass es mir vorkommt, als würde er in einen Sturm flüstern.

Was immer er da macht, mit wem immer er flüstert, es nimmt seine gesamte Aufmerksamkeit in Anspruch. Wie lange noch? Ich weiß es nicht.

Ich bin zu schwach, um mich zu bewegen. Zu verängstigt. Aber ich bin keine, die den Schwanz einzieht. Mein Körper reagiert nicht mehr. Meine Sinne sind verwirrt, aber mein Geist ist immer noch wach, und in seinem Zentrum bin ich. Ich muss mir den Weg aus diesem Gefängnis freikämpfen.

*Beweg dich, Jem*, feuere ich mich an. *Beweg dich.*

Lebe.

Messer verlässt das Badezimmer und ruft noch mehr geflüsterte Worte in den brausenden Sturm.

Die Tür ist offen, der Weg ist frei und verspricht mir die Flucht, verspricht mir die Freiheit.

Falsche Versprechen, weil ich es niemals schaffen würde. Denn vor dieser Tür, ob auf dem Treppenabsatz, der Treppe selbst oder womöglich am Fußende, steht Messer. Ich kann also nur diesem Badezimmer entfliehen, und das bedeutet, ich kann gar nicht fliehen.

Und wer nicht stehen kann, kann sowieso nicht weglaufen.

Hier in diesem Badezimmer entscheidet sich die Frage, ob ich leben oder sterben werde.

Hier werde ich kämpfen.

Mühsam falte ich mich auseinander und schleife meine gefühllose, taube Hülle mit den Fingerspitzen über den Boden. Mein abgerissener Fingernagel ist blutig und wund, aber ich spüre den Schmerz nicht, weil ich an so vielen anderen Stellen so viel heftigere Schmerzen habe.

Doch als ich die winzige Wunde sehe, kommt mir eine Idee.

Ich drehe den Kopf und werfe einen Blick auf den kleinen wasserfesten Beutel in dem zierlichen Regal gleich neben dem Waschbecken. Das Regal habe ich in einem Secondhandladen im

Ort gekauft, um dem ansonsten so sterilen Badezimmer einen kitschigen Akzent zu verleihen. Darin werden Kosmetika, Handtücher und das Erste-Hilfe-Set, das ich vorhin benutzt habe, aufbewahrt. Und auch das Rasierzeug, das Leo mitgenommen hat.

Ich krieche auf das Regal, auf den wasserfesten Beutel zu.

Es dauert ewig und bereitet mir große Schmerzen. Jeder Zentimeter bedeutet die Hölle.

Aber ich schaffe es.

Ich hebe eine Hand, will nach dem Beutel greifen, komme aber nicht einmal in die Nähe. Ich bin so benommen und unkoordiniert, dass ich meinen Arm gar nicht ganz ausstrecken kann.

Also kippe ich das Regal einfach um. Die Sachen schlittern über die Fliesen, und manche landen direkt auf mir.

Ich greife nach dem Beutel und ziehe ihn durch das Durcheinander zu mir heran.

Der Reißverschluss bereitet mir große Probleme. Meine Finger haben fast alle Beweglichkeit eingebüßt.

Mit zitternder Hand zerre und reiße ich an dem Reißverschluss, und Zahn für Zahn öffnet er sich, bis ich den Beutel umdrehen und den Inhalt auf den Boden kippen kann. Zuerst fällt eine Nagelfeile heraus, gefolgt von einem Nagelknipser und Nagelhaut-Öl. Ganz zum Schluss kommt auch das, wonach ich gesucht habe: die Edelstahlschere, mit der ich mich in den Zeh geschnitten habe.

Die Schere ist nur klein, weil sie ja nur Nägel schneiden soll, aber dafür sehr stabil und extra scharf. Ein teures Präzisionswerkzeug, das ich mir gekauft habe, um bei der Körperpflege ein kleines bisschen Luxus um mich zu haben.

Da wird mir klar, dass ich Messer draußen auf dem Treppenabsatz hören kann.

»Ich erledige das«, ruft er Wilks zu. »Und du kümmerst dich um das andere.«

Ich weiß nicht, worum Wilks sich kümmern soll, und es ist mir auch egal.

Nicht egal ist mir, dass mein Gehör wieder besser, meine Augen wieder klarer, meine Muskeln wieder stärker werden.

Nicht egal ist mir, dass Messer zurückkommt, um »das« zu erledigen.

Um mich zu erledigen.

Ich halte die Schere fest gepackt. Die Spitze ragt zur Unterkante meiner Faust heraus. Ich lege meine linke Handfläche darüber, sodass Messer sie nicht sehen kann.

Sobald ich ihn kommen sehe, erschlaffe ich und mache die Augen halb zu. Ich stöhne. Ich wimmere.

»Wo waren wir stehen geblieben?«, sagt Messer.

Das umgefallene Regal, das ganze Durcheinander interessiert ihn nicht. Meine Schauspielerei ist so überzeugend, dass er ohne Umschweife auf mich zukommt. Er geht in die Hocke, verzieht wegen seiner schmerzenden Wade das Gesicht und stützt sich gegen das Waschbecken, um den Schmerz erträglich zu machen. Seine rechte Hand baumelt nutzlos an seiner Seite herab.

»Mir macht das auch keinen Spaß«, behauptet er.

Seine Stimme klingt anders, leiser als zuvor. Vielleicht glaubt er, dass ich bewusstlos bin.

»Wenn es nach mir gegangen wäre, dann wäre es nicht so weit gekommen.«

Vielleicht wird das ja ein Bekenntnis, weil er glaubt, dass ich ihn nicht hören kann.

»Aber es geht eben nicht nach mir.«

Er lässt sich auf das eine Knie sinken, sodass er sich nicht länger gegen das Waschbecken stützen muss, und wickelt mir das zusammengerollte Handtuch um den Hals. Das fällt ihm schwer, weil er die gebrochene Hand ja nicht benützen kann. Darum muss er die beiden Enden des Handtuchs mit der linken festhalten. Er fängt an, die beiden zusammengelegten Handtuchenden zu drehen, immer enger, bis es mir schließlich die Kehle zudrückt.

»Pschscht«, flüstert er. »Es tut bestimmt nicht weh. Lass dich einfach wegschweben. Wegschweben …«

Ich packe seinen Unterarm, um mich daran hochzuziehen, überrumpele ihn und versenke die Nagelschere in seinem Hals.

## 16.32 Uhr

Messer schreit nicht, aber er wird kreidebleich. Er wirft sich nach hinten, weg von mir, kommt für einen Moment auf die Beine und taumelt rückwärts, bis er gegen die Wand prallt und zu Boden gleitet. Er bleibt aufrecht sitzen, hat die Beine ausgestreckt. Er schreit nicht, aber er keucht und wimmert. Er starrt mich mit weit aufgerissenen Augen an. Seine unverletzte linke Hand bedeckt die Wunde, während die Schere zwischen seinen Fingern hervorlugt. Er steht unter Schock. Er weiß nicht, was er machen soll.

Es blutet kaum. Ich weiß nicht, ob die Wunde tödlich ist, genauso wenig wie Messer. Aber er ist auf jeden Fall schwer verletzt.

Ich stehe auf. Ich stütze mich auf der Badewanne ab, und dann auf dem Waschbecken.

Ich gehe zu ihm.

Ich überlege, ob ich seine Pistole nehmen soll, doch dann entscheide ich mich dagegen. Wenn ich zu dicht in seine Nähe komme, dann hält er mich fest. Um das Badezimmer zu verlassen, muss ich an ihm vorbei, aber ich kann trotzdem Abstand halten.

Er macht den Mund auf und will etwas sagen, doch kein Laut dringt nach draußen.

Ich steige über seine Beine.

Ich schwanke. Nicht nur, dass meine Füße von der Hetzjagd durch den Wald immer noch sehr angegriffen sind, auch die Faustschläge an den Kopf haben deutliche Nachwirkungen hinterlassen. Ich kann normal sehen und hören, aber nur unsicher stehen. Mein Gleichgewichtsgefühl ist gestört. Ich bin betrunken, nur ohne Schwips, und das macht überhaupt keinen Spaß.

Als ich den oberen Treppenabsatz betrete, höre ich ein lautes Klirren.

Es kommt von unten. Glas vielleicht, oder ein Spiegel.

Dann ertönen noch andere Geräusche. Dumpfe Schläge. Lautes Krachen. Stöhnen.

Was ist denn los da unten?

Ich schiebe mich bis zum Geländer und blicke nach unten. Mein Herz klopft immer noch wie verrückt, und ich zittere unter dem Ansturm des Adrenalins.

Ich sehe, dass die Haustür offen steht. Weit offen. Kühle Luft weht herein und sorgt dafür, dass ich den Schweiß und das Blut auf meiner Haut noch deutlicher spüre. Ich klammere mich an das Geländer und beginne mit dem Abstieg. Wo Wilks ist, weiß ich nicht, auch nicht, wieso die Haustür offen ist, aber das ist meine Chance. Ich muss sie beim Schopf packen.

Ich werde wieder laufen müssen. Der Explorer blockiert immer noch meinen Prius. Aber wenigstens trage ich jetzt Schuhe. Und wenn es sein muss, renne ich eben mit meinen kaputten Füßen bis in die Stadt, bis zu Rusty.

Was soll ich ihr sagen? Dass die beiden FBI-Agenten mich umbringen wollen und dass ich einem von ihnen eine Nagelschere in den Hals gerammt habe?

Das klingt aberwitzig, aber die Glaubwürdigkeit meiner Geschichte ist im Moment meine geringste Sorge.

Ich komme nur Stufe für Stufe vorwärts. Jedes Mal, bevor ich die nächste in Angriff nehme, muss ich mit beiden Füßen sicher stehen und mich am Geländer festhalten. Es dauert unendlich lange. Dieses Mal sind es nicht die Füße, die mich so langsam machen. Ich kann sie kaum spüren. Aber die rauschhaften Schwindelgefühle, die durch meinen Schädel toben, machen es mir sehr schwer, die Kontrolle über meinen Körper zu behalten.

Je näher ich dem Fußende der Treppe komme, desto mehr bekomme ich von dem Tumult im Erdgeschoss mit. Oben hat es sich noch angehört, als käme der Krach aus dem Wohnzimmer, aber jetzt habe ich eher den Eindruck, als käme er aus der Küche.

Eine Vase ist von einem Sideboard gefallen und liegt nun in Scherben auf den Eichendielen im Flur. Ein gerahmtes Aquarell hängt schief an der Wand. Beides könnte passiert sein, als Messer mich hier entlanggeschleift hat, aber ich weiß, dass es nicht so war. Dass das jemand anderes getan hat.

Die Geräusche aus der Küche werden klarer, eindringlicher. Keuchen und Stöhnen, Ächzen und verzerrte Gesichter.

Zwei Menschen kämpfen miteinander.

Ich weiß, dass Wilks hier unten war, aber wer ist der oder die andere?

»Leo«, rufe ich.

Er muss schon unterwegs gewesen sein, als wir telefoniert haben, und dann hat er sich beeilt, um seiner Frau zu Hilfe zu eilen. Alle Freude über sein Kommen weicht schnell der Angst. Wilks ist gefährlich. Sie hat eine Waffe. Leo ist ein ganz normaler Mann. Ich glaube nicht, dass er jemals zuvor in einen Kampf verwickelt war. Das ist eines der vielen Dinge, die ich an ihm so mag.

Das kann nicht Leo sein, oder? Er hat mich doch vom Flughafen aus angerufen.

Ich spähe um den unteren Geländerpfosten herum den Flur entlang. Das Schwindelgefühl wird noch stärker, und ich verliere beinahe den Halt.

In der Küche sehe ich Folgendes: Wilks, mit verzerrter Miene im Ringkampf mit einem Mann, der nicht Leo ist.

Das ist Carlson, oder zumindest der Mann, der sich Carlson nennt.

Der Mann, der mich vor Wilks und Messer gewarnt hat, der versucht hat, mir zu helfen. Hätte ich doch bloß auf ihn gehört und wäre zu ihm ins Auto gestiegen!

Er wird den Kampf gegen Wilks verlieren. Carlson ist zwar von Natur aus größer und stärker, aber Wilks weiß genau, was sie tut. Sie drückt ihn mit dem Rücken auf die Kücheninsel und fuchtelt mit einem Messer vor seiner Nase herum. Er wehrt sich, aber Wilks gewinnt die Oberhand. Das Messer kommt ihm immer näher. Es ist eines meiner guten Samuraimesser aus dem Messerblock.

Carlson nimmt mich aus dem Augenwinkel wahr. Er blickt in meine Richtung.

Wilks sieht mich nicht. Sie hat nur ein einziges Ziel im Blick, und das ist Carlson. Sie will ihn töten.

Die Haustür in meinem Rücken steht offen. Ich brauche nichts weiter zu tun, als nach draußen zu spazieren und wegzugehen. Niemand kann mich aufhalten. Messer liegt oben im Badezimmer und ist durch den Schock bewegungsunfähig. Wilks hat keine Ahnung, wo ich bin und was ich gerade mache.

Ich muss nur gehen.

Und Carlson seinem Schicksal überlassen.

Ebenjenen Carlson, der die ganze Zeit an meiner Seite war, der in Bezug auf Wilks und Messer recht behalten und mich vor ihnen gewarnt hat.

Ebenjenen Carlson, der gerade erst hierhergekommen ist. Der hierhergekommen ist, um mich zu retten.

Das kann ich nicht machen. Ich kann ihn nicht alleinlassen.

Ich kann mich nicht in Sicherheit bringen, wenn das gleichzeitig seinen Tod bedeutet.

Ich laufe nicht durch den Flur, weil ich nicht laufen kann. Ich kann mich überhaupt nicht schnell bewegen. Immer noch fühle ich mich wie betrunken ohne Schwips, immer noch unsicher auf den Beinen und schwach.

Carlson sieht mich kommen. Er fasst neue Hoffnung, bekommt neue Energie. Er wehrt sich noch einmal mit aller Macht, sodass Wilks gezwungen ist, ebenfalls mehr Kraft aufzuwenden. Sie muss alle Konzentration auf Carlson richten. Wilks weiß nicht, dass ich komme.

Meine kurzen, schlurfenden Schritte sind auf dem Holzfußboden nicht zu hören. Während ich mich den beiden nähere, sehe ich mich nach irgendetwas um, was ich als Waffe benutzen kann. Wilks mit leeren Händen anzugreifen wäre keine gute Idee.

Leider gibt es keine gusseisernen Pfannen oder Messerblöcke in meiner Reichweite. Aber dafür ein Weinregal. Eine gute Flasche Merlot ist auch als Knüppel geeignet.

Doch Carlson hat eine noch bessere Idee.

## *16.34 Uhr*

Rusty hat schon lange mit dem Rauchen aufgehört. Trotzdem kauft sie sich alle paar Wochen einen Beutel Tabak. Sie raucht ihn nie zu Ende, sondern wirft jedes Mal mindestens die Hälfte weg. Das Zeug trocknet einfach zu schnell aus, selbst wenn sie es in der kleinen Blechbüchse mit dem Fischbild aufbewahrt. Ein Hecht, den sie selbst gemalt hat. Sie ist keine Anglerin, hat noch nie einen einzigen Fisch gefangen, aber Hechte sind allgemein bekannt für ihre Aggressivität, und das gefällt ihr. Der Hecht erinnert sie daran, gelegentlich ein bisschen aggressiver zu sein, weil der Job das ab und zu erforderlich macht, auch wenn es ganz und gar nicht ihrer Natur entspricht, ihr noch nie entsprochen hat.

»Kommt einem vor, als würd's gleich regnen, stimmt's?«

Earnest blickt nicht von seiner Zeitung auf. Das macht er so gut wie nie. Er muss wahnsinnig langsam lesen, sonst würde ihm die Zeitung niemals den ganzen Vormittag reichen, vom Nachmittag ganz zu schweigen. Könnte natürlich auch sein, dass er nur so tut, um besonders gebildet zu wirken.

»Wie Regen kommt es mir nur dann vor, wenn mir die Tropfen auf den Kopf fallen«, erwidert Rusty.

Sie hält nicht viel von Small Talk. Eine Unterhaltung sollte sinnvoll sein. Jeder Austausch zwischen vernunftbegabten Wesen hat eine Bedeutung und sollte daher entsprechend gewürdigt werden. Aber wenn man solche Gedanken äußert, dann stellt man schnell fest, dass niemand mehr mit einem reden will, darum hält Rusty lieber den Mund.

Earnest nuschelt noch ein paar Worte über das Wetter, während Rusty eine Handvoll Münzen aus ihrer Tasche holt und das Geld für den Tabak abzählt. Earnest braucht ihr nicht zu sagen, was es kostet, und sie muss ihn nicht fragen. Sie schiebt das Kleingeld über den Tresen, damit er die Hand nicht allzu weit ausstrecken muss. Earnest hatte Kinderlähmung, als er klein war.

Ohne aufzuschauen, nimmt er die Münzen an sich. Drückt ein paar Tasten auf der Registrierkasse, ebenfalls ohne hinzusehen. Lässt die Münzen in die richtigen Schubladen fallen, während er umblättert.

Rusty sagt: »Und, was passiert in der Welt?«

Earnest schnauft. »Ich hab verdammt noch mal keine Ahnung, aber besonders gut sieht es nicht aus da draußen.«

»Sag mir Bescheid, wenn sich etwas bessert, ja?«

»Wir sind dem Untergang geweiht, Rust.« Earnest leckt sich den Daumen und blättert noch einmal um. »Am besten freundest du dich gleich damit an. Die Sanduhr für die Menschheit ist schon längst abgelaufen. Das Ende der Tage rückt näher, ob es uns nun passt oder nicht.«

Rusty geht zur Tür. »Bis zum nächsten Mal, Ernie.«

Earnest erwidert: »Beschütz uns auch weiter.«

Auf den wenigen Metern bis zu ihrem Auto fragt sich Rusty, wen genau sie eigentlich beschützt. Vielleicht wäre sie ja ein wenig zufriedener, wenn sie glauben würde, dass sie tatsächlich etwas bewirkt, anstatt nur ab und an irgendwelchen Autofahrern auf die Nerven zu fallen.

Es ist nicht mehr weit nach Hause, aber Rusty braucht immer länger als nötig, weil sie es einfach nicht über sich bringt, Gas zu geben.

Mit ausgeschaltetem Motor bleibt sie hinter dem Lenkrad sitzen und starrt auf das Haus und das schummerige Licht hinter den Fensterscheiben. Es ist ein warmes Licht, aber trügerisch, wie sie findet. Fast schon ein Trick.

Auch wenn der Glanz noch so einladend wirkt, kann sich trotzdem ein eiskaltes Heim dahinter verbergen.

Die Neigung der Einfahrt scheint mit jedem Tag steiler zu werden. So muss es sein, weil der Aufstieg heute noch kräftezehrender ist als gestern und vorgestern.

Rusty lehnt sich mit der Stirn gegen die Haustür, eine Sekunde oder eine Minute lang, sie weiß es nicht. Zeit ist relativ, und vielleicht ist genau das der Grund dafür.

Der Schlüssel fährt in das Schloss. Die Tür geht auf.

Jetzt beginnt das Geschrei.

Mit Obszönitäten kann Rusty umgehen. Wörter sind nur Wörter. Nur Geräusche, denen wir eine bestimmte Bedeutung zumessen. Auch die schlimmste Beleidigung könnte wie Vogelgezwitscher klingen, wenn wir sie so wahrnehmen würden. Rusty hat schon jeden Kraftausdruck, jede Schmähung gehört. Und zwar nicht nur auf Englisch. In der Beziehung ist sie unverwundbar. Sie ist Kevlar. Also steht sie im Flur und lässt die Tirade ihrer Mutter einfach über sich ergehen, versucht, keine Reaktion zu zeigen. Je weniger sie darauf eingeht, desto schneller ist es vorbei, das hat sie inzwischen gelernt.

Die Flüche und Beschimpfungen kratzen sie nicht. Aber dass das alles niemals endet. Dass es keine Lösung gibt. Keine sinnvolle Erwiderung, keine Möglichkeit, dieser Kaskade einen Riegel vorzuschieben, und das ist das eigentliche Problem. Ihre Mutter beruhigt sich nicht, und das liegt daran, dass sie selbst bei alledem ruhig bleibt. So ruhig, wie man als Mensch in ihrer Situation nur bleiben kann.

Die Ärzte haben irgendwelche Fachausdrücke dafür, so wie sie für fast alles irgendwelche Fachausdrücke haben, aber Rusty braucht keinen Doktor, um zu wissen, was hier los ist. Es ist offensichtlich. Es ist unausweichlich.

Ihre Mutter ist alt.

Das wirkt sich bei jedem Menschen anders aus, und ihre Mutter hat sich von einer höflichen, beinahe unterwürfigen Person in ein Monster verwandelt. Nicht gerade über Nacht, aber trotzdem rasend schnell. Kaum hatte die Verwandlung angefangen, da war sie auch schon vollzogen.

Jetzt bekommt Rusty von ihrer Mutter nur noch zu hören, wie sehr sie sie hasst, wie fett sie ist, eine einzige Enttäuschung, eine Versagerin, hässlich, zu nichts zu gebrauchen, ein Missgeschick.

Rusty weiß nicht, ob Mom das schon immer so gesehen hat und erst jetzt, wo sie den Verstand verloren hat, die Wahrheit ausspricht. Wenn es ganz schlimm ist, dann muss Rusty manchmal in der Nacht aufstehen und ihren nassen Kissenbezug gegen einen trockenen austauschen.

»Danke, Mom«, sagt Rusty. »Ich freue mich auch, dass ich wieder zu Hause bin.«

Mom hat sich müde gebrüllt oder ihre Aufmerksamkeit auf etwas anderes gerichtet. Einen Lieblings-Werbespot im Fernsehen vielleicht. Rusty versucht gar nicht erst, hinter den Grund für diese Atempause zu kommen, sondern macht sich so schnell wie möglich aus dem Staub.

Seit Alice zu ihrem Freund, diesem Arschloch, gezogen ist, wohnen hier nur noch Rusty und Mom. Rusty würde Alice sofort wieder bei sich aufnehmen, obwohl sie ihr jede Menge Geld geklaut hat, aber gleichzeitig würde sie ihr die endlosen Schimpftiraden nicht zumuten wollen. Insofern ist Rusty auch froh, dass ihr Freund, dieses Arschloch, damals aufgekreuzt ist, noch bevor Mom die Fähigkeit verloren hat, ihre Worte zu kontrollieren.

Rusty geht in die Küche und stellt das Abendessen in die Mikrowelle. Anschließend bringt sie es nach oben in ihr Zimmer, damit sie alleine essen kann, ohne sich nach jedem zweiten Bissen den Speichel ihrer Mutter aus dem Gesicht wischen zu müssen. Mom kommt inzwischen nicht mehr die Treppe hoch, sodass Rusty vorerst in Sicherheit ist. In zwei Stunden oder so wird Rusty tief Luft holen und nach unten gehen, um den Haushalt ein bisschen auf Vordermann zu bringen. Da müsste Mom eigentlich eingeschlafen sein.

Rusty schaltet den alten Fernseher in ihrem Zimmer ein, hockt sich auf das Bett und pustet auf ihre Lasagne. Es riecht gut, aber sie hat den Eindruck, als hätten sie das Rezept geändert. Die Konsistenz ist anders als sonst. Die Soße war bisher nicht so flüssig. Sie wirkt irgendwie wässerig. Es müsste ein Gesetz geben, das sie zwingt, so was auf der Packung klar und deutlich zu vermerken.

Als sie fertig ist, schleicht sie nach unten, am Wohnzimmer vorbei in die Küche, um den Plastikteller in den Mülleimer und die Gabel in die Spüle zu legen. Den Abwasch macht sie lieber erst morgen früh, weil sie hofft, dass Mom bereits eingeschlafen ist. Also warum sollte sie riskieren, dass sie wieder wach wird?

Auf dem Rückweg sieht sie, dass sie sich getäuscht hat: Mom ist hellwach und starrt ihr direkt ins Gesicht. In ihrem Blick liegt unendlich viel Bosheit, unendlich viel Hass.

Mom sagt: »Ich hätte dich abtreiben sollen.«

Mit Obszönitäten kommt Rusty klar.

## *16.36 Uhr*

Beim Näherkommen sehe ich, wie Carlson immer wieder und sehr betont von mir zum Küchenfußboden und wieder zurück schaut. Ich folge seinen Blicken und sehe eine Waffe vor dem Kühlschrank liegen. Ich kenne mich mit diesen Dingern nicht aus, darum nehme ich nur eine kantige, automatische Pistole wahr. Schwarzes Metall und Plastik. Hässlich. Vielleicht gehört sie Carlson, vielleicht auch Wilks. Es spielt keine Rolle. Ich habe noch nie mit so einem Ding geschossen, aber besonders schwierig kann das nicht sein, oder? Zielen und abdrücken.

Ich quäle mich die letzten paar Schritte vorwärts, sehe, wie Carlson unter Wilks' unnachgiebigem Druck immer schwächer wird, weiß, dass die Zeit knapp ist. Ich bücke mich, um die Pistole aufzuheben, langsam und behutsam, weil ich sonst das Gleichgewicht verlieren würde.

Die Waffe liegt warm in meiner Hand. Sie fühlt sich seltsam und fremd an, und ich muss aktiv gegen den Impuls, sie fallen zu lassen, sie wegzuwerfen, angehen.

Ich bin jetzt so dicht bei den beiden, dass Wilks mich bemerkt, unmittelbar bevor ich sage: »Lassen Sie ihn los!«

Wilks ist verblüfft, mich zu sehen, und zögert, weil ich eine

Schusswaffe in der Hand halte. Sie blickt an mir vorbei in den Flur, hofft zweifellos, dass Messer ihr zu Hilfe eilt. Sie weiß nicht, dass Messer bewegungsunfähig ist.

Wilks sagt: »Nehmen Sie die Pistole weg, Jem.«

Ich sage zum zweiten Mal: »Lassen Sie ihn los.«

Wilks reagiert nicht.

Ich richte die Mündung der Waffe auf ihr Gesicht.

»Los jetzt«, sage ich.

Sie gehorcht noch immer nicht, lockert ihren Griff aber immerhin so weit, dass Carlson sich unter ihr hervorwinden kann. Erschöpft bricht er zusammen. Er ist kein Kämpfer.

Wilks dreht sich zu mir um. Anscheinend hat sie überhaupt keine Angst vor mir oder vor der Pistole in meiner Hand. Sie wirkt viel eher verärgert, weil ich sie störe, weil Messer mich nicht umgebracht hat.

Ich lasse sie keinen Moment aus den Augen und sage: »Lassen Sie das Messer fallen!«

Sie zögert einen Moment, dann gehorcht sie. Das Messer landet klappernd auf dem Küchenfußboden. Wilks zeigt mir ihre leeren Handflächen.

»Machen Sie keine Dummheiten«, sagt sie.

»Dafür ist es jetzt zu spät«, erwidere ich. »Die größte Dummheit war, dass ich Ihnen auch nur ein Wort geglaubt habe.«

»Wir können eine Lösung finden.«

»Wie denn? Wie sollen wir dafür eine Lösung finden?«

Wilks gibt mir keine Antwort.

»Ganz genau«, sage ich, und dann, an Carlson gewandt: »Alles in Ordnung?«

Ich versuche, ihn nicht anzusehen, weil ich Wilks keine Sekunde aus den Augen lassen möchte. Bei der kleinsten Gelegenheit, da bin ich mir absolut sicher, würde sie sich auf mich stürzen. Daher möchte ich mich nur im äußersten Notfall auf meine schlechte Reaktion und meine mangelhafte Erfahrung im Umgang mit Schusswaffen verlassen müssen.

Ich nehme aber wahr, dass Carlson als Reaktion auf meine Frage nickt. Allerdings ist es kein gutes Zeichen, dass er zusammengesunken auf dem Boden sitzt und nur deshalb nicht umkippt, weil die Kücheninsel ihn stützt. Ich kann nicht Wilks im Auge behalten und gleichzeitig Carlson auf die Beine helfen.

»Holen Sie Hilfe«, sage ich zu ihm. »Holen Sie Verstärkung oder rufen Sie die Polizei. Wählen Sie die Notrufnummer. Sorgen Sie dafür, dass irgendjemand hierherkommt. Die Polizei! Rufen Sie Rusty an.«

Er reagiert nicht.

Wilks sagt: »Er ruft niemanden an. Stimmt's?«

Carlson gibt keine Antwort. Aber er holt auch keine Hilfe.

»Er ist nicht Ihr Freund«, sagt Wilks. »Er steht nicht auf Ihrer Seite.«

»Er hat nicht versucht, mich umzubringen«, erwidere ich. »Also steht er sehr viel mehr auf meiner Seite als Sie und Messer.«

»Wo ist Messer eigentlich?«, erkundigt sich Wilks.

Carlson sagt: »Erschießen Sie sie.«

Seine Stimme klingt leise, schwach. Er muss eine Menge Schläge eingesteckt haben. Ich bin mir nicht sicher, ob ich ihn richtig verstanden habe.

»Was?«

»Erschießen Sie sie«, wiederholt Carlson.

Ich bin entsetzt und werfe ihm einen verwirrten Blick zu. Meint er das wirklich ernst? Ich merke nicht, dass Wilks näher rückt.

»Sie ist eine Attentäterin«, sagt Carlson. »Sobald Sie nicht aufpassen, bringt sie Sie um.«

Wilks bleibt stumm. Es hätte keinen Sinn, das abzustreiten, das ist ihr auch klar. Sie hat mich schon einmal hinters Licht geführt. Schon zweimal, um genau zu sein. Sie weiß, dass ihr das nicht noch einmal gelingen wird.

Ich schieße nicht.

Ich kann nicht. Das war mir schon in dem Moment klar, als ich die Pistole in die Hand genommen habe. Als ich ein Stockwerk höher um mein Leben gekämpft habe, hatte ich keine Zeit, über das nachzudenken, was ich tue. Aber jetzt habe ich zu viel Zeit, um nachzudenken. Ich möchte niemanden umbringen. Ich möchte nicht zur Mörderin werden. Aber genau das wäre ich dann. Das hier ist keine Notwehrsituation. Ich kämpfe in diesem Moment nicht um mein Leben. Wenn ich Wilks jetzt erschieße, bin ich kein bisschen anders als sie.

Soll Rusty sich um sie kümmern. Soll sie vor Gericht gestellt werden. Ich sage liebend gern gegen sie aus.

»Erschießen Sie sie!«, sagt Carlson jetzt zum dritten Mal.

Er rappelt sich nun auf, zieht sich an der Kücheninsel auf die Beine. Meine paar nachdenklichen Sekunden haben ihm genügend Zeit gelassen, um zu Atem zu kommen. Sein Gesicht weist etliche rote Stellen auf, dazu Schnittwunden an der Lippe und einer Augenbraue. Das Blut an seinem Kopf stammt aus einer Wunde auf seinem Schädeldach.

»Rufen Sie die Polizei«, sage ich.

»Geben Sie mir die Pistole«, entgegnet er, nachdem er sich ganz aufgerichtet hat.

Ich möchte ihm die Waffe geben, weil ich die Verantwortung loswerden will, weil ich dann nicht mehr entscheiden muss, ob ich schieße oder nicht. Aber ich zögere. Zweifel schleichen sich ein. Soll ich wirklich die einzige Möglichkeit, mich zu verteidigen, freiwillig aufgeben? Außerdem weiß ich, dass er Wilks erschießen wird. Wenn ich Carlson die Pistole gebe, dann mache ich mich mitschuldig an Wilks' Hinrichtung.

»Bitte«, sagt Carlson.

»Sie dürfen ihm nicht trauen«, fordert Wilks mich auf.

»Das stimmt«, entgegne ich. »Im Moment traue ich gar niemandem, nicht einmal mir selbst. Darum ist meine Antwort nein. Ich behalte die Pistole.«

»Dann erschießen Sie sie«, verlangt Carlson erneut.

Ich schüttele den Kopf. »Hier wird niemand erschossen.«

Wilks ist erleichtert. »Sie haben die richtige Entscheidung getroffen, Jem.«

»Nur weil ich Sie lieber hinter Gittern verrotten sehen möchte, Sie mieses Stück Scheiße.«

Die Heftigkeit meiner Äußerung verblüfft mich genauso wie die beiden anderen. Wilks streckt mir immer noch die geöffneten Handflächen entgegen.

»Warum wollen Sie nicht die Polizei rufen, Carlson?«, sage ich.

»Mrs. Talhoffer«, erwidert Carlson, »wenn Sie sie nicht erschießen wollen, dann müssen wir von hier verschwinden.«

»Beantworten Sie meine Frage.« Ich lasse nicht locker. »Sonst gehe ich nirgendwohin.«

Er antwortet mir nicht, weil wir zu lange gebraucht haben, um an diesen Punkt zu gelangen. Ich bin zwar erst seit wenigen Minuten in der Küche, aber das waren schon zu viele. Ich sehe, wie Wilks die Augen aufreißt. Sie versucht, Carlson am Arm zu packen, und ich weiß sofort, was los ist.

Sie ergreift die Initiative, weil Messer hinter mir im Flur steht.

Er muss den Schock sehr viel schneller überwunden haben, als ich gedacht hätte. Vielleicht hat er auch, so wie ich vorhin, seine Bewegungsunfähigkeit von Anfang an nur vorgetäuscht. Jedenfalls ist er jetzt die Treppe heruntergekommen. Der rechte Arm mit der gebrochenen Hand hängt nutzlos an seiner Seite herab. Die Schere steckt immer noch in seinem Hals. Und in der linken Hand hält er seine Pistole.

Damit zielt er auf mich.

## 16.39 Uhr

Ich drücke zuerst ab.

Ich bin keine Kunstschützin, aber Messer ist verletzt und wackelig auf den Beinen, und außerdem steht seine Kollegin in meiner Nähe, die er auf keinen Fall treffen will. Er hat denselben schlurfenden, unsicheren Gang wie ich. Bei mir ist der Grund ein harter Schlag gegen den Kopf, bei ihm die Schere, die immer noch in seinem Hals steckt.

Ich drücke ab, aber nichts passiert.

Nur ein Klicken.

Die Sicherung, natürlich. Pistolen haben einen Sicherungshebel. Wo ist er? Ich streiche mit den Fingern über die Waffe, suche nach einem Hebel, einem Riegel, nach irgendetwas. Ich finde ihn und verschiebe ihn.

Das Magazin rutscht aus seiner Halterung im Pistolengriff.

Zum Glück landet es nicht auf dem Fußboden, weil ich meine andere Hand gerade unter den Kolben halte, sodass es in meine Handfläche fällt und ich es sofort wieder zurückschieben kann.

»Das ist eine Glock«, stößt Carlson zwischen zusammengebissenen Zähnen hervor, während er sich gegen Wilks zur Wehr setzt.

Er sagt das, als sei es eine Erklärung und zugleich die Lösung für mein Problem. Aber beides trifft nicht zu.

Wilks hat Carlson die Hände um die Kehle gelegt und würgt ihn, will ihn weiter in die Küche zerren, weiter weg von mir, will sich und ihn aus der Schusslinie bringen.

Messer humpelt mit erhobener Waffe näher und versucht, eine Schussposition zu finden. Wilks und Carlson sind noch dicht bei mir, aber wie lange noch?

Carlson bekommt keine Luft mehr. Wilks lässt nicht locker. Sein Gesicht ist knallrot angelaufen, und er versucht, mir irgendwie mitzuteilen, was ich tun muss, damit die Pistole funktioniert. Aber er bekommt nicht genügend Luft durch seine zusammengepresste Kehle, kann keine Wörter bilden.

*»Was soll ich machen?«*, schreie ich ihm zu.

Messer kommt näher und näher.

Carlson löst die Hände von Wilks' Arm, den sie um seinen Hals geschlungen hat, und formt mit den Fingern der rechten Hand eine Pistole. Mit der anderen Hand packt er die Oberkante der imaginären Pistole und zieht sie zurück. Das macht er mehrfach rasch hintereinander, und dann habe ich es begriffen.

Ich lege die Hand auf den oberen Rand des Pistolenlaufs und ziehe ihn nach hinten. Es passiert etwas.

Es klickt.

Ein Schuss.

Unfassbar laut, unfassbar erschreckend.

Ich schnappe nach Luft. Holzsplitter aus dem Türrahmen prasseln auf mich herab. Ich ducke mich hinter die Wand, bevor die nächste Kugel auf mich zufliegt.

Metall scheppert, als die Kugel sich in den Kühlschrank bohrt.

Messer kann mich zwar nicht sehen, aber das hindert ihn nicht daran zu schießen. Vielleicht hoffte er ja, dass eine Kugel die Wand durchschlägt, hinter der ich mich verstecke.

Kurz hintereinander ertönen mehrere Schüsse. Ich erstarre, ducke mich, während Glas splittert und Gipswolken die Luft erfüllen.

Wilks und Carlson liegen jetzt ineinander verkeilt auf dem Boden, Carlson auf dem Rücken und Wilks auf ihm. Es sieht ganz danach aus, als würde Carlson den Kampf verlieren. Er wird immer schwächer. Wilks hat ihn genau da, wo sie ihn haben will, wo sie ihn schneller, leichter erdrosseln kann.

»Wo ist die Sicherung?«, rufe ich Carlson zu. »Was soll ich denn machen?«

Carlson klammert sich jetzt an Wilks' Unterarm und schüttelt den Kopf. Sein Gesicht ist nicht mehr nur rot, sondern bereits lila.

Ich habe keine Ahnung, wieso ich die Waffe nicht entsichern muss, aber ich muss darauf vertrauen, dass Carlson das besser weiß als ich. Was habe ich sonst für eine Wahl?

Ich nehme allen Mut, alle Verzweiflung zusammen und wage mich aus der Deckung.

Ich richte die Pistole auf Messer und drücke ab.

Der Krach ist gewaltig, Furcht einflößend, schockierend. Der Rückstoß reißt meine Hand nach oben. Ich bin ohnehin schon geschwächt und auf eine solche Wucht nicht vorbereitet.

Messer kommt immer noch näher. Ich habe ihn verfehlt. Ich habe zu hoch gezielt.

Also ziele ich noch einmal, drücke noch einmal ab.

Dieses Mal treffe ich ihn.

Seine rechte Schulter zuckt, und ich sehe ein Loch in seinem Hemd. Blut.

Die Erkenntnis, dass ich auf einen Menschen geschossen habe, trifft mich mit einer beinahe körperlichen Wucht. Ich bin wie betäubt. Nur wenige Zentimeter tiefer, und er könnte tot sein.

Messer schießt zurück, aber in seinem Hals steckt eine Nagelschere, seine rechte Hand ist gebrochen, und jetzt hat sich auch noch eine Kugel in seine linke Schulter gebohrt. Er kann die Waffe nicht gerade halten, an so etwas wie Zielen ist nicht einmal zu denken. Seine Kugel schlägt vor meinen Füßen in den Boden ein. Trotzdem zucke ich zusammen.

Messer kommt näher, und ich verfehle ihn erneut, weil er nur noch taumelnd vorwärtsstolpert und abwechselnd gegen die Seitenwände des Flurs prallt.

Ich versuche, ihn im Visier zu behalten, und folge seinen Bewegungen, doch dann schieße ich erneut daneben.

Mitten im Schwung drückt er noch einmal ab, und die Kugel schlägt über mir in die Zimmerdecke ein.

Ich spüre, wie Staub und Gipsbröckchen auf mich herabregnen.

Ich hole tief Luft, aber dieses Mal nicht, um ihn mit dem Lauf meiner Pistole zu verfolgen, sondern um die Waffe genau in die Mitte des Flurs zu richten, so lange, bis er in meine Schusslinie taumelt. Dann drücke ich ab.

Ich sehe nicht, wo er getroffen wird, aber die Reaktion erfolgt prompt.

Messer fällt auf die Knie und kippt auf den Rücken.

*»Ich hab ihn erwischt«*, rufe ich Carlson zu.

Keine Antwort. Ich drehe mich um und sehe, dass Carlsons Gesicht blau angelaufen und er so gut wie bewusstlos ist. Er liegt auf dem Rücken, und zwar auf Wilks, die ihn in einem Würgegriff hat, aus dem es kein Entrinnen gibt.

Diese Position hat sicherlich Vorteile in puncto Kraftentfaltung und Effektivität, aber gleichzeitig hat Wilks damit ihre Bewegungsfreiheit stark eingeschränkt. Sie ist unter Carlson gefangen.

»Das reicht jetzt«, sage ich, trete in Wilks' Sichtfeld und richte die Glock auf sie.

Mehr muss ich nicht machen. Wilks löst den Würgegriff, und Carlson holt unendlich tief Luft. Die blaue Färbung verschwindet ganz allmählich aus seinem Gesicht. Er hustet und röchelt ununterbrochen.

»Aufstehen«, befehle ich Wilks.

Sie gehorcht, langsam und müde nach dem Kampf mit Carlson.

»Wie geht es Ihnen?«, frage ich Carlson, der immer noch auf dem Boden liegt.

Er sagt nichts – vielleicht kann er nicht reden –, aber er zeigt mir den nach oben gereckten Daumen.

Hinter mir höre ich Messer stöhnen. Es ist ein leises, pfeifendes Geräusch. Zwischen mir und Wilks ist genügend Abstand, sodass ich einen kurzen Blick über die Schulter riskieren kann. Messer liegt ausgestreckt im Flur und zuckt nur noch schwach.

Ich deute mit der Waffe auf das Festnetztelefon.

»Nehmen Sie den Hörer ab«, sage ich zu Wilks.

Sie macht keine Anstalten.

»Los jetzt.«

Sie steht einfach nur da, als hätte sie mich nicht gehört oder könnte mich nicht verstehen.

»Rufen Sie Rusty an, sonst jage ich Ihnen eine Kugel in den Leib.«

»Nein, das werden Sie nicht tun.«

»Messer ist verletzt«, sage ich. »Schwer verletzt. Er braucht unbedingt medizinische Betreuung.«

Sie zeigt keine Reaktion.

Sie hat meinen Bluff durchschaut. Wir wissen beide, dass ich nicht auf sie schießen werde. Ich wünschte, ich wäre stärker. Ich wünschte, ich könnte einfach abdrücken und sie erschießen. Aber das kann ich nicht. Ich bin keine Mörderin.

Ich werde nie eine Mörderin sein.

Wilks sagt: »Sie müssen mich gehen lassen, Jem.«

»Und warum sollte ich überhaupt darüber nachdenken, so etwas zu tun?«

»Weil ich die Einzige bin, die Sie aus diesem ganzen Schlamassel befreien kann.«

»Wie soll das denn gehen?«

Sie erwidert: »Ich bin die Einzige, die weiß, wer Leo in Wirklichkeit ist.«

»Was soll das denn heißen? Ich weiß, wer Leo ist.«

»Ach, wirklich?«

Ich gebe ihr keine Antwort. Ich schweige. Ich sage mir, dass ich nicht auf sie hören darf, dass das nur eine weitere List, ein weiterer Trick ist. Und doch spüre ich, dass in ihren Worten ein gewisses Maß an Wahrheit steckt. Der heutige Tag hat ja gezeigt, dass ich meinen Mann keineswegs so gut kenne, wie ich dachte. Dass er eine Seite vor mir verborgen hat, von der ich nicht die geringste Ahnung hatte. Wie lange schon hat er Geheimnisse vor mir? Seit wie vielen Jahren?

Seit wir uns kennen?

Ich sage: »Wer ist er? Wer ist Leo?«

Wilks lässt ein schmales, verkniffenes Lächeln sehen. Freut sich, dass ich den Köder geschluckt habe.

Ich starre sie so durchdringend an, so gierig nach einer Antwort, dass ich nicht merke, wie dicht sie schon an mich herangerückt ist.

»Leo ist nicht der, für den Sie ihn halten«, sagt sie und schiebt sich noch ein Stückchen näher.

Ich will unbedingt mehr erfahren, will wissen, wer mein Ehemann in Wirklichkeit ist.

»Er heißt nicht einmal Leo.«

Die Verwirrung, der Verlust, sie machen mich sprachlos. Meine Augen werden feucht.

Wilks stürzt sich auf mich.

Ich kann nicht rechtzeitig reagieren. Als sie mit mir zusammenprallt, löst sich ein Schuss aus meiner Pistole, aber sie hat die Mündung schon zur Seite gedrückt. Sie ist so dicht bei mir, so stark, und dann packt sie die Waffe.

Sie reißt sie mir aus der Hand und lächelt triumphierend. Sie weiß, dass es jetzt vorbei ist. Allerdings hat sie, genau wie ich, Carlson vergessen, weil sie glaubt, dass er außer Gefecht ist. Ist er aber nicht.

Nachdem er sich zum zweiten Mal an der Kücheninsel in die Senkrechte gezogen hat, fällt er Wilks von hinten an, worauf sie die Pistole fallen lässt.

Carlson ist immer noch geschwächt, und sein Versuch, Wilks niederzuringen, schlägt fehl. Wilks wischt ihn beiseite und wendet sich dann wieder mir zu, weil ich mich auf die Glock stürzen will.

Sie streckt die Hände nach mir aus und rutscht dabei aus, verliert das Gleichgewicht.

Ich versetze ihr einen Stoß. Einen sehr festen.

Sie stürzt und schlägt im Fallen mit dem Kopf gegen die Kücheninsel.

Dann liegt sie regungslos auf dem Boden. Blut tropft aus ihrer Kopfwunde. Es leuchtet hell auf den weißen Fliesen und glitzert auf den schwarzen. Stumm und regungslos liegt sie da.

Oh Gott, was habe ich getan?

Ich merke, wie ich keuche und zittere, und doch kann ich mich nicht von der Stelle rühren. Wilks sieht beinahe friedlich aus. Sie sieht aus, als würde sie schlafen. Ich möchte sie anfassen, möchte nachsehen, ob sie noch atmet, aber ich kann mich nicht dazu durchringen, die Illusion zu zerstören und mich meiner Tat zu stellen.

»Ich … ich glaube … dass ich sie vielleicht umgebracht habe.«

»Hoffentlich«, krächzt Carlson mit heiserer Stimme.

»Das wollte ich nicht. Ich …«

Carlson nimmt die Pistole an sich. »Ich weiß, aber auf der anderen Seite muss man gewisse Leute eben erschießen, wenn man die Gelegenheit dazu hat.«

Ich will ihm gerade antworten, da bemerke ich hinter ihm im Flur eine Bewegung.

»Achtung!«

Messer liegt auf dem Boden, aber er hat eine Pistole in der Hand und schießt.

Ich reiße Carlson zur Seite, während Kugeln in unsere Richtung geflogen kommen und den Tisch, die Wand, das Fenster treffen.

Blind abgefeuerte, wilde Schüsse.

Dann Stille.

Vielleicht hat Messer sein Magazin geleert?

Ich erfahre es nicht, weil Carlson sich nach vorne beugt und das Feuer erwidert. Zwei schnelle Schüsse, dann kommt von Messer nichts mehr. Gar nichts mehr.

»Ist er …?«

»Ja«, sagt Carlson. »Gehen wir.«

## 16.43 Uhr

Ich stütze mich auf Carlson, und er stützt sich auf mich. Wir sind beide verletzt, beide geschwächt und erschöpft. Er braucht meine Hilfe, und ich brauche seine. Wir gehen den Flur entlang, steigen über Messer hinweg beziehungsweise weichen ihm so gut wie möglich aus. Dabei bemühe ich mich nach Kräften, den Leichnam auf meinem Fußboden keines Blickes zu würdigen. Aufgrund meiner Schuldgefühle? Meiner Sensibilität? Ich weiß es nicht, aber ich bleibe ganz bestimmt nicht hier und fange an, mich selbst zu analysieren.

»Hier.« Carlson drückt mir die Autoschlüssel in die Hand. »Sie müssen fahren. Ich bin immer noch halb bewusstlos.«

Ich habe selbst ein Auto. Es steht in der Einfahrt, wird aber von Carlsons Limousine blockiert. Beim Näherkommen sehe ich, dass der Wagen nicht abgeschlossen ist. Ich mache die hintere Tür auf und helfe Carlson hinein. Er lässt sich auf die Rückbank fallen wie auf ein Bett, und zwar nach einem sehr anstrengenden Abend. Ich knalle die Tür zu und setze mich ans Steuer.

»Gehen Sie nicht zur Polizei«, sagt Carlson.

»Was? Wieso denn nicht?«

»Wir können den Behörden nicht trauen.«

»Wieso nicht?«

»Irgendjemand hat mit Wilks und Messer zusammengearbeitet.« Er muss mehrfach Luft holen, bis er diese Worte hervorgestoßen hat. »Im Moment weiß ich noch nicht, wer. Gut möglich, dass mehrere Personen in die Sache verwickelt sind. Aber wir können zurzeit niemandem trauen.«

Ich versuche, nicht daran zu denken, was das bedeutet, weil es mich sofort in eine tiefe Depression stürzen würde. Stattdessen hole ich einmal tief Luft und stecke den Schlüssel ins Zündschloss. Der Anlasser jault, und der Motor erwacht zum Leben. Ich lege den Rückwärtsgang ein und gebe Gas, wende und fahre los.

Wohin? Ich habe keine Ahnung. Wie auch? Ich weiß ja nicht einmal, wohin ich mich wenden soll.

Mein Schädel pocht. Ein Dauerschmerz hat meinen gesamten Schädel in Besitz genommen, nur gelegentlich unterbrochen von Übelkeitsattacken. Diese Attacken dauern nicht lange, aber sie erschüttern mein ganzes Sein und hinterlassen in meinen Ohren ein hohes, tinnitusartiges Pfeifen, das alleine schon die Hölle ist.

Ich will sämtliche Aspirin dieser Welt auf einmal schlucken.

Dann merke ich, dass ich froh bin, am Leben zu sein. Es ist vielleicht das erste Mal überhaupt, dass ich die unmittelbar damit zusammenhängende Tatsache meiner Existenz höher bewerte als meine Nicht-Existenz. Es fällt mir schwer das zuzugeben, aber ich fühle mich ganz okay, fast schon gut. Als hätte ich … gewonnen, auch wenn ich nicht weiß, was. Irgendetwas.

Das Leben. Ich habe das Leben gewonnen.

Ich kann mir diesen Gedanken nicht erklären. Der heutige Tag war die Hölle. Ich müsste mir eigentlich die Augen aus dem Kopf weinen. Ich müsste zittern und beben. Aber stattdessen bin ich … glücklich?

An der Kreuzung biege ich nicht nach rechts in Richtung Stadt ab, sondern nach links. Ich fahre nie nach links. Links liegt offene Landschaft, links liegt der Interstate Highway, das restliche Amerika. Links liegt das Unbekannte. Links lauert die Angst.

Die Straße scheint niemals enden zu wollen. Die Wälder zu beiden Seiten sind unermesslich. Ich komme mir klein, unbedeutend und verletzlich vor. Carlson liegt stumm auf der Rückbank und reibt sich die Kehle.

Bilder zucken vor meinem inneren Auge auf – das Badezimmer, wie ich Messer die Schere in den Hals stoße, wie ich auf ihn schieße, überzeugt, dass ich sterben muss. Ich habe das Gefühl, als hätte ich mich von dieser Erfahrung vollkommen losgelöst, und bin doch gleichzeitig in ihr gefangen.

Ich brülle aus voller Kehle los und drücke auf die Hupe, ersticke diese Gedanken, diese Rückblenden, durch die schiere Wucht des Lärms.

Einen kurzen Augenblick lang empfinde ich inneren Frieden. Und dieser Frieden verlangt nach Antworten.

»*Was zum Teufel ist hier eigentlich los?*«, brülle ich nach hinten zu Carlson.

Er starrt mich mit großen Augen an. Mein Gebrüll, das ununterbrochene Hupen … er fürchtet, dass ich verrückt geworden bin. Es ist mir egal. Ich habe alles Recht, ein bisschen verrückt zu sein.

»Die wollten mich umbringen. Ich will jetzt endlich wissen, wieso.«

Meine Stimme kommt mir vor wie ein Megafon in einer Bibliothek. Ich bin selbst erstaunt angesichts meiner Heftigkeit. Wo kommt die denn her?

Wer spricht da aus mir?

Carlson sagt: »Beruhigen Sie sich.«

»Wagen Sie es ja nicht, mir zu sagen, ich soll mich beruhigen. Wagen Sie es nicht, mich zu beschwichtigen, nachdem ich einen Menschen mit einer Schere und einer Pistole schwer verletzt habe.« Ich starre ihn im Rückspiegel wütend an. »Nachdem auf mich geschossen worden ist!«

Carlson erwidert heiser flüsternd: »Ich weiß, dass Sie eine Menge durchgemacht haben, Mrs. Talhoffer. Ich weiß, dass Sie vollkommen durcheinander sind. Und ich verspreche Ihnen, dass ich mein Möglichstes tun werde, um Sie aufzuklären.«

»Jem«, zische ich ihm zu. »Ich heiße Jem.«

»Okay«, sagt Carlson. »Jem.«

Ich drücke erneut auf die Hupe. Ich brülle noch einmal.

Es fühlt sich gut an, etwas von der unglaublichen Anspannung in meinem Inneren loszuwerden.

Carlson verzieht das Gesicht. »Bitte, versuchen Sie sich doch ein wenig zu … entspannen.«

»Ich bin nicht einmal an meinen besten Tagen besonders entspannt«, entgegne ich. »Und der heutige ist wirklich alles andere als das. Also raus mit der Sprache, Carlson. Fangen Sie an zu reden, oder ich werfe Sie hier irgendwo am Straßenrand raus und fahre zu Rusty. Ich mein's ernst.«

»Das glaube ich Ihnen.« Er setzt sich auf, wenn auch unter großen Mühen, aber er hält sich am Beifahrersitz fest. »Wirklich.«

»Ich höre Ihre Worte, aber keine Antworten.«

Carlson sagt: »Ich sage Ihnen alles, was ich weiß, auch wenn ich fürchte, dass das nicht alle Ihre Fragen beantworten wird. Die ganze Sache ist so schnell eskaliert, dass ich auch nicht alles verstehe. Wilks und Messer waren mir eindeutig einen Schritt voraus. Deshalb haben sie bei Ihnen vor der Tür gestanden, bevor ich mich überhaupt mit Ihnen in Verbindung setzen konnte. Wie Sie ja bereits wissen, geht es um Leo.«

»Wilks und Messer haben behauptet, dass er Geldwäscher für ein Drogenkartell sei.«

»Glauben Sie das?«

Ich schüttele den Kopf. »Habe ich noch nie geglaubt.«

»Sie haben recht damit, aber gleichzeitig auch nicht«, erklärt mir Carlson, ohne irgendetwas zu erklären. »Die Geldwäsche, das Kartell, das alles sind nur Störfeuer. Ablenkungsmanöver, Fassade, Legende.«

Ich verliere auch den letzten Rest an Geduld, der mir noch geblieben war. »Kommen Sie zum Punkt, Carlson.«

»Ihr Mann ist sehr viel mehr als nur Geldwäscher. Er wäscht Informationen. Er wäscht kein Geld für ein Kartell, sondern nimmt schmutzige Informationen an und wäscht sie rein.«

»Sie erzählen mir viel, ohne das Geringste zu sagen.«

»Ich arbeite für eine staatliche Behörde, Jem. Genau wie Wilks. Genau wie Messer. Genau wie Leo.«

»Was soll das denn heißen, Leo arbeitet für den Staat? Er ist Sommelier. Er ist Weinhändler.«

Carlson nickt. »Das stimmt, und zwar ein sehr guter. Aber außerdem ist er auch mein Informant.«

Ich schüttele den Kopf. »Das ist doch Unsinn. Leo ist doch kein Undercover-Agent.«

»Das stimmt«, meint Carlson, »aber die Bezeichnung wird heutzutage sowieso nicht mehr verwendet, selbst dann nicht, wenn sie einigermaßen angemessen wäre. Ich kann Ihnen das Ganze begreiflicher machen, sobald wir in Sicherheit sind, sobald wir nicht mehr im Auto sitzen.«

Ich verziehe das Gesicht, blinzele und spüre, wie mich Schwindelgefühle überfallen. Als der Anfall vorbei ist, muss ich den Wagen mit einem kräftigen Ruck am Lenkrad wieder in die Spur bringen.

»Wir müssen zu Rusty fahren«, sage ich. »Sie kann uns helfen. Sie wird es verstehen. Sie hat damit nichts zu tun. Auf keinen Fall.«

Carlson hat Zweifel. »Können Sie ihr wirklich vertrauen?«

»Selbstverständlich kann ich das. Wieso denn nicht?«

»Wollen Sie etwa behaupten, dass Sie sie kennen, also, dass Sie sie wirklich kennen? Ich meine, Sie begegnen sich seit Jahren, kennen alle Aspekte ihrer Persönlichkeit, kennen ihre finanziellen Voraussetzungen. Aber kennen Sie all ihre Geheimnisse? Wissen Sie, was sie nachts nicht schlafen lässt? Wissen Sie, was sie bedauert, welche Ziele sie anstrebt? Wissen Sie, wie viel Zucker sie in ihren Kaffee gibt?«

Ich runzele die Stirn. »Nein, das weiß ich natürlich nicht alles. Wie auch? Aber das bedeutet nicht, dass ich ihr nicht vertraue. Sie ist die Polizeichefin.«

Carlson gibt keine Antwort, und das ist auch nicht nötig. Er hat ja recht. Ich kenne Rusty nicht, also wie kann ich ihr vertrauen? Ist die Tatsache, dass sie die Polizeichefin ist, schon Grund genug? Ist sie dadurch automatisch sauber und rechtschaffen und unbestechlich?

Ich sage: »Und wo sollen wir stattdessen hingehen? Wir können schließlich nicht ewig nur herumfahren.«

»Wir müssen uns irgendwo verstecken. Ich muss telefonieren. Wir müssen sehr sorgfältig überlegen, wie wir jetzt vorgehen, weil wir nicht wissen, wie tief greifend diese Verschwörung ist. Wir wissen immerhin, dass sie bereit sind zu töten, nur damit nichts an die Öffentlichkeit dringt.«

Ich schweige und denke nach.

Carlson sagt: »Kennen Sie vielleicht noch irgendwo einen Unterschlupf?«

»Leo hat eine Lagerhalle«, sage ich. »Für seinen Wein. Die ist gar nicht so weit entfernt, ungefähr eine Stunde Fahrt, auf halber Strecke zwischen hier und New York City.«

Carlson schüttelt den Kopf. »Das ist zu weit. Wir dürfen nicht so lange unterwegs sein. Im Auto sind wir zwar bis zu einem gewissen Grad in Sicherheit, aber gleichzeitig haben die anderen dadurch eine Stunde länger Zeit, um uns zu überholen.« Carlson hustet und räuspert sich. Jedes Wort verursacht ihm Schmerzen. »Und außerdem wissen sie garantiert über die Lagerhalle Bescheid. Alles andere würde mich sehr überraschen. Gut möglich, dass sie sie sogar beschatten lassen.«

»Vielleicht machen Sie auch mal einen Vorschlag, anstatt ständig nur meine Ideen madig zu machen.«

»Ich will Sie ganz bestimmt nicht madig machen, Jem. Ich möchte nur nicht noch einmal so eine Abreibung bekommen wie gerade eben. Und ich möchte auch nicht noch jemanden umbringen. Also, unter diesen Voraussetzungen: Fällt Ihnen irgendetwas ein, wohin wir uns flüchten könnten. Ein Unterschlupf, der nicht mit Ihnen in Verbindung gebracht werden kann, wo es weit und breit keine Behörden gibt und von dem niemand außer Ihnen etwas weiß?«

Ich denke eine Minute lang nach, starre auf die lang gezogene, kurvige Straße, auf die Bäume hinaus. Wir passieren eine Handvoll anderer Fahrzeuge. Die meisten huschen wie verwischte Schatten vorbei. Ich beachte sie nicht. Nur eines erregt meine Aufmerksamkeit, weil ein Deutscher Schäferhund seinen Kopf zum offenen Beifahrerfenster herausstreckt und die Abendluft genießt.

Das erinnert mich an einen anderen Hund, und dieser Hund erinnert mich an seinen Besitzer.

»Doch«, sage ich. »Ich weiß, wo wir hinfahren können.«

## *17.01 Uhr*

Trevors Hütte ist nicht leicht zu finden, was vermutlich der Sinn der Sache ist. Heute Morgen, als er mich in der Stadt abgesetzt hat, hat er mir zwar seine Adresse gegeben, aber die erweist sich als wenig hilfreich. Er wohnt etwa acht Kilometer außerhalb, tief im Wald am Ende eines schmalen Waldwegs, den Carlsons Limousine nur mit äußerster Mühe bewältigen kann. Auch das ist vermutlich genau so gewollt. Trevor will alleine gelassen werden. Er will keinen Besuch.

Ich finde, er ist genau der Typ Mann, der viele Waffen besitzt, und genau der Typ Waffenbesitzer, der nur ungern fremde Fahrzeuge auf sein Grundstück lässt.

»Wir sollten ein ganzes Stück entfernt anhalten«, sage ich zu Carlson. »Dann gehe ich den Rest erst mal zu Fuß, und zwar alleine.«

»Wieso?«

»Weil ich nach allem, was ich heute bis jetzt durchgemacht habe, nicht wegen Hausfriedensbruchs erschossen werden möchte.«

»Aber Sie haben doch gesagt, dass er nett zu Ihnen war. Dass er ein freundlicher, hilfsbereiter alter Mann ist.«

»Stimmt, das habe ich gesagt.« Ich werde ein wenig unsicher. »Aber ich bin ihm bisher auch nur ein einziges Mal begegnet. Und da war er genau so, wie ich ihn beschrieben habe: freundlich und hilfsbereit. Er hat mich mitgenommen. Aber das war heute Morgen. Seitdem ist eine Menge passiert. Jetzt bin ich irgendwie nervös und rechne mit dem Schlimmsten. Was absolut nachvollziehbar ist, finde ich.«

Carlson hat inzwischen die schlimmsten Nachwirkungen seines Kampfes mit Wilks abgeschüttelt und sich aufrecht hingesetzt. Trotzdem hat er bestimmt immer noch Schmerzen, genau wie ich. Diese schrecklichen Kopfschmerzen wollen einfach nicht weniger werden.

»Was können Sie mir sonst noch über diesen Trevor verraten?«, will Carlson wissen. »Abgesehen von der Tatsache, dass er freundlich und alt ist.«

»Nun ja, er lebt ganz allein und hält viel Abstand zu allen anderen, weil er kein großer Freund der modernen Welt ist. Was schließen Sie daraus?«

Carlson nickt. »Guter Punkt. Sie gehen vor.«

»Sie könnten zumindest versuchen, es so zu formulieren, dass ich mir nicht wie Ihr menschlicher Schutzschild vorkomme.«

Carlson sieht mich mit einem entschuldigenden Gesichtsausdruck an.

Ich stelle den Wagen rund dreißig Meter von Trevors Hütte entfernt ab, aber erst, nachdem ich ihn gewendet habe. Ich will im Notfall möglichst schnell wieder wegfahren können. Der Weg macht kurz vor dem Häuschen noch einen letzten Knick, sodass sich zwischen dem Wagen und der Hütte nur Wald befindet. Ich kann die Holzwände durch das Blätterwerk schimmern sehen. Ob Trevor uns wohl ebenfalls sehen kann? Ich stelle mir vor, wie er mit einer Flinte in der Hand am Fenster steht und auf uns zielt, während Merlin zu seinen Füßen ununterbrochen knurrt.

Hör auf, so paranoid zu sein, Jem. Trevor ist einer von den Guten. Vielleicht sogar der einzige Gute.

Aber auch die Guten können nervöse Finger haben, besonders diejenigen, die keine Handys besitzen und ganz alleine leben.

»Wünschen Sie mir viel Glück«, sage ich zu Carlson.

»Ihnen wird schon nichts passieren«, versichert er. Weniger Beruhigung geht nicht.

Einerseits glaube ich auch, dass mir nichts passieren wird,

aber andererseits auch nicht. Wenn sie wirklich hinter dir her sind, dann bist du auch nicht paranoid, und wenn die Ereignisse des heutigen Tages mich eines gelehrt haben, dann, dass sie tatsächlich hinter mir her sind. Ich mache die Autotür auf und setze meine Füße auf den Waldweg.

»Sie bleiben hier«, sage ich.

Der Waldweg ist selbst mit Schuhen ein schwieriger Untergrund. Da sind zum einen die vielen Spurrillen, zum anderen wechselt er oft von einem Schritt zum anderen von fest zu matschig. Als ich bei Trevors Hütte ankomme, sind meine Turnschuhe voller Schlamm. Davor befindet sich eine freie Fläche – so etwas wie eine Einfahrt – mit einem Holzschuppen sowie etlichen Baumstämmen, die neben einem Hackklotz und einer Axt liegen und darauf warten, klein gehackt zu werden. Vor der Hütte steht Trevors Pick-up. Das heißt also, er ist zu Hause.

Ich bin mir unsicher. Soll ich anklopfen oder mich erst durch lautes Rufen bemerkbar machen? Wenn er mich bereits gesehen hat, dann spielt das keine Rolle. Aber ich will ihn nicht erschrecken und auch Merlin keinen Grund liefern, noch aggressiver zu werden, als er dies ohnehin schon ist.

Ich entscheide mich für beides. Ich klopfe an die Haustür und rufe gleichzeitig »Trevor, ich bin's. Jem.«

Ich bekomme keine Reaktion. Hinter der Tür sind weder Schritte noch Gebell zu hören.

»Jem«, wiederhole ich. »Von heute Morgen. Sie waren so freundlich, mich zur Polizeiwache zu bringen. Es tut mir wirklich leid, aber ich brauche noch einmal Ihre Hilfe. Jetzt bereuen Sie's bestimmt, dass Sie extra wegen mir angehalten haben.«

Ich versuche, möglichst fröhlich und munter zu klingen, aber ob mir das auch gelingt? Ich weiß es nicht.

Keine Reaktion.

Vielleicht ist er gar nicht zu Hause. Der Pick-up steht zwar da, aber es könnte ja sein, dass Trevor Feuerholz sammeln oder jagen oder einfach nur mit Merlin spazieren gegangen ist.

Was nun?

Ich kann Carlsons Wagen durch die Bäume nicht erkennen, und einen schrecklichen Augenblick lang befürchte ich, dass er weggefahren ist und mich im Stich gelassen hat. Aber dann hätte ich ja den Motor gehört. Er muss also immer noch da sein. Ich schüttele den Kopf und zucke mit den Schultern, für den Fall, dass er mich sehen kann.

Was nun?

Neben der Haustür gibt es zwei Fenster. Ich stelle mich vor eines, lege die Hände schützend links und rechts neben die Augen und spähe ins Innere. Allerdings versperrt mir die Gardine weitgehend die Sicht. Das da könnte ein Sofa sein. Das da hinten eine Treppe. Ich nehme keinerlei Bewegung wahr.

Ich denke zurück. Ich denke zurück an den Moment, als ich auf die Straße gelaufen bin und Trevors Pick-up angehalten habe. Ich denke an den Moment, als er mit mir weggefahren und Messer hinter uns zwischen den Bäumen ins Freie getreten ist. Dicht genug, um das Kennzeichen zu entziffern?

Mein Herz schlägt schneller. Ist Trevor tot?

Hat Messer Trevors Kennzeichen an irgendwelche Komplizen weitergegeben?

Ich starre noch einmal durch das Fenster, aber dieses Mal konzentriere ich mich auf den Fußboden. Ich suche nach einem Leichnam, aber ich sehe nichts. Er könnte immer noch am Leben sein. Vielleicht ist er verletzt.

Ich versuche, die Haustür zu öffnen, in der vergeblichen Hoffnung, dass sie nicht abgeschlossen ist. Ich trommele mit den Fäusten dagegen, während meine Angst von Sekunde zu Sekunde zunimmt.

»Trevor«, brülle ich. »Können Sie mich hören?«

»Ja, ich kann Sie hören«, erwidert er. »Sogar die da oben in Kanada können Sie hören. Sie haben wirklich eine ausgezeichnete Lunge.«

Er ist hinter mir, mit Merlin an seiner Seite. Sie kommen den Waldweg entlang. Carlson hat die Hände hoch erhoben, weil Trevor mit einer Flinte direkt auf seinen Hinterkopf zielt.

Carlson ruft mir zu: »Er hat mir nicht geglaubt, dass ich auf Ihrer Seite stehe.«

»Er sieht irgendwie zwielichtig aus«, sagt Trevor.

»Weil ich schwarz bin?«, will Carlson wissen.

Trevor macht einen verwirrten Eindruck und sagt: »Sie sind schwarz? Hab ich gar nicht gemerkt.« Dann wendet er sich an mich: »Ich dachte, dass er Sie vielleicht gezwungen hat, hierherzukommen.«

»Nein, nein, alles in Ordnung«, antworte ich und gehe den beiden entgegen. »Er hat mir geholfen. Er ist auf meiner Seite, ganz ehrlich.«

Trevor wirkt enttäuscht. »Dann nehmen Sie die Hände runter. Die Hinrichtung ist vorerst aufgeschoben.«

Carlson lässt die Hände sinken. »Er hat sich von hinten angeschlichen.«

»Aber ich hab Sie nicht erschossen, stimmt's?«

»Soll ich dafür etwa dankbar sein?«

Trevor nickt. »Sehr dankbar sogar, würde ich sagen.«

»Danke«, erwidert Carlson und gibt sich keine Mühe, seinen Sarkasmus zu verbergen.

Trevor lässt nicht erkennen, ob er das merkt oder ob es ihm egal ist.

»Sie sollten besser auf Ihre Umgebung achten«, sagt er jetzt zu Carlson. »Ich finde, wir könnten uns sogar darauf verständigen, dass ich Ihnen einen Gefallen getan habe. Immerhin habe ich Ihnen demonstriert, was passieren kann, wenn man sich in einem nicht ausgekundschafteten Terrain der Sorglosigkeit hingibt.«

Carlson ist verwirrt. »Sie haben … was?«

Trevor geht nicht darauf ein. Er lässt Carlson in seiner ganzen Verwirrung stehen und kommt zu mir. »Sie sehen aber gar nicht gut aus, Jem. Ich schätze mal, bei Rusty ist es nicht so gelaufen wie erhofft?«

Ich seufze und nicke zustimmend. »Und das ist noch schwer untertrieben, Trevor. Sie wollen vermutlich nicht, dass wir uns für eine Weile hier in Ihrer Hütte verstecken, oder? Ich weiß, das ist sehr viel verlangt, und ich würde Sie bestimmt nicht fragen, wenn ich eine andere Wahl hätte.«

»Solange Ihnen klar ist, dass ich nicht alle leiblichen Genüsse erfüllen kann, die Sie womöglich gewohnt sind.«

»Es gibt ein Dach. Es gibt Wände. Mehr brauche ich im Moment wirklich nicht.«

»Dann sind Sie mir herzlich willkommen. Verstecken Sie sich.« Er schließt die Tür auf. »Aber bevor Sie eintreten, muss ich Sie alle beide ausdrücklich darauf hinweisen, sich auf keinen Fall, unter gar keinen Umständen, auf den roten Sessel zu setzen.«

»Damit kann ich leben«, sage ich. »Wieso? Ist das Ihrer?«

Er schüttelt den Kopf. »Der rote Sessel gehört Merlin, und der hält nicht viel vom Teilen.«

Ich bringe ein Lächeln zustande. »Warum überrascht mich das nicht?«

## 17.06 Uhr

Trevors Hütte kommt mir von innen größer vor, als ich von außen vermutet hätte. Sie besteht im Wesentlichen aus einem großen Raum mit einer Treppe am hinteren Ende. Die führt zu einem Zwischengeschoss, wo Trevor schläft. Das reime ich mir selbst zusammen, aber er erzählt es mir trotzdem rasch.

In der einen Ecke gibt es eine Küche, in der anderen einen Esstisch, und den Rest des Raums nimmt der Wohnbereich in Anspruch. Alles, was Trevor braucht, und nichts, was er nicht braucht. Trotz der Größe des Raums und der sparsamen Möblierung gibt es nicht viele freie Flächen, was daran liegt, dass überall Bücherstapel herumstehen. Wirklich überall: an jedem Fleckchen Wand, unter dem Esstisch, auf dem Esstisch, neben dem Sofa. Der Couchtisch besteht aus einer halbierten Tür, die ebenfalls auf einem dicht gepackten Bücherstapel liegt.

»Ich lese gern«, sagt Trevor.

»Da wäre ich nie drauf gekommen.«

Es sind hauptsächlich eselsohrige Taschenbücher, darunter allerdings, soweit ich sehen kann, kein einziger Roman. Es handelt sich um Biografien und Sachbücher über Wissenschaft, Politik und das Zeitgeschehen.

»Alle die, die mich ärgern, packe ich unter den Couchtisch«, sagt er. »Dann lese ich sie nicht aus Versehen noch mal.«

»Gutes System, finde ich.«

Merlin hüpft so schnell auf seinen roten Sessel, dass Trevors Warnung gar nicht nötig gewesen wäre, obwohl der Sprung nicht wirklich gelingt. Der kleine Hund schafft es nur halb auf die Sitzfläche und muss mit seinen mageren Hinterläufen ordentlich strampeln, um endlich Halt zu finden. Mir wird plötzlich klar, dass Merlin wahrscheinlich ungefähr in Trevors Alter ist, in Hundejahren, meine ich. Er beschnüffelt den Sessel einen Augenblick lang, dann lässt er sich plumpsen und beobachtet uns mit seinen schwarzen Knopfaugen.

Trevor setzt sich neben Merlin in seinen eigenen Sessel, und das Bild, das sie dadurch abgeben, verströmt einen gewissen Charme: zwei alte Haudegen, die es sich zusammen gemütlich gemacht haben.

»Machen Sie es sich bequem.«

Auf dem verschlissenen Ledersofa liegt eine verschlissene Flickendecke. Ich setze mich und werde beinahe verschluckt. Die Sofakissen sind weich wie Softeis.

Carlson sagt zu Trevor: »Gibt es hier vielleicht ein Badezimmer?«

»Aber klar doch. Ich habe nur gesagt, dass ich vielleicht nicht alle leiblichen Genüsse erfüllen kann. Von den notwendigen Annehmlichkeiten war nicht die Rede.«

Carlson sieht ihn entschuldigend an. »Wo ist es?«

Trevor weist mit dem Kinn in eine Richtung. »Durch die Hintertür.«

»Also … draußen?«

Trevor nickt.

»Eine Latrine?« Carlson ist entsetzt.

Trevor richtet sich in seinem Sessel auf. »Ist das vielleicht nicht gut genug als Aufbewahrungsort für Ihren Unrat, Herr Geheimagent? Weil, falls nicht, warum lassen Sie's dann nicht einfach drin, solange Sie hier sind? Und warten mal ab, wie Ihnen das gefällt.«

Carlson streckt ihm die geöffneten Handflächen entgegen. »Nein, nein, alles gut. Danke.«

Er murmelt diverse Entschuldigungen vor sich hin, während er nach draußen geht, um die Latrine aufzusuchen.

Trevor hat ein hinterhältiges Funkeln in den Augen.

»Funktioniert tadellos«, sagt er. »Hab ich alles selbst installiert. Ich will ihn bloß ein bisschen leiden sehen.«

Ich lächele.

Er kichert leise vor sich hin und krault Merlin hinterm Ohr.

»Also«, fängt er schließlich an. »In was für einen Misthaufen sind Sie jetzt wieder getreten?«

Trevor weiß schon eine ganze Menge, darum dauert es nur wenige Minuten, bis ich zusammengefasst habe, was passiert ist, seit er mich in der Stadt abgesetzt hat. Ich berichte ihm, wie Carlson versucht hat, mich zu warnen, von Rusty und dass ich zusammen mit Wilks und Messer wieder nach Hause zurückgekehrt bin. Aber dieses Mal erzähle ich ihm auch alles, was Wilks und Messer über Leo und die Sache mit der Geldwäsche gesagt haben.

»Es tut mir leid, dass ich Ihnen das nicht schon heute Morgen erzählt habe«, sage ich. »Aber es war mir peinlich. Ich war selbst noch nicht bereit, es zu glauben, und ich wollte erst recht nicht, dass Sie mich deswegen verurteilen.«

»Eines der Dinge, die man über mich wissen muss, ist, dass ich niemanden verurteile.«

»Danke, Trevor.«

Carlson kommt wieder zurück.

»Abgesehen«, fährt Trevor fort, »von den Angestellten der korrupten Bundesregierung.«

Carlson weiß überhaupt nicht, was er darauf erwidern soll, also lässt er es bleiben und setzt sich neben mich auf das Sofa.

Trevor bombardiert ihn mit Blicken. »Habe ich Ihnen einen Platz angeboten?«

Carlson macht Anstalten, wieder aufzustehen, darum schalte ich mich ein. »Das war ein Witz. Er will Sie nur auf die Schippe nehmen.«

Trevor kichert leise.

»Sehr witzig«, sagt Carlson. »Großartiger Humor. Genau das Richtige unter diesen Umständen.«

»Wo wir gerade von Umständen sprechen«, greift Trevor das Stichwort auf. »Was haben Sie eigentlich mit alledem zu tun, Herr Geheimagent?«

»Ich heiße Carlson.«

»Also eine Kurzgeschichte? Sehr gut, Herr Geheimagent.«

»Ich unterstütze Jem.« Carlson versucht es noch einmal. »Ich meine, ich versuche, sie zu unterstützen, aber bis jetzt habe ich meine Sache nicht besonders gut gemacht.«

»Machen Sie sich keine Vorwürfe«, sage ich. »Ich bin nicht gut darin, Ratschläge anzunehmen. Ich glaube immer, dass ich es selbst am besten weiß, auch wenn das eindeutig nicht der Fall ist. Und in allen anderen Fällen will ich nicht zugeben, dass ich es nicht am besten weiß, darum bin ich in jedem Fall die Angeschmierte.«

»Trotzdem hätte ich früher zu Ihnen Kontakt aufnehmen müssen. Oder einen besseren Weg suchen müssen, um Sie davon zu überzeugen, dass Sie mir vertrauen können.«

Ich frage ihn: »Warum haben Sie mir am Telefon nicht gesagt, dass Leo für Sie arbeitet?«

»Das ist das Standardvorgehen in Bezug auf Informanten«, erläutert er. »Die Geheimhaltung, die Sicherheit steht immer an erster Stelle. Leos persönliche Unversehrtheit ist zu jeder Zeit meine oberste Priorität. Indem er gewisse Informationen über seine Auftraggeber preisgegeben hat, hat er sich in enorme Gefahr begeben. Wir reden hier von sehr mächtigen, sehr einflussreichen Menschen. Ich kann gar nicht genug betonen, wie weit der Arm dieser Leute reicht. Allein, dass ich Leos Namen in den Mund nehme, bedeutet für ihn ein hohes Risiko, und darum fällt mir das alles andere als leicht.« Er hält für einen Moment inne. »Ich brauchte eine Ausrede, um Sie anzurufen und zu warnen und um Leo zu warnen, ohne zu offenbaren, dass wir in Verbindung stehen. Ich hatte keine andere Wahl, Jem. Ich musste so tun, als wäre ich gerade erst über Leos Namen gestolpert, für den Fall, dass uns jemand belauscht, für den Fall, dass Ihnen jemand Fragen stellt.«

Ich nicke. Ich glaube zu verstehen, was er meint.

»Wenn Sie mir am Telefon gesagt hätten, dass mein Mann als Informant für das FBI tätig ist, dann hätte ich Sie wahrscheinlich ausgelacht.«

»Das kommt noch dazu. Leo arbeitet zwar für mich, aber im offiziellen Verzeichnis des Bureau taucht er nicht auf. Auch das ist Standardvorgehen, um aktive Informanten vor Maulwürfen zu schützen. Nur eine Handvoll Menschen weiß, dass es ihn gibt. Natürlich habe ich auch für ihn, genau wie für alle anderen Informanten, gewisse Vorsichtsmaßnahmen getroffen. Falls also irgendjemand anfängt, Fragen zu stellen, merke ich das. Und in neun von zehn Fällen stellt sich das Ganze als völlig harmlos heraus. Ein Strafzettel wegen Falschparkens vielleicht, oder Alkohol am Steuer.«

»Und was ist im zehnten Fall?«

»Da wird es spannend. Ab und zu kommt es vor, dass jemand sich für einen Informanten interessiert, eben weil er ein Informant ist. Dieser Jemand weiß vielleicht nicht, dass der betreffende Informant für das FBI arbeitet oder gearbeitet hat, aber allein die Tatsache, dass er sich für den Informanten interessiert, stellt ein Sicherheitsrisiko dar. Das können Sie sich bestimmt vorstellen. In einem solchen Szenario ist es die Aufgabe des Führungsagenten – das bin in Leos Fall also ich –, die Fragesteller gründlich unter die Lupe zu nehmen. Was genau wollen sie wissen? Warum wollen sie das wissen? Welche Konsequenzen bringen ihre Fragen mit sich? Sie verstehen … Im Fall Ihres Ehemanns ist das bisher noch nie vorgekommen. Darum bin ich sehr gründlich vorgegangen. Die Anfrage kam aus den Reihen des FBI, darum …«

»Sie haben doch gesagt, dass Wilks und Messer nicht beim FBI sind.«

»Das habe ich gesagt«, antwortet Carlson, »und das ist auch korrekt. Aber die Anfrage nach Leo kam von dort. Zuerst habe ich angenommen, dass er verdächtigt wird, eine Straftat begangen zu haben. Eine Straftat im Zuständigkeitsbereich der Bundespolizei natürlich, da sich ja das FBI für ihn interessiert hatte. Doch dann habe ich herausgefunden, dass Ihr Mann in keiner einzigen aktiven Ermittlungsakte als Verdächtiger oder zumindest als potenzieller Zeuge geführt wird.«

»Was bedeutet das alles? Ich bin völlig durcheinander.«

»Genau wie ich. Ich war auch völlig durcheinander, perplex, geradezu. Ich …«

»Das FBI hat die Anfrage im Auftrag eines anderen gemacht«, sagt Trevor.

Carlson nickt. »Ganz genau. Nennen wir diesen anderen zunächst einmal die dritte Partei. Ich weiß nämlich nicht genau, um wen es sich handelt.«

»Und wenn Sie raten müssten?«, hake ich nach.

»Ich könnte mir vorstellen, dass Wilks und Messer die Wahrheit gesagt haben, als sie zum ersten Mal bei Ihnen angeklopft haben.«

Ich stoße einen langen Atemzug aus. »Sie wollen damit sagen, dass Leo tatsächlich Geld für ein Drogenkartell gewaschen hat?«

»Ich halte es zumindest für möglich. Es wäre jedenfalls eine Erklärung für etliche Vorgänge, die ich nicht verstehen kann. Manche dieser Kartelle haben einen beispiellosen Einfluss.«

»Genügend Einfluss, um das FBI dazu zu bringen, ihnen zu helfen? Das kann doch nicht sein.«

Trevor zuckt mit den Schultern. »Dazu braucht es nicht mehr als einen faulen Apfel. Habe ich nicht recht, Herr Geheimagent?«

»Ich fürchte, ja«, pflichtet Carlson ihm bei. »Sosehr ich auch glauben möchte, dass kein einziger Mitarbeiter des FBI bestechlich oder erpressbar ist, so muss ich doch zugeben, dass es nicht ausgeschlossen ist.«

Trevor schnaubt. »Dem Staat kann man nie über den Weg trauen.«

»Nur, damit ich das richtig verstehe«, sage ich. »Leo hat also im Auftrag eines Drogenkartells Geld gewaschen, und dieses Drogenkartell hat dann das FBI dazu benützt, um Informationen über ihn herauszufinden? Was denn für Informationen?«

Carlson sieht mich an, als wäre das offensichtlich. Vielleicht ist es das auch.

»Sie müssen Verdacht geschöpft haben«, sagt er. »Vielleicht hatten sie das Gefühl, sie hätten einen Maulwurf in ihrer Organisation und haben die Netze ausgeworfen. Dann wäre Leo nur einer von vielen gewesen. Oder sie haben ihn aus einem bestimmten Grund speziell im Verdacht gehabt. Aber wie auch immer es gelaufen ist, sie haben ihre Quellen angezapft, um zu erfahren, was wir alles über Leo wissen.«

»Auftritt Wilks und Messer, und zwar vor meiner Haustür«, sage ich.

Carlson nickt. »So stellt es sich für mich dar.«

»Oh Gott«, sage ich. »Und jetzt, wo mindestens einer von ihnen tot ist, weiß das Kartell mit Sicherheit, dass Leo sie hintergangen hat.«

Carlson nickt noch einmal. »Ich fürchte, da haben Sie recht, Jem. Aber ich werde alles dafür tun, Sie und Leo zu beschützen. Das schwöre ich.«

»Danke«, sage ich, aber ich glaube nicht, dass er mich beschützen kann.

Ich glaube, dass niemand das kann.

# FRÜHER

*Endometriose.*

*Ein richtiger Zungenbrecher, stimmt's? Ein kompliziertes Wort für eine relativ einfach zu verstehende Angelegenheit. Meine Gebärmutterschleimhaut bildet sich nicht nur in der Gebärmutter selbst, sondern dehnt sich bis auf die Eierstöcke aus. Im Gegensatz zu vielen anderen, die diese Krankheit haben, leide ich aber nicht unter anderen Symptomen. Fast nie fällt meine Periode übermäßig stark aus. Ich habe keine Schmerzen beim Sex. Die einzige negative Auswirkung, wenn auch eine sehr entscheidende, ist, dass ich nicht schwanger werden kann.*

*In manchen Fällen, wenn Endometriosegewebe sich über die Gebärmutter hinaus ausbreitet, kann eine Operation helfen.*

*Aber in meinem Fall gibt es keine Heilung.*

*»Jetzt wissen wir wenigstens Bescheid«, sagte Leo damals, als wir auf dem Bürgersteig vor der Arztpraxis standen. »Jetzt haben wir eine Erklärung.«*

*»Aber was nützt eine Erklärung ohne Lösung?«*

*Er sagte nichts mehr.*

*Stattdessen nahm er mich fest in den Arm und küsste mich auf den Scheitel, während ich die Arme hängen ließ.*

*Ich hörte Papier knistern, weil er einen dicken Stapel aus Blättern und Broschüren in der Hand hielt – über die Erkrankung, wie man damit umgehen sollte, über Selbsthilfegruppen und Medikamente, über operative Eingriffe und die nächsten Schritte, über Eizellenspenden, Leihmütter, Adoptionen. Der Arzt hat mir das Material angeboten, aber ich habe es nicht über mich gebracht, es zu nehmen. Das hat Leo für mich gemacht.*

*Ich würde es ohnehin nicht lesen. Welchen Sinn hätte das gehabt?*

*»Wir haben immer noch Möglichkeiten«, sagte Leo. »Das muss nicht das Ende sein.«*

*»Wir hatten einen Plan«, sagte ich.*

*»Ich weiß«, sagte er.*

*»Wir haben das Haus«, sagte ich.*

*»Ich weiß«, sagte er.*

*Es war ein herrlicher, sonniger Nachmittag. Ein strahlend blauer Himmel, geschmückt mit einigen wenigen Schäfchenwolken.*

*Warum musste es ausgerechnet so ein perfekter Tag sein? Warum konnte es nicht eiskalt sein? Warum tobte jetzt kein Unwetter oder wenigstens ein Sturm, der mir die Tränen in die Augen trieb?*

*So einen Tag hätte ich jetzt gebraucht. Aber doch nicht das. Alles, nur nicht das.*

*Fußgänger gingen in beide Richtungen an uns vorbei. Manche waren alt, manche jung, und manche irgendwo dazwischen. Ich sah Familien, Mütter und Väter mit ihren Kindern. Ich sah händchenhaltende Paare und malte mir aus, wie sie über ihre verschiedenen sozialen Medien die Geburt ihres ersten Kindes bekannt gaben und dafür massenhaft nach oben gereckte Daumen kassierten.*

*Ich hasste sie.*

*Ich hasste sie, wie ich noch nie zuvor gehasst hatte.*

*Wobei … das stimmt nicht. Es gab jemanden, den ich noch mehr hasste.*

*»Mein Immunsystem«, sprach ich meine Gedanken aus. »So viele Gründe wären denkbar … aber ich bin schuld daran. Ich habe mich gegen mich selbst gewendet.«*

*Leo sagte: »Es ist nicht deine Schuld. Das ist dir doch klar, oder? Du darfst dir auf gar keinen Fall selbst die Schuld daran geben.«*

*»Aber wie soll das gehen, Leo? Wie soll ich mich nicht schuldig fühlen?«*

*Er gab keine Antwort.*

*»Unser Haus hat drei Schlafzimmer«, sagte ich. »Drei.«*

*»Ich weiß.«*

*»Für uns zwei ist es viel zu groß.«*

*»Wir machen aus einem Zimmer ein Büro. Und das andere wird das Gästezimmer.«*

*»Gästezimmer?« In meiner Stimme lag mehr Sarkasmus, als mir lieb war. »Und wer genau soll uns besuchen kommen?«*

*»Freundschaften schließen gehört auch mit zu unserem Plan.«*

*»Der Plan«, beschied ich ihm, »ist Vergangenheit.«*

*»Ein Teil des Plans«, sagte er. »Ein Rückschlag. Ein sehr schwerer, zugegeben. Aber ansonsten hat sich doch nichts geändert, oder? Wir haben immer noch einander. So haben wir angefangen. So sind wir bis hierhin gekommen. Und es hat uns gereicht, oder nicht?«*

*»Bis du mich durch eine Frau ersetzt, die ihrer natürlichen Aufgabe gerecht werden kann.«*

*Es war eine unfaire Provokation, aber selbst jetzt blieb er ruhig. Obwohl ich ihn attackierte, dachte er nur an mich.*

*Zu meiner Schande muss ich gestehen, dass ich keine Sekunde lang darüber nachgedacht habe, was die Nachricht für ihn bedeutete.*

*»Das kann ich absolut ausschließen«, sagte er. »Wir sind ein Team.«*

*Er sagte immer das Richtige. Vielleicht wusste er immer, was ich hören wollte. Vielleicht kannte er mich besser, als ich mich selbst kannte, vielleicht lag es auch daran, dass er so ein liebevoller, netter Mensch war. Aber ich glaubte ihm trotzdem nicht. Damals wusste ich das noch nicht, aber unsere vergeblichen Versuche, schwanger zu werden, hatten mich so sehr unter Stress gesetzt, dass ich den Druck jetzt einfach nicht mehr ertragen konnte. Ich hatte nicht den geringsten Zweifel, dass es allein meine Schuld war, dass wir kein Baby bekommen konnten, und das hatte das Fass zum Überlaufen gebracht.*

*Doch auch wenn ich diese Schwelle nicht überschritten hätte, hätte ich seinen Beteuerungen nicht geglaubt. Sie waren nichts als Worte.*

*In diesem Augenblick wusste ich, dass er mich eines Tages verlassen würde.*

*Die Frage war nur: Wann?*

## *17.13 Uhr*

Ich brauche eine Weile, um das, was ich soeben erfahren habe, zu verarbeiten. Leo: Weinhändler, Geldwäscher und Informant. Ich kann nicht leugnen, dass diese Erklärung in gewisser Weise plausibel klingt, aber noch bin ich nicht bereit, das alles wirklich zu glauben. Nicht ohne einen Beweis. Bis jetzt sind das alles nicht mehr als Spekulationen. Aber Wilks und Messer sind nicht zu mir gekommen, um mich einfach zu erschießen. Das wäre durchaus möglich gewesen. Ich könnte ohne Weiteres jetzt tot sein, aber sie haben mir Fragen gestellt. Sie haben von Informationen gesprochen.

»Was haben Wilks und Messer von mir gewollt?«, frage ich laut. »Welche Informationen haben sie gesucht?«

»Beweise«, sagt Trevor. »Stimmt's oder hab ich recht, Herr Geheimagent?«

Carlson nickt, wenn auch ein wenig zögerlich. »Und vermutlich auch das belastende Material, das Leo über das Kartell zusammengetragen hat.«

Trevor und Carlson unterhalten sich eine Weile, während ich schweige. Ich höre ihnen zu, ohne ein Wort wahrzunehmen. Ich begreife gar nichts. Ich komme überhaupt nicht mehr klar. Ich bin wie taub, einfach nur taub. Trotz allem, was bis jetzt passiert ist, habe ich vermutlich immer noch gehofft, dass das Ganze eine Art Missverständnis war. Etwas, das sich erklären und aus der Welt schaffen lässt.

Aber ich kann keinen Ausweg erkennen, nicht für mich und nicht für Leo.

Nicht für uns.

Ich sage: »Wir müssen Leo finden. Ich weiß nicht, wie, aber wir müssen ihn finden, bevor er nach Hause kommt und mich sucht.«

»Das wird er nicht tun«, sagt Carlson.

Das macht mich wütend. »Natürlich wird er das tun. Er ist mein Mann. Er glaubt, dass ich in Gefahr bin.«

»Falls er wirklich nach Hause fährt, dann wird er es schlau anstellen. Er wird kein unnötiges Risiko eingehen. Ich arbeite schon lange mit ihm zusammen. Er weiß durchaus, wie er sich schützen kann.«

*Unnötiges Risiko ...* Ich versuche, nicht darauf einzugehen. »Aber was sollen wir dann machen?«

»Heute können wir nichts anderes mehr tun, als in Deckung zu bleiben. Das gilt auch für Leo. Wir ziehen die Köpfe ein und versuchen morgen, Verbindung aufzunehmen. Dann bringe ich ihn in Sicherheit. Und Sie auch.«

Der Gedanke, eine ganze Nacht warten zu müssen, bis ich Leo wiedersehe, ist niederschmetternd. Trevor sieht mir meine Trostlosigkeit an.

»Wie wär's mit einer Tasse Kaffee?«, schlägt er vor. »Weiß ja nicht, wie's Ihnen geht, aber ich könnte eine vertragen.«

Ich mag keinen Kaffee, aber trotzdem möchte ich jetzt einen.

Carlson sagt: »Ja, warum nicht?«

Trevor nickt Carlson zu, ohne aufzustehen.

Carlson versteht, was er meint. »Ich soll ihn machen?«

Trevor zuckt mit den Schultern. »Kommt ganz drauf an. Kommt ganz drauf an, ob Sie es richtig finden, die Gastfreundschaft eines Mitmenschen in Anspruch zu nehmen, ohne selbst etwas beizutragen. Für die eigene Erziehung kann man zwar vermutlich nichts, aber dennoch ist es wichtig, sich über die Beschränkungen einer unkultivierten Kindheit und Jugend zu erheben und einen höheren Zivilisationsgrad anzustreben. Es sei denn, natürlich, Sie sind der Überzeugung, dass …«

Carlson steht auf. »Ich koche Kaffee.«

»Sehen Sie?«, sagt Trevor. »Ich hab doch gewusst, dass Sie gar nicht so schlechte Manieren haben, wie Sie uns vormachen wollen.«

Während Carlson sich in den Küchenbereich der Hütte trollt, rollt er mit den Augen. Trevor zwinkert mir zu. Es macht ihm unbändigen Spaß, Carlson zu schikanieren, und obwohl mir viel zu viel durch den Kopf geht, als dass ich Trevors Schuljungenhumor wirklich witzig finden könnte, liegt über dem Ganzen ein gewisser Charme, allein dadurch, dass es von einem alten Mann kommt.

Carlson sieht sich ratlos um und sucht nach der Kaffeemaschine.

Trevor schüttelt den Kopf und steht auf. »Zurück in die Kissen, Herr Geheimagent. Ich lasse mir doch nicht von einem FBI-Mann den Kaffee machen.«

Carlson lässt sich auf das Sofa neben mir plumpsen und flüstert mir zu: »Dass Sie uns ausgerechnet zu diesem Typen …«

Merlin klappt ein Auge auf und knurrt Carlson an, als hätte er jedes Wort verstanden.

Ich sage: »Er ist ein Goldstück. Wenn er nicht gewesen wäre, wäre ich schon längst nicht mehr am Leben.«

Trevor kommt mit drei gefüllten Emaillebechern wieder. Er drückt mir einen in die Hand, und ich bedanke mich. Den zweiten stellt er so weit wie nur möglich von Carlson entfernt auf den Couchtisch, sodass Carlson sich nach vorne beugen muss, um ihn gerade noch zu erreichen.

Als Carlsons Hand in Merlins Nähe kommt, knurrt der Hund erneut.

»Er kann Schwäche riechen«, kommentiert Trevor das Ganze

und lässt sich gegen seine Lehne sinken. »Wenn er sich bedroht fühlt, dann knurrt er natürlich sowieso, aber besonders knurrt er die Schwachen an. Er macht keinen Hehl daraus, was er von Ihnen hält. Er macht keinen Hehl daraus, dass er Sie als Abendessen auf dem Speiseplan hat.«

Merlin ist nicht größer als ein Brotkorb.

Carlson sagt: »Ich glaube, damit komme ich klar.«

»Das Interessante an kleinen Hunden ist ja«, fährt Trevor fort, »dass man sie leicht unterschätzt. Man hat keine Angst vor ihnen, weil man glaubt, dass sie einen nicht schlimm verletzen können, selbst wenn sie zubeißen. Tja, aber das ist nicht der entscheidende Punkt. Entscheidend ist, dass er nicht loslässt, wenn er sich einmal festgebissen hat. Und dann? Die Kiefer können Sie ihm unmöglich auseinanderdrücken, die sind wie ein Schraubstock, also fangen Sie an, ihn zu schlagen, stimmt's? Und damit landen wir wieder bei meinem allerersten Satz. Kleine Hunde werden leicht unterschätzt, weil sie klein sind. Aber jetzt merken Sie plötzlich, dass ein kleiner Hund praktisch nur aus Muskeln und Knochen besteht. Kein Gramm Fett. Egal, wohin Sie auch schlagen, Sie tun sich selbst sehr viel mehr weh als ihm. Sie erreichen damit nur, dass Sie immer erschöpfter werden und dass Ihre Wunde immer größer wird. Und was bedeutet das? Sie haben wertvolle Energie verschwendet, wertvolle Flüssigkeit verloren. Und dieser kleine Hund beißt immer noch zu, schluckt immer noch Ihr Blut. Ihre Wunde wird dadurch auch nicht besser. Wie lange wird es wohl dauern, bis sie sich entzündet? Wie lange, bis Sie eine Blutvergiftung bekommen?« Trevor lässt sich an die Sessellehne sinken. »Unterschätzen Sie niemals einen kleinen Hund!«

Ich stoße den Atem aus. »Ich wette, auf Partys waren Sie immer der schillernde Mittelpunkt, Trevor.«

Er wirft mir einen Blick zu. »Ich war eine Sensation, das kann ich Ihnen versichern. Ich könnte Ihnen Geschichten erzählen, die Ihre Haare schlagartig weiß werden lassen.«

»Das glaube ich Ihnen sofort«, entgegne ich. »Aber vielleicht ein andermal.«

»Ist wohl das Beste. Erinnerungen sind ein gefährlicher Zeitvertreib. Ehe man sich's versieht, ist man …« Er unterbricht sich. Schüttelt den Kopf. Setzt seinen Gedankengang nicht laut fort, sondern nimmt stattdessen einen Schluck aus seinem Kaffeebecher.

Carlson, der sich seinen Becher inzwischen auch genommen hat, hebt ihn an die Lippen. »Ich nehme an, er ist mit Rattengift gesüßt?«

»Ach, seien Sie doch nicht albern«, erwidert Trevor und fügt, als Carlson gerade den ersten Schluck nehmen will, hinzu: »Mit Batteriesäure.«

Carlson blickt ihm direkt in die Augen und trinkt.

»Na, endlich«, sagt Trevor. »Ein Hauch von Rückgrat.«

Ich trinke einen Schluck aus meinem Becher und muss husten. »Das wäre bestimmt auch ein prima Maschinenreiniger.«

Trevor sieht mich freudestrahlend an. »Vielen Dank.«

»Wird Leo ins Gefängnis müssen?«, wende ich mich an Carlson.

Er wackelt mit dem Kopf. »Da möchte ich mich lieber nicht festlegen.«

»Versuchen Sie's.«

»Unsere Vereinbarung hat gewisse Grenzen. Falls er bewusst und ohne mein Wissen Straftaten begangen hat, dann könnte es durchaus sein, dass er vor Gericht gestellt wird.«

»Warum sagen Sie das? Es gibt kein ›Falls‹. Natürlich hat er das nicht getan. Diese Leute müssen ihn von Anfang an dazu gezwungen haben. Er würde niemals freiwillig etwas Illegales tun, schon gar nicht für ein Drogenkartell. Es gibt eine Erklärung für das alles. Ich weiß, dass es sie gibt.« Nach einer kurzen Unterbrechung fahre ich fort: »Wie komme ich bloß aus diesem Schlamassel wieder raus? Wie kann ich Leo da rausholen?«

Carlson gibt keine Antwort. Er weiß es nicht. Trevor fällt auch nichts ein. Ich starre in meinen Emaillebecher, in meinen Kaffee.

»Das Einzige, was ich Ihnen mit Gewissheit sagen kann«, lässt Carlson sich nach einer langen Stille vernehmen, »ist, dass wir, so fürchte ich, ganz auf uns allein gestellt sind, solange wir nicht wissen, wie weit diese Verschwörung reicht.«

## *17.21 Uhr*

Trevor besteht darauf, uns etwas zu essen zu machen. Dazu erhitzt er auf seinem Küchenofen drei Dosen mit Bohnen und fügt dann irgendwelche Fleischklumpen hinzu. Er sagt nicht, wo das Fleisch herkommt, und ich beschließe, dass es besser ist, nicht zu fragen. Mehr als ein paar Bissen bekomme ich nicht hinunter, dann rebelliert mein Magen. Ich spüre immer noch genau die Stelle, wo Messers Faustschlag mich getroffen hat, und mir wird übel. Trevor macht das nichts aus. Er gibt Merlin meine Reste, und der macht damit kurzen Prozess. Als der kleine Hund fertig ist, sieht der Teller aus wie frisch gespült.

Es ist noch nicht spät, aber nach dem Essen verkündet Trevor, dass es an der Zeit sei, schlafen zu gehen. Carlson hat immer noch unter den Nachwirkungen seines Kampfes mit Wilks zu leiden und schläft auf dem Sofa ein. Ich bin mir nicht sicher, ob das seine Absicht war, aber seine Erschöpfung kann ich sehr gut nachempfinden.

Ich überlasse ihm das Sofa, damit er ein bisschen mehr Platz hat, und setze mich in Trevors Sessel. Im Verlauf der vergangenen neun Stunden habe ich mich immer wieder und aus unterschiedlichen Gründen schlapp und ausgelaugt gefühlt, aber müde bin ich jetzt nicht. Darum ist es auch kein Wunder, dass ich immer noch an die Decke starre, während Carlson bereits selig schnarcht.

Kurz nachdem Trevor sich in sein Schlafzimmer im Zwischengeschoss zurückgezogen hat, kommt er noch einmal die Treppe herunter. Ich höre, wie er sich nach Kräften bemüht, leise zu sein, aber ohne jeden Erfolg. Auf dem Weg zum Kühlschrank stößt er gegen Möbel und Bücherstapel. Jeder seiner Schritte ist deutlich zu hören. Ich freue mich, dass er sich so bemüht hat, mich nicht zu wecken, und bringe es nicht übers Herz, ihm zu sagen, dass es leider nicht geklappt hat.

Nach einem kurzen Zwischenstopp in der Küche geht er nach draußen.

Wenige Minuten später folge ich ihm.

Trevor sitzt auf der Veranda. Er nippt an einer Dose Bier und hat den Blick auf die Bäume und das helle silberne Mondlicht gerichtet, das durch die Blätter strömt.

»Wunderschön«, sage ich und setze mich zu ihm.

Er nickt. Und nippt.

»Danke noch mal, dass Sie uns aufgenommen haben.«

Er nickt. Und nippt.

Sein Schweigen ist mir unangenehm. Ich schätze, er will alleine sein, darum gehe ich in Richtung Haustür.

Kurz bevor ich sie aufstoßen will, höre ich ihn sagen: »Sie sollten ihm nicht trauen.«

Ich drehe mich um. »Carlson?«

Trevor nickt. Und nippt.

Ich schüttele den Kopf. »Ich hätte ihm schon vor der Polizeiwache trauen sollen. Dann hätte ich mir eine Menge Kopfschmerzen erspart und wäre auch nicht halb totgeprügelt worden.« Ich komme einen Schritt näher. »Carlson hat mir das Leben gerettet.«

»Aber warum?«

»Weil Wilks und Messer mich umbringen wollten. Er ist dazwischengegangen. Was ist denn los mit Ihnen?«

Trevor schnauft. »Ich denke bloß laut nach.«

»Sie können ruhig alles aussprechen, was Ihnen durch den Kopf geht. Auf Ihrem eigenen Grund und Boden sowieso. Und ganz besonders, weil Sie mir ein Dach über dem Kopf gewähren.«

Trevor lässt sich einen Augenblick lang Zeit, um seine Gedanken zu sammeln und die richtigen Worte zu finden. Er schafft es nicht, zuckt mit den Schultern und schüttelt den Kopf.

»Bitte«, dränge ich ihn. »Ich möchte hören, was Sie zu sagen haben. Aber das eine sage ich Ihnen gleich: Ich glaube, Sie irren sich. Total. Wenn Carlson nicht gewesen wäre, dann wäre ich jetzt tot, würde erdrosselt und zu Tode geprügelt in meinem eigenen Badezimmer liegen. So einfach ist das.«

»Tatsächlich?«

»Reden Sie mit mir, Trevor.«

Er sieht mich an. »Sagen Sie Bescheid, wenn ich falschliege, aber dieser FBI-Agent ruft Sie genau in dem Moment an, wo zwei Ganoven in Ihrem Wohnzimmer sitzen?«

Ich nicke.

»Er sagt, dass Sie fliehen sollen, und Sie fliehen.«

Ich nicke erneut.

»Dann wartet er in der Nähe der Polizeiwache auf Sie und will, dass Sie zu ihm ins Auto steigen. Sie weigern sich aber.«

»Bis jetzt ist alles richtig. Alles unverdächtig.«

»Anschließend taucht er bei Ihnen zu Hause auf, als die beiden Ganoven gerade dabei sind, Sie umzubringen?«

»Ja. Ich verstehe wirklich nicht, worauf Sie hinauswollen.«

»Dieser Mann, den Sie überhaupt nicht kennen, lässt sich immer dann blicken, wenn Ihnen irgendwas Schlimmes zustößt.«

»Ja, und zwar Gott sei Dank. Gott sei Dank hat er mich immer noch nicht aufgegeben.«

Trevor winkt ab. »Also, für mich hört sich das sehr kalkuliert an.«

»Sie können ihn nicht leiden, weil er für die Behörden arbeitet.«

»Ganz genau. Ich kann ihn nicht leiden, weil er für die Behörden arbeitet. Die sind doch alle – *alle* – nur ein Haufen Betrüger. Aber das meine ich gar nicht. Das will ich damit gar nicht sagen. Meine persönliche Meinung in Bezug auf den Staat und seinen Drang, meine Freiheiten einzuschränken, haben mit alledem überhaupt nichts zu tun, Jem. Streichen Sie den Staat aus der Gleichung und Carlsons sogenannten Behördenjob gleich mit. Und was bleibt dann übrig? Ein Mann, der immer zum denkbar ungünstigsten Zeitpunkt auftaucht. Das ist doch kein Freund. Das ist ein Dämon.«

Ich lege Trevor eine Hand auf die Schulter. »Ich sage das jetzt mit dem größtmöglichen Respekt, wirklich, aber könnte es sein, dass Sie schon ein bisschen zu lange alleine hier draußen leben? Vielleicht vertrauen Sie gar niemandem mehr. Liege ich damit dicht an der Wahrheit?«

»Vertrauen muss man sich verdienen.«

Ich nicke. »Das stimmt. Und Carlson hat sich mein Vertrauen verdient, Trevor, und zwar zehnfach. Genau wie Sie.«

Er wendet sich ab. Wenn es nicht so dunkel wäre und seine Haut so gebräunt, dann könnte ich vielleicht sogar eine leichte Röte sehen.

»Wie lange leben Sie schon hier?«

Er zuckt mit den Schultern, als hätte er noch nie darüber nachgedacht. »Mein halbes Leben lang, schätze ich.«

»Warum?«

»Wie meinen Sie das? Warum nicht?«

»Ich glaube, Sie wissen genau, was ich meine. Warum leben Sie hier draußen in der Abgeschiedenheit, weit weg von allen anderen?«

»Das ist einfach zu erklären. Je besser ich die Menschen kennenlerne, desto weniger kann ich sie leiden.«

»Das klingt ja, als würden Sie alle Menschen für schlecht halten.«

»Sind sie das denn nicht?«

»Ich finde nicht. Ich hoffe es nicht.«

»Na bitte«, meint er. »Sie haben nur noch nicht genügend Menschen kennengelernt, um zu wissen, dass es sich nicht lohnt.«

»Ich will das nicht glauben. Die Menschen sind gut. Die meisten haben einen guten Kern, oder nicht? Wir tun das Richtige. Wir versuchen es zumindest. Die meiste Zeit versuchen wir, gute Menschen zu sein.«

»Wie viele gute Menschen haben Sie heute schon getroffen?«

»Das ist etwas anderes.«

»Wieso ist das etwas anderes?«

»Weil das keine guten Menschen waren. Weil sie nicht normal sind. Sie sind nicht wie alle anderen.«

»Aber was, wenn sie doch so sind wie alle anderen? Was, wenn jeder Mensch genau so werden würde, wenn man ihm nur einen Schubs in die richtige Richtung gibt?«

»Sie glauben wirklich, dass man einem guten Menschen nur einen Schubs geben muss, damit er anfängt, böse zu werden?«

Er nickt. »Ja, genau. Das habe ich mein ganzes Leben lang beobachtet.«

»Ihr halbes Leben lang.« Ich kann mich nicht zurückhalten.

»Mein halbes Leben lang«, gibt er etwas zögerlich zu. »Aber das reicht. Das war mehr als genügend Zeit, um zu erfahren, dass der Mensch von Grund auf egoistisch ist. Etwas Gutes zu tun ist nicht der natürliche Zustand des Menschen. Wir tun das, was für uns selbst am besten ist. Und gute Taten passieren normalerweise nur zufällig.«

»Ach, Trevor, was ist Ihnen bloß zugestoßen?«

Er ärgert sich über mein Mitgefühl. »Fangen Sie bloß nicht an, Mitleid mit mir zu haben, Jem. Ich bin froh, dass mir die Augen geöffnet wurden.«

Wir starren für eine Weile den Mond an, dann kommt mir ein Gedanke.

»Wissen Sie was?«, sage ich. »Ich kann Ihnen das Gegenteil beweisen.«

Er schnaubt. »Und wie wollen Sie das anstellen?«

»Gut, dass Sie fragen.« Ich komme mir sehr gerissen vor. »Weil Sie es mir nämlich selbst bewiesen haben.«

Er mustert mich misstrauisch.

»Sie haben sich selbst das Gegenteil bewiesen, Trevor. Sie haben das Gegenteil bewiesen, als Sie heute Morgen für mich angehalten haben, als Sie mich gerettet haben. Wenn Sie recht hätten, dann hätten Sie das doch nicht getan, oder?«

Er bleibt stumm.

»Sie sind ein guter Mensch, Trevor«, beharre ich. »Sie sind nicht egoistisch. Ich habe nichts anderes getan, als Ihnen den Tag zu versauen, aber Sie haben nicht einmal eine Gegenleistung von mir verlangt.«

Er überlegt angestrengt. Er ist verzweifelt auf der Suche nach einem Gegenargument.

»Geben Sie einfach zu, dass Sie falschliegen«, sage ich. »Danach fühlen Sie sich bestimmt besser.«

Er hält einen Finger in die Höhe. Ihm ist etwas eingefallen. »Vielleicht habe ich ja eine reiche Dame gesehen und mir gedacht, dass sie mir eine Belohnung gibt, wenn ich ihr helfe. Na bitte, da haben Sie's. Ich bin doch nicht so gut, wie Sie dachten.«

Ich verdrehe die Augen. »Und etwas Besseres fällt Ihnen wirklich nicht ein?«

Er knurrt: »Geben Sie mir meine Belohnung, dann denke ich mir was Besseres aus.«

Ich lache. Es fühlt sich so gut an zu lachen.

Ich war mir nicht sicher gewesen, ob ich je wieder lachen würde.

## *22.28 Uhr*

Ich versuche zu schlafen, aber ich kann nicht. Wie, um alles in der Welt, soll ich denn jetzt schlafen? Mir gehen so viele unbeantwortete Fragen durch den Kopf, dass jede, die ich beiseiteschiebe, hundert weitere aufwirft. Dazu kommt, dass Trevors Sofa wahrscheinlich das unbequemste je von Menschenhand gebaute Sitzmöbel ist. Ein mittelalterlicher Folterknecht hätte alles dafür gegeben, so ein Ding in seinem Besitz zu haben. Wobei diese Qual nicht einer gewissen Ironie entbehrt, weil das Sofa so weich ist, dass ich darin versinke. Das Problem ist: Ich höre gar nicht auf zu sinken. Ganz egal, welche Position ich ausprobiere, am Ende komme ich mir immer vor wie ein Holzscheit auf hoher See.

Außerdem ist es kalt. Trevor hat keine Zentralheizung, was nicht wirklich überraschend ist. Er liegt in seinem Bett und schnarcht zufrieden vor sich hin. Das ist ebenfalls nicht besonders hilfreich, wobei Carlson offensichtlich weniger darunter leidet als ich. Er hat sich aufrecht hingesetzt und seine Jacke zu einer behelfsmäßigen Decke umfunktioniert. Sein Kopf ist zur Seite gekippt, und aus seinem geöffneten Mund dringt in regelmäßigen Abständen ein zufriedenes Grollen. Es gibt nicht vieles, worum ich Männer beneide, aber für ihre Fähigkeit, immer und überall schlafen zu können, ganz egal, was um sie herum vorgeht, würde ich wirklich alles geben.

Wo mag Leo jetzt sein? Ob er schlafen kann? Oder ist er wach, so wie ich, und denkt an mich, so wie ich an ihn denke?

Hoffentlich geht es ihm gut, wenigstens jetzt gerade. Er muss sich schreckliche Sorgen um mich machen und weiß vermutlich selbst nicht aus noch ein. Normalerweise steckt er so voller Tatkraft und Entschlossenheit, dass ich mir noch nie Sorgen um ihn gemacht habe, dass ich noch nie auf die Idee gekommen bin, er könnte mit irgendeiner Situation nicht zurechtkommen. Das ist zumindest das Bild, das ich von ihm habe. Beruht dieser Eindruck auf Tatsachen, oder ist er eher das Ergebnis meiner eigenen Bedürfnisse? Braucht meine ängstliche Natur ein solches Gegenstück, damit ich mir wenigstens in dieser Hinsicht keine Sorgen machen muss? Könnte es sein, dass ich mir selbst in die Tasche lüge, dass ich meinen Mann nur deshalb als solch starken, einfallsreichen und unerschütterlichen Menschen wahrnehme, weil ich selbst das brauche?

Wie gesagt: Jede beiseitegeschobene Frage wirft hundert weitere auf.

Mein Pulsschlag wird wieder schneller. Noch mehr Herzrasen.

Ich konzentriere mich, atme sehr bewusst ein und aus, um mich wieder ein wenig zu beruhigen.

Nach einer gewissen Zeit hilft das, aber ich bin verärgert und wütend auf mich selbst, weil ich so bin, wie ich bin.

Es ist nicht so, dass ich damals die Arztpraxis verlassen und plötzlich unter dieser Angststörung gelitten habe. Aber ich habe wochenlang jeden Tag geweint. Ich konnte mich nicht aufraffen aufzustehen. Eine unglaubliche Traurigkeit hatte mich ergriffen, aber ich tat so, als sei alles in Ordnung. Ich wollte, dass alles in

Ordnung war. Ich wollte stark sein, damit dieser eine Rückschlag nicht mein ganzes Leben bestimmte. Ich wollte nicht, dass die Unfruchtbarkeit mich als Mensch definierte.

Damals hätte ich mir Hilfe holen sollen. Ich hätte Leo nicht anlügen dürfen, sondern ihm gestehen müssen, wie nutzlos ich mir vorkam, wie sehr ich mich als Versagerin fühlte.

Diese Traurigkeit bin ich nie wieder losgeworden. Ich konnte die traumatische Erfahrung jenes Moments, als der Arzt mir die Sache mit meinen unfruchtbaren Eierstöcken und meiner ungastlichen Gebärmutter erklärte, niemals abschütteln. Zu viele Nächte habe ich hellwach gelegen und an die Decke gestarrt, während Leo schnarchend neben mir lag. Ich ignorierte mein Herz, das wie wild in meiner Brust umherhüpfte, und wenn sich die ganze Welt um mich drehte, sodass ich beinahe zusammengebrochen wäre, machte ich mir vor, es sei nur ein Schwindelanfall.

Mein Konzept war das der Vermeidung, und das ist das Schlimmste, was man machen kann. Ich hatte Angst davor, nach Kindern gefragt zu werden: Ob wir welche bekommen wollten, ob wir es probierten, ob ich vielleicht schon schwanger war? Allein den Gedanken an solche Fragen konnte ich nicht ertragen. Ich wollte nicht gezwungen sein, Antworten zu geben, wollte nicht entscheiden müssen, ob ich lügen und so tun sollte, als sei alles in bester Ordnung, oder ob ich die grässliche Wahrheit gestehen sollte. Darum habe ich angefangen, sämtlichen Begegnungen mit anderen Menschen auszuweichen. Ich habe alle Einladungen zum Mittagessen, zum Kaffeetrinken, zum Kneipenbesuch, zu Grillabenden und Partys und allem anderen, wo es zu Gesprächen mit Freunden, Bekannten oder Fremden gekommen wäre, ausgeschlagen. Fremde sind manchmal sogar die Schlimmsten, weil sie einen nicht kennen und darum nicht wissen, welche Fragen man stellen und welche man lieber umschiffen sollte.

Diese Vermeidungsstrategie führt natürlich zwangsläufig dazu, dass man ständig mehr vermeiden muss. Dadurch bestätigt man sich selbst immer wieder, wie richtig es ist, Angst zu haben, und das vergrößert wiederum die Angst. Wenn man sich einmal in diesem negativen Teufelskreis befindet, gibt es keinen Ausweg mehr.

Zu Anfang habe ich gedacht, dass ich den Verstand verliere. Dass ich sterben würde. Wenn man zu lange nur um die eigene Angst kreist, dann wird jeder Gedanke zum Feind. Pessimismus wird der Normalzustand, nur gelegentlich unterbrochen von einem Gefühl kläglicher Furcht.

Ich wollte mich nicht in Behandlung begeben. Nach dem letzten Mal konnte ich nicht einmal die Vorstellung ertragen, noch einmal einen Arzt aufzusuchen, aber für Leo habe ich es getan. Ich habe es mit kognitiver Verhaltenstherapie probiert. Ich habe Antidepressiva geschluckt. Die Therapie hat nicht funktioniert, weil ich noch so sehr versuchen konnte, meine Gedankengänge zu verändern, ich wäre trotzdem nicht fruchtbarer geworden. Ein neues Bewusstsein hätte keinerlei Einfluss auf meine verschrumpelten Eizellen und meine feindselige Gebärmutter gehabt. Schon nach der ersten Sitzung war mir klar, dass das reine Zeitverschwendung war, aber ich machte weiter, wegen Leo, um ihm zu demonstrieren, dass ich es zumindest versuchte. Ich wollte ihm versichern, dass ich mich bessern wollte. Ich sagte ihm nicht, dass das unmöglich war.

Ich setze mich auf. Da ich sowieso nicht schlafen kann, brauche ich auch nicht untätig hier herumzuliegen. Wenn ich schon keine Ruhe finde, dann kann ich mir wenigstens ein bisschen Bewegung, ein bisschen frische Luft verschaffen.

Meine Turnschuhe stehen auf dem Fußboden neben Trevors Bücherstapel-Couchtisch. Ganz in der Nähe sehe ich auch Carlsons Schuhe. Es sind gute Schuhe, stabil und bequem. Braune Halbschuhe aus geschmeidigem Leder mit einem hölzernen Absatz und Messingösen für die Schnürsenkel. Die Schuhe sind mir bisher noch nicht aufgefallen, aber jetzt sehe ich, wie schön sie sind. Ich nehme einen davon in die Hand, um ihn näher zu betrachten. Die Qualität ist offensichtlich. Ein Produkt erstklassiger Handwerkskunst. Sehr teuer.

Ich stelle den Schuh wieder zurück an seinen Platz und stopfe meine verbundenen Füße in meine Turnschuhe. Meine Füße sind immer noch wund, darum dauert es eine ganze Weile.

Ich stehe auf.

In der Stille kann ich meine Knie knacken hören. Haben sie das schon immer gemacht, oder werde ich alt?

Behutsam und leise schleiche ich zur Vordertür. Vorsichtig öffne ich sie und rechne jeden Augenblick damit, dass sie ein hässliches Quietschen von sich gibt. Doch das tut sie nicht. Sie lässt sich vollkommen lautlos bewegen. Ich hätte wissen können, dass Trevor seine Hütte vorbildlich in Schuss hält.

Draußen, in der nächtlichen Luft, bilden sich dichte Atemwolken vor meinem Mund. Es ist sehr kalt geworden, und ich fange an zu zittern. Das Mondlicht taucht die Hütte in einen silbernen Glanz. Bis auf meine eigenen Geräusche ist kein Laut zu hören. Ich stehe auf der Veranda und genieße die friedliche Stimmung, die tiefe Ruhe. Ich schlinge mir die Arme um die Brust und reibe mir die Oberarme, um mich ein bisschen zu wärmen. Ich habe eindeutig die falsche Kleidung an. Ich müsste wieder in die Hütte gehen.

Aber ich lasse es sein.

Dort, wo der Mond nicht scheint, sind die Bäume nur dunkle Schatten. Ich muss an den heutigen Morgen denken, an meine verzweifelte Flucht vor Messer durch den Wald. Mein Herz schlägt schneller, und dann tauchen noch andere Bilder vor meinem inneren Auge auf.

Messer, wie er im Badezimmer versucht, mich zu töten.

Messer mit der Schere im Hals.

Messer, erschossen von Carlson.

Noch bevor mir klar wird, was ich tue, gehe ich über die freie Fläche vor der Hütte, wie unter Zwang, als würde mich etwas anziehen.

Aber es gibt nichts zu sehen.

Nur Carlsons Wagen, den ich hinter der nächsten Biegung abgestellt habe, um im Notfall eine schnelle Abfahrt zu ermöglichen. Das Mondlicht spiegelt sich in der Karosserie. Aus irgendeinem Grund gehe ich zu dem Fahrzeug. Es ist nichts Besonderes, eine einfache Limousine. Der Dienstwagen eines Regierungsbeamten.

Warum zieht er mich bloß so an?

Eine Erinnerung, ein Gedanke, nur halb ausgebildet und unvollständig. Ein Bild. Ein Duft, vielleicht. Als ich vorhin damit gefahren bin, habe ich etwas gesehen … gehört … gespürt …

Nichts. Ich kann die Erinnerung nicht konkretisieren und kann sie auch nicht abschütteln.

Ich lasse mich von meinem Unterbewusstsein leiten, nähere mich dem Wagen, während die Turnschuhe meine empfindlichen Fußsohlen vor dem kalten, harten Untergrund schützen.

Ich streiche mit den Fingerspitzen über die Karosserie. Der Lack fühlt sich kühl und ein wenig feucht an. Der Wagen ist nicht abgeschlossen, was mich überrascht und gleichzeitig auch nicht. Trevor hat Carlson vorhin mit vorgehaltener Waffe zum Aussteigen gezwungen, und Carlson ist seither nicht wieder hier gewesen. Er hat die Hütte nur verlassen, um die Latrine aufzusuchen.

Meine Finger suchen sich den Weg bis zum Türgriff. Ich ziehe daran.

Die Tür springt auf.

Was machst du denn da, Jem?

Ich weiß es nicht.

Ich mache weiter.

Ich setze mich auf den Fahrersitz und ziehe die Tür behutsam hinter mir ins Schloss. Im Inneren ist es ein kleines bisschen weniger kalt als draußen, aber mein Atem kondensiert immer noch. Der Zündschlüssel steckt nicht im Schloss. Damit ist jede unausgegorene Wunschvorstellung, die ich vielleicht gehabt haben könnte, bereits im Keim erstickt. Ich kann nicht einfach wegfahren. Carlson muss, als Trevor ihn aus dem Auto geholt hat, den Schlüssel abgezogen haben. Ich lege trotzdem meine Hände ans Steuer und denke kurz nach.

Dann sehe ich mich im Innenraum um. Da ist es natürlich dunkel, aber der Mond scheint so hell, dass ich, nachdem meine Augen sich an die Lichtverhältnisse gewöhnt haben, trotzdem etwas sehen kann. Der Innenraum ist leer. Keine persönlichen Gegenstände. Kein Kleingeld in dem Becherhalter zwischen den Vordersitzen. Kein Kaugummipapier im Fußraum.

Und das Handschuhfach?

Ich beuge mich vor und ziehe am Riegel. Es klappt auf.

Da liegt etwas.

Ein Blatt Papier. Weiß. Zusammengefaltet.

Ich falte es auseinander.

Und halte den Atem an.

## 22.36 Uhr

Einen Rauchring zu produzieren ist schon schwer genug, aber einen perfekten Rauchring zu produzieren, das gelingt nur mit unendlicher Geduld und Hingabe. Dazu erfordert es eine gewisse Begeisterung für die Ästhetik des Rauchs. Diese Begeisterung muss groß und sie muss unerschütterlich sein, denn nur durch

Beharrlichkeit lässt sich ein wirklich ästhetischer Rauchring hervorbringen.

Rusty ist eine hingebungsvolle Raucherin.

Nicht, dass sie sich irgendwie selbst loben wollte, aber den perfekten Rauchring hat sie schon vor langer Zeit gemeistert. Was sie bis jetzt noch nicht geschafft hat, ist, einen kleinen Ring durch einen großen zu schicken, aber sie weiß, dass das nicht mehr allzu lange dauern wird. Sie ist eine geduldige Raucherin, und eine beharrliche. Die Ästhetik des Rauchs ist ihr wichtig.

Rauchringe im Mondlicht. Das ist wahrhaftige Schönheit.

Nur in Begleitung des Rauchs und des Mondes sitzt Rusty im Schaukelstuhl auf ihrer Gartenveranda. Der Schaukelstuhl ist ein riesiges altes Ding, das sie einmal bei einem Garagenverkauf erworben hat, so billig, dass sie sich fast wie eine Diebin vorgekommen ist. Der Verkäufer hat ihr versichert, dass er froh war, das Möbel loszuwerden. Sie wollten das Haus so schnell wie möglich leeren. Rusty hat nicht gefragt, wieso. Sie wollte genauso wenig über die Probleme dieses Fremden erfahren, wie er sie ihr mitteilen wollte.

Manche Geheimnisse bleiben besser unter Verschluss.

Die Nacht fördert das Denken. Wenn der Großteil des Städtchens schläft und kilometerweit nichts als Stille herrscht, was soll man dann anderes tun als denken? Für einen ruhelosen Geist sind diese stillen Nächte die schlimmsten, weil die einzigen Geräusche die sind, die aus einem selbst kommen. Und diese Geräusche kann man nicht ignorieren. Man kann ihnen nicht entfliehen.

Sie denkt an die beiden grobschlächtigen Agententrampel, die heute Vormittag einen Stein in den Dorfteich geworfen haben. Sie weiß immer noch nicht – nicht *wirklich* –, was eine magere Yogalehrerin und ihr Mann verbrochen haben könnten, um die Aufmerksamkeit des FBI auf sich zu lenken. Rusty ist nicht wichtig genug, um das Treiben ihrer Mitbürger verstehen zu müssen.

Vertrauen wir in unseren Staat und seine Institutionen.

Mit Wilks und Messer ist irgendetwas faul.

Sie weiß nicht genau, was, weil es nur ein Gefühl ist. Eine Ahnung. Ein angeborener Skeptizismus, der sie alles infrage stellen lässt. Rusty misstraut dem Offensichtlichen, ganz grundsätzlich, weil sie immer wieder erfahren hat, dass das Offensichtliche viel besser täuschen kann, als Worte je dazu in der Lage wären.

Nun sind zwei FBI-Agenten in Anzügen und stabilen Schuhen in ihrer Stadt aufgetaucht, und das ist so außergewöhnlich, dass Rusty sich unmöglich entspannen kann. Sie hat das Gefühl, nicht nur keine Informationen zu bekommen, sondern auch die Kontrolle zu verlieren. Ist es wirklich möglich, dass einer ihrer Bürger hier, direkt vor ihrer Nase, für ein Drogenkartell schmutziges Geld wäscht? Natürlich ist das möglich … Rusty ist auch klar, dass sie nicht alles wissen kann. Aber sie will es nicht glauben. Sie will nicht, dass sich die perfekte Beschaulichkeit dieses kleinen, paradiesischen Fleckens als Täuschung erweist.

Darum hat sie jemanden angerufen. Eine Freundin, die vielleicht in der Lage ist, die Hierarchien, die nur von oben auf sie herabblicken und sie ausgrenzen, zu umgehen.

»Hot Mama«, hatte ihre Freundin sich bei der Kontaktaufnahme gemeldet. »Wann kommst du mich endlich mal besuchen?«

»Wenn du irgendwo wohnst, wo ich auch hinfahren will.«

»Deine Worte sind scharf wie Rasierklingen, Hot Mama.«

»Bitte, nenn mich nicht so.«

»Komm und besuch mich, dann darfst du mich sogar dazu zwingen«, hatte ihre Freundin gesagt.

»So was mache ich nicht mehr«, hatte Rusty entgegnet. »Ich

habe mich wieder einem etwas biblischeren Lebensstil zugewandt.«

»Selbst wenn ich dir das abkaufen würde«, hatte ihre Freundin geantwortet, »weißt du genau, dass ich deine Meinung ändern kann.«

»Ich fürchte, mein Anruf hat rein berufliche Gründe.«

»Ich habe Geld.«

»Könntest du bitte wenigstens neunzehn Sekunden lang mal ernsthaft sein?«

»Was regst du dich denn so auf?«

Rusty hat es ihr erklärt und ihre Freundin gebeten, sich ein bisschen umzuhören. Sie weiß nicht, ob es etwas bringen wird, und Ungewissheit ist etwas, womit Rusty nicht gut umgehen kann.

»Nur du und ich gegen den Rest der Welt«, sagt sie zum Mond.

Sie stößt noch einen Rauchring aus und lauscht der Stille.

Im Haus ist es nur in der Nacht ruhig und still. Darum ist das die Zeit, in der Rusty am liebsten wach ist. Sie braucht diese Stille. Dass sie morgens dann todmüde ist, ist ein geringer Preis für diese Augenblicke der Gleichmut.

Außerdem wäre es sonst ziemlich schwierig, Marihuana zu rauchen.

Nicht als Polizeichefin in einer Kleinstadt.

Die Leute reagieren in so einem Fall schnell komisch.

Rusty nimmt nie jemanden fest, weil er oder sie Gras geraucht hat, weil sie das zur Heuchlerin machen würde, aber sie muss die Illusion aufrechterhalten, dass sie es tun würde. Jugendliche müssen daran glauben, dass ein Gesetzesbruch Konsequenzen nach sich zieht, selbst wenn das Gesetz bescheuert ist. Außerdem muss sie auch an ihre Wachtmeister denken. Sie ist sich ziemlich sicher, dass Zeke sich in jeder dienstfreien Minute die Birne zuballert, was für sie völlig in Ordnung ist. Aber er darf das nicht wissen.

Autorität ist eine Illusion, die darauf angewiesen ist, dass alle, die mit ihr zu tun haben, von ihrer vollkommenen Unverrückbarkeit überzeugt sind. In dem Moment, wo diese Unverrückbarkeit infrage gestellt wird, ist die Illusion zerstört.

Und was dann folgt, ist Anarchie.

Rusty bläst noch einen Ring in die Luft und fragt sich, welche dieser Gedanken aus ihr selbst kommen und welche dem Gras zu verdanken sind, das durch ihren Kopf kreist. Sie untersucht ihren Geist mit der Hartnäckigkeit einer Kriminalbeamtin, verhört ihn, sucht nach Antworten, bis ihr Geist sich in zwei voneinander getrennte Wesenheiten aufteilt, die parallel zueinander existieren, kommunizieren, diskutieren und streiten. Jeder ihrer Gedanken wird durch einen anderen Gedanken gekontert, so lange, bis beide Seiten eine Salve nach der anderen abfeuern, immer lauter und schneller, weil sie die gegnerische Seite übertrumpfen wollen und sie nicht mehr weiß, wer eigentlich wer ist.

Heißt das, dass es jetzt einen dritten Geist gibt, der den anderen beiden zuhört?

Sieht Rusty sich also selbst zu?

Und wenn das so sein sollte, können die beiden anderen, die ja denselben Raum wie sie bevölkern, sie hören?

Ja, sagt die eine.

Nein, sagt die andere.

Rusty klatscht sich auf die Wangen und sorgt so für eine schnelle Wiedervereinigung. Atmet tief aus und verlangsamt ihren rasenden Herzschlag. Sie legt den Joint auf den Rand ihres Aschenbechers.

Vielleicht hat sie jetzt erst mal genügend Gleichmut getankt.

Ihr Klapphandy vibriert, und sie zuckt zusammen.

Sabrowski ist am Apparat.

Was zum Teufel denkt der sich eigentlich dabei, sie mitten in der Nacht anzurufen? Rusty lässt es klingeln. Sie ist zu bekifft, um mit ihrem Wachtmeister zu sprechen oder ihn wegen dieser nie da gewesenen Respektlosigkeit zusammenzufalten.

Irgendwann hört es auf zu vibrieren, und Rusty fragt sich, ob Sabrowskis dürrer Hintern womöglich versehentlich den Anruf ausgelöst hat. Das kann mir mit meinem Klapphandy nicht passieren, denkt sie und aalt sich in Selbstgefälligkeit.

Dann vibriert das Telefon erneut. Und wieder ist es Sabrowski.

Also doch kein Arschanruf.

Rusty empfindet gleichermaßen Neugier und Angst.

Sie klappt ihr Handy auf und sagt: »Hier spricht der Chef.«

Sabrowskis Stimme klingt noch dünner, als er ist. »Tut mir leid, Rust, dass ich noch so spät anrufe, aber ... also, das ist echt schlimm hier. Vielleicht wär's besser ... Da liegt eine Leiche. Wir brauchen dich ... Ich ...«

»Wo, Herr Wachtmeister?«

»Bei den Talhoffers.«

## *22.41 Uhr*

Das zusammengefaltete Blatt Papier aus Carlsons Handschuhfach ist ein Computerausdruck mit einem Foto von einem Gesicht. Farbig. Akzeptable Qualität, wenn auch bei Weitem keine fotografische Auflösung.

Es ist Leos Gesicht.

Warum hat Carlson einen Computerausdruck mit dem Gesicht meines Mannes im Handschuhfach?

Ich weiß es nicht, aber eines weiß ich sicher: Wenn er mit Leo zusammenarbeitet, wenn er Leo kennt, dann gibt es keinen vernünftigen Grund, wieso er dieses Foto bei sich haben müsste. Oder?

Ich stelle mir vor, wie Carlson in seinem Auto sitzt. Irgendwo in der Stadt vielleicht, oder am Rand der Landstraße. Vielleicht in der Nähe der Kreuzung. Das Blatt Papier liegt auseinandergefaltet auf dem Armaturenbrett oder dem Beifahrersitz oder auf seinem Schoß. Jedes Mal, wenn ein Mann an ihm vorbeigeht, wirft er einen Blick darauf und vergleicht die Gesichter.

Leo arbeitet gar nicht für Carlson.

Carlson hat Leo noch nie gesehen.

Oh Gott, nicht auch noch Carlson.

Mein Atem geht so schwer, dass die Fenster bereits beschlagen. Ich falte das Blatt zusammen und will es wieder ins Handschuhfach zurücklegen, doch dann halte ich inne. Ich falte es noch einmal auseinander und sehe mir das Foto etwas genauer an.

Es zeigt Leos Gesicht, ist aber kein Passbild, sondern ein vergrößerter Ausschnitt aus einem größeren Foto. Im Hintergrund sind rote Backsteine zu erkennen, sodass ich annehme, es wurde irgendwo in der Stadt aufgenommen. Aber das kann nicht sein. Leos Haare sind anders, so lang wie seit Jahren nicht mehr, länger als in der ganzen Zeit, in der wir hier wohnen. Er sieht auch jünger aus. Gebräunt. Ich starre sein Gesicht und die roten Backsteine hinter ihm an. Ich kenne dieses Bild. Ich weiß es genau. Komm schon, Jem. Denk nach. Erinnere dich.

Rom.

Da ist es aufgenommen worden. Vor zehn Jahren, in Rom. Wo wir uns kennengelernt haben. Dieses Foto habe ich selbst gemacht. Leo hat auf einer Bank an einer Piazza gesessen. Wir kannten uns seit drei Tagen, und er war für mich noch nicht viel mehr als ein Fremder, der mich gefragt hatte, was ich lese.

Soweit ich weiß, klebt dieses Foto in einem Album bei mir zu Hause. Es ist eine richtige altmodische Fotografie aus der Zeit vor dem Smartphone. Ich habe es mit meiner kompakten Nikon aufgenommen. Die Kamera liegt ebenfalls zu Hause in ihrer Schutzhülle, auf der sich seit Jahren der Staub ablagert.

Wie ist Carlson da rangekommen?

Ich lege das Blatt mit dem Foto wieder an seinen Platz und klappe das Handschuhfach zu. Dann steige ich aus dem Auto ins Mondlicht. Es kommt mir jetzt noch kälter vor. Der Wald noch dunkler. Diese Nacht hat nichts Schönes, birgt nur Gefahr.

Ich muss von hier verschwinden.

Aber zu Fuß komme ich nirgendwo hin. Das habe ich auf die harte Tour erfahren. Ich könnte jetzt nicht einmal mit Turnschuhen durch den Wald laufen. Nicht einmal mit Carlsons guten Schuhen.

Carlsons gute Schuhe.

Natürlich! Warum ist mir das bloß vorher nicht aufgefallen?

Hohe Qualität. Hervorragende Handwerkskunst. Teuer. Zu teuer für ein Beamtengehalt.

Wenn ich wüsste, wie man ein Auto kurzschließt, dann könnte ich sofort losfahren. Im Kino habe ich schon öfter gesehen, dass man nur irgendwelche Kabel aufeinanderlegen muss, damit der Motor wie von Zauberhand zum Leben erwacht, aber so einfach wird es nicht werden. Ich wüsste ja nicht einmal, wie ich die Verkleidung der Lenksäule abbekommen soll, ganz zu schweigen davon, welche Drähte ich miteinander verbinden müsste.

Ich brauche Carlsons Autoschlüssel.

Sie sind in Trevors Hütte. Bei Carlson.

Ich gehe wieder zurück. Dieses Mal überquere ich die freie Fläche vor dem Haus noch behutsamer, weil ich noch weniger Lärm machen möchte. Außerdem bin ich mir absolut nicht sicher, ob das, was ich vorhabe, wirklich das Richtige ist. Mit jedem kleinen, zögerlichen Schritt werden meine Zweifel größer.

Vielleicht gibt es ja eine ganz vernünftige Erklärung für das Foto in Carlsons Handschuhfach. Vielleicht ist er in Leo verknallt.

*Reiß dich zusammen, Jem. Keine Ausflüchte jetzt.*

Ich mache die Haustür auf – völlig lautlos – und bin dieses Mal noch dankbarer als zuvor, dass Trevor seinen Haushalt so hervorragend in Schuss hält. Ich husche ins Innere und sehe Carlson schlafend und aufrecht auf dem Sofa sitzen. Er sieht ganz harmlos aus. Vertrauenswürdig.

Soll ich ihn direkt fragen? Soll ich eine Erklärung für das Foto meines Mannes verlangen?

Nein, ich will ihn nicht in die Ecke drängen. Schließlich weiß ich nicht, wie er dann reagieren würde.

Vielleicht wird er gefährlich, wenn er sich bedrängt fühlt.

Ich denke an Trevor.

Eigentlich möchte ich auch ihn nicht mit Carlson alleine lassen, aber ich sehe keine andere Möglichkeit. Ich kann unmöglich die Treppe hinaufschleichen und ihn aufwecken und warnen, ohne dabei auch Merlin wach zu machen. Von wütendem Hundegebell begleitet komme ich sicher nicht unbemerkt wieder nach draußen.

Da fällt mir etwas ein. Trevor hat eine Waffe, ein Gewehr. Er kann sich verteidigen, sollte das wirklich notwendig werden, was ich nicht glaube, weil Carlson sich garantiert unverzüglich an meine Fersen heften wird, sobald er gemerkt hat, was los ist.

Ich lasse die Tür einen Spalt breit offen stehen, um im Notfall möglichst schnell verschwinden zu können.

Carlsons Kopf hängt schief auf einer Seite, und sein Mund steht noch genauso offen wie vor wenigen Minuten. Trotzdem bin ich sehr nervös. Ich schleiche über die Bodenbretter und verziehe beim kleinsten Geräusch das Gesicht. Meine behutsamen Schritte kommen mir vor wie wütendes Stampfen.

Ich nähere mich dem Couchtisch. Carlsons Sachen liegen auf der halbierten Tür, direkt neben seinem Schlafplatz, sein Handy ebenso wie sein Portemonnaie.

Und seine Autoschlüssel.

Ich atme sehr kontrolliert ein und aus und komme näher, setze einen Fuß vor den anderen. Es dauert eine Ewigkeit, um am Sofa vorbeizukommen. Ich bleibe für einen Moment stehen und blicke auf Carlson hinab.

Schläft er fest?

Tut er nur so?

Ich schlucke. Ich schiebe mich näher. Ich strecke die Hand nach dem kleinen Stapel mit seinen Sachen aus. Zuunterst liegt das Telefon, dann das Portemonnaie und ganz oben die Autoschlüssel. Ich schlucke noch einmal. Meine Fingerspitzen rücken näher.

Carlson zuckt.

Der Atem bleibt mir im Hals stecken.

Ich reiße meine Hand zurück, aber seine Augen bleiben geschlossen. Er atmet regelmäßig weiter. Es dauert ein paar Sekunden, bis ich wieder ruhiger werde, bis ich meine Angst im Griff habe. Ich versuche es noch einmal. Ich strecke die Hand aus und lasse Carlson keinen Moment aus den Augen, während meine Finger sich den Schlüsseln nähern.

Ich berühre sie. Meine Finger greifen zu wie eine Pinzette.

Ich weiß, dass sie ein Geräusch machen werden, wenn ich sie hochhebe. Sie werden klirren. Nur ein leises Geräusch, aber wird Carlson davon aufwachen? Vielleicht hat er ja einen leichten Schlaf. Vielleicht schläft er überhaupt nicht.

*Er hat dir eine Falle gestellt, Jem.*

*Er hat die Schlüssel bewusst da hingelegt, um dich auf die Probe zu stellen.*

*Er will wissen, ob du ihm seine Geschichte abkaufst. Er will wissen, ob er sich auf dich verlassen kann. Er will wissen, ob du ein Problem bist, das er besser beseitigen sollte.*

Ich versuche, diese Stimme in meinem Kopf zum Verstummen

zu bringen. Diese endlosen, allgegenwärtigen Zweifel, die jede meiner Entscheidungen, jede meiner Handlungen sabotieren, tun mir selbst im besten Fall nicht gut. Und jetzt schon gar nicht.

Ich konzentriere mich.

Ich versuche es zumindest.

*Du schaffst das, Jem.*

Ich hebe die Schlüssel hoch.

Das metallische Klirren ist leise, das weiß ich, aber in der Stille der Hütte kommt es mir vor wie eine ganze Steel-Drum-Band. Ich zucke zusammen. Ich verziehe das Gesicht. Ich versuche, meine Hand möglichst gleichmäßig zu bewegen, und lasse die Schlüssel zu mir schweben.

Dabei blinzele ich kein einziges Mal. Meine Augen bleiben geöffnet, und mein Blick ist ununterbrochen auf Carlsons Gesicht gerichtet. Zittern seine Augenlider? Gibt es sonst irgendeine Reaktion zu sehen?

Nichts.

Ich schlucke und schließe die Hand fest um die Schlüssel, während ich mich vorsichtig zurückziehe. Bis ich bei der Tür bin, kann ich kein einziges Mal blinzeln, weil ich immer noch damit rechne, dass Carlson überraschend vom Sofa aufspringt. Aber er tut es nicht.

Er simuliert nicht. Er stellt mich nicht auf die Probe. Er schläft tatsächlich.

Draußen merke ich die Kälte gar nicht. Ich ziehe die Tür zu und gehe rückwärts über die freie Fläche. Erst als ich bei der Biegung des Waldwegs, im Schutz der Bäume, angelangt bin, wage ich es, mich umzudrehen. Ich haste die letzten Meter bis zu Carlsons Auto, reiße die Fahrertür auf und setze mich ans Steuer.

Ich werfe einen Blick in den Rückspiegel: niemand.

Ich zittere so heftig, dass ich den Schlüssel nicht ins Zündschloss bekomme, nicht beim ersten Versuch und auch nicht beim dritten.

Ich mache die Augen zu, hole tief Luft und versuche krampfhaft, ruhiger zu werden. Doch je mehr ich nachdenke, desto heftiger zittere ich.

Leo.

Ich denke an Leo. Ich stelle mir sein Lächeln vor. Ich erinnere mich an seine warmen Umarmungen, an das Glück und den Frieden, die ich nur in seiner Gegenwart empfinde. Das funktioniert.

Meine Finger erlangen ihre Beweglichkeit zurück, der Schlüssel gleitet ins Schloss, und ich drehe ihn um.

Der Anlasser jault, aber der Motor springt nicht an.

»Oh nein, tu mir das nicht an.«

Liegt es an der Kälte? An etwas anderem? Ich habe keine Ahnung. Ich bin kein Mechaniker.

Ich versuche es noch einmal. Der Anlasser jault so laut, dass ich garantiert den ganzen Wald damit aufwecke. Doch der Motor macht keinen Mucks.

Ich blicke in den Rückspiegel: wieder niemand.

Auf dem Armaturenbrett ist keine blinkende Warnleuchte zu entdecken. Der Tank ist voll. Öl ist auch noch reichlich vorhanden. Alles sieht gut aus. Ich kann absolut keinen Grund erkennen, wieso der Motor nicht anspringen will.

Vielleicht hat Carlson das Auto ja sabotiert, damit ich nicht entkommen kann.

Oh Gott, *das* ist die Probe.

Vor meinem inneren Auge sehe ich ihn auf dem Sofa unruhig werden, als er das Jaulen des Anlassers hört, sehe, wie er aufspringt, zur Tür eilt, mit der Pistole in der Hand über die Freifläche stürmt und jeden Moment hinter der Wegbiegung auftauchen kann.

Ich drehe noch einmal den Zündschlüssel. Der Motor springt an.

Ich werfe einen Blick in den Rückspiegel: Da ist jemand.

## 22.50 Uhr

Eine dunkle Silhouette vor dem Hintergrund der Bäume. Im silbernen Mondlicht lassen sich Einzelheiten erahnen. Ein Mann nähert sich. Ich bin gelähmt vor Angst, aber nur für einen Moment.

Nicht Carlson. Trevor.

Er kommt auf den Wagen, auf mich zu.

»Was haben Sie vor?«, frage ich ihn.

Trevor knurrt: »Was *ich* vorhabe? Was haben *Sie* denn vor?«

»Keine Zeit«, lautet meine Antwort. »Wir müssen verschwinden. Steigen Sie ein.«

Er ist verwirrt. Wie sollte es auch anders sein? »Und warum müssen wir verschwinden?«

»Sie haben recht gehabt, wegen Carlson«, sage ich. »Da ist was faul. Er kennt Leo gar nicht, obwohl er das behauptet hat. Ich habe jetzt keine Zeit für ausführliche Erklärungen. Steigen Sie einfach ein. Bitte.«

»Was ist denn passiert?«

»Trevor, wir haben keine Zeit! Steigen Sie ein. Wir müssen weg, bevor er aufwacht.«

Trevor schüttelt den Kopf. »Ich lasse mein Zuhause nicht im Stich. Wenn tatsächlich irgendetwas nicht stimmt, dann gehen wir am besten zurück und finden raus, was es ist.«

Ich bedeute ihm einzusteigen. »Bitte, Trevor. Wenn Sie jetzt nicht einsteigen, dann lasse ich Sie hier stehen.«

»Sie meinen, so, wie Sie es sowieso vorgehabt haben, bevor ich Ihr Vorhaben durchkreuzt habe?«

»Ich wollte Sie nicht alleinelassen, ich schwöre. Aber ich habe schreckliche Angst, Trevor. Wenn ich Ihnen gesagt hätte, was ich vorhabe, dann hätte ich Carlson gewarnt. Er ist ja hinter mir her, nicht hinter Ihnen.«

Trevor denkt kurz nach, dann sagt er: »Sie kommen hierher, zu meiner Hütte, zusammen mit diesem Mann. Sie versichern mir, dass er vertrauenswürdig ist, und jetzt haben Sie Angst vor ihm? Jem, das ergibt doch wirklich keinen Sinn.«

»Ich kann Sie sehr gut verstehen, ganz bestimmt. Aber das bedeutet nicht, dass ich unrecht habe. Trevor, mein Tag bis jetzt war wirklich die Hölle. Man hat versucht, mich umzubringen. Ich verstehe immer noch nicht, warum, und ich weiß absolut nicht, wem ich noch vertrauen kann und wem nicht. Ich weiß überhaupt nichts mehr, nur, dass ich sofort von hier verschwinden muss. Ich möchte Sie nicht allein mit Carlson zurücklassen. Und ich schwöre, dass ich ganz bestimmt nicht einfach so weggefahren wäre, wenn ich irgendeine Möglichkeit gesehen hätte, Sie zu wecken, ohne dass er es merkt. Aber diese Möglichkeit gab es nicht. Ich will Sie wirklich nicht zurücklassen, also bitte, zwingen Sie mich nicht dazu. Steigen Sie endlich ein. Kommen Sie mit. Ich versuche, Ihnen alles zu erklären, so gut ich nur kann, und falls Sie danach wirklich nicht neben mir sitzen bleiben wollen, dann halte ich sofort an und lasse Sie aussteigen. Oder ich bringe Sie in die Stadt oder sonst wo hin. Aber nur falls. Es dauert zehn Minuten, und ich fahre jetzt los. Also bitte, vertrauen Sie wenigstens einmal im Leben einem anderen Menschen und steigen Sie in dieses verdammte Auto.«

Trevor gehorcht.

»Danke«, sage ich und gebe Gas.

Während ich den gewundenen Waldweg entlangfahre, schaut Trevor ununterbrochen zum Heckfenster hinaus.

»Machen Sie sich keine Sorgen um Merlin«, sage ich. »Der Hund ist Carlson doch völlig schnuppe. Sobald er begriffen hat, dass wir weg sind, schnappt er sich Ihren Pick-up und fährt uns hinterher. An Merlin wird er keinen Gedanken verschwenden. Wir müssen zusehen, dass wir möglichst viel Vorsprung gewinnen.«

»Ich verstehe«, sagt Trevor und versucht, seine Besorgnis vor mir zu verbergen. »Ich mache mir allerdings viel mehr Sorgen darüber, dass Carlson von der Straße abkommen könnte. Mein Pick-up zieht wie verrückt nach links.«

Sobald wir auf dem Highway sind, beuge ich mich über Trevor hinweg und öffne das Handschuhfach. Dann drücke ich ihm das gefaltete Blatt Papier in die Hand.

»Wer ist denn der hübsche Knabe?«, will er wissen.

»Das ist Leo. Das ist mein Mann.«

»Bisschen zu jung für Sie, finden Sie nicht?«

»Also, erstens ist das ein altes Foto. Zweitens, selbst wenn es das nicht wäre, geht Sie unser Altersunterschied überhaupt nichts an. Wo sind eigentlich Ihre Manieren geblieben?«

»Tut mir leid«, sagt er. »Was ist denn in Sie gefahren?«

»Ich bin nicht in Stimmung, kritisiert zu werden, Trevor.«

»Sie haben doch gesagt, es ist ein altes Foto.«

»Darum geht es nicht«, fauche ich ihn an. »Jedenfalls, was will Carlson mit einem Foto von Leo, wenn er Leo persönlich kennt?«

Trevor gibt keine Antwort.

»Das braucht er dann doch gar nicht, oder?«

»Vielleicht will er es anderen Leuten zeigen?«, wagt Trevor sich vor.

Ich schüttele den Kopf. »Dann würde er ja kein altes Foto nehmen. Nicht, dass Leo sich in den letzten zehn Jahren entscheidend verändert hätte, aber wenn man jemandem ein Foto zeigt, um eine andere Person zu identifizieren, dann nimmt man doch ein aktuelles, oder? Sie etwa nicht? Also, ich auf jeden Fall.«

»Ich auch.« Trevor nickt. »Nicht, dass ich überhaupt Fotos hätte, die ich irgendjemandem zeigen könnte.«

»Nicht mal von einer Ex-Freundin?«

»Nein.«

»Nicht einmal von Merlin?«

»Wozu brauche ich ein Foto von meinem Hund? Den sehe ich doch sowieso ununterbrochen.«

Am liebsten würde ich ihm sagen, dass Merlin nicht ewig leben wird, aber ich bringe es nicht über mich, ihm zu erklären, dass ihm ein Foto von Merlin vielleicht helfen könnte, über den Verlust hinwegzukommen. Ich weiß auch nicht, ob Trevor tatsächlich so ignorant ist oder ob er solche Gedanken schlichtweg nicht zulassen will. So oder so, ich lasse das Thema fallen.

»Trevor«, sage ich stattdessen. »Wieso sind Sie überhaupt auf, und warum sind Sie komplett angezogen?«

»Ich musste mal pinkeln, wenn Sie's genau wissen wollen«, erwidert er achselzuckend.

»Und dazu ziehen Sie sich an?«

»Nein. Aber ich schlafe angezogen, damit ich mir, wenn ich die Latrine benutzen muss, nicht erst was überziehen muss. Hier oben wird es nachts nämlich ganz schön kalt, falls Ihnen das noch nicht aufgefallen ist.«

Er unterbricht sich kurz, dann sagt er: »Wissen Sie, Sie hätten mir auch einfach sagen können, dass Carlson ein Foto von Ihrem Mann im Handschuhfach hat. Das wäre schneller gegangen als dieser scharfsinnige Vortrag zum Thema Vertrauen.«

»Ja, ja.« Ich gebe nur ungern zu, dass er recht hat. »Das ist mir auch gerade aufgefallen.«

»Trotzdem, guter Vortrag.«

Ich lächele ihn an. Er erwidert mein Lächeln.

»Wo fahren wir denn hin?«, will er wissen.

»Ich habe nicht die geringste Ahnung.«

Wir fahren zunächst einmal in Richtung Stadt, weil ich an der Kreuzung, wo der Waldweg auf die Straße trifft, automatisch nach Süden abgebogen bin. Das macht mich nervös, aber da ich sowieso nicht weiß, was ich machen soll und wohin ich fahre, müsste eigentlich jede Richtung so gut sein wie die andere.

»Da«, sage ich und beuge mich nach vorne.

»Was meinen Sie?«, erwidert Trevor.

Ich zeigte über das Lenkrad hinweg. »Neben dem Stoppschild.«

Ein Münzfernsprecher.

Mir war bisher nicht aufgefallen, wie rar sie geworden sind oder womöglich immer schon waren. Und ich kann mich nicht daran erinnern, wann ich das letzte Mal einen benutzt habe. Ich kann mich nicht einmal daran erinnern, ob ich jemals einen benutzt habe. Aber es gibt sie immer noch, als Überbleibsel aus einer früheren, einfacheren Zeit.

Einer besseren Zeit.

»Warten Sie hier«, sage ich zu Trevor, während ich am Straßenrand anhalte.

»Wo soll ich denn hin?«, fragt er zurück.

Ich werfe mehrere Vierteldollarmünzen in den Schlitz. Ich weiß gar nicht, wie viele man braucht. Ich weiß nicht, wie, aber das Ding funktioniert trotzdem. Ich tippe Leos Handynummer ein, das ist wohl die einzige Nummer, die ich mir merken kann.

Es klingelt und klingelt und klingelt.

»Hier ist Leo, Nachrichten nach dem Piep.«

Ich warte auf den Piep und sage: »Leo, Liebling, ich weiß nicht, was los ist, aber du steckst bis zum Hals in Schwierigkeiten. Mich wollte heute sogar jemand umbringen. Oh Gott, ich … ich bin so durcheinander. Ich weiß gar nicht mehr, was ich machen soll. Traue niemandem. Traue niemandem namens Wilks oder Carlson. Geh nicht nach Hause. Komm nicht in die Stadt. Ich habe mein Handy nicht dabei. Ich rufe von einem Münztelefon aus an. Den ganzen Tag lang habe ich nach so einem Ding gesucht. Wieso findet man die so selten? Liebling, ich versuche rauszukriegen, was das alles soll. Mehr will ich am Telefon nicht sagen. Könnte sein, dass sie uns abhören. Ich melde mich wieder, sobald ich kann. Oh Gott, ich hoffe bloß, dass dir nichts zugestoßen ist. Eigentlich müsstest du …«

Die Leitung wird unterbrochen. Der Münzvorrat ist aufgebraucht.

Ich überlege, ob ich welche nachwerfen soll, aber ich habe alles gesagt, was ich sagen muss. Er wird ohnehin schon längst Bescheid wissen. Ich bin sicher, dass er ganz genau weiß, was hier los ist. Er muss es wissen.

Und ich muss ihn finden.

## 0.00 Uhr

Leichen sind wirklich seltsame Dinger. Sie sehen so lebensecht aus, was nicht einer gewissen Ironie entbehrt. Die meisten Leute begegnen dem Tod ja hauptsächlich in Filmen und nicht im wirklichen Leben, darum kann der frontale, ungefilterte Anblick eines Leichnams eine ziemlich schockierende Wirkung haben. Manche kommen überhaupt nicht damit klar, schon gar nicht beim ersten Mal. Und dann gibt es noch die Fälle, wo eine gewisse Brutalität mit im Spiel war …

»Wie geht's Zeke?«, erkundigt sich Rusty.

Sabrowski zuckt mit den Schultern. »Ich glaube, er ist jetzt fertig damit zu kotzen.«

»Bitte sag, dass er das draußen erledigt hat, ohne mir meinen Tatort zu versauen, ja?«

Er erwidert: »Könnte schon sein, dass die Eingangstreppe auch ein paar Spritzer abgekriegt hat.«

Rusty seufzt, aber viel lässt sich daran jetzt auch nicht mehr ändern. Leider hat sie ihre Zeitmaschine wieder mal zu Hause liegen lassen. Messers Leichnam liegt im Hausflur und bildet dort eine einzige große, aufgedunsene Schweinerei.

»Was kannst du mir sagen?«, will Rusty wissen.

»Er ist nicht friedlich im Schlaf gestorben.«

Der Gerichtsmediziner ist schlecht gelaunt, weil er drei Dörfer weiter wohnt und fest geschlafen hat, als der Anruf kam. Darum weist Rusty ihn auch nicht in die Schranken. Für sie ist es auch ziemlich spät, so wie für alle. Niemand ist freiwillig hier.

Rusty betrachtet Messer.

»Er am allerwenigsten«, sagt sie zu sich selbst.

Sabrowski schaut sie an, weil er ihr Gemurmel gehört, aber nicht verstanden hat. Rusty schüttelt den Kopf, was so viel bedeutet wie »Vergiss es«.

»Ist das ein Fettfleck da an deinem Hemdkragen, Herr Wachtmeister?«

Da ist zwar keiner, aber Sabrowski versucht trotzdem, ihn wegzuwischen. Rusty lässt ihn stehen. Sie muss ununterbrochen blinzeln, weil sie sich seit seinem Anruf vermutlich sechzehntausend Mal Tropfen in die Augen geträufelt hat. Sie ist fest davon überzeugt, dass sie trotzdem immer noch röter sind als eine Bloody Mary. Ihr ist auch klar, dass da höchstwahrscheinlich nur die Paranoia aus ihr spricht, aber wer als zugedröhnte Dienststellenleiterin zum Schauplatz eines Mordes gerufen wird, hat jedes Recht, paranoid zu sein.

Sie ist sich sicher, dass er sie misstrauisch beäugt. Sie täuscht ein Gähnen vor. Müde oder high, das ist in vielen Fällen kaum zu unterscheiden.

»Wie geht es Ihnen?«, wendet sich Rusty an Wilks, um sich von der wissenden Neugier in den kugelrunden Augen ihres Wachtmeisters abzulenken.

Wilks hat ein paar Eiswürfel in ein Handtuch gewickelt und drückt es sich gegen den Schädel. »Hab schon Schlimmeres erlebt.«

Rusty hebt die Augenbrauen. »Tatsächlich? Dann würde ich vorschlagen, Sie suchen sich einen Job, wo Sie nicht regelmäßig eine Tracht Prügel beziehen, oder?«

Wilks bleibt stumm.

Rusty hat ein schlechtes Gewissen. Es ist nicht ihre Art, jemanden, der am Boden liegt, zu treten, aber sie ist müde und bekifft und paranoid und ihr Blutzuckerspiegel niedrig. Unter solchen Bedingungen könnte selbst eine Heilige ein wenig reizbar werden.

Sie macht den Mund auf und will sich entschuldigen, da wendet Wilks sich bereits ab und geht weg, vielleicht um zu telefonieren, vielleicht um etwas zu überprüfen oder einfach, um einen Moment lang alleine zu sein.

»Was hältst du davon, Herr Wachtmeister?«

Sabrowski hört nicht zu und setzt eine ratlose Miene auf, als sie ihn auffordernd anschaut.

»Was hältst du davon?«, wiederholt sie. »Was glaubst du, was sich hier abgespielt hat?«

»Irgendjemand hat den Dicken da erschossen. Also, nicht da auf dem Boden, sondern schon vorher. Deswegen liegt er ja da auf dem Boden.«

»Vielen Dank für die Erläuterung, Herr Wachtmeister.«

Der Gerichtsmediziner ist genauso müde und gereizt wie Rusty und schickt ihr ein leises Grinsen, weil sie beide ähnlich sarkastisch veranlagt sind. Sie revanchiert sich mit einem Augenzwinkern.

Rustys Handy klingelt. Sie wirft einen Blick auf die Anruferkennung und geht nach draußen, wobei sie sorgfältig darauf achtet, nicht in die gelblichen Flecken mit Zekes Mageninhalt auf der Eingangstreppe zu treten.

»Hier spricht Rusty.«

Am anderen Ende der Leitung ist ihre Freundin von der Westküste. Auch sie ist noch spät bei der Arbeit, wenn auch nicht ganz so spät wie sie hier.

Rusty hört zu.

»Soll das ein Witz sein?«, fragt sie, nachdem ihre Freundin fertig ist.

Sabrowski sieht Rustys Gesichtsausdruck und weiß, dass irgendetwas im Busch ist, aber nicht, worum es geht. Darum wartet er auf eine Erklärung, nachdem Rusty aufgelegt hat. Sie beachtet ihn nicht.

Sie entdeckt Wilks in der Küche, wo sie sich noch mehr Eiswürfel für ihren Kopf besorgt. Rusty steht einen Augenblick stumm vor ihr und sucht nach den richtigen Worten.

»Was gibt es denn?«, will Wilks wissen.

»Was es gibt?«, wiederholt Rusty. »Die Frage ist viel eher, was es nicht gibt, Agentin Wilks.«

»Ich weiß nicht, worauf Sie hinauswollen.«

»Ich habe eine Freundin«, erläutert Rusty. »Von früher. Also, tiefstes Mittelalter, meine ich. Ich wette, Sie haben auch solche Freundinnen, stimmt's? Man hat das eine oder andere zusammen durchgestanden, und daraus entsteht ein stabiles Band, das niemals reißt, egal, wie weit man voneinander entfernt ist, egal, wie viel Zeit vergeht. Freundinnen, die man aus heiterem Himmel anrufen kann und die dann alle Hebel in Bewegung setzen, nur um einem zu helfen. Haben Sie solche Freundinnen?«

Wilks bleibt stumm.

»Also, ich schon«, fährt Rusty fort. »Sie war schon beim Militär und bei der Strafverfolgung. Sie hat alle möglichen Jobs gemacht, über die sie mit mir nicht sprechen darf, und hat dabei alle möglichen Leute kennengelernt. Sie hat für so viele Menschen so vieles geleistet, dass sie schneller einen Termin beim Präsidenten bekommen könnte, als Sie oder ich bei unserem Bankberater. Diese Freundin, diese gut vernetzte Freundin also, habe ich heute im Lauf des Tages angerufen. Gleich nachdem Sie und Ihr frisch verstorbener Kollege mein Büro verlassen haben. Ich habe sie angerufen, weil ich ein seltsames Gefühl hatte, was ich aber nicht so richtig zu fassen bekommen habe. Ich erzähle ihr also von den beiden FBI-Agenten, die am Morgen zu mir auf die Wache gekommen sind, obwohl ich in meiner ganzen Zeit als Polizeichefin noch nicht ein Mal erlebt habe, dass irgendjemand vom Bureau auch bloß gegen die Wand meiner Wache gepisst hat. Ich erzähle dieser guten Freundin, dass da irgendwas faul ist, dass irgendwas nicht richtig zusammenpasst, trotz Ihrer Dienstmarken und Ihrer Anzüge und Ihrer selbstgerechten Attitüde. Ich frage sie, ob sie sich ein bisschen nach zwei Agenten namens Wilks und Messer umhören kann. Und dass ich mich sehr freuen würde, wenn sie mir Bescheid sagt, was sie rausgekriegt hat.« Rusty hält kurz inne. »Möchten Sie vielleicht mal raten, was sie herausgefunden hat?«

Wilks schweigt.

»Ganz genau«, fährt Rusty fort. »Gar nichts. Zwei FBI-Agenten namens Wilks und Messer gibt es nämlich gar nicht. Und für eine einfache junge Frau wie mich ist das wirklich außerordentlich verwirrend.« Sie drückt sich die beiden Daumen gegen die Schläfen, um ihre Aussage zu unterstreichen. »Also dann, Special Agent oder was immer Sie sein mögen Wilks ... möchten Sie mir vielleicht verraten, wer Sie in Wirklichkeit sind und was Sie in meiner Stadt zu suchen haben, bevor ich Sie wegen Amtsanmaßung in einem besonders schweren Fall festnehme?«

»Ich nehme an, wir sollten die ganze Angelegenheit unter vier Augen besprechen.«

Rusty nickt. »Also, warum bloß hatte ich das seltsame Gefühl, dass Sie genau das sagen würden?«

## 0.05 Uhr

Abgesehen von einem kurzen Zwischenstopp in einem Nachtcafé – oder war es vielleicht ein Diner? – bleiben wir immer in Bewegung. Das fühlt sich sicherer an als die Alternative. Trevor redet nicht viel, und ich auch nicht. Uns gehen viel zu viele Gedanken durch den Kopf, und das Schweigen besitzt eine erdrückende Intensität. Ich sehne mich nach einem langweiligen, oberflächlichen Gespräch über das Wetter oder etwas Ähnliches, um meine Angst in den Griff zu bekommen, aber wir sind beide absolut nicht zum Plaudern aufgelegt.

Es dauert nicht lange, dann müssen wir eine Tankstelle ansteuern, weil die Tankanzeige knapp über der roten Markierung schwebt. Mit einem leeren Tank irgendwo auf offener Strecke liegenzubleiben ist wirklich das Letzte, was ich will. Trevor bleibt in Carlsons Wagen, während ich hineingehe, um zu bezahlen.

Ich komme mir dabei irgendwie merkwürdig vor. Mir ist klar, dass ich nichts Schlimmes getan habe, dass ich nur in Notwehr gehandelt habe, aber trotzdem fühle ich mich wie eine Schwerverbrecherin, wie eine Flüchtige. Das bin ich wohl auch, da ich eine Straftat nicht gemeldet habe oder einen Tatort verlassen habe oder was auch immer. Ich weiß wirklich nicht, welche Gesetze in so einem Fall gelten oder welche ich vielleicht gebrochen habe und immer noch breche. Unwissenheit schützt nicht vor Strafe, auch das ist mir klar, aber im Augenblick gehen mir einfach zu viele andere Dinge durch den Kopf.

Ich kaufe Wasser und ein paar Snacks – wer weiß, wann wir wieder etwas zu essen bekommen. Eine ganze Weile streife ich durch die Gänge, weil ich das Sandwich mit gegrilltem Käse vorhin so gut wie gar nicht angerührt habe und beim Anblick dieser ganzen Leckereien Hunger bekomme. Aber natürlich sorgt mein unruhiger, verängstigter Geist dafür, dass ich nicht weiß, was ich will. Obwohl, eigentlich weiß ich ganz genau, was ich will. Ich will ein leckeres, warmes Essen, frisch zubereitet in meiner eigenen Küche mit meinen Küchengeräten und selbst gezogenem Gemüse, und dann will ich mich zusammen mit Leo an meinen eigenen Tisch setzen und mit ihm essen und über unseren verrückten Tag reden und lachen, weil es alles vorüber ist.

So eine einfache Fantasie und gleichzeitig so weit außerhalb meiner Reichweite, dass ich mich frage, ob ich das je wieder erleben werde.

Wo bist du, Leo?

Was machst du gerade?

Ich halte mich so lange auf, dass die Angestellte an der Kasse mich ansieht, als würde sie mich für eine nervöse Ladendiebin halten. Kaum bemerke ich das, schaltet meine Angst in den nächsten Gang, und ich werde beinahe panisch, als würde ich bis zum Beweis des Gegenteils als schuldig gelten. Verkrampft wie ich bin, stoße ich gegen ein Regal mit Snack-Packungen, sodass etliche davon auf dem Fußboden landen.

Trotz meiner Ungeschicklichkeit stehen sie gleich darauf wieder im Regal, und ich entscheide mich für eine Tüte Tortilla-Chips und zwei Flaschen Wasser, angereichert mit Vitaminen. Die bringe ich zur Kasse.

Während ich das Kleingeld einstecke, sage ich: »Gibt es hier vielleicht ein Münztelefon?«

Die junge Frau starrt mich entgeistert an. »Ein Münztelefon?«

»Ja, genau. Ein Telefon, das man mit Münzen füttert, damit man telefonieren kann.«

»Haben Sie denn kein Handy?«

»Nicht dabei. Genau deswegen brauche ich ja ein Münztelefon.«

»Aha«, sagt sie daraufhin.

»Und …«

»Und?«

»Haben Sie ein Münztelefon?«

Sie schüttelt den Kopf. »Natürlich nicht.«

»Natürlich nicht«, erwidere ich.

Als ich zum Wagen zurückkomme, sagt Trevor: »Wieso hat das so lange gedauert?«

Ich lasse mich auf den Fahrersitz gleiten und schüttele den Kopf. Dann drücke ich ihm die Tortilla-Chips und eine Wasserflasche in die Hand. Er beäugt die Flasche misstrauisch und lässt sie in den Fußraum plumpsen, dann wendet er sich den Chips zu.

»Haben sie die scharfen nicht gehabt?«

»Ich … ich weiß nicht. Ich war ziemlich durcheinander, Trevor. Tut mir leid.«

Er signalisiert mir mit einem Knurren, dass es nicht weiter schlimm ist.

»Wir brauchen einen Plan«, sagt er dann.

Ich mache meine Wasserflasche auf. »Das ist der Grund, wieso ich so durcheinander bin.«

Trevor reißt die Chipstüte auf. »Sie wollen nicht zur Polizei gehen?«

»Nein«, erwidere ich mit fester, nachdrücklicher Stimme. »Ich habe keine Ahnung, wer für das FBI arbeitet und wer nicht, oder wer für ein Kartell arbeitet und wer nicht. Ich habe keine Ahnung, welche Behörden auf meiner Seite stehen und welche nicht. Wenn ich jetzt zu Rusty gehe, dann kann ich mir gleich eine Leuchtreklame um den Hals hängen, damit die nächsten Wilks und Messer oder von mir aus auch der nächste Carlson mich auf keinen Fall übersehen können.«

Trevor grummelt zustimmend. »Hab ich doch gleich gesagt. Diesen Regierungstypen kann man nicht trauen.«

Wolken schieben sich vor den Mond.

Er knabbert Chips und starrt zur Windschutzscheibe hinaus. Ich betrachte sein Spiegelbild, bin fasziniert von der Intensität seines Blicks und der Entschlossenheit in seinen silbrig-blauen Augen.

»Es ist unmöglich«, sagt er zwischen zwei Bissen. »Also geben Sie sich keine Mühe.«

»Was ist unmöglich?«

Er lässt den Blick nach draußen gerichtet. »Meine Gedanken zu lesen. Keine Chance, also können Sie Ihre Versuche auch einstellen. Hab mir einen Mikrochip einpflanzen lassen, damit der Staat mit seinen Gammastrahlen meine Gedanken nicht analysieren kann.«

Beinahe – *beinahe* – hätte ich den Köder geschluckt.

Er lächelt und freut sich, dass ich mich um ein Haar zum Affen gemacht hätte.

»Sie sind ein Rätsel, Trevor«, sage ich. »Und zwar eines, das ich unbedingt lösen will.«

»Vielleicht sollten Sie Ihre Zeit lieber damit verbringen rauszukriegen, wer Sie eigentlich umbringen will und warum die Ihrem Mann auf den Fersen sind.«

»Zur Kenntnis genommen.«

Ich versuche es. Und scheitere.

Trevor leckt sich Salz von den Fingern. »Wenn ich einen Vorschlag machen darf …«

Ich schlucke. Nicke nachdrücklich. »Bitte sehr, ich bin ganz Ohr.«

»Was wollen diese Leute eigentlich?«

»Soweit ich es beurteilen kann, kann ich kein Wort von allem, was ich heute zu hören bekommen habe, glauben. Leo ist ein Geldwäscher, ein Dieb … er besitzt Informationen über ein Kartell, ist ein FBI-Informant.«

»Okay.« Er hält inne und setzt noch einmal neu an. »Was haben sie alle gemeinsam?«

»Sie suchen nach Leo.«

»Warum?«

»Weil er ein Geldwäscher oder Dieb oder heimlich Busfahrer ist.«

Trevor nickt. »Na bitte, da haben Sie's.«

»Da habe ich was?«

»Das müssen Sie rauskriegen. Was stimmt? Was ist Leo? Und sobald Sie das wissen, können Sie rauskriegen, was die anderen wirklich von ihm wollen.«

»In der Theorie klingt das großartig, Trevor, aber wie soll ich das denn rausfinden?«

Achselzuckend kaut er auf seinen Chips herum. »Er ist ja Ihr Mann, nicht meiner. Sie sollten ihn eigentlich besser kennen als jeder andere.«

»Im Moment kommt es mir so vor, als würde ich ihn überhaupt nicht kennen. Was immer er ist, was immer er macht, er hat es mir auf jeden Fall schon lange verheimlicht.« Ich schüttele den Kopf. »Ich komme mir total dämlich vor. Als hätte er mich von Anfang an hintergangen, sodass ich ihn für jemanden halte, der er gar nicht ist.«

»Sie wissen doch gar nicht, was er Ihnen vorenthalten hat, also gehen Sie nicht zu hart mit sich ins Gericht.«

»Zu hart mit mir selbst ins Gericht zu gehen, das ist eigentlich mein Standardprogramm. Wenn es in diesem ganzen Durcheinander einen Menschen gibt, dem ich am allerwenigsten traue, dann bin ich das selbst.«

»Das ist doch Fernsehgequatsche.«

»Fernsehgequatsche?«

»Ja, genau«, stößt er mit Nachdruck hervor. »Fernsehgequatsche. Der Blödsinn, mit dem sie heutzutage ihre Sendezeit füllen.

Alle haben sie dieses Problem oder jene Krankheit, und niemand hat mehr einfach einen schlechten Tag, weil sie alle stattdessen deprimiert sein müssen. Wissen Sie, woran das liegt?«

Ich rolle mit den Augen. »Sie erzählen es mir bestimmt gleich.«

»Und ob! Alle müssen immer irgendwas haben, weil ein schlechter Tag nämlich keinen Gewinn abwirft. Solange Sie keine Krankheit haben, kann Ihnen ein Quacksalber auch kein Fläschchen mit Wundermittel andrehen. Und die Leute saugen das alles auf wie wild, weil sie dadurch nämlich eine Ausrede haben. Sie tragen keine Verantwortung mehr für ihr Handeln, weil sie nämlich dieses Leiden haben oder jenes. Wie sind die Leute bloß früher klargekommen, ohne Diagnose, ohne Behandlung? Die Zivilisation hätte eigentlich schon vor Ewigkeiten zum Stillstand kommen müssen.«

Das Blut schießt mir in die Wangen. »Bloß weil Sie keine direkte Erfahrung mit etwas gesammelt haben, heißt das noch lange nicht, dass es das nicht gibt.«

»Manchmal ist ein schlechter Tag eben nicht mehr als ein schlechter Tag.«

»Das ist wirklich unglaublich unsensibel, was Sie da sagen.«

Er schnaubt. »Unsensibel …«

»Ja, genau. Unsensibel.«

»Gegenüber wem?«

»Na, zunächst einmal mir gegenüber, aber auch gegenüber vielen anderen Menschen. Kann ja sein, dass Sie mit einem widerstandsfähigen, gesunden Gehirn gesegnet sind, aber das trifft nicht auf jeden zu. Das Gehirn ist ein menschliches Organ, genau wie alle anderen auch. Manchmal geht etwas schief. Wenn jemand einen Herzfehler hat, dann sagen Sie dem doch auch nicht, dass alles in Ordnung ist, bloß weil Ihr eigenes Herz keine Probleme macht, oder?« Er zögert zu lange mit der Antwort auf meine rechtschaffene Empörung. »Oder?«

Er murmelt etwas vor sich hin, was ich als Eingeständnis interpretiere.

»Zeigen Sie wenigstens ein bisschen Mitleid mit denen, die weniger Glück gehabt haben als Sie, ich bitte Sie.«

»Ich sage doch bloß, dass ein schlechter Tag manchmal nicht mehr ist als ein schlechter Tag.«

»Ja, manchmal, das ist richtig«, pflichte ich ihm bei. »Heute, zum Beispiel. Heute war ein richtig schlechter Tag.«

Er streckt mir die Tüte mit den Chips entgegen. »Nehmen Sie sich ein paar. Danach geht es Ihnen besser.«

Ich schüttele den Kopf. »Ich esse keine MUFS.«

»Was zum Teufel soll das denn sein?«

»Mehrfach ungesättigte Fettsäuren«, antworte ich.

Trevors Gesichtsausdruck verrät mir, dass er sich nicht besonders für Ernährungslehre interessiert.

»Pflanzenöl«, erkläre ich ihm. »Na ja, es wird Pflanzenöl genannt, auch wenn es in Wirklichkeit Samenöl ist. MUFS werden sehr schnell ranzig und verursachen im Körper jede Menge oxidativen Stress, lösen Entzündungsprozesse aus, die die verschiedensten Probleme verursachen können, angefangen bei Herzkrankheiten bis hin zu Diabetes.«

Trevor starrt mich mit weit aufgerissenen Augen an. »Sie sagen zwar alles Mögliche, aber ich verstehe kein Wort.«

»Gift, Trevor«, sage ich. »Diese Chips sind in Gift frittiert worden.«

Jetzt steht sein Mund genauso weit offen wie seine Augen.

»Scheiß drauf«, sage ich und greife in die Tüte. »Diabetes ist im Moment das geringste meiner Probleme.«

Trevor lächelt. »Na, bitte. Jedes Ding hat eben zwei Seiten.«

Ich knuspere eine Weile vor mich hin. Die Chips schmecken wirklich köstlich.

»Ich hab's«, sage ich dann.

Trevors Augenbrauen zucken wie zwei buschige Raupen. »Diabetes? Das ging aber schnell.«

»Ha, ha.« Ich lächele ihn schief an. »Nein, nicht Diabetes. Ich habe einen Plan.«

Trevor wischt sich Salzkörner von den Fingerspitzen. »Ich höre.«

»Wir machen bei Leo eine Steuerprüfung.«

»Wir machen was?«

Ich nicke. »Was immer diese Leute wollen, wo immer die Wahrheit liegen mag, wir wissen, dass es mit Leos Weinhandel zusammenhängt. Ob es nun als Fassade für die Geldwäsche dient oder sonst etwas, sein Unternehmen spielt jedenfalls die entscheidende Rolle.«

»Wenn Sie das sagen.«

»Also werfen wir mal einen Blick in Leos Bücher.«

»Wieso?«

»Weil die Zahlen nicht lügen.«

»Verstehe ich nicht.«

»Das kommt schon noch«, versichere ich ihm. »Und jetzt nehmen Sie die Tüte da wieder weg, bevor ich sie alleine leer futtere.«

Trevor zieht seine Hand zurück und wirft einen Blick in die Tüte. »Da haben Sie aber ordentlich zugeschlagen. Ich weiß nicht, ob noch genügend übrig sind, damit …«

»Das kann warten, Trevor. Das kann warten.«

Trevor kann nicht still sitzen. Nervös rutscht er auf seinem Sitz hin und her. Ich merke, dass etwas in ihm arbeitet, dass er nach Worten sucht, und lasse ihn in Ruhe. So habe ich mehr Zeit, um alles zu durchdenken.

Schließlich sagt er: »Jem, ich …«

»Sie brauchen sich nicht zu entschuldigen«, unterbreche ich ihn. »Das, was Sie da über das Fernsehgequatsche gesagt haben … schon vergessen.«

Er nuschelt: »Also, eigentlich wollte ich bloß sagen, dass ich auch fahren kann, falls Sie zu müde sind.«

Ich blicke ihn von der Seite her an. Auf seinem Gesicht liegt ein kleines, schiefes Lächeln.

»Bleiben Sie genau so, wie Sie sind, Trevor«, sage ich zu ihm. »Bleiben Sie genau so.«

Ich hingegen, ich muss mich ändern. Ich darf nicht immer alles glauben, was die Leute mir erzählen.

Wie Trevor gesagt hat: Ich kann nur mir selbst trauen. Ich kann mich nicht auf die Worte der anderen verlassen. Ich muss dieser Sache ganz alleine auf den Grund gehen.

Dann, und nur dann, werde ich erfahren, wer die Wahrheit gesagt hat.

## *0.17 Uhr*

Wir sind lange unterwegs, bis wir zu Leos Lagerhalle kommen, und somit haben wir viel Zeit zum Nachdenken, viel Zeit, uns Sorgen zu machen. Mir gehen unzählige beunruhigende Dinge gleichzeitig durch den Kopf, darum kann ich es kaum fassen, dass das, was mich am stärksten aufwühlt, ein mürrischer alter Hund ist.

»Ich mache mir Sorgen um Merlin«, sage ich zu Trevor.

Er nicht.

»Nicht nötig«, sagt er. »Er ist eine ausgesprochen selbstständige kleine Töle. Ab und zu verschwindet er einfach im Wald, und ich bekomme ihn eine ganze Woche lang nicht zu sehen, und wenn er dann zurückkommt, sieht er immer noch genauso aus wie vorher. Ich weiß zwar nicht, wie er das macht, aber er kann sehr gut für sich selber sorgen. Falls ich einen Herzinfarkt kriege und tot zusammenbreche, würde ihm das auch nichts ausmachen. Ich würde ihm nicht mal fehlen.«

Ich boxe ihn sanft auf den Arm. »Sagen Sie das nicht.«

»Wieso denn nicht? Er ist ein Hund.«

»Das doch nicht. Ich meine das mit dem Herzinfarkt.«

»Wieso denn nicht?«, wiederholt Trevor. »Ich bin ein alter Mann, älter, als ich je erwartet habe. So, wie ich das sehe, ist jede Sekunde, die ich noch aufrecht stehen kann, ein Triumph. Aber es ist ein Kampf, den ich nicht gewinnen kann. Selbst der größte Trottel kann ihn nicht gewinnen, aber nur echte Trottel akzeptieren das nicht.«

»Ich weiß beim besten Willen nicht, ob Sie einfach nur pragmatisch veranlagt oder schon ein Nihilist sind.«

»Vielleicht ja keines von beiden. Haben Sie sich das schon mal überlegt? Vielleicht bin ich einfach nur ich.«

Ich halte erneut bei einem Münzfernsprecher an und wundere mich, dass wir abermals bei einem vorbeikommen. Als wären alle Münzfernsprecher des Landes plötzlich an unsere Strecke verlegt worden. Ich rufe Leos Handynummer an und bekomme, wie schon beim letzten Mal, nur seine Mailbox. Ich hinterlasse ihm keine Nachricht.

Vielleicht ist sein Akku alle, denke ich.

Ich werfe noch mehr Münzen in den Schlitz und rufe zu Hause an. Ich kann gar nicht genau sagen, wieso, aber ich habe so ein Gefühl. Ist das Hoffnung? Oder schon Illusion?

Es klingelt dreimal, dann meldet sich eine weibliche Stimme: »Hier bei Talhoffer. Wer spricht da?«

Ich sage: »Wer ist da?«

»Jem?«, fragt die Frauenstimme.

»Wer ist da?«, wiederhole ich meine Frage.

»Jem, hier spricht Rusty. Die Polizeichefin.«

Mit ihr habe ich nicht gerechnet. Ich weiß auch nicht, mit

wem ich gerechnet habe, wenn nicht mit Leo, aber jetzt kommt es mir sehr einleuchtend vor, dass Rusty sich gemeldet hat. Wer denn sonst?

Ich hole einmal Luft. »Sie würden mir vermutlich gerne ein paar Fragen stellen, nehme ich an.«

»Falls es einen Preis für die Untertreibung des Jahres geben würde, dann hätten Sie ihn gerade gewonnen.«

»Ich habe Angst, Rusty. Ich habe richtig Angst.«

»Ich bin der Meinung, Sie sollten nach Hause kommen, Jem. Oder zu mir auf die Wache, falls Ihnen das lieber ist. Mir ist beides recht. Aber wir müssen uns unterhalten. Je früher, desto besser.«

»Das kann ich nicht«, sage ich.

»Und wieso nicht?«

»Weil es Leute gibt, die mich umbringen wollen, Rusty.«

»Genau deshalb sollen Sie ja zu mir kommen. Ich kann Sie beschützen. Ich werde nicht zulassen, dass Ihnen jemand etwas antut, versprochen.«

Ich blicke mich um, für den Fall, dass schon die ersten Streifenwagen angeschlichen kommen. »Das habe ich ja schon einmal ausprobiert, wissen Sie noch? Und jetzt bin ich hier.«

Nach einer kurzen Pause sagt Rusty: »Warum erzählen Sie mir nicht, was passiert ist?«

»Wilks und Messer«, setze ich an. »Sie sind nicht die, als die sie sich ausgeben. Die wollten mich umbringen.«

»Und weiter?«, sagt sie.

»Sie suchen irgendetwas, was Leo gehört. Als sie mich heute Vormittag nach Hause gebracht haben, haben sie auch danach gesucht und ich … Leo hat angerufen. Ich hab ihn gewarnt. Sie wollten … Messer ist tot.«

»Das weiß ich, Jem«, entgegnet Rusty sachlich und nüchtern. »Sein Leichnam liegt direkt vor mir. Und es ist eine wirklich hässliche Leiche. Er hat etliche Einschusslöcher, und in seinem Hals steckt eine Schere. Da wird mir fast ein bisschen mulmig, das gebe ich ohne Umschweife zu. So was habe ich in der ganzen Zeit, seit ich die Uniform trage, noch nie gesehen.«

»Ist Wilks noch am Leben?«

Schweigen. Sie weiß nicht genau, was sie darauf antworten soll.

»Ja«, sagt sie schließlich. »Sie ist hier bei mir.«

»Und genau deshalb kann ich nicht zurückkommen. Sie wird mich umbringen.«

»Wilks steht auf unserer Seite«, sagt Rusty.

Ich lache. Ein bitteres, sarkastisches Lachen. »Dann hat sie Sie genauso ausgetrickst, wie sie mich ausgetrickst hat.«

»Wir sollten uns alle an einen Tisch setzen und das Ganze in Ruhe besprechen. Sie können mir Ihre Sicht der Dinge schildern. Sie können mir sagen, weshalb Sie Messer getötet haben, und ich höre Ihnen zu. Das verspreche ich. Ich bin eine gute Zuhörerin, Jem, wirklich gut.«

»Ich habe Messer doch nicht umgebracht«, protestiere ich. »Das war Carlson.«

»Carlson«, sagt Rusty.

»Ja, Carlson.«

»Wo ist er jetzt? Ist er bei Ihnen?«

»Bis vorhin noch, ja«, berichte ich ihr. »Aber er hat mich angelogen. Er ist … ich weiß nicht, wo er jetzt steckt. Irgendwo da draußen jedenfalls. Sie müssen ihn finden, bevor er mich findet.«

Rusty erwidert: »Ich tue alles, was in meiner Macht steht, um Ihnen zu helfen, Jem. Aber Sie müssen mir auch helfen. Sie müssen sich stellen, bevor die ganze Angelegenheit noch mehr außer Kontrolle gerät. In Ihrem Haus liegt ein toter Mann, Jem. Da liegt ein Toter, und Sie sind flüchtig. Sie haben sich vom Schauplatz eines Mordes entfernt. Das ist nicht in Ordnung.«

»Ich bin nicht auf der Flucht«, entgegne ich. »Ich meine, ich bin nicht auf der Flucht vor Ihnen.«

Rustys Tonfall wird jetzt sehr ernst und feierlich. »Sie werden wegen Mordes gesucht, Jem, und jede Sekunde, die Sie länger unterwegs sind, anstatt hierherzukommen, macht Ihre Situation nur schlimmer und macht es mir schwerer, Ihnen wirklich zu helfen.«

Suchen sie etwa schon nach mir? Hat Rusty eine Großfahndung eingeleitet oder wie das heißt? Ich hole tief Luft und versuche, all diese Fragen beiseitezuschieben. Es gibt nichts, was ich besser kann, als mich zu sorgen und zu grübeln, aber das bringt mich im Moment überhaupt nicht weiter.

*»Ich habe niemanden umgebracht«*, brülle ich ins Telefon.

»Ich möchte Ihnen gerne glauben«, erwidert Rusty. »Aber wenn ich Ihnen irgendwie helfen soll, dann müssen Sie sich stellen. Im Moment steht Ihr Wort gegen das von Wilks, und wem würden Sie an meiner Stelle wohl eher glauben?«

Sie hat recht, und das weiß ich auch, aber es widert mich an. Es widert mich an, dass ich im Augenblick nicht das Geringste daran ändern kann. Aber wenn ich mich stelle und ihr meine Sicht der Dinge schildere, dann gebe ich die Kontrolle aus der Hand. Dann gehe ich freiwillig in die Falle. Dann hält Wilks alle Macht in ihren Händen.

»Ganz egal, was sie Ihnen erzählt hat, es ist gelogen. Sie gehört nicht zu den Guten, Rusty. Vielleicht ist sie ja sogar eine FBI-Agentin, aber trotzdem ist sie korrupt. Sie will Sie gegen mich aufhetzen.«

Rusty sagt: »Sie ist nicht beim FBI, Jem. Sie arbeitet für den Heimatschutz.«

»Ach ja? Tja, heute früh war sie noch beim FBI. Und was ist sie morgen?«

»Es geht hier um nationale Sicherheitsinteressen. Sehr sensible Angelegenheit. Sie hat mir ausführlich erklärt, weshalb es ihr nicht möglich war, mit Ihnen über die Zusammenhänge zu sprechen, und ich habe ihre Geschichte sehr sorgfältig überprüft. Ich kann Ihnen versichern, dass jedes Wort der Wahrheit entspricht.«

»Messer wollte mich umbringen, Rusty. Er wollte mich erdrosseln. Das denke ich mir doch nicht aus.«

»Welche Rolle spielt Carlson bei alledem?«

Sie spricht den Namen »Carlson« aus, als würde sie nicht glauben, dass er überhaupt existiert.

»Carlson hat mich vor Wilks und Messer gerettet. Wenn er nicht wäre, dann wäre ich schon tot.«

»Er hat Ihnen also geholfen, richtig?«

Ich zögere. »Nein. Ich meine, ja, schon. Aber ... ich bin vor ihm weggelaufen. Ich kann ihm nicht trauen. Er ist auch nicht der, der er behauptet zu sein. Er hat mir erzählt, dass er Leo kennt, aber das war gelogen.«

»Mm-hmm«, sagt Rusty.

Mir wird klar, dass meine Worte sich völlig paranoid und unberechenbar anhören. Unzurechnungsfähig. Am Telefon kann ich Rusty nicht überzeugen. Mein Wort steht gegen das von Wilks, und sie ist eine eiskalte Lügnerin. Eine professionelle Lügnerin. Egal, ob sie für das FBI, für den Heimatschutz, für beide oder für keinen von beiden arbeitet, sie weiß genau, was sie tut. Sie hat einen klaren Plan.

Ich hingegen muss ständig immer nur improvisieren.

»Ich beweise es Ihnen«, sage ich zu Rusty. »Ich beweise Ihnen alles.«

»Das glaube ich Ihnen gern«, lautet ihre Antwort. »Kommen Sie zu mir, und ich höre Ihnen mit offenen Ohren zu. Meine Ohren sind riesig, Jem, und sie lassen sich nicht täuschen. Sie erkennen die Wahrheit. Ich schwöre Ihnen, dass Sie jede Chance bekommen werden, mir Ihre Sicht der Dinge ausführlich darzustellen.«

»Das weiß ich, Rusty. Ich weiß, dass Sie sich jedes meiner Worte genau anhören werden, aber ich weiß auch, dass das überhaupt keinen Sinn haben wird, solange ich sie nicht mit Beweisen untermauern kann.«

»Jem, bitte, hören Sie ...«

»Nein, Rusty, jetzt hören Sie mir zu. Ich werde mich nicht stellen. Ich werde mich nicht mit Ihnen an einen Tisch setzen und alles in Ruhe besprechen, weil Sie sich bereits entschieden haben. Und daran kann ich nichts mehr ändern, oder?«

»Ich werde alles versuchen, um Sie zu verstehen. Wie wäre das als Anfang? Und dann sehen wir, wo wir am Ende landen.«

»Ich beschaffe Ihnen Beweise, Rusty. Ich werde mich selbst von jedem Verdacht reinwaschen, und ich werde meinen Mann beschützen.«

»Haben Sie etwas von Leo gehört?«

»Seit dem Nachmittag nicht mehr«, erwidere ich. »Da habe ich ihn vor Wilks und Messer gewarnt.«

Es folgt eine lange Pause. Ich nehme an, Rusty redet mit Wilks oder sonst jemandem und hat die Hand über das Mikro gelegt.

Dann sagt sie: »Wissen Sie, wo Leo jetzt ist?«

»Nein, ich habe keine Ahnung. Als ich mit ihm gesprochen habe, war er am Flughafen. Er wollte eigentlich eine Maschine nach England nehmen, aber die konnte nicht starten. Er ...«

»Jem«, unterbricht Rusty mich mit leiser Stimme. »Leo hatte kein Ticket für einen Flug nach England gebucht.«

»Was soll das denn heißen? Ich verstehe nicht.«

Sie schweigt. Ich werde allmählich unruhig. Was wird sie als Nächstes sagen? Ist das ein Trick?

»Jem.« Rustys Stimme klingt sanft und mitfühlend. »Ich habe doch gesagt, dass ich meine Arbeit sehr gewissenhaft erledige, nicht wahr? Nun, ich habe mit verschiedenen Fluggesellschaften gesprochen. Ich habe mir die Passagierlisten angesehen. Ich habe das Personal an jedem Flughafen in Autoentfernung kontaktiert. Nirgendwo hat Leo gebucht, und kein einziger Flug ist ausgefallen. Alle Maschinen nach England sind pünktlich gestartet, und in keiner davon hat Leo gesessen, weil er sich nämlich gar kein Ticket gekauft hat.«

Ich starre hinaus in die Nacht. »Aber er hat doch gesagt …«

»Er hat Sie belogen, Jem. Ihr Mann hat Sie schon seit sehr langer Zeit belogen.«

»Was reden Sie denn da?«

»Ich fürchte, mehr kann ich Ihnen am Telefon nicht sagen. Wenn Sie die ganze Wahrheit hören wollen, dann müssen Sie zu mir kommen.«

»Na, klar«, sage ich und lege auf.

## 0.32 Uhr

Nachts bin ich noch nie gerne Auto gefahren. Die Gefahr, dass ich mich zu sehr auf die Dunkelheit, die Einsamkeit konzentriere, ist einfach zu groß. Aber wenn es sich nicht vermeiden lässt, dann schalte ich eben das Radio ein, damit die Songtexte meine Gedanken verdrängen und ich nicht ständig diesen übermächtigen Drang verspüre, mich umzudrehen und nachzusehen, ob sich womöglich jemand auf der Rückbank versteckt hat. Inzwischen sitzt Trevor am Steuer, und ich hänge schlapp auf dem Beifahrersitz. Ich bin müde, aber schlafen kann ich auch nicht. Er sagt nichts, um mich nicht zu stören. So ein netter Mann. Der einzige Mensch, der mich nicht angelogen, der nicht versucht hat, mich irgendwie auszutricksen. Wie soll ich ihm das, was er für mich getan hat, jemals vergelten? Ich habe keine Ahnung.

Aber irgendwie werde ich es schaffen. Wenn – falls – das alles endgültig vorbei ist.

Ich suche nach der Lösung für ein Problem, das ich gestern noch gar nicht hatte. Ich suche nach der Antwort auf eine Frage, die ich nicht einmal formulieren kann.

Hat Rusty in Bezug auf Leo gelogen, oder war es Leo, der mich belogen hat?

Ich möchte nicht wahrhaben, dass ich Rusty nicht vertrauen kann, aber genauso wenig möchte ich glauben, dass ich Leo nicht vertrauen kann.

Ich bespreche das alles mit Trevor. Ich berichte ihm jedes von Rustys Worten, aber auch all meine Gedanken und Ängste. Als ich fertig bin, ist er lange Zeit still. Er macht einen nachdenklichen und zugleich weisen Eindruck, und ich möchte wissen, was er davon hält. Ich möchte seine Meinung hören. Selbst an meinen besten Tagen kann ich mir selbst nicht trauen, darum brauche ich jetzt jemanden, der ruhig ist, bei klarem Verstand.

»Und?«, sage ich. »Was halten Sie davon?«

»Ich bin mir nicht sicher, ob meine Meinung hier irgendetwas zu sagen hat.«

»Auf jeden Fall, Trevor. Genau deshalb will ich sie ja hören. Es kann schließlich sein, dass Rusty mich angelogen hat, oder nicht? Es kann doch sein, dass sie mir irgendwas erzählt hat, nur weil sie mich dazu bringen will, mich zu stellen.«

Er stößt einen langen Atemzug aus und schüttelt dabei ununterbrochen den Kopf. »Ich habe die Polizeichefin bisher immer als rechtschaffenen Menschen kennengelernt. Im traditionellen Sinn, meine ich.«

»Stimmt«, sage ich. »Sie ist eine grundanständige Person.«

»Aber ich habe bisher auch noch nie Anlass gehabt, sie sozusagen bei der Arbeit zu erleben.«

»Sie wollen damit sagen, dass sie mir vielleicht nicht unbedingt die Wahrheit sagt, wenn sie mich für eine Verbrecherin, vielleicht sogar eine Mörderin hält?«

»Das ist durchaus eine Möglichkeit. Was sagt denn Ihr Gefühl? Darauf kann man sich in der Regel verlassen.«

»Mein Gefühl? Mein Gefühl sagt mir, dass die ganze Situation so verworren ist, dass sie gar nicht wahr sein kann. Dass ich bloß aufzuwachen brauche, dann ist alles wieder in Ordnung.«

»Na ja, wenn ich's mir überlege … vielleicht sollten Sie doch nicht auf Ihr Gefühl hören.«

»Nun kommen Sie schon, Trevor. Ich tappe vollkommen im Dunkeln und weiß überhaupt nicht mehr weiter. Ich brauche eine Außenperspektive, jemanden, der mich aus dieser Wildnis wieder rausführen kann. Damit ich wieder nach Hause finde. Buchstäblich.«

»Dann würde ich sagen, Rusty sagt Ihnen die Wahrheit, so gut sie sie selbst kennt.«

»Wollen Sie damit sagen, dass sie sich auch irren könnte?«

Er schnaubt. »Legen Sie mir nicht irgendwelche Worte in den Mund, Jem. Sie kennen Ihren Mann, ich nicht. Ich bin bloß Ihr Reisebegleiter.«

»Tut mir leid. Ich sollte Sie nicht mit meinen Fragen belästigen. Das ist nicht fair. Sie müssten jetzt eigentlich schön eingemummelt in Ihrem Bett liegen.«

»Er ist Ihr Mann«, sagt Trevor. »Sie lieben ihn. Bis heute Morgen war alles noch in schönster Ordnung. Danach ist Ihre ganze Welt auf den Kopf gestellt worden, und Sie wollen nicht, dass das noch ein zweites Mal passiert. Ich kann Ihnen gar nicht sagen, wie sehr mir das alles leidtut.«

»Mal rein theoretisch betrachtet«, sage ich. »Wenn meine

Welt einmal auf den Kopf gestellt worden ist und dasselbe dann noch mal passiert, dann müsste ja alles wieder in Ordnung sein.«

Er gibt ein Geräusch von sich, ein leises, missbilligendes Grollen aus den Tiefen seiner Kehle.

»Tut mir leid«, sage ich.

»Sie müssen sich nicht alle fünf Sekunden entschuldigen.«

»Ich kann es auch nicht ändern.«

»Stammen Sie etwa aus Kanada?«

Ich schlage die Hände vors Gesicht.

»Ach, nun kommen Sie schon«, sagt Trevor. »Dann sind Sie eben Kanadierin. So schlimm ist das nun auch wieder nicht.«

Ich reibe mir die Augen. »Soll so mein Leben in Zukunft aussehen? Dass ich keinem Menschen, keinem einzigen Wort mehr trauen kann?«

»Ich würde Ihnen gerne etwas anderes sagen«, meint er.

»Aber Sie können nicht?«

Er schüttelt den Kopf. »Ich mache es nicht. Ich mache es nicht, weil Sie in eine tiefe Grube gefallen sind, Jem, und mehrere Leute Ihnen ein Seil zugeworfen haben. Alle versprechen Ihnen, Sie rauszuziehen. Aber wenn Sie sich für das falsche Seil entscheiden, dann kann es passieren, dass Sie auf halbem Weg wieder fallen gelassen werden. Glauben Sie nichts, was Sie nicht mit eigenen Augen sehen, mit Ihren eigenen Händen berühren können. Es gibt nur eine Möglichkeit, wie Sie das alles durchstehen können: Sie müssen sich selbst vertrauen.«

Wir fahren schweigend weiter.

Jedes Mal, wenn vor uns oder hinter uns ein Scheinwerferpaar auftaucht, jagt mein Pulsschlag in die Höhe. Das Licht ist mein Feind, die Dunkelheit meine Verbündete.

Es ist nicht mehr weit bis zu Leos Lagerhalle. Ich war bis jetzt erst einmal hier, vor Jahren, als er sie frisch angemietet hatte. Er war Unternehmer und stolz auf das, was er erreicht hatte. Und ich war stolz auf ihn. Ich glaube, das bin ich immer noch.

Ich hoffe, dass ich es auch am Schluss noch sein werde.

Die Lagerhalle steht in einem Industriegebiet am Stadtrand von New York. An die Adresse kann ich mich nicht mehr erinnern, aber ich weiß noch, wie man hinkommt. Ich habe das Gebäude vor Augen. Ich habe die Nachbargebäude vor Augen. Trevor habe ich gebeten, einfach in Richtung Stadt zu fahren, bis ich ihm den Weg zur Halle zeige.

»Normalerweise zieht es mich nicht gerade in die Großstadt«, sagt er.

»Wir fahren gar nicht nach New York, Trevor.«

»Da zieht es mich erst recht nicht hin.«

»Wann haben Sie zum letzten Mal den Bundesstaat verlassen?«

»Da waren Sie vermutlich noch gar nicht geboren.«

Wenigstens fange ich langsam an, das Mysterium Trevor zu enträtseln.

Um diese Zeit ist der Highway eine Geisterstraße. Nur gelegentlich begegnet uns ein Lastwagen. Jeder normale Mensch liegt im Bett. Ich vermisse mein Bett so sehr. Ich sehne mich danach, mich in meine Decke zu kuscheln.

Ob Rustys Mitarbeiter die Straßen nach mir absuchen? Großer Gott, ich bin auf der Flucht. Sie halten mich für eine Verbrecherin. Bin ich das? Ich habe bestimmt gegen ein paar Gesetze verstoßen. Und Wilks hat Rusty garantiert eingeflüstert, dass ich noch ganz andere Straftaten begangen habe. Aber ich sehe keinen einzigen Streifenwagen. Höre keine einzige Sirene. Wenn sie also wirklich nach mir suchen, dann nicht so weit südlich.

Als wir das Industriegebiet erreichen, ist es kurz vor eins. Vor dem Abzweig gibt es eine Verkehrsinsel. Ob das seelenlose, moderne Kunstwerk in der Mitte der Verkehrsinsel schon von Anfang an dort gestanden hat, kann ich nicht sagen. Jedenfalls ist es scheußlich, so oder so. Ein nur andeutungsweise geformter Klumpen aus Metall, der irgendetwas darstellen soll, was ich beim besten Willen nicht erkennen kann. Ich bin mir sicher, dass es Trevor ganz genauso geht, aber ich frage ihn nicht danach. Ich bin viel zu sehr mit der Frage beschäftigt, was wir vorfinden werden, wenn wir unser Ziel erreicht haben.

Um diese Uhrzeit liegt das Industriegebiet still und verlassen da. In einigen der größeren Hallen gibt es bestimmt irgendwelche Aktivitäten, davon gehe ich aus, aber ansonsten ist es wirklich sehr ruhig und wie ausgestorben. Ich sehe keinen einzigen Menschen. Gut so. Ich möchte auch nicht gesehen werden, wenn es sich irgendwie vermeiden lässt.

Leos Halle ist schwerer zu finden, als ich gedacht habe. Ich habe zwar ein ziemlich klares Bild vor Augen, aber die unzähligen gewundenen Straßen, die ein unüberschaubares Labyrinth aus Kurven und Sackgassen bilden, bringen meine Orientierung völlig durcheinander.

»Sind wir hier nicht schon einmal durchgekommen?«

»Ja, Trevor. Sehr gut beobachtet.«

Sind wir hier rechts oder links abgebogen? Fahren wir dieselbe Straße entlang, oder sehen die Gebäude sich einfach nur sehr ähnlich?

Endlich habe ich das Ziel unserer Fahrt gefunden. Vor uns taucht ein großes, rechteckiges Gebäude auf, in dem damals irgendein Start-up-Unternehmen untergebracht war. Inzwischen ist es aber, wie ich sehe, in ein Mietlager umgewandelt worden. Mit unschlagbaren Preisen, wenn man den Plakaten glauben darf.

Zwei Häuser weiter steht Leos Halle.

»Da ist es«, sage ich zu Trevor, nachdem wir daran vorbeigefahren sind.

»Und warum sagen Sie mir das nicht, bevor ich daran vorbeifahre?«

»Für den Fall.«

»Für welchen Fall?«

»Dass sie sie beobachten?«

»Dass wer sie beobachtet?«

Ich sehe ihn mit gerunzelter Stirn an. »Wilks. Carlson. Rusty. Oder sonst jemand …«

»Wie hätten die es vor uns hierher schaffen sollen?«

»Weiß ich doch nicht«, fauche ich ihn an. »Ich bin eben vorsichtig. Ich will mich nicht einfach direkt davorstellen und alle Welt darauf aufmerksam machen, dass wir hier sind, auch wenn wir nicht erwartet werden.«

»Hmm. Schlau.«

»Ich habe meine lichten Momente.«

Ein Parkplatz ist schwieriger zu finden, als mir lieb ist. Ich will nicht direkt vor Leos Halle halten, aber auch nicht zu weit entfernt, zum einen, weil wir zu Fuß sehr angreifbar wären, zum anderen, weil wir unter Umständen sehr eilig wieder aufbrechen müssen. Ich suche den goldenen Mittelweg zwischen meinen diversen Parkplatzansprüchen.

Ich sage Trevor, er soll sich auf die freie Fläche vor einer Finanzdienstleistungsfirma stellen. Die knallbunten Schilder legen die Vermutung nahe, dass diese Firma schnelle Kredite an arme Schlucker vergibt, und zwar zu exorbitanten Zinsen. Ich habe nicht das geringste schlechte Gewissen, dass wir unerlaubt ihr Grundstück betreten.

Ich bin mir sicher, dass Carlsons Auto, Trevor und ich von Überwachungskameras aufgenommen werden. Dagegen kann ich nichts machen, nur beten, dass im Moment gerade niemand hinschaut. Aber irgendwo sitzt garantiert ein Wachmann vor irgendwelchen Monitoren. Ich hoffe, dass er viel zu sehr mit der

Sportübertragung auf seinem Handy beschäftigt ist, um auf uns aufmerksam zu werden.

Trevor stellt den Motor ab, und abgesehen von meinem eigenen Atem höre ich kein einziges Geräusch mehr.

Trevor sagt: »Sind Sie bereit?«

»Nein, aber wir gehen trotzdem los.«

## 0.57 Uhr

Es ist eine kalte Nacht. Ich spüre die Kälte auf meiner nackten Haut, aber aus irgendeinem Grund stört mich das nicht. Die Kälte kann mir nichts anhaben. Ich gehe langsam, weil Trevor nur langsam vorankommt. Er ist schließlich ein alter Mann. Jeder Meter, den er gehen muss, tut mir leid, und ich habe ein schlechtes Gewissen deswegen, besonders in einer kalten Nacht wie dieser. Er beklagt sich nicht. Ich sehe ihn an und frage mich, wieso er bei diesem wirren Abenteuer überhaupt an meiner Seite bleibt. Er kennt mich noch keine vierundzwanzig Stunden. Ich könnte schließlich auch eine Verbrecherin sein. Oder völlig durchgeknallt.

Er bemerkt meinen Blick. »Was gibt es?«

»Warum sind Sie hier, Trevor? Warum helfen Sie mir? Sie kennen mich nicht. Und das alles geht Sie überhaupt nichts an.«

»Das sehe ich anders, junge Dame«, entgegnet er. »In dem Moment, als ich angehalten und Sie mit meinem Pick-up mitgenommen habe, habe ich auch die Verantwortung für Sie übernommen.«

»Sprechen Sie etwa von Ritterlichkeit?«

»Das hört sich nach meinem Geschmack ein bisschen zu europäisch an. Ich würde eher sagen, es ist die gute alte amerikanische Höflichkeit.«

»Wie immer Sie es nennen wollen, ich bin froh darüber. Ich glaube nicht, dass ich das alleine schaffen könnte.«

»Jetzt geht das schon wieder los mit diesem selbstzweiflerischen Fernsehgequatsche. Sie schaffen das alleine. Ich bin bloß ein Beobachter.«

»Ich glaube kaum, dass die Behörden das auch so sehen werden, falls ich verhaftet werde. Die würden Sie bestimmt als Komplizen betrachten. Unterstützung und Beihilfe zur Flucht vor dem Gesetz oder so was.«

»Sie fliehen vor dem Gesetz?«

»Behauptet Rusty. Ich habe einen Mann mit einer Schere verletzt und auf ihn geschossen.«

»Das war Notwehr. Kein Geschworenengericht im ganzen Land würde Sie deswegen schuldig sprechen. Kann schon sein, dass wir gerade so was wie einen moralischen Seiltanz vollführen, aber bis jetzt sind wir noch nicht runtergefallen. Und außerdem ... wenn die mich wirklich ins Gefängnis stecken und mir auf Staatskosten drei vollwertige Mahlzeiten am Tag servieren wollen, dann bitte sehr. Und herzlichen Dank auch.«

»Das Letzte nehme ich Ihnen nicht eine Sekunde lang ab«, erwidere ich. »Sie wollen mich bloß aufmuntern, aber das freut mich.«

Er entgegnet mürrisch: »Will ich gar nicht.«

»Da wären wir«, sage ich und mache eine Handbewegung.

Vor Leos Lagerhalle gibt es Stellplätze für ein halbes Dutzend Autos. Zwischen dem Gebäude und dem Bürgersteig befindet sich ein schmales hügelförmiges Rasenbankett, auf dessen Scheitel ein paar Blumen sprießen. Wer kümmert sich um sie? Ist die Verwaltung des Industriegebiets dafür zuständig, oder sind das die einzelnen Unternehmen? Bezahlt Leo jemanden dafür? Wenn ich schon eine so einfache Frage aus seinem Leben, zu seinem Geschäft nicht beantworten kann, wie kann ich da überrascht sein angesichts all dessen, was heute geschehen ist? Rusty hat gesagt, dass Leo mich schon lange belogen hat, aber was, wenn ich einfach nur das Offensichtliche übersehen habe?

Ist mein Ehemann ein Fremdling, und ich habe es nur nie bemerkt?

Ich hole Luft und versuche, meine Ängste wieder in den Griff zu bekommen.

»Was ist denn los?«, will Trevor wissen.

»Fernsehgequatsche.«

»Manchmal ist ein schlechter Tag …«

»Jaja, ich weiß.«

Wir nähern uns der Halle, und ich komme mir schutzlos vor. Der Parkplatz ist klein, aber auf mich wirkt er, als wäre er einen ganzen Kilometer breit. Die Straßenlaternen und die anderen Gebäude sorgen für ausreichende Beleuchtung, aber trotzdem gibt es um uns herum noch mehr als genug tiefe Schatten. Und überall könnte sich jemand verstecken. Ich versuche, mir einzureden, dass Trevor recht hat: dass weder Wilks noch Carlson vor uns hierhergelangt sein können.

Und was, wenn es noch andere Gegner gibt? Gegner, von denen ich bis jetzt noch gar nichts weiß?

Wilks und Carlson könnten ja Kollegen haben. Und beide hätten sie dafür sorgen können, dass diese Kollegen jetzt hier auf uns warten.

Ich schaue nach oben, zum Dach der Lagerhalle.

Ein perfekter Standort für einen Heckenschützen.

Ich schüttele den Kopf. Was weiß ich schon über Heckenschützen?

Nichts, wie es scheint, weil nämlich kein Schuss fällt. Selbst in Trevors Schneckentempo schaffen wir es unbeschadet über die leere Asphaltfläche. Wenn ich nicht wüsste, dass ich tatsächlich in Lebensgefahr schwebe, dann wäre die alberne Vorstellung, dass da ein Scharfschütze auf dem Dach lauern könnte, wirklich zum Lachen.

»Ich wollte vorhin nichts sagen«, meint Trevor jetzt, »aber ich hatte ein bisschen Angst, dass vielleicht ein Scharfschütze auf dem Dach lauern könnte.«

Ich schlage ihm mit dem Handrücken auf den Arm. *»Ganz genau, oder?«*

An der Vorderfront des Gebäudes befindet sich ein großes Rolltor aus Metall, das für Fahrzeuge gedacht ist, und daneben eine normale Eingangstür. Vielleicht gibt es seitlich oder hinten noch mehr Türen, aber ich kenne nur diese eine hier.

»Sie haben nichts von einem Schlüssel gesagt«, bemerkt Trevor, während wir uns dem Eingang nähern.

»Das liegt daran, dass ich keinen habe.«

»Aber wie sollen wir dann …«

Ich zeige auf das elektronische Tastenfeld. »Zahlenkombination.«

»Sind Sie sicher, dass Sie die richtige kennen? Sie sagen doch, dass Sie seit Jahren nicht mehr hier gewesen sind.«

»Natürlich kenne ich die Kombination, Trevor. Es ist mein Geburtsdatum.«

Ich gebe den sechsstelligen Code ein.

Nichts rührt sich.

Trevor macht den Mund auf.

»Ja«, falle ich ihm ins Wort, noch bevor er etwas sagen kann. »Leo hat den Code geändert. Vielleicht ist es ja sein Geburtstag.«

Ich versuche es. Nichts rührt sich.

»Was machen wir jetzt?«

Ich mustere Trevor mit einem schiefen Blick. »Wir brechen ein.«

»Wie?«

»Ich … ich habe keine Ahnung, aber so schwer kann das doch

nicht sein, oder? Einbrecher sind ja normalerweise keine Genies, oder? Sonst wären sie ja schließlich nicht Einbrecher geworden.«

»Stimmt auch wieder, schätze ich. Aber zumindest wissen sie, was sie zu tun haben.«

»Lassen Sie mir meine Träume, Trevor, okay? Ein bisschen mehr positives Denken, bitte. Eine kleine Ermutigung oder so was könnte ich gerade ganz gut gebrauchen.«

»Ich soll Sie ermutigen, zur Diebin zu werden?«

»Wir wollen ja nichts stehlen. Wir wollen bloß einbrechen.«

»Ich glaube an Sie«, sagt er monoton.

»Ist das wirklich schon alles?«

»Vielleicht könnte ich ja auch ein bisschen Ermutigung vertragen.«

Ich seufze. »Sie müssen deswegen nicht gleich so selbstgefällig grinsen.«

Er nickt. »Muss ich nicht, will ich aber. Wie geht es mit dem Einbruch voran?«

»Ich muss mir noch ein paar Details überlegen. Sie haben in Carlsons Auto nicht zufällig ein Stemmeisen gesehen, oder?«

Er schüttelt den Kopf. »Nein.« Dann macht er eine ausschweifende Handbewegung. »Es gibt hier garantiert eine Alarmanlage, das ist Ihnen doch klar, oder?«

»Ja. Ich hoffe sehr, dass sie den gleichen Code hat wie unsere Anlage zu Hause.«

»Und wenn nicht?«

»Dann laufen wir so schnell wie möglich zurück zum Auto.«

»Ich weiß ja nicht, ob Sie's bemerkt haben, aber die Zeiten, in denen ich schnell laufen konnte, liegen schon lange, sehr lange hinter mir.«

»Guter Punkt«, erwidere ich. »Das bedeutet, dass ich dann zurück zum Auto laufe und Sie hier abhole.«

Er knurrt zufrieden. »Viel besser.«

Ich nehme die Tür ein wenig genauer in den Blick. Sie besteht aus Milchglas. Ich gehe über den Parkplatz und stelle mich auf den kleinen Grashügel mit den Blumen. Das Beet hat einen Rand aus Backsteinen. Aus halbierten Backsteinen, um genau zu sein.

Ich löse einen davon aus der Erde. Er passt genau in meine Hand. Fühlt sich gut an.

Trevor sieht mich fragend an, während ich wieder zu ihm komme. Er wirft einen Blick auf die Backsteinhälfte in meiner Hand. »Was haben Sie denn vor?«

»Das«, sage ich und schleudere den Stein gegen die Milchglastür.

Er prallt ab und kommt direkt auf mich zugeflogen. Ich bringe mich mit einem Sprung in Sicherheit.

»Sicherheitsglas«, sagt Trevor. »Ich hätte Sie warnen können, wenn Sie nicht …«

Er hält inne. Er hält inne, weil ich ihn mit tödlichen Blicken bombardiere.

Er bückt sich und nimmt den Stein in die Hand. Es fällt ihm schwer, und als er sich aufrichtet, verzieht er schmerzhaft das Gesicht.

Er wirft den halbierten Backstein ein paar Zentimeter in die Luft und fängt ihn wieder auf.

»Also, gegen Sicherheitsglas hat man damit keine Chance, aber ich wette mit Ihnen um ein nagelneues Zehncentstück, dass dieses Gebäude irgendwo noch andere Fenster hat.« Ein Funkeln blitzt in seinen Augen auf. »Und die sind aus ganz normalem, gutem alten Glas. Aus gutem, altem, zerbrechlichem Glas.«

»Na, bitte«, sage ich. »Genau so eine Art der Ermutigung habe ich gemeint.« Ich nehme ihm den Backstein ab. »Also los. Machen wir etwas kaputt.«

## *0.59 Uhr*

Nachdem sie den Tatort hinter sich gelassen hat, ist Rusty todmüde. Das Gras hat natürlich auch seinen Teil dazu beigetragen. Dank jeder Menge Kaffee und großzügigen Gaben von Augentropfen scheint niemand bemerkt zu haben, dass die Dienststellenleiterin bekifft ist. Allerdings nur ein bisschen, weil nichts der entspannenden Wirkung des Marihuanas so sehr entgegenwirkt wie die Tatsache, dass sie einen Dienstauftrag hat und sich absolut nichts anmerken lassen darf. Sie hätte Sabrowskis Anruf einfach ignorieren sollen, sagt sie sich jetzt. Aber dieses nagende Gefühl eines herannahenden Unheils, das hatte sich nicht ignorieren lassen. Vielleicht war daran auch nur das Marihuana schuld – ein bisschen altmodische Paranoia –, aber seit diese beiden Behördenfuzzis mit ihrem wirren Gequatsche in ihrem Büro aufgetaucht sind, ist sie nicht mehr sie selbst.

Sie starrt in den Rückspiegel und beschließt, ihre Augen noch einmal zu beträufeln. Nachdem sie die Überreste der Flüssigkeit weggeblinzelt hat, stößt sie die Fahrertür auf und stemmt sich aus dem Fahrersitz ihres Streifenwagens ins Freie.

Sie hat in der Nähe des Diners geparkt, aber nicht direkt davor. Sie will nicht länger zu Fuß gehen als nötig, aber die eine Minute Abstand kann sie gut gebrauchen, um sich ein bisschen zu sammeln, ohne unter Beobachtung zu stehen.

Die Beleuchtung ist nach ihrem Geschmack viel zu grell, wie sie beim Näherkommen feststellt.

Und im Inneren ist es noch schlimmer. Sie kneift die Augen zusammen und legt die Stirn in Falten, widersteht dem Drang, die Sonnenbrille aufzusetzen oder sich schützend hinter einer Hand zu verstecken. Gegen ein solches Überangebot können keine Augentropfen dieser Welt etwas ausrichten.

Sie fragt sich, wieso der Laden die ganze Nacht geöffnet hat, wenn allem Anschein nach nur so wenige Kunden das Angebot nutzen. Ein paar einsame Lastwagenfahrer – keine Einheimischen – und eine junge Frau im Collegealter, die voll ist wie eine Strandhaubitze.

Rusty geht zu der einzigen Kellnerin.

»Hallo, Dana, was sagen Sie zu diesem Abend, alles in allem?«

»Ist es nach Mitternacht immer noch Abend?«

»Ausgezeichnete Frage«, erwidert Rusty. »Wenn Sie die richtige Antwort wissen, schicken Sie uns eine Postkarte.«

»Eine was?«

»Vergessen Sie's«, meint Rusty. »Das haben sie früher im Fernsehen öfter mal gesagt, anno dazumal.«

»Anno was?«

Rusty presst für einen Moment die Lippen aufeinander. »Sie haben uns angerufen?«

»Na, klar«, sagt Dana und winkt Rusty weiter von der jungen Frau weg, die so betrunken ist, dass sie ihre Neugier nicht verbergen kann. »Ich habe vor einer Stunde ungefähr was erlebt, was Sie bestimmt interessieren wird.«

»Ich höre.«

»Es war genauso ruhig wie jetzt. Nachts kommen immer mehr oder weniger die gleichen Leute hier rein, und ich mache diesen beschissenen Job jetzt schon lange genug, sodass ich sie praktisch alle kenne.«

»Garantiert.«

»Nicht namentlich, natürlich«, erläutert Dana. »Aber ich meine so grundsätzlich, die Typen, die hier reinkommen.«

»Ich weiß, was Sie gemeint haben. Bitte, fahren Sie fort.«

»Also, genau wegen dem, was ich grad gesagt habe, sind mir die beiden gleich aufgefallen. Ein Mann und eine Frau. Sie sind reingekommen und haben sich hingesetzt. Er bestellt einen Burger mit Speck und sie ein Sandwich mit gegrilltem Käse, aber so wie sie beim Bestellen die ganze Zeit die Lippen zusammenpresst …«, Dana macht es vor, »… weiß ich sofort, dass sie das eigentlich gar nicht haben will. Als müsste sie sich überwinden.«

»Er hat sie dazu gezwungen?«

»Nein, nein, doch nicht so. Eher, dass sie sich zu fein dafür ist.«

Rusty kneift sich in die Falte zwischen ihren Augenbrauen. »Sie haben uns wegen eines gegrillten Käsesandwichs angerufen?«

Dana ist nicht besonders erfreut über Rustys mangelnde Geduld. »Nein, habe ich nicht. Ich wollte Ihnen bloß ein bisschen Hintergrund liefern.«

»Es ist spät, Dana, und ich bin müde. Würden Sie mir den Gefallen tun und auf den Hintergrund verzichten? Ich bin überhaupt nur deshalb persönlich hergekommen, weil meine Abteilung gerade ziemlich überlastet ist. Wie ein zum Zerreißen gespanntes Gummiband. Aber behalten Sie den Hintergrund im Hinterkopf. Vielleicht können wir den später noch einmal gebrauchen.«

»Na gut.« Danas Tonfall ist scharf und hart. »Ihr dürrer Wachtmeister, Sabrowski, ist reingekommen und hat das Übliche bestellt. Hat sich an den Tisch neben der Tür gesetzt, wie immer, und versucht, mich nur so oft anzustarren, wie es gerade noch vertretbar ist. Da fragt die Frau mich, ob ich ihr einen Gefallen tun kann, weil sie nicht will, dass er sie beim Rausgehen sieht, warum auch immer. Ich sage, dass sie mir hundert Prozent Trinkgeld geben soll, dann will ich sehen, was ich machen kann.«

Das muss kurz bevor Sabrowski wieder zum Dienst beordert wurde, gewesen sein.

»Und das haben Sie gemacht?«, hakt Rusty nach.

Dana nickt. »Na, klar. Ich hab Ihrem Wachtmeister ein bisschen zusätzliche Aufmerksamkeit gegönnt, und er hat die beiden nicht gehen sehen. Er hat nichts anderes mehr gesehen als mich.«

»Warum haben Sie das gemacht?«

»Warum denn nicht?«

Rusty gibt keine Antwort. »Und jetzt verraten Sie mir, wieso Sie mich angerufen haben.«

»Weil ich gewusst hab, dass sie irgendwas angestellt haben muss, wenn sie ungesehen wieder verschwinden will«, erläutert Dana. »Ich hab natürlich nicht gewusst, was. Ich hab gedacht, vielleicht hat sie ihre Steuern nicht bezahlt oder irgend so was.«

»Das wäre dann kein Fall für die Polizei, Dana.«

»Bitte entschuldigen Sie, dass ich kein Juraprofessor bin, aber wie gesagt, das war ja ganz spontan. Ich hatte nicht viel Zeit, die Vor- und Nachteile meiner Reaktion ausführlich abzuwägen. Erst als ich dann mit Ihrem dürren Wachtmeister gesprochen habe und er eine Schießerei erwähnt hat …«

»Sabrowski hat mit Ihnen über eine laufende Ermittlung gesprochen?«

Dana rudert zurück. »Nein, nicht direkt. Das habe ich … erschlossen.«

»Das haben Sie erschlossen?«

»Darf eine Kellnerin das nicht?«

Rusty sagt: »Sie haben also zwei und zwei zusammengezählt und erschlossen, dass die Frau, die Sie gebeten hat, ihn abzulenken, genau die Frau war, nach der er gesucht hat?«

»Genau so war's.« Voller Stolz spreizt Dana die Schultern.

»Und dann haben Sie mich eine knappe Stunde später angerufen?«

Ihre Schultern fallen wieder ein bisschen ein. »Na ja, ich war mir nicht ganz sicher.«

»Ich verstehe.«

Verunsichert stemmt Dana die Hände in die Hüften. »Bekomme ich jetzt Schwierigkeiten?«

»Wegen Beihilfe und Vorschubleistung zum Vorteil einer flüchtigen Person?«

Dana hat keinen Sinn für Sarkasmus. »Und?«

Rusty lässt sie mit dem Schrecken davonkommen. »Nein, Dana, Sie bekommen keine Schwierigkeiten, weil das Schicksal Ihnen wundersamerweise mich als Polizeichefin serviert hat und nicht irgendeinen Korinthenkacker. Aber Sie hätten ihr wirklich nicht helfen dürfen.«

Dana zieht eine Schnute.

»Aber es war richtig anzurufen«, fügt Rusty hinzu. »Ich bin froh, dass Sie Ihrem Herzen einen Stoß gegeben haben.«

»Ist ein Herz überhaupt ein Herz, wenn es sich nicht ändern kann?«

Rusty hebt die Augenbrauen. »Ehrlich gesagt, darüber habe ich noch nie nachgedacht.«

»Ich auch nicht«, meint Dana. »Aber vorhin habe ich das in einem Song gehört.«

»Hat sie irgendeine Andeutung gemacht, wo sie hinwollte?«

»Nee, und ich hab sie auch nicht gefragt.«

Rusty nickt. »Haben Sie zufällig gesehen, mit was für einem Fahrzeug die beiden unterwegs waren?«

»Ja, schon, aber für mich sieht ein Pick-up aus wie der andere.«

»Natürlich«, erwidert Rusty. »Farbe?«

»Blau, schwarz, rot, weiß … ich hab nicht drauf geachtet«, erklärt Dana achselzuckend.

Rusty deutet auf den Parkplatz vor dem Diner und die Straße dahinter. »Haben Sie vielleicht gesehen, in welche Richtung sie gefahren sind?«

Dana überlegt.

»Nach rechts oder nach links?«

»Ich glaube«, sagt Dana, »sie sind nach rechts gefahren.«

»Wie sicher sind Sie?«

»So sicher, dass ich es Ihnen sage.«

Rusty fragt weiter: »Was ist mit dem Mann, der bei ihr war? Hat er etwas gesagt?«

»Er hat gesagt, dass er noch nie so einen guten Kaffee getrunken hat wie meinen.«

»Hat er auch etwas gesagt, was nichts mit Ihrem Kaffee zu tun hatte?«

Dana presst die Lippen aufeinander und denkt nach. »Nein, ich glaube nicht.«

»Können Sie ihn beschreiben?«

»Er hat ganz normal ausgesehen, alt, aber normal.«

Leo ist nicht alt, aber er könnte sich verkleidet haben, denkt Rusty.

»Haben Sie vielleicht einen Namen aufgeschnappt? Leo, womöglich?«

Dana schüttelt den Kopf. »Vielleicht hat er ja einen falschen Namen benutzt.«

»Hat er Ihnen denn überhaupt einen Namen genannt?«

»Nein.«

»Woher könnten Sie dann wissen, ob er einen falschen Namen benutzt hat?«

Dana zieht die Stirn kraus. »Ich glaube, das ist Ihr Job, nicht meiner.«

Rusty zeigt Dana ein Foto von Leo. Einen Ausdruck, den sie aus ihrer Tasche zieht und auseinanderfaltet. »Hat er vielleicht so ausgesehen?«

Dana nimmt Rusty den Ausdruck ab und betrachtet ihn ausführlich.

»Und?«, will Rusty wissen.

»Nicht mal annähernd.«

»Dafür haben Sie aber ganz schön lange gebraucht.«

Dana schüttelt den Kopf. »Man müsste schon von der Hüfte ab taub sein, wenn man so ein ansehnliches Exemplar nicht würdigen könnte.«

»Mm-hmm.« Rusty nimmt ihr das Blatt wieder ab. »Bitte rufen Sie mich an, falls Ihnen noch etwas einfällt. Und falls die beiden noch mal bei Ihnen aufkreuzen, dann lassen Sie sich auf nichts mehr ein.«

Dana wartet, bis Rusty kurz vor der Tür angekommen ist, dann ruft sie ihr hinterher: »Das käme drauf an, wie viel sie mir bieten.«

Rusty verlässt den Diner und spürt sofort das eisige Prickeln der nächtlichen Luft. Da sie zu übermäßigem Schwitzen neigt, freut sie sich über die erfrischende Brise. Sie kostet jeden Luftzug aus und starrt auf den Highway, der um diese Zeit schwarz und schweigend vor ihr liegt.

Rechts bedeutet Süden. Süden bedeutet New York City mit all seinen Flughäfen. Ob Jem Talhoffer womöglich in der großen Stadt untertauchen will? Oder per Flugzeug fliehen? Letzteres wäre zwar eine ziemlich dumme Idee, aber Menschen auf der Flucht haben schon größere Dummheiten begangen. Wer auf der Flucht ist, steht ununterbrochen unter Druck, unter einer unbarmherzigen Anspannung. Unter solchen Bedingungen kann niemand wirklich gut funktionieren. Angst macht dumm.

Aber aus irgendeinem Grund glaubt Rusty nicht, dass Jem Talhoffer dumm ist.

Und wer ist ihr Begleiter? Könnte ein unschuldiger Unbeteiligter sein, den sie in ihre Pläne hineingezogen hat. Ergibt auch Sinn. Als Hälfte eines Paares ist sie viel unauffälliger als einzeln. Oder könnte es sein, dass er doch tiefer in die Sache verstrickt ist? Rusty ist sich nicht sicher. Aber wenn die beiden den Diner gemeinsam betreten und wieder verlassen haben, dann deutet das darauf hin, dass sie sich kennen.

Rusty gibt diese neue Information weiter und erkundigt sich bei Zeke: »Wo liegt Leos Lagerhalle?«

Sie hört eine Tastatur klappern.

»Bei New York«, sagt er und nennt ihr die Adresse.

»Dachte ich mir«, sagt Rusty und lässt ihr Klapphandy zuschnappen.

Sie benützt seit Ewigkeiten kein anderes. Smartphones mit all diesen fummeligen Apps schrecken sie eher ab. Und Touchscreens jagen ihr eine Heidenangst ein. Sie hat beobachtet, dass Sabrowski seine dürren Finger wie ein Pianist darüber hinwegflitzen lässt, und weiß, dass sie dazu nicht in einer Million Jahren in der Lage wäre. Sie will nicht so viel Geld ausgeben, bloß damit ihre Nachrichten wie das reinste Kauderwelsch aussehen, weil sie immer drei Buchstaben gleichzeitig antippt. Also bleibt sie bei ihrem Klapphandy, auch wenn die Wachtmeister sie deswegen bei jeder Gelegenheit aufziehen. Sie bekommt schließlich regelmäßig auch ihre Chance, und zwar jedes Mal, wenn sie in Panik ausbrechen, weil ihre Akkus mal wieder den Geist aufgeben. Männer und ihre Spielzeuge …

Sie fährt los und wäre beinahe nach rechts abgebogen, in Richtung von Leos Lagerhalle. Aber wem will sie hier eigentlich etwas vormachen?

Sie ist müde. Sie ist kaputt. Sie gehört ins Bett.

Soll sich doch jemand anderes darum kümmern.

## 1.07 Uhr

Einzubrechen ist nicht ganz so einfach, wie ich gedacht habe, weil keines der Fenster vom Boden aus zu erreichen ist. Aber auf der Rückseite des Gebäudes steht ein Müllcontainer, und nachdem ich ihn erklommen habe, liegen tatsächlich etliche Fenster in Reichweite. Trevor sieht mir zu und gibt sich nicht die geringste Mühe, seine Vorbehalte zu verbergen. Er verzieht das Gesicht und zieht zischend die Luft ein.

»Sie sind mir keine Hilfe«, sage ich, nachdem ich eine einigermaßen stabile Position gefunden habe.

»Das war auch nicht meine Absicht.«

»Tun Sie wenigstens so, Trevor. Stellen Sie sich vor, ich bin Spiderman.«

»Wer?«

»Mein Gott, Trevor, wo haben Sie in den letzten Jahrzehnten eigentlich gesteckt?«

»Da, wo man den Namen des Herrn nicht vergeblich führt, genau da habe ich gesteckt.«

Ich zeige mich angemessen zerknirscht. »Entschuldigung.«

»Das ist eine Entschuldigung, die ich annehme.«

Müllcontainer sind nicht dafür gemacht, dass sich jemand draufstellt, wie ich jetzt feststelle. Die Räder sind auch nicht gerade förderlich, genauso wenig wie der abgerundete Deckel, auf dem man nicht nur schlecht stehen kann, sondern der sich auch so anfühlt, als würde er jeden Augenblick zusammenbrechen. Irgendwie komme ich aber klar. Mit einer Hand stütze ich mich an der Wand ab, und mit der anderen umklammere ich den halbierten Backstein. Das Fenster befindet sich ungefähr auf Höhe meiner Schultern, und es sieht aus wie ein ganz normales Fenster, das ohne Weiteres zersplittern müsste.

»Was meinen Sie? Ob es hier Patrouillen gibt?«, rufe ich zu Trevor hinab.

»Falls ja, dann haben sie bis jetzt zwei Leute übersehen, die hier eindeutig nichts zu suchen haben und sich verdächtig benehmen. Ich würde mir also keine allzu großen Sorgen machen.«

»Auch wieder wahr«, sage ich. »Wird schon schiefgehen.«

Ich halte den Backstein mit den Fingerspitzen fest und schlage damit gegen das Fenster, mit wenig Wucht, nur als Test. Ich bin nervös und unsicher, weiß nicht, wie viel Kraft ich dafür aufwenden muss.

Kracks.

Der Backstein durchschlägt die Scheibe mühelos, sodass auch meine Hand durch das Loch rutscht.

»Gut gemacht«, ruft Trevor mir zu.

Ich muss aufpassen, dass ich mir beim Zurückziehen nicht an den zahlreichen Spitzen das Handgelenk aufschlitze. Ein paar Scherben brechen weg, aber ich bin unverletzt. Nicht einmal einen Kratzer habe ich abbekommen. Vielleicht ist Einbrecherin ja meine unerkannte Berufung.

Nach etlichen vorsichtigen Schlägen mit dem Backstein besteht die Fensterscheibe nur noch aus glitzernden Splittern. Ich schlage das ganze Ding aus dem Rahmen und beseitige sorgfältig sämtliche Überreste aus dem unteren Teil. Schließlich will ich mich nicht aufschlitzen, wenn ich gleich da durchklettere.

Da ich nicht weiß, was ich mit dem Backstein anfangen soll, werfe ich ihn Trevor zu und sage: »Auffangen.«

Er mag vielleicht nicht mehr gut zu Fuß sein, aber er fängt das Ding mit einer Hand auf, ganz beiläufig und ohne mit der Wimper zu zucken.

»Was soll ich denn damit?«, will er wissen.

Ich zucke mit den Schultern. »Keine Ahnung. Bewahren Sie ihn auf. Als Souvenir.«

Er sagt kein Wort, sondern sieht mich wieder einmal mit weit aufgerissenen Augen und kopfschüttelnd an. Ich beachte ihn nicht. Ich habe einen Lauf. Ich packe den Fensterrahmen mit beiden Händen, stelle einen Fuß dazwischen und stemme und schiebe mich durch die Öffnung, in der bis vor Kurzem noch die Fensterscheibe war. Dann lande ich mit den Füßen voraus auf der anderen Seite.

Glasscherben knirschen unter meinen Sohlen.

Ich stehe in einem leeren Zimmer, einem gesichtslosen Würfel, der nur durch das zerbrochene Fenster ein wenig Charakter bekommt. Der Raum gehört zu dem kleinen Bürotrakt, der an die Lagerhalle anschließt und nicht benutzt wird, da Leo keine Angestellten hat. Bei größeren Weinlieferungen arbeitet er mit Lieferanten zusammen, aber soweit ich es verstanden habe, kommt so etwas nicht oft und auch nicht regelmäßig vor. Es handelt sich vielmehr um gelegentliche große Lieferungen. Er könnte keine Festangestellten bezahlen, und selbst wenn, hätte er bei Weitem nicht genügend Arbeit für sie.

Bis jetzt ist keine Alarmanlage angesprungen.

Aber warum nicht? Vielleicht habe ich zur Abwechslung einfach nur Glück. Von außen fällt gerade so viel Licht ins Zimmer, dass ich etwas sehen kann, aber ich weiß nicht, wie es ist, wenn ich weiter ins Innere des Gebäudes vordringe. Ich will auf keinen Fall das Licht einschalten, damit alle sehen können, dass ich hier bin.

Ich gehe zur Zimmertür, mache sie auf und trete auf einen Gittersteg aus Metall, von dem man das gesamte Innere der Lagerhalle im Blick hat.

Das Dach ist an einigen Stellen durchsichtig, sodass ich genügend sehen kann, um zu erkennen, dass hier etwas ganz und gar nicht stimmt.

Der Gittersteg führt nach rechts, wo etliche weitere Bürotüren zu sehen sind. Zu meiner Linken führt eine steile, schmale Treppe hinunter in die Halle. Ich steige hinab und suche eine offene Tür, um Trevor hereinzulassen.

»Hallo«, rufe ich. Ich muss es mehrfach versuchen, bis meine Stimme laut genug ist. Ich will schließlich nicht, dass jemand anderes auf uns aufmerksam wird. Endlich hört er mich.

»Gut gemacht«, sagt er beim Näherkommen.

»Gibt es etwas zu berichten?«

Er schüttelt den Kopf. »Hab nichts gesehen und nichts gehört.«

»Gut«, erwidere ich und mache Platz, damit er eintreten kann.

Ich ziehe die Tür hinter Trevor ins Schloss, und er betritt die Halle und sieht sich um. Er dreht sich einmal um die eigene Achse, wendet den Blick in alle Richtungen und verschafft sich ein umfassendes Bild.

»Wo ist denn der ganze Wein?«, fragt er dann.

»Ich wünschte, ich wüsste eine Antwort.«

Die Lagerhalle ist leer.

Ich sehe zwar mehrere Reihen mit riesigen Regalen dort stehen, aber keine einzige Flasche Wein.

»Haben Sie nicht gesagt, Ihr Mann ist Weinhändler?«

»Ja, stimmt«, sage ich. »Ist er. War er.«

Trevor sieht mich fragend an.

»Ich würde es Ihnen sagen, wenn ich es wüsste. Aber ich weiß es nicht. Ich weiß nicht, warum die Halle leer ist. Ich weiß nicht, wo der ganze Wein ist. Ich weiß nicht, was zum Teufel hier vor sich geht.«

»Hat er noch eine andere Halle?« Trevor greift nach dem letzten Strohhalm, das wissen wir beide. »Vielleicht hat er seine Vorräte verlegt.«

»Das bezweifle ich wirklich sehr, Trevor. Wozu bräuchte er dann das hier, wenn er noch eine hat? Und wenn er wirklich noch eine andere Halle hat und seinen Wein dort aufbewahrt, warum hat er mir dann nichts davon erzählt?«

Trevor zuckt mit den Schultern. »Keine Ahnung. Vielleicht gehen die Geschäfte schlecht, und er wollte nicht, dass Sie sich Sorgen machen?«

Ich verstumme. Ich weiß nicht, was ich sagen soll. Ich starre die leeren Regale an, in denen Hunderte Weinkisten, Tausende und Abertausende von Flaschen gelagert werden könnten. Warum stehen sie leer?

»Na, na«, sagt Trevor, als er merkt, wie nervös ich werde. »Vielleicht gibt es ja immer noch eine ganz harmlose Erklärung für das Ganze.«

»Da fällt mir beim besten Willen keine ein.« Ich gehe zur Treppe. »Aber ganz egal, wie die Antwort lautet, hier, zwischen diesen leeren Regalen, werden wir sie garantiert nicht finden.« Ich gehe wieder nach oben. »Wie geht es Ihren Knien?«

Trevor stößt ein leises Knurren aus, während er näher kommt. »Besser als Ihrem Respekt gegenüber Älteren.« Er erklimmt die ersten Stufen. »Haben Sie die Alarmanlage ausgeschaltet?«

»Es gibt keine.«

Trevor deutet auf die Bewegungsmelder hoch oben an den Wänden. »Oh doch, es gibt sehr wohl eine. Warum ist sie dann nicht eingeschaltet?«

»Hmm …« Ich schnaufe. »Na ja, es gibt ja auch nichts zu stehlen.«

Dass ich so vieles über Leo nicht weiß, belastet mich sehr. Ich klammere mich immer noch an die vage Hoffnung, dass es für all das eine Erklärung geben könnte, dass es sich nur um irgendein harmloses Missverständnis handelt, das außer Kontrolle geraten ist. Aber es kommt mir mehr denn je wie eine völlig aberwitzige Hoffnung vor.

Ich merke, dass ich die Handflächen aneinanderreibe.

Meine Hände, meine Finger, sie kribbeln. Tausend kleine Nadeln, die meine Ängste vergrößern. Wenn ich genügend Reibung erzeuge, genügend Wärme, dann kann ich vielleicht …

*»Verdammt!«*

»Was ist denn?«, erkundigt sich Trevor.

Meine Hände sind völlig verkrampft, meine Finger gekrümmt und lassen sich nicht mehr bewegen. Die Sehnen auf meinen Handrücken stülpen sich gegen die Haut. Ich kann die bis zum Zerreißen gespannten Muskeln in meinen Handgelenken und bis hinauf zu den Ellbogen sehr gut spüren.

Nicht, dass es besonders schmerzt, aber es ist frustrierend.

Es macht mich wütend.

»Ich muss einfach warten, bis es vorbei ist«, sage ich zu Trevor.

»Können Sie die Hände nicht einfach entspannen?«

*»Nein!«*

Es klingt eher wie ein Fauchen als wie ein Wort. Kehlig und primitiv. Trevors Bagatellisierungen kann ich jetzt gerade überhaupt nicht gebrauchen. Die machen meine Probleme nur schlimmer. Ich bin schon vorsorglich wütend auf ihn, weil ich mit einer abfälligen Antwort rechne, doch zu meiner Verblüffung kommt nichts dergleichen. Mit gerunzelter Stirn und zusammengekniffenen Augen starrt er meine Hände an. Er sieht, dass ich mir das nicht einbilde, dass es echt ist. Nicht einmal er kann behaupten, dass ein körperliches Symptom sich nur in meinem Kopf abspielt.

Überrascht registriere ich, dass meine Finger sich allmählich wieder entspannen. Meine Unterarme werden lockerer.

»Das ging aber schnell«, sage ich. »Normalerweise dauert es viel länger.«

»Was war dieses Mal anders?«

»Ich habe meine ganze Wut auf Sie gerichtet anstatt auf mich. Hat anscheinend prima geklappt.«

»Freut mich, dass ich helfen konnte.«

*Was sind wir doch für Narren*, denke ich.

Selbst wenn Leo kein Geldwäscher ist, selbst wenn er kein Informant für das FBI war, das alles hier steht für so viel Heimlichtuerei, so viele Lügen, dass wir unmöglich zu unserem bisherigen Leben zurückkehren können.

Wenn der Mensch, der einem am meisten bedeutet, so viel vor einem verbergen kann, was sagt das über die Beziehung zu diesem Menschen aus?

# FRÜHER

*»Und, was hältst du davon?«*

*Ich war mir nicht sicher, was ich davon halten sollte. Die Lagerhalle kam mir riesig vor. Wie eine Höhle. Ich konnte mir nicht vorstellen, wozu wir so viel Platz brauchten. Weit über tausend Quadratmeter, hatte er gesagt.*

*»Nun sag doch was. Lass mich nicht so hängen«, drängelte Leo.*

*Aufgeregt führte er mich durch das leere Gebäude, wie ein Schuljunge, der ein neues Spielzeug bekommen hat. Er hätte es gerne gehabt, wenn ich ähnlich viel Aufregung empfunden hätte, aber das fiel mir sehr schwer.*

*»Die Regale habe ich mitgemietet.«*

*»Das ist fast zu schön, um wahr zu sein.«*

*Es gab hier nichts zu sehen, keinen wirklichen Anlass für eine Führung, aber ich war glücklich darüber, dass er glücklich war. Sein Geschäft wurde größer. Er empfahl jetzt nicht mehr nur Weine, sondern verkaufte sie auch, suchte sie selbst aus, importierte sie und übernahm die Lieferung an Restaurants und Hotels.*

*Er brauchte den Platz.*

*Ich legte den Kopf in den Nacken und sah hinauf zu der hohen Decke. »Es ist nur so … riesig.«*

*»Wir müssen große Träume haben«, erwiderte er. »Wir haben uns entschieden, also warum sollten wir uns begrenzen? Wollen wir wirklich jetzt schon eine gläserne Decke über unseren Köpfen einziehen, bevor wir wissen, wie hoch wir wachsen können? Möchtest du nicht, dass wir wachsen?«*

*»Doch, schon«, sagte ich, »aber das Risiko ist zu groß. Die Miete ist eine gewaltige Belastung, und wir setzen uns dadurch sehr stark unter Druck.«*

*Er ließ sich von meinen Worten nicht im Geringsten bremsen. Wenn überhaupt, dann wurde er dadurch noch aufgeregter und enthusiastischer, weil er unbedingt wollte, dass ich die Sache genauso sah wie er.*

*»So sind wir nun mal, Jem. Wir sind Unternehmer. Wir gehen Risiken ein. Wer seine Chancen nicht beim Schopf packt, der wird niemals reich.«*

*»Interessant, wie du Risiken in Chancen umdeutest, damit es ein bisschen weniger gefährlich klingt.«*

*»Was ist das Schlimmste, was passieren könnte?«*

*Meine Augenbrauen ziehen sich zusammen. »Du weißt genau, was passieren kann. Hier steht alles auf dem Spiel.«*

*»Nur großer Einsatz schafft großen Gewinn.«*

*Ich streichelte ihm den Arm. »Ich dachte, du wärst in unserer Beziehung der Vernünftige und ich der Heißsporn?«*

*Er schenkte mir sein charakteristisches, perfektes Lächeln. »Dann wird es Zeit, dass du mal mit meinem Heißsporn Bekanntschaft machst.«*

*Ich sah ihn an.*

*Er hob die geöffneten Handflächen. »War keine Absicht, ich schwöre.«*

*»Und warum grinst du dann so anzüglich vor dich hin?«*

*Er wies mit einer großzügigen Armbewegung auf die leere Halle, die in seiner Fantasie eine Vielzahl von Möglichkeiten bot.*

*»Weil ich mich freue, über das hier, über uns. Darüber, wie weit wir es gebracht haben.«*

*Ich ließ den Blick durch das höhlenartige Innere schweifen. »Ist das nicht zu viel? Geht es nicht zu schnell?«*

*Er gab keine Antwort.*

*»Wie viel ist genug?«, fragte ich ihn.*

*Die Frage machte ihn nachdenklich, nicht, weil er sie als Angriff betrachtete, sondern weil er bisher noch nicht darüber nachgedacht hatte. Er hatte seine Ziele noch nie hinterfragt, und das machte mir Angst. Ich musste wissen, ob er zuverlässig war, musste mich absolut auf ihn verlassen können, wenn das hier funktionieren sollte.*

*»Das werde ich schon merken, sobald der Punkt erreicht ist«, sagte er.*

*»Das ist doch keine Antwort auf meine Frage. Nicht einmal im Ansatz.«*

*Ich war wütend. Nicht genug damit, dass ich die Vergewisserung, auf die ich gehofft hatte, nicht bekommen hatte, jetzt stellte ich auch den Sinn dieses ganzen Unterfangens infrage.*

*»Ich stamme aus ärmlichen Verhältnissen«, sagte Leo. »Das weißt du. Mir ist nie etwas in den Schoß gefallen, aber das habe ich auch nie als Ausrede benutzt. Ich habe mit aller Kraft darum gekämpft, der Armut zu entkommen. Habe ich dabei immer das Richtige getan? Nein. Habe ich nie einen Fehler gemacht? Doch, natürlich. Im Gegenteil, ich habe viele Fehler gemacht. Aber ich will dafür kein Mitleid haben, genauso wenig wie Lob.«*

*»Jaja, hör auf, um den heißen Brei herumzureden. Wie viel Geld ist genug?«*

*Er sah mich durchdringend an, ohne ein einziges Mal zu blinzeln.*

*»Was ich meine, ist: Ich werde immer mehr wollen. Als Kind war ich froh, wenn ich genügend Geld hatte, um mir am Kiosk ein Comicheft zu kaufen, anstatt es stehlen zu müssen. Vor zehn Jahren war ich froh, dass ich die Miete immer pünktlich überweisen konnte. Ich meine, wir ändern uns doch ununterbrochen, nicht wahr? Was immer wir haben, irgendwann wird es uns nicht mehr genug sein. Ich will deiner Frage gar nicht ausweichen. Ich glaube sogar, dass ich so ehrlich zu dir bin wie nur irgend möglich. Ganz egal, wie gut das hier laufen wird, ganz egal, wie viel Geld wir damit verdienen, es wird der Tag kommen, wo mir das nicht mehr genügt, und dann werde ich noch mehr wollen. Für mich. Für uns.«*

*Ich muss an meine Reisejahre denken und wie ich mein Erbe Penny für Penny verbraucht habe, so lange, bis kein einziger mehr übrig war. Ich habe das angenehme Leben, in das ich hineingeboren worden war, erst zu schätzen gewusst, als ich es verloren hatte. Ich wollte es wieder angenehm haben. Ich musste ihm vertrauen.*

*»Ich vertraue dir«, sagte ich.*

*Er lächelte. »Rom ist schon lange her, nicht wahr?«*

*»Eine Ewigkeit.«*

*Er legte die Hände auf meine Schultern und fing an, sie zu massieren. »Wir schaffen das. Das würde ich nicht sagen, wenn ich nicht fest daran glauben würde.«*

## *1.15 Uhr*

Abgesehen von dem leeren Zimmer, in das ich eingestiegen bin, gibt es noch einen Besprechungsraum, eine Küche, mehrere Toiletten und ein Großraumbüro. Nur dort sind Spuren menschlichen Lebens festzustellen. Die anderen Räume sehen aus, als seien sie noch nie benutzt worden, oder zumindest so selten, dass es kaum zählt. Da Leo das Geschäft ganz alleine führt, ist es kein Wunder, dass der Besprechungsraum unberührt geblieben ist. Der Großteil seiner Arbeit findet ohnehin in Übersee oder wenn er unterwegs ist statt. Und wenn er nicht verreist ist, dann ist er bei mir.

Mir wird klar, dass ich mir eine Menge einrede. Ich versuche, die Lücken zu füllen und alles das wegzuerklären, was zum Bild eines Mannes beitragen würde, den ich immer weniger erkenne.

Das Großraumbüro bietet Platz für mehrere Schreibtische. Leos eigentlicher Arbeitsplatz liegt abgetrennt hinter einer Glasscheibe. Die Tür ist nicht abgeschlossen, und ich mache sie auf. Es ist ein kleiner quadratischer Raum mit einem Schreibtisch, einem Aktenschrank, einem Computer und einem Whiteboard an der einen Wand. Als Stuhl hat er sich einen dieser unfassbar kostspieligen ergonomischen Sessel mit Netzrücken ausgesucht. Ich setze mich hin, während Trevor sämtliche Jalousien herunterlässt.

»Machen Sie die Augen zu«, sagt er.

Ich bin so sehr in meine Gedanken an Leo vertieft, dass ich gar nicht registriere, was Trevor vorhat, bis die Neonleuchten aufflammen und mich blenden.

Ich verziehe das Gesicht und schließe die Augen. »Trevor …«

»Was denn?«, erwidert er. »Ich hab Sie doch gewarnt.«

»Was soll denn das? Schalten Sie das wieder aus.«

»Was sollen wir denn Ihrer Meinung nach im Dunkeln finden?«

»Ich habe das ungute Gefühl, dass es hier überhaupt nichts zu finden gibt.«

Trevor schnaubt nur. »So schnell geben wir nicht auf. Wir sind bis hierher gekommen, und jetzt sollten wir nicht gleich die Flinte ins Korn werfen.«

Ich nicke und stoße vernehmlich den Atem aus. »Ja, Sie haben recht. Ich muss mich konzentrieren. Muss mir ein bisschen was von dieser zupackenden Trevor-Energie zulegen.«

»So ist es richtig.«

»Warum sind wir hier? Was suchen wir? Ich möchte wissen, wer nun eigentlich die Wahrheit über Leo gesagt hat, Wilks oder Carlson. Oder vielleicht liegen sie alle beide falsch? Wobei, angesichts des auffälligen Mangels an Wein in diesem Weinlager wage ich mich einfach mal vor und sage: Da ist was faul im Staate Dänemark.«

Trevor nickt. »Ich denke, in diesem Punkt sind wir uns einig.«

Ich betrachte Trevors alte Jeans, seine alten Tattoos, sein altes Gesicht. »Lassen Sie mich raten: Sie halten nicht viel von Computern, stimmt's?«

»Ihr Leute von heute, ihr glaubt wirklich, dass sich alles nur um Technologie dreht. Ihr vergesst …«

»Was habe ich gerade gesagt?«

Er grummelt etwas vor sich hin.

»Na bitte«, sage ich und zeige auf den Aktenschrank. »Sie nehmen sich den da vor.«

»Wonach soll ich suchen?«

»Alles, wo Rom erwähnt wird.«

»Was genau meinen Sie mit ›alles‹?«

»Alles.«

Er runzelt die Stirn.

»Wir tappen völlig im Dunkeln, Trevor. Heute Morgen hat Messer von Rom gesprochen, und das Bild von Leo, das Carlson im Handschuhfach hatte, ist auch in Rom aufgenommen worden. Das kann kein Zufall sein. Ich nehme also an, dass es irgendwelche Quittungen oder andere Papiere geben wird, die sich auf Rom beziehen. Geld hinterlässt immer eine Spur.«

»Ich dachte, der Sinn und Zweck von einer Geldwäsche liegt gerade darin, die Spur zu verschleiern.«

»Das stimmt nicht ganz. Das Geld soll dadurch legitimiert werden, oder nicht? Man wäscht schmutziges Geld sauber, damit es nicht mehr versteckt werden muss.«

»Und wie funktioniert das?«

»Als hätte ich davon auch nur den leisesten Schimmer«, entgegne ich. »Aber dass Sie mir das zugetraut haben, fasse ich als Kompliment auf.«

Er zuckt mit den Schultern. »Na ja, könnte ja ein Familienunternehmen sein.«

»Das ist nicht witzig.«

»Ich finde schon.«

»Haben Sie schon eine Akte gefunden, in der Rom erwähnt wird?«

Er macht sich an die Arbeit.

Ich tippe eine Taste auf der Tastatur an und wecke den schlafenden Computer auf. Der Startbildschirm verlangt ein Passwort. Ich rate ein bisschen herum: Leos Lieblings-Baseball-Team, Basketball-Team, Fußball-Team. Es überrascht mich nicht, dass keines davon funktioniert. Er hat sich garantiert irgendeine alphanumerische Kombination ausgedacht, die unmöglich zu erraten ist.

Ich gebe auf. Dass ich hier nicht weiterkomme, ist vermutlich so normal, dass ich mich wirklich nicht darüber aufregen sollte. Leo kennt das Passwort für meinen Laptop schließlich auch nicht, also welches Recht habe ich jetzt, empört zu sein? Andererseits gibt es jetzt eben noch ein weiteres Geheimnis. Was weiß ich denn noch alles nicht über ihn? Wie viele Geheimnisse müssen noch enthüllt werden, bis das alles endlich aufhört?

Ich brauche nur daran zu denken, schon werde ich wütend.

Mein Wutanfall ist zwar heftig, dauert aber nur wenige Sekunden, weil mein Blick auf ein Foto auf Leos Schreibtisch fällt. Ein richtiges Foto, mit einer richtigen Kamera auf Film gebannt und von Profis in einem richtigen Fotolabor entwickelt. Es steckt in einem massiven Silberrahmen, weil dieses Foto etwas Besonderes ist. Ich habe es meinem Ehemann geschenkt. Es zeigt uns gemeinsam, lächelnd und glücklich. Er hat einen Arm um mich gelegt, und ich lehne mich an ihn, habe meinen Kopf an seiner Brust. Wir sind sonnengebräunt und mehr als nur leicht beschwipst, weil wir gerade eben in einem belebten, kleinen Bistro zu Abend gegessen haben, und zwar so viel, dass wir beide unsere Gürtel weiter schnallen mussten. Leos rechte Gesichtshälfte hat ein bisschen zu viel Sonne abbekommen. Sie ist leicht gerötet. Trotzdem sieht er immer noch aus wie ein Filmstar, noch mehr als sonst sogar. Die untergehende Sonne taucht uns in ein perfektes, orange-pinkfarbenes Licht. Ein älteres Paar hat uns damals angesprochen und gesagt, dass wir ein wunderschönes Paar abgeben. Leo hat sie gefragt, ob sie uns fotografieren würden, und sie waren sofort dazu bereit, ja, sie haben sich beinahe gestritten, wer uns mit Leos erstklassiger Nikon fotografieren durfte. Wenn ich mich recht entsinne, hat die Frau damals gewonnen. Sie hat in ihrem Schnellfeuer-Italienisch etwas zu uns gesagt, was wir nicht verstanden haben, und wir haben uns daraufhin verwirrt angeschaut. Als wir die entwickelten Fotos dann abgeholt hatten, haben wir gemerkt, dass sie genau in dem Moment auf den Auslöser gedrückt hatte, als wir nicht die Kamera geblickt, sondern einander angeschaut hatten. Zuerst war ich sauer deswegen, aber Leo gefiel das Bild genau aus dem Grund, aus dem es mir nicht gefiel: Weil es uns so zeigt, wie wir waren: zwei herumalbernde Trottel, die Grimassen schneiden, anstatt sich hübsch brav in Pose zu werfen. In unserem Element, so sagte er. Unsere entgleisten Gesichtsausdrücke perfekt eingefangen. Mit der Zeit habe ich gelernt, dieses Bild zu lieben.

In Rom.

Ich sage zu Trevor: »Sie können wahrscheinlich gleich wieder aufhören zu suchen.«

»Wie bitte?«

Ich wiederhole meinen Satz nicht noch einmal, sondern greife nach dem Bilderrahmen. Er ist verdächtig schwer. Ich drehe ihn um und öffne mit meinen Fingernägeln die Abdeckung. Das ist nicht leicht, weil ich meine Nägel immer bis aufs Nagelbett abnage, um meine Ängste ein wenig zu besänftigen. Doch nach kurzem Kampf schaffe ich es.

Da fällt etwas auf den Schreibtisch.

Klein, quadratisch, dünn und aus Plastik.

Eine Mikro-SD-Karte.

»Was ist das?«, will Trevor wissen.

»Wenn ich raten müsste«, sage ich und untertreibe dabei bewusst, »dann würde ich sagen, dass wir genau das gefunden haben, wohinter alle her sind.«

Trevor starrt die winzig kleine Speicherkarte an, als hätte er keinen Schimmer, was das ist.

Er sagt: »Ich habe keinen Schimmer, was das ist.«

»Vielleicht haben Sie schon mal was von einer Festplatte gehört? Das sind diese Dinger, die in Computer eingebaut werden und auf denen die Leute ihre Daten speichern.« Er nickt. »Das Ding hier ist genau das Gleiche, bloß kleiner. Stellen Sie sich sämtliche Bücher vor, die Sie in Ihrem ganzen Leben gelesen haben. Die würden alle hier draufpassen, und dann wäre noch Platz für tausend weitere.«

Trevor sieht mich an, als hätte ich das Feuer entdeckt. »Und, was ist da drauf?«

»Das ist die entscheidende Frage, nicht wahr? Was immer Leo gemacht hat, und für wen auch immer, alles das finden wir hier drauf. Nehme ich jedenfalls an. Wirklich sicher bin ich mir im Moment ja bei gar nichts.«

»Und wie können wir da reinschauen?«

Ich sehe mir die verschiedenen Steckplätze an Leos Computer an. »Der hat keinen Slot für eine Mikro-SD. Wir brauchen einen Adapter.« Trevor hat keine Ahnung, wovon ich rede, und ich versuche, es ihm mit Gesten zu erklären. »Das ist ein kleines Plastikding, in das wir die Mikro-SD-Karte stecken können. Und anschließend stecken wir das Plastikding in den Computer.«

»Wieso machen sie dann nicht gleich einen Computer mit so einem Plastikding?«

Ich durchsuche die Schreibtischschubladen, falls sich darin irgendwo ein Adapter herumtreiben sollte. »Sagen Sie's mir, Trevor, sagen Sie's mir.«

»Gier«, erwidert er. »Das ist der Grund. Es geht immer um die Gier, mit der sie unsere Freiheit einschränken wollen. Das passiert, wenn die Gesellschaft ihre zentralen Werte vergisst, wenn die Leute nicht mehr eine höhere Macht anbeten, sondern materielle Güter, weil sie sich davon einen höheren Gewinn versprechen. Und dann findet man genau so …«

»Eigentlich wollte ich gar keine Antwort haben«, unterbreche ich ihn.

»Dann betrachten Sie das als unerwarteten Bonus.«

»Mm-hmm.«

In keiner der Schubladen ist ein Mikro-SD-Adapter zu finden. Gemeinsam durchsuchen wir das ganze Büro, aber ohne Erfolg.

»Wo sollen wir denn um diese Uhrzeit noch einen Adapter herkriegen?«, frage ich. »Selbst, wenn wir Carlson nicht in Ihrer Hütte zurückgelassen hätten, ich nehme an, Sie haben da auch keinen herumliegen, oder?«

»Ich habe keinen Adapter«, erwidert Trevor. »Weil ich nämlich richtige Bücher lese. Ich finde, das kommt bei den meisten Leuten viel zu kurz.«

Ich gehe nicht darauf ein. »Ich habe einen bei mir zu Hause, wahrscheinlich sogar mehr als einen. Aber da können wir im Moment ja nicht hin.«

»Wozu brauchen Sie denn mehr als einen Adapter?«

»Also, diese ... diese Dinger, die sammeln sich einfach an, Trevor. Niemand will tatsächlich mehr als einen davon haben. Das ist wie mit USB-Ladekabeln. Ehe man sich's versieht, hat man ...«

Ich halte inne. Trevor hat die Augen weit aufgerissen und sieht mich verwirrt an.

»Vergessen Sie's«, sage ich.

Ich halte die Mikro-SD-Karte zwischen Zeigefinger und Daumen und starre sie an, als könnte ich von ihr Ratschläge oder Antworten erwarten.

Die bleiben jedoch aus, und ich spüre eine gewisse Enttäuschung, wenn auch keine Überraschung.

»Und, was sollen wir jetzt machen?«

»Wir könnten irgendwo einbrechen und einen stehlen«, schlage ich vor.

»Das ist doch nicht Ihr Ernst.«

»Wieso denn nicht? Es wäre ja nicht das erste Mal heute Abend, dass wir gegen das Gesetz verstoßen. Hier haben wir schließlich auch eingebrochen, oder nicht? Wir sind also schon Verbrecher.«

»Das ist etwas anderes.«

»Inwiefern?«

»Weil die Halle hier Ihrem Mann gehört und darum auch Ihnen. Wenn Sie in Ihr eigenes Haus einbrechen, dann ist das kein Verbrechen. Es gehört Ihnen ja schon.«

»Also gut«, gebe ich zu, »Sie haben recht.« Ich stecke die Mikro-SD-Karte ein. »Und was ist mit Diebstahl?«

»Was Ihnen sowieso gehört, können Sie auch nicht stehlen.«

»Jaja«, sage ich.

Da lässt sich eine Stimme vernehmen: »Die brauche ich aber wieder.«

Ich schrecke zusammen. Drehe mich um.

In dem Raum hinter Leos Büro steht ein Mann. Attraktiv. Groß. Wuschelige blonde Haare. Schauspielerlächeln.

Leo.

## *1.17 Uhr*

Es gibt nur eine einzige Kneipe in der Stadt, und Rusty kennt jeden einzelnen Stammgast persönlich. Sie alle zeigen sich von ihrer schlechtesten Seite, nur um der Besitzerin bei der Abzahlung ihres Kredits behilflich zu sein. Das ganze Ambiente wirkt irgendwie spelunkig, aber vielleicht soll das auch eine Art Ironie sein. Vielleicht so eine Art Motto-Kneipe. Heidi jedenfalls ist eine lebenslustige Frau aus der Stadt, die mit Immobilien oder so – Rusty kann sich nicht mehr genau daran erinnern – einen Haufen Kohle gemacht hat. Doch dann ist sie hier hoch in den Norden gekommen, um noch einmal ganz von vorne anzufangen. Manche Leute stehen ja auf so was. Ein bisschen so wie Jem Talhoffer, bloß dass Heidi viel geselliger ist, viel mehr Einheimische in jeder Beziehung. Heidi hat ihren Großstadtakzent komplett abgelegt und zieht sich an, als hätte sie noch nie im Leben an einem Martini genippt.

Sie ist außerdem auch nicht auf der Flucht.

Heute steht Heidi allein hinterm Tresen. Sie hat zwar einen Angestellten, aber den braucht sie nur am Wochenende, wenn die Leute mehr als nur zwei Bier trinken. Unter der Woche geht es hier ruhig zu. Da sind nur die Stammgäste hier, und Stammgäste in diesem Teil der Welt behüten ihre Getränke so liebevoll, als wären es Neugeborene. Rusty hat schon gesehen, wie jemand den ganzen Abend nur mit einem einzigen Glas Bier zugebracht hat, so lange, bis es schal und warm war, und das, obwohl es schon von Anfang an nicht als eiskalter Frischmacher aus dem Zapfhahn gekommen war.

Rusty hat noch nie mitbekommen, dass Heidi sich beklagt oder ihre Gäste ermuntert hätte, schneller oder mehr oder mindestens auszutrinken. Dazu ist sie nicht der Typ. Sie hatte fast genügend Geld beisammen, um den Laden vom Fleck weg zu kaufen, darum wird der Kredit, für dessen Abzahlung sich alle hier von ihrer schlechtesten Seite zeigen, eher winzig sein. Außerdem hat Heidi Manhattan nicht deswegen den Rücken gekehrt, um reich zu werden. Sie wollte vielmehr ein einfacheres, ruhigeres Leben führen.

Es gibt hier einen bestimmten Barhocker, den Rusty als ihren persönlichen Besitz betrachtet, weil es der einzige mit vier gleich langen Beinen ist. Die anderen sind alle verzogen und schaukeln hin und her, aber eine Frau von Rustys Dimensionen braucht ein solides Fundament für ihre Sitzfläche, besonders, wenn ein, zwei berauschende Getränke mit im Spiel sind.

Und heute Abend werden es vielleicht mehr als nur ein, zwei werden.

Da sie so plötzlich zur Arbeit gerufen worden war und ihren schönen Marihuanarausch hatte verleugnen müssen, ist sie jetzt zwar müde, aber gleichzeitig auch aufgekratzt. Sie braucht ein kleines Gegenmittel, um ein bisschen runterzukommen.

»Was ist denn mit dir passiert?«, will Heidi wissen, während sie die Unterarme auf den Tresen legt und vor Rusty zur Ruhe kommen lässt. »Du siehst aus wie aufgefressen und wieder ausgespuckt, weil der, der dich fressen wollte, dich nicht mag.«

Rusty knurrt nur.

»Mutter oder Tochter?«, hakt Heidi nach.

»Weder noch«, erwidert Rusty, auch wenn es locker eine oder auch beide hätten sein können. »Aber wenn du willst, dass meine Lippen sich öffnen, dann musst du was von deinem Spezialschmiermittel auftragen.«

Heidi salutiert. »Zu Befehl, Madam.«

Sie mixt einen Gin-Tonic. Rusty sieht ihr zu und stellt dabei fest, dass das Mischungsverhältnis eins zu eins beträgt.

Heidi hat die Unterarme wieder auf den Tresen gelegt und sieht zu, wie Rusty einen tiefen Schluck nimmt.

»Schmeckt anders«, sagt Rusty.

»Ich hatte den Eindruck, du könntest heute was Stärkeres vertragen.«

Rusty sucht in ihrem Glas nach Antworten. »Nein, nicht das. Da ist noch was anders als sonst.«

Heidi zuckt mit den Schultern. »Sobald du das Geheimnis der perfekten Mischung entdeckt hast, sei es beim Gin oder im Leben allgemein, dann lass es mich wissen. Aber bis dahin sei dankbar für das, was du bekommst.«

Rusty nimmt noch einen Schluck. »Oh, dankbar bin ich auf alle Fälle.«

»Spann mich nicht länger auf die Folter.«

Rusty formt mit den Fingern eine Pistole und sagt: »Peng, peng.«

Heidis große grüne Augen funkeln: »Du willst mich verarschen.«

»Schön wär's, aber nein. Ich hab eine Leiche am Hals. Komme direkt vom Tatort.«

»Was ist passiert?«

Rusty hätte die ganze Nacht in Heidis Augen versinken können. »Du wirst verstehen, dass ich dir keine Einzelheiten verraten darf.«

Heidi reagiert schnell. »Na, klar. Ein paar allgemeine Bemerkungen müssten reichen. Hauptsache, schön saftig.«

»Aber so viel kann ich sagen: Der oder die Hauptverdächtige verfügt über einen Wohnsitz in unserem schönen, kleinen Städtchen und befindet sich gegenwärtig auf der Flucht.«

»Müsstest du dann nicht versuchen, ihn oder sie einzufangen?«

Rusty zieht die Stirn kraus. »Ich bin die Dienststellenleiterin und kein Bluthund.«

Heidi hebt entschuldigend die Hände. »Also ist der Flüchtige anscheinend nicht bewaffnet und gefährlich.« Sie duckt sich demonstrativ, als könnte der Flüchtige jeden Moment in ihre Kneipe stürmen und drauflosballern.

»Nicht einmal ansatzweise«, entgegnet Rusty. »Ich rechne fest damit, dass die gesuchte Person sich morgen früh freiwillig stellt. Und darum ...«, sie deutet auf den Gin Tonic, »... kann ich es mir erlauben, für einen Moment den Fuß vom Gas zu nehmen.«

»Und wenn die Person sich nicht freiwillig stellt?«

»Ausgezeichnete Frage«, sagt Rusty und denkt daran, dass sämtliche diensthabenden Beamten gerade unterwegs und auf der Suche nach Jem und Carlson sind und dass niemand auch nur den Hauch einer Spur gefunden hat. Und dann ist da noch Wilks, die sich nach ausgiebigen Protesten schließlich doch in ein Krankenhaus begeben hat, um ihren Kopf begutachten zu lassen.

Rusty schnauft.

Sie sagt: »Mal ganz unter uns, so sicher bin ich mir gar nicht. Auch wenn ich's nur ungern zugebe, aber ich bin mir ziemlich sicher, dass mir die Sache etliche Nummern zu groß ist. Egal, wie sehr ich mich strecke.«

Heidi will so etwas nicht hören. »Das ist bloß die Müdigkeit, der Stress. Du bist aus einem ganz bestimmten Grund Polizeichefin geworden, Rust. Du kannst beißen.«

»Ich kann mir die Zähne ausbeißen, meinst du wohl.«

Heidi zuckt mit den Schultern. »Na ja, aber auch dazu musst du zuerst mal zubeißen, also lassen wir's drauf ankommen.«

»Von mir aus.«

Rusty lächelt. Heidi schafft es jedes Mal, sie aufzuheitern.

Ein Stammgast am hinteren Ende des Tresens gibt ihr ein Zeichen, und sie schlendert zu ihm. Rusty kann die Worte nicht hören, aber es wird ziemlich viel gelächelt, auf beiden Seiten. Wenn da nicht der breite, auf Hochglanz polierte Tresen zwischen ihnen wäre, man könnte es fast als Date deuten, so viel, wie da geflirtet wird. Verstehen die beiden sich wirklich so gut, oder gehört das einfach nur zum Service? Der Stammkunde ist Lkw-Fahrer, ein großer, liebenswerter Kerl mit einem freundlichen Lächeln. Könnte schon Heidis Typ sein, oder? Sie ist ja mit dem Umzug in den Norden nicht automatisch Nonne geworden. Sie hat die gleichen Bedürfnisse wie alle Frauen.

Rusty hat ihr Glas geleert, als Heidi wieder zu ihr kommt.

»Ganz schön durstig«, bemerkt Heidi.

Rusty nickt, ohne sie anzusehen.

Heidi weiß nicht, wie sie diesen plötzlichen Rückzug deuten soll. »Und?«, sagt sie, um die Stille zu durchbrechen. »Hat er es getan?«

Rusty hebt den Blick. »Hat wer was getan?«

Heidis Finger formen nun ebenfalls eine Pistole. »Das Pengpeng«, sagt sie. »Hat der Verdächtige es getan?«

»Das Labor wertet die Spuren gerade aus. Das wird dauern. Aber es gibt einen Zeugen.«

Heidi stützt nun die Hände auf den Tresen, und ihre Augen funkeln erneut. »Faszinierend.«

»Wieso betonst du das so komisch?«

»Weil du dem Zeugen nicht glaubst«, sagt Heidi. »Das steht klar und deutlich in deinem langen Gesicht geschrieben.«

»In meinem runden Gesicht, meinst du.«

Heidi schnalzt missbilligend mit der Zunge. »Also, warum musst du dich eigentlich ständig so runtermachen?«

Rusty lässt den Blick durch die Kneipe schweifen. »Vielleicht, weil es dann nicht mehr so schlimm ist, dass andere das auch machen.«

Heidi nimmt Rustys leeres Glas in die Hand und schüttelt es, sodass die Eiswürfel klimpern. »Ich glaub, ich hab's ein bisschen zu gut mit dir gemeint. Jetzt hast du die lustige Phase übersprungen und bist direkt in der Depri-Phase gelandet.«

»Könnte man meinen, aber wir wissen doch beide, dass deine Schnäpse zur Hälfte aus Wasser bestehen.«

»Autsch!« Heidi legt eine Hand auf die Brust und weicht zurück. »Ich nehm's zurück. Du bist sogar gleich bis in die gehässige Phase vorgesprungen. Was habe ich dir denn getan?«

Rusty wirft bewusst keinen einzigen Blick in Richtung des Lkw-Fahrers. »War doch bloß Spaß.«

»Ich weiß.«

»Ich weiß.«

Heidi sagt: »Du hast mir keine Antwort auf meine Frage gegeben.«

»Vielleicht kannst du mein Gedächtnis ein bisschen auffrischen?«

»Ich habe gesagt, dass du deinem Zeugen nicht glaubst.«

»Das ist keine Frage.«

Heidi beugt sich über den Tresen, sodass ihre und Rustys Nasenspitzen sich beinahe berühren.

»Und das, Frau Polizeidienststellenleiterin, ist keine Antwort.«

»Wenn etwas watschelt wie eine Ente und quakt wie eine Ente …«

Heidi unterbricht sie: »Wie lange willst du mich eigentlich noch hinhalten?«

»Sagen wir mal so …« Rusty widersteht dem Drang, sich auch vorzubeugen. »So, wie dieser Tag sich bis jetzt entwickelt hat, glaube ich niemandem ein Wort.«

Sie legt das Geld für den Drink und ein üppiges Trinkgeld auf den Tresen. Bei Heidi ist Rusty mit dem Trinkgeld immer großzügig. Zu großzügig, vermutlich, aber sonst kann sie mit ihrem Gehalt ja nicht allzu viel anfangen.

»Wo willst du denn jetzt schon wieder hin? Ich muss dir auch noch das eine oder andere erzählen.«

Rusty dreht sich nicht um. »Tut mir leid, Heidi, aber so wie's aussieht, steckt doch noch ein bisschen was von einem Bluthund in mir.«

## 1.28 Uhr

Ich bin so verblüfft über Leos Anblick, dass ich mich nicht von der Stelle rühre. Ich starre ihn nur an. Ich stehe nicht einmal auf. Trevor bleibt stumm. Er weiß auch ohne Vorstellungsrunde, dass der Mann, der da vor uns steht, Leo ist.

Mein Mann sagt: »Bekomme ich denn gar keine Umarmung?«

Ich blinzele.

Meine Verblüffung lässt nach, ich springe auf und werfe mich ihm an den Hals. Ich drücke ihn so fest an mich, dass ich spüren kann, wie seine Rippen unter dem Druck nachgeben. Er fühlt sich so warm an, so beruhigend, dass ich ihn nie wieder loslassen möchte. Solange ich ihn festhalte, kann ich den Rest dieses Abends, den kommenden Tag, einfach ignorieren. Dann muss ich mich dem nicht stellen.

»Dir ist schon klar, dass ich irgendwann mal wieder Luft holen muss, oder?«

Ich löse mich von ihm. »Was ist hier los?«

»Kein ›Wie schön dich zu sehen, Leo‹? Kein ›Ich hab dich so vermisst, Leo‹?«

»Ich würde sagen, Ihre Frau hat das Recht auf Antworten«, schaltet sich Trevor ein.

»Und wer sind Sie?«

»Ein besorgter Bürger.«

»Nun, Sir, Sie können ab sofort wieder unbesorgt sein. Vielen Dank für alles, was Sie für Jem getan haben, aber jetzt bin ich hier. Und ich werde mich um alles kümmern.«

So einfach lässt Trevor sich nicht beschwichtigen.

Ich sage: »Leo, bitte. Dieser Tag war die Hölle. Ich erzähle es dir ganz bestimmt, jedes Detail. Ich heule mich an deiner Schulter aus, hundertprozentig. Versprochen. Aber nicht jetzt. Jetzt musst du mir sagen, was hier eigentlich los ist. Du musst mir sagen, wieso es Leute gibt, die es auf mein Leben abgesehen haben.«

»Das ist nicht so einfach.«

Meine Augen werden feucht, und meine Stimme wird lauter. »Nein, das darfst du nicht sagen. Wage es nicht, so etwas zu sagen. Du weißt Bescheid. Vielleicht weißt du nicht alles. Vielleicht würdest du gerne mehr wissen. Aber du weißt etwas. Ich habe heute schon zu hören bekommen, dass du Geld für ein Drogenkartell wäschst, dass du deren schmutziges Geld mithilfe deiner Bücher irgendwie sauber wäschst, aber auch, dass du als Informant für das FBI arbeitest und dass das Kartell dir auf die Schliche gekommen ist.«

Leo sagt kein Wort.

»Was stimmt denn nun? Wie viel davon ist wahr? Nichts davon? Alles? Es ist mein Recht, das zu erfahren. Ich muss es wissen. Wieso liegt jetzt ein Toter in meinem Haus? Was ist der Grund dafür, dass ich nicht mehr nach Hause kann?«

Leo blickt über meinen Kopf hinweg zu Trevor. »Darüber kann ich im Moment nicht sprechen.«

Ich schüttele entschieden den Kopf. »Nein, das kommt überhaupt nicht infrage. Im Augenblick vertraue ich Trevor mehr als dir, weil er nämlich den ganzen Tag lang nichts anderes gemacht hat, als freundlich und hilfsbereit zu sein. Du darfst ihn nicht ausschließen. Ganz egal, was du mir sagst, ich würde es ihm sowieso erzählen. Er hat das Recht zu erfahren, wofür er mir geholfen hat.«

»Du lässt mir ja keine große Wahl, oder?«, erwidert Leo, ohne eine Antwort zu erwarten. »Also gut, wenn du ihm vertraust, dann kann ich das zumindest auch versuchen. Du bist meine Frau, und darum solltest du auch wissen, weshalb du in Gefahr schwebst, weshalb ich in Gefahr schwebe. Weshalb ...«, er deutet auf Trevor, »... er ebenfalls in Gefahr schwebt.«

»Ich warte.«

Leo holt tief Luft. »Es ist wahr.«

»Du bist also ein Geldwäscher?«

Er runzelt die Stirn. »Das ist kein sehr präziser Ausdruck für das, was ich tue.«

»Bist du auch ein Informant?«

Er nickt.

Ich atme aus. Bin erleichtert. Bis zuletzt habe ich mich an die Hoffnung geklammert, dass er nicht nur ein ganz normaler Verbrecher ist. Ich habe gewusst, dass da mehr dahinterstecken muss.

»Erst seit Kurzem?«, hake ich nach, etwas zögerlich, weil ich mich vor der Wahrheit fürchte. »Oder schon die ganze Zeit?«

Leo zögert. Ich sehe ihm an, dass er mir nur ungern die Wahrheit sagen will, weil er weiß, was das bei mir auslösen wird.

»Oh mein Gott, du hast mich von Anfang an belogen, nicht wahr? Unsere ganze Beziehung, unsere Ehe ist eine einzige Lüge.«

»Nur in Bezug auf meinen Beruf«, erwidert Leo. »Alles andere ist die Wahrheit. Jem, das, was wir miteinander haben, ist wahr.«

Ich bleibe stumm. Ich bin am Boden zerstört. Aber das ist nur die eine Hälfte dieses Rätsels. Es ist keine Erklärung für das, was heute alles passiert ist. Nicht für Wilks und Messer, und nicht für Carlson.

»Warum sind heute Morgen zwei Leute zu uns nach Hause gekommen? Warum haben sie versucht, mich umzubringen? Die haben nach etwas gesucht, nach Informationen.«

Er nickt. »Informationen über das Kartell. Informationen, die ich zusammengetragen habe. Sämtliche Transaktionen, die ich in deren Auftrag durchgeführt habe, jeden Cent, den ich für sie gewaschen habe. Die Summen. Die Datumsangaben. Kontonummern. Briefkastenfirmen. Kontakte. Alles. Seit Jahren bin ich dabei, mir das Vertrauen des Kartells zu erwerben. Und jetzt endlich bin ich in einer Position, wo sie mir größere Summen anvertrauen. Damit habe ich auch Zugang zu den führenden Köpfen und kann genau sehen, wen sie alles bestochen haben.«

»Messer hat behauptet, dass du genügend Informationen gesammelt hast, um das gesamte Kartell zu vernichten.«

»Kann sein«, sagt er. »Hoffentlich, meine ich. Ich weiß es nicht sicher. Man kann nie wissen, ob es wirklich reicht. Aber ich habe es versucht. Ich habe mein Bestes gegeben.«

»Wilks und Messer hatten FBI-Dienstmarken«, sage ich. »Die Polizeichefin, Rusty, ist darauf reingefallen. Später hat sie mir dann gesagt, dass die beiden vom Heimatschutz sind. Wie kann das sein?«

»Sie arbeiten für die Behörden, das steht jedenfalls fest. Sie stehen in Verbindung zu anderen Mächtigen, die vom Kartell geschmiert werden und die durch die Beweise, die ich gesammelt habe, möglicherweise gefährdet sind. Ich kann mir durchaus vorstellen, dass diese Leute Ausweise beschaffen können, mit denen sich eine Kleinstadt-Polizistin übertölpeln lässt.«

»Und wer ist dann Carlson?«, frage ich Leo.

Zwischen seinen Augenbrauen bildet sich eine steile Falte. »Ich bin verwirrt. Was hat es denn bitte mit diesem Carlson auf sich?«

»Dieser Carlson hat mich heute Morgen angerufen, kurz nachdem Wilks und Messer aufgetaucht sind. Er wollte mich warnen, und später noch einmal, als ich zur Polizei wollte. Er hat gesagt, dass ihr euch kennt. Von ihm weiß ich, dass du ein FBI-Informant bist. Er hat behauptet, dass du für ihn arbeitest. Er … er hat mich in Sicherheit gebracht, als Wilks und Messer mich umbringen wollten. Wir sind zusammen geflüchtet, aber dann habe ich in seinem Handschuhfach ein Foto von dir gefunden. Ich habe Panik bekommen. Von da an konnte ich ihm nicht mehr vertrauen. Und dann sind Trevor und ich hierhergefahren.«

Leo wird ruhig. »Ich kenne niemanden, der so heißt.«

Ich spüre die bekannte Kühle auf meinem Gesicht, so, als sei sämtliches Blut daraus abgesaugt worden.

Meine Augen fühlen sich trocken an.

Die Erde schwankt in die eine Richtung, dann in die andere.

Sie dreht sich.

Schneller und schneller.

Alles dreht sich, alles verschwimmt vor meinen Augen. Ich breite die Arme aus und versuche verzweifelt, das Gleichgewicht zu halten. Ich wanke. Ich taumele.

»Oh Gott …«

Ich sinke auf die Knie und drücke die Handballen auf die Augen, damit ich nicht mitbekomme, wie die Welt sich schneller und schneller um mich dreht. Das Schwindelgefühl verlässt mich nicht. Ich kann nichts sehen, aber mir ist trotzdem speiübel. Das liegt daran, dass die Welt sich natürlich nicht wie verrückt um mich dreht. Es ist vielmehr ein Symptom meiner Angststörung. Mein völlig verwirrtes Hirn versucht, mit dem Stress dieses Tages fertigzuwerden, und schafft es nicht.

Leo möchte mich tröstend in die Arme nehmen, aber ich winke ab, will das nicht.

Er kann nichts dagegen tun.

Ich weiß nicht, wie lange die Angst mich im Griff hat, aber als ich endlich genügend Mut zusammengerafft habe, um meine Augen wieder zu öffnen, bin ich schweißgebadet.

Ich bin leichenblass. Geschwächt. Erschöpft.

Wütend.

Leo fragt: »Alles in Ordnung?«

»Selbstverständlich nicht.«

## 1.34 Uhr

Ich sage kein Wort. Ich sehe Leo an, und meine Gefühle fahren Achterbahn. Eigentlich müsste ich mich freuen, ihn zu sehen, bei ihm zu sein, aber gleichzeitig kann ich nicht vergessen, wie verletzt, wie wütend ich bin, wie sehr ich mich hintergangen fühle. Soll ich das alles vergessen? Zumindest für den Augenblick?

Nein, sage ich mir. Das will ich nicht.

»Wie konntest du nur die ganze Zeit dieses Doppelleben führen, ohne dass ich die geringste Ahnung hatte?«

Leo sagt: »Weil ich es musste. Je weniger du über meine Arbeit wusstest, desto sicherer warst du. Ich habe dich belogen, um dich zu schützen.«

»Hat ja prima geklappt«, wirft Trevor ein.

»Ich habe alles getan, was ich konnte, um für deine Sicherheit zu sorgen, Jem. Das musst du mir glauben, und wenn es das Letzte ist. Du weißt, dass ich dich niemals in Gefahr bringen würde. Das musst du doch wissen.«

Das weiß ich. Aber … »Du hast mir all die Jahre vorgemacht, dass du jemand anderes bist. Wie konntest du nur?«

»Ich habe dich belogen, ja, aber nur in Bezug auf meinen Beruf. Auf meinen Job. Mehr nicht. Das ist alles.«

»Das reicht jetzt«, sage ich. »Das ist zu viel. Jede Lüge ist mir zu viel.«

»Ich habe dir nie vorgemacht, jemand anderes zu sein als der, der ich bin.«

»Doch, das hast du wohl«, beharre ich. »Selbst wenn das deine einzige Lüge war, aber du hast dich als ein anderer ausgegeben. Weil der Leo, für den ich dich gehalten habe, mich nämlich niemals anlügen würde. Dieser Leo war eine Lüge.«

Er sagt nichts mehr. Was soll er auch sagen? Nichts kann an dieser Tatsache etwas ändern. Ich muss entweder akzeptieren, dass mein Mann nicht der ist, für den ich ihn gehalten habe, oder …

Über dieses »Oder« kann ich im Moment nicht nachdenken. Allein das würde mich überfordern.

Er nimmt mich in die Arme. Küsst mich. Ich reagiere nicht.

Ich fühle mich kalt. Ich fühle mich allein.

»Es tut mir leid«, sagt er. »Es tut mir so sehr leid. Sobald das hier vorbei ist, mache ich Schluss. Ich dachte, ich könnte für das FBI arbeiten und ein normales Leben führen. Ich dachte, ich könnte das alles strikt voneinander trennen. Aber ich habe mich geirrt. Ich habe einen Fehler begangen. Aber ich werde nicht noch einen begehen, und darum höre ich jetzt auf. Ich ziehe mich zurück.«

»Das würdest du tun?«

»Aber natürlich«, erwidert er. »Ich mag meine Arbeit, aber im Vergleich zu dir bedeutet sie mir gar nichts.«

Seine Worte besänftigen mich, zwar nur ein kleines bisschen, aber es ist besser als nichts. Im Moment bin ich für jede kleinste positive Regung dankbar.

»Wie bringen wir das Ganze am besten zu Ende?«, frage ich ihn, weil ich es so schnell wie möglich hinter mich bringen möchte. »Fahren wir zur FBI-Zentrale und geben die SD-Karte ab?«

»Ich wünschte, es wäre so einfach. Der einzige Grund, weshalb ich das bis jetzt noch nicht getan habe, ist der, dass ich die Informationen dadurch in die Nähe von Leuten wie Wilks und Messer und ihren Vorgesetzten bringen würde. Und sobald die Daten im System sind, habe ich sie nicht mehr in der Hand. Dinge gehen verloren. Dinge werden verändert. Was zunächst ein Beweis war, erweist sich plötzlich als nicht schlüssig, unpräzise, gefälscht. Und dann? Die Verräter kommen ungeschoren davon, und ich habe wegen nichts und wieder nichts mein Leben aufs Spiel gesetzt.« Er zeigt auf mich, die Kratzer an meinem Arm und in meinem Gesicht. »Alles das, für nichts und wieder nichts.«

»Sie können die Berichte also selbst analysieren?«, schaltet sich Trevor ein. »Sie können die Verräter mit diesem kleinen Plastikding identifizieren?«

Leo nickt. »Das kann ich.«

»Und warum haben Sie das dann noch nicht gemacht? Warum liegt es die ganze Zeit auf Ihrem Schreibtisch und windet sich wie ein Wurm am Haken hin und her?«

»Das ist eine sehr verkürzte Darstellung. Es ist ja nicht so, dass es da eine Tabelle gibt und man nur nachsehen muss, wer alles in der Spalte ›Die Bösen‹ verzeichnet ist. Ich musste sehr viele Nachforschungen anstellen. Musste sehr viel recherchieren. Ich habe damit schon lange zu tun. Also bitte entschuldigen Sie, Sir, dass ich für Ihren Geschmack zu langsam vorangekommen bin. Ich habe mein Bestes getan.«

Trevor nuschelt etwas vor sich hin.

»Wenn Sie ein wenig Abstand gewinnen wollen, lassen Sie sich nicht aufhalten«, fährt Leo fort. »Wie gesagt: Ich weiß das, was Sie für meine Frau getan haben, wirklich sehr zu schätzen, aber vielleicht ist es jetzt das Beste, wenn Sie wieder zu Ihrer eigenen nach Hause fahren.«

»Ich habe keine Frau.«

»Was ich damit sagen will: Hier trennen sich unsere Wege.«

Trevor schweigt für einen Moment. »Ich gehe, sobald Jem will, dass ich gehe. Aber nicht, weil ihr Betrüger von Ehemann das von mir verlangt.«

Ich sage: »Ich bin Ihnen unendlich dankbar für alles, was Sie für mich getan haben, Trevor. Ganz ehrlich. Sie sind vielleicht der netteste Mensch, der mir in meinem ganzen Leben begegnet ist. Wir kennen uns noch nicht einmal einen Tag, und trotzdem haben Sie Ihr Leben riskiert, um mir zu helfen. Ich weiß wirklich nicht, wie ich Ihnen dafür danken soll.«

»Sie haben sich schon genügend bedankt«, sagt er. »Sie müssen das nicht noch einmal tun.«

Leo sagt: »Wir sollten jetzt wirklich von hier verschwinden. Ich habe gehofft, dass du kommen würdest, dass ich dich hier finden würde. Aber wenn ich daraufkomme, dann können die anderen auch daraufkommen. Wir müssen los, bevor sie hier sind.«

»Zu spät«, sagt Wilks hinter uns.

## *1.38 Uhr*

Sie lauert im Schatten, in der Dunkelheit. Wie lange sie schon hier ist? Ich weiß es nicht. So lange jedenfalls, dass wir unachtsam geworden sind. Als sie in den Mondlichtkegel tritt, sind die Prellungen und die vielen blauen Flecken an ihrem Schädel deutlich zu erkennen. Kleine Pflasterstreifen sorgen dafür, dass die Wunde geschlossen bleibt. Sie muss heftige Schmerzen haben.

Gut so. Ich will, dass sie Schmerzen hat. Ich will, dass sie leidet.

Sie hat eine Pistole in der Hand. Vielleicht ist es dieselbe wie vorhin, vielleicht auch eine andere, aber das spielt keine Rolle. Jedenfalls funkelt sie im Mondlicht, während Wilks sie mit eisernem Griff umfasst.

Sie fixiert uns mit ernsten, entschlossenen Blicken. Durchdringend.

Ich erstarre. Leo und Trevor stehen links und rechts neben mir.

Die schwarze Mündung der Waffe ist genau auf uns gerichtet.

»Schön, dich wiederzusehen, Leo. Gut siehst du aus, wie immer.«

Leo erwidert kein Wort.

Ich sehe ihn an. »Ihr kennt euch?«

Wilks tut überrascht. »Das hat er wohl vergessen zu erwähnen.«

Leo schweigt.

Trevor sagt: »Warum legen Sie nicht die Waffe weg. Wenn Sie lange genug damit herumfuchteln, geht sie womöglich noch los.«

»Das wäre eine echte Tragödie.«

Trevor nickt. »Vermutlich, sonst hätten Sie uns schließlich schon längst erschossen, oder nicht? Sie wollen ja immer noch diese Informationen haben, stimmt's? Und Sie haben heute schon mehr als genug durchgemacht, sodass Sie auf keinen Fall riskieren wollen, dass dieser ganze Aufwand durch einen einzigen, unachtsamen Schuss zunichtegemacht wird und Sie mit leeren Händen dastehen.«

Wilks überlegt.

»Ich sage gar nicht, dass Sie das Ding wegstecken sollen. Aber ich schlage vor, Sie richten die Mündung auf den Boden, so lange, bis Sie entschieden haben, ob Sie auch wirklich schießen wollen oder nicht. Mehr will ich gar nicht. Das schaffen Sie doch, oder?«

»Also, ich an Ihrer Stelle würde einfach die Klappe halten.« Wilks richtet ihre Waffe auf Trevor. »Im Moment haben Sie keine Ahnung, was hier eigentlich vor sich geht, und es ist – das können Sie mir glauben – in Ihrem ureigensten Interesse, dass das auch so bleibt. Zwingen Sie mich nicht, in Ihnen mehr zu sehen als einen armen, alten Trottel, der zur falschen Zeit am falschen Ort aufgetaucht ist.«

»Da möchte ich widersprechen, Madam.«

»Inwiefern?«

»Vielleicht bin ich ja genau da, wo ich sein soll, und zwar genau zum richtigen Zeitpunkt.«

»Kommen Sie bloß nicht auf dumme Gedanken«, entgegnet Wilks. »Zwingen Sie mich nicht, Ihnen wehzutun, also halten Sie den Mund, dann haben Sie zumindest eine Chance, hier lebend wieder rauszukommen und Ihre jämmerliche Existenz noch eine Zeit lang fortzusetzen.«

»Lassen Sie ihn in Ruhe«, sage ich.

Wilks sieht mich an. »Es ist mir ein Vergnügen, Sie wiederzusehen, Mrs. Talhoffer. Wie ist es Ihnen ergangen?«

»Ehrlich gesagt, es war kein besonders guter Tag.«

Sie nickt. »Das glaube ich Ihnen sofort. Und es tut mir leid. Die ganze Angelegenheit ist völlig außer Kontrolle geraten. Wenn ich die Zeit zurückdrehen könnte, ich würde etliches anders machen, das können Sie mir glauben. Aber das kann ich nun mal nicht.«

Endlich sagt Leo auch etwas: »Was willst du?«

»Du weißt genau, was ich will, Leo. Du hast es schon die ganze Zeit gewusst. Ich will das, was mir gehört. Du gibst mir die Informationen, und ich verschwinde von hier. Du und Jem, ihr könnt machen, was ihr wollt. Und dieser alte Knacker, wer immer das sein mag, der kann auch machen, was er will. Klingt das nach einem fairen Angebot?«

»Ich habe sie nicht.«

»Natürlich nicht.«

»Die Daten sind in Sicherheit«, sagt Leo. »Ich kann dich hinbringen. Du lässt die beiden gehen, und wir fahren auf der Stelle da hin.«

»Ich glaube eher, wir fahren da alle gemeinsam hin. Ich finde, es ist noch nicht an der Zeit, unsere kleine Band zu sprengen.«

»Nein«, beharrt Leo. »Nur du und ich.«

»Ich bin kein geduldiger Mensch, Leo. Ich wollte nicht, dass es so weit kommt. Ich habe dir ein faires Angebot gemacht. Wahrscheinlich sogar zu fair. Ich habe dir jede Chance gegeben, so etwas wie das hier zu vermeiden, aber du hast sie jedes Mal in den Wind geschlagen. Was hast du denn gedacht, was als Nächstes passieren wird? Hast du wirklich geglaubt, wir würden einfach so wieder gehen? Hast du das wirklich geglaubt? Es geht nur ums Geschäft, Leo. Es ist nichts Persönliches. Ich habe überhaupt kein Problem mit dir, und auch nicht mit deiner liebreizenden Gattin. Wenn die Dinge ein wenig anders gelaufen wären, ich könnte mir ohne Weiteres vorstellen, dass wir uns bei einem Grillabend zusammensetzen, dass wir gemeinsam lachen und Spaß haben und Bier trinken, während das Fleisch vor sich hin brutzelt.«

Ich erwidere: »Das kann ich mir beim besten Willen nicht vorstellen.«

»Nun ja«, sagt Wilks. »Vielleicht überschätze ich die freundschaftlichen Fähigkeiten Ihres Ehemannes ja.«

»Wer sind Sie?«, will ich von ihr wissen. »Woher kennen Sie Leo?«

»Ach ja, genau, in der ganzen Aufregung habe ich ganz vergessen, dass er Ihnen gar nichts von mir erzählt hat. Leo und ich arbeiten zusammen, beziehungsweise haben zusammengearbeitet. Aber seither hat sich unser Verhältnis deutlich abgekühlt. Oder wie siehst du das?«

»Ich weiß, dass Sie auch beim Heimatschutz arbeiten.«

Wilks lacht leise. Es kling heiser und grausam. Sie blickt Leo an. »Auch? Das hast du ihr erzählt?«

Leo gibt keine Antwort.

Ich sage zu Wilks: »Sie sind nicht bei der Heimatschutz-Behörde?«

»Ich schon«, entgegnet sie. »Aber Ihr Mann nicht.«

»Nicht direkt«, sage ich. »Er ist ein Informant. Daher kennen Sie sich ja.«

Wilks runzelt die Stirn und lässt den Blick zwischen mir und Leo hin und her wandern. »Das hat er Ihnen erzählt?«

Ich bleibe stumm.

»Das hast du ihr also erzählt, Leo?«

Er bleibt stumm.

Wilks sagt: »Es tut mir wirklich leid, dass Sie das von mir erfahren müssen, aber Ihr Mann ist in keinster Weise so etwas wie ein Informant, und das war er auch nie. Er ist nichts anderes als ein Geldwäscher. Aber nicht nur das, nicht wahr, Leo? Außerdem ist er auch ein Dieb.« Wilks' Augen blitzen. Sie genießt das. »Darüber hinaus ist er ein pathologischer Lügner, aber da sind Sie inzwischen wahrscheinlich auch selbst schon draufgekommen.«

## *1.42 Uhr*

Leo ist kein Informant, der ein Drogenkartell in die Knie zwingen will.

Leo ist ein Lügner.

Leo ist ein Dieb.

Ich will es nicht glauben, aber als ich Leo anschaue, weicht er meinem Blick aus, und ich weiß, dass alles, was er mir in den vergangenen Minuten erzählt hat, gelogen war. Er arbeitet weder für das FBI noch für die Heimatschutzbehörde. Es gibt keine Beweise. Es gibt keine Berichte. Das alles war nur eine aufwendig ausgedachte Geschichte, um seine wahren Aktivitäten zu verschleiern. Eine Täuschung, um seine anderen Täuschungen zu kaschieren.

Innerlich bin ich ein Scherbenhaufen. Äußerlich zeige ich keine Reaktion. Ich verberge meine wahren Gefühle, um alle Kraft und allen Willen in den folgenden Satz zu legen: »Ich glaube Ihnen kein Wort.«

Wilks zieht die Mundwinkel nach unten. »Es ist mir egal, was Sie glauben. Ich will Sie nicht von der Wahrheit überzeugen. Ich will nur das Geld wiederhaben, das Leo mir gestohlen hat.«

»Geld?« Ich sehe Leo an.

Er will mir keine Antwort geben, darum erledigt Trevor das für ihn. »Ihr Mann hat das Kartell verarscht, Jem. Er hat ihnen Geld gestohlen. Vielleicht nur einmal, vielleicht auch tausend Mal. Er hat Beweise gegen sie gesammelt, und er hat sich deren Geld in die Tasche gesteckt.«

»So ungefähr«, sagt Wilks. »Bloß, dass es auch mein Geld ist. Und das von Messer, dem armen Schwein.«

Leo findet seine Stimme wieder. »Ich nehme an, du willst seinen Anteil für dich behalten.«

»Ich bin auch nicht schlechter als alle anderen hier im Raum«, sagt Wilks. »Ich hab mir ein bisschen Geld genommen, na und? Ich habe Drogendealer bestohlen, na und? Für die ist das ein Taschengeld, im Gegensatz zu mir. Das Leben ist nicht gerecht, und außerdem ist es teuer. Ich habe mir nur das genommen, was ich brauche, um sorgenfrei durchzukommen. Ich war nicht gierig, zumindest nicht am Anfang. Aber wenn man erst mal das erste bisschen genommen hat, dann ist es beim nächsten Mal schon nicht mehr ganz so schwierig, und man nimmt sich ein bisschen mehr und dann noch ein bisschen mehr. So lange, bis aus den vielen kleinen bisschen ganz schön viel geworden ist, bis man, ehe man sich's versieht, zu weit gegangen ist. Wenn man bis zum Hals drinsteckt, kommt man nicht mehr so einfach raus. Aber wenn man das erst mal begriffen und dieses Dilemma akzeptiert hat, hat das in der Tat eine sehr befreiende Wirkung. Weil man nämlich alle Bedenken fallen lässt, die man vorher noch hatte. Weil man dann begreift, dass es keine Grenzen mehr gibt.« Sie hält für einen Moment inne. »War es so, Leo?«

Er schweigt.

»Du müsstest mir eigentlich dankbar sein«, fährt sie fort. »Ich hätte dich für den Rest deines Lebens hinter Gitter bringen können, aber ich habe dir eine Chance gegeben. Du arbeitest weiter für das Kartell, und ich helfe dir, dass deine Bewegungsfreiheit nicht auf einige wenige Quadratmeter beschränkt wird. Als Gegenleistung für einen bescheidenen Anteil, selbstverständlich.« Sie wendet sich an mich: »Leider war mir längere Zeit nicht klar, dass Ihr Mann sich davon auch einen Anteil gesichert hat.«

»Ich habe dich nicht bestohlen«, schaltet sich Leo ein.

»Das spielt keine Rolle. Du bist gierig geworden und hast dadurch alles kaputt gemacht. Das Kartell hat dir zwar gewisse Aufgaben anvertraut, aber du hast leider nicht beachtet, dass das noch lange nicht bedeutet, dass sie dir vertrauen. Es spielt keine

Rolle, wie gut du bist. Diese Leute werden immer davon ausgehen, dass du sie beklaust, weil sie das an deiner Stelle genauso machen würden. Das bedeutet, dass sie dich früher oder später überprüfen, dass sie sich alles, was du für sie erledigt hast, genau ansehen und erkennen, dass du sie bestohlen hast.«

Ich sage: »Und jetzt wollen Sie nicht nur einen Teil davon stehlen, sondern alles?«

»Auch wenn ich das nicht Stehlen nennen würde, sondern eher als sinnvollere Nutzung stiller Reserven betrachte. In fünf Jahren kann ich in Frührente gehen. Und die Vorstellung, die Zeit danach auf einem großen Segelboot im Südpazifik zu verbringen, ohne Sorgen und unbeschwert, also, die finde ich ausgesprochen reizvoll.«

»Klingt gut«, sage ich tonlos.

»Oh, das wird es auch werden. Ich habe mir das Boot schon ausgesucht.« Wilks zuckt mit den Schultern. Es ist ihr egal, dass sie eine Diebin ist oder dass andere das wissen.

»Meinen Sie nicht, dass es auffällt, wenn Sie sich plötzlich ein Boot kaufen, das Sie sich mit Ihrer mickrigen Pension eigentlich gar nicht leisten könnten?«

»Machen Sie sich mal keine Gedanken um irgendwelche Einzelheiten, Jem. Ich bleibe so lange auf dem Geld sitzen, bis sich niemand mehr an mich erinnern kann. Das war auch Leos Plan, stimmt's? Oder etwa nicht, Leo?«

Leo bleibt wieder stumm. Ich hoffe, dass er an einem anderen Plan arbeitet, dass er eine Strategie hat, wie wir uns aus diesem Albtraum befreien sollen. Was immer er getan hat, das alles kann warten, bis wir nicht mehr mit einer Pistole bedroht werden. Eheprobleme, Vertrauenskrise … angesichts einer solchen Bedrohung rücken diese Dinge erst mal in den Hintergrund.

Trevor sagt: »Wie kann man denn auf so einer winzigen Festplatte Geld speichern?«

Ich glaube, ich weiß es. »Kontonummern? Investitionen? Immobilien? Aktien? Tabellen?«

»So ungefähr«, sagt Wilks. »Nun mach schon, Leo. Du weißt, dass du keine andere Wahl hast. Zwing mich nicht, dem Menschen wehzutun, der dir am allermeisten bedeutet.«

»Wenn du ihr auch nur ein Härchen krümmst, kriegst du gar nichts. Ich bringe dich hin, aber nur zu zweit. Nur du und ich.«

Leos Stimme klingt so dramatisch, dass sich niemand dieser Wirkung entziehen kann.

Wilks zieht die Stirn kraus. »Ich glaube, du vergisst, wer von uns beiden die Pistole hat. Und ich glaube, du vergisst, wer von uns beiden einen geliebten Menschen hier im Raum hat.« Sie deutet mit der Waffe auf mich. »Wenn ich ihr eine Kugel in den Bauch jage, dann flehst du mich an, sie mitzunehmen.«

»Du kannst die Informationen haben«, sagt Leo. »Verkauf sie. Werd reich. Ist mir scheißegal. Aber falls ich jemals, und sei es nur für eine Sekunde, den Eindruck haben sollte, dass Jem etwas zugestoßen ist, dann lasse ich mich durch nichts und niemanden aufhalten. Dann sterbe ich lieber. Darum solltest du dir folgende Frage stellen: Wie dringend will ich dieses Geld haben? Weil du mich nämlich überzeugen musst, dass du es so unbedingt haben willst, dass du nicht wagen wirst, mich sauer zu machen.«

»Ist ja gut, ist ja gut«, erwidert Wilks. »Hier geht es doch um Prioritäten, Leo. Ich habe meine – und du hast deine. Und die lassen sich durchaus miteinander vereinbaren.«

Leo hat zwar keine Waffe in der Hand, aber in diesem Moment hat er die Kontrolle übernommen.

»Gut«, sagt er. »Genau das wollte ich hören.«

So selbstbewusst und energiegeladen er im Moment auch wirkt, ich habe keine Ahnung, wie er uns hier rausholen will. Die Informationen, hinter denen Wilks her ist, stecken in meiner Tasche. Leo weiß das. Trevor weiß das. Die Einzige, die das nicht weiß, ist Wilks. Ganz egal, welche Versprechungen Leo ihr macht, ohne diese Mikro-SD-Karte sind sie wertlos.

Ich verspüre den unbändigen Drang, sie aus meiner Tasche zu holen und Wilks zuzuwerfen. Das will sie doch. Wenn sie diese Karte nicht bekommt, wer weiß, was sie dann macht? Ich kann die ganze Situation hier und jetzt beenden.

Leo muss das spüren, weil er mir mit der Hand ein Zeichen gibt: eine kurze, knappe, horizontale Bewegung. Blitzschnell, sodass Wilks nichts davon mitbekommt.

Die Bedeutung ist eindeutig: Nein.

Ich will das alles so schnell wie nur möglich beenden. Ich will, dass es endlich vorbei ist.

Ich habe die Informationen in meiner Tasche. Hier bitte, nehmen Sie sie und gehen Sie. Ich brauche meine gesamte Willenskraft, um diesen Satz nicht auszusprechen. Wilks würde die SD-Karte nicht einfach nehmen und gehen, nicht wahr? Sie würde sie nehmen und uns alle umbringen. Sie kann schließlich nicht mit wertvollen Geheimnissen von hier verschwinden, solange wir das Ganze ausplaudern können. Es muss eine andere Möglichkeit geben.

Ich muss Leo vertrauen. Er weiß, was er tut.

Oder doch nicht?

Bislang deutet nicht viel darauf hin.

Er ist derjenige, der uns überhaupt erst in diese ganze Hölle gestürzt hat. Das ist alles seine Schuld.

Es war schon immer meine Rolle, die Dinge zu reparieren.

»Ich habe die Informationen, die Sie haben wollen, in meiner Hosentasche. Nehmen Sie sie und gehen Sie.«

Dieses Mal spreche ich es tatsächlich aus.

## 1.45 Uhr

»Was soll denn das?«, blafft Leo mich an.

Ich ignoriere ihn und starre Wilks direkt in die Augen.

Sie sagt: »Das will ich sehen. Holen Sie sie raus.«

Sie ist skeptisch, und das ist total verständlich. Wieso sollte ich die begehrten Informationen haben und nicht Leo? Genau die Frage stelle ich mir jetzt auch: Wieso habe ich die Informationen und nicht Leo? Aber jetzt werde ich darauf keine Antwort bekommen.

Ich mache Anstalten, die Hand in meine Tasche zu stecken.

»Ganz langsam«, sagt Wilks. »Schön langsam.« Sie wirft Trevor einen Blick zu. »Wir wollen ja keinen unachtsamen Schuss riskieren, nicht wahr?«

Trevor bleibt stumm.

Behutsam schiebe ich die Fingerspitzen in die Tasche meiner Jeans.

»Nicht«, sagt Leo.

Meine Finger greifen zu, und ich ziehe sie langsam wieder heraus.

»Sie wird uns umbringen«, sagt Leo.

»Hören Sie nicht auf ihn«, sagt Wilks. »Wir alle wollen doch, dass das hier endlich vorbei ist. Und das jetzt ist die einzige Möglichkeit.«

Nachdem ich die Hand wieder ganz herausgezogen habe, mache ich eine Faust. Wilks winkt mich zu sich. Sie ist nicht bereit, selbst näher zu kommen. Ich bleibe, wo ich bin.

»Nun machen Sie schon, Jem. Geben Sie mir die Informationen, dann können wir alle unser altes Leben weiterleben. Genau das wollen Sie doch, oder nicht? Ihr bisheriges Leben weiterleben und so tun, als wäre das hier niemals geschehen.«

»Das wird nicht funktionieren, oder?«, antworte ich ihr. »Nicht mit einem Toten in meinem Hausflur.«

»Sie haben Messer ja nicht umgebracht«, entgegnet Wilks. »Der Bericht der Kriminaltechnik wird Sie eindeutig entlasten. Sie haben nichts falsch gemacht.«

»Und warum habe ich dann das Gefühl, als hätte ich heute alles falsch gemacht, was ich nur hätte falsch machen können?«

Statt einer Antwort sagt Wilks nur: »Geben Sie her.«

»Nicht«, schaltet sich Leo erneut ein.

Ich beachte ihn nicht. Ich gehe auf Wilks zu, setze einen Fuß vor den anderen.

»So ist es gut«, ermutigt sie mich. »Nur noch ein paar Schritte.«

Ich hebe die Hand, ziehe den Arm zurück und schleudere die Hand nach vorne.

Ich werfe die Karte über Wilks hinweg. Weit hinter ihr ertönt mehrfach ein leises Klicken.

Wilks' Miene wird hart: »Was haben Sie getan?«

## *1.47 Uhr*

Ich zucke mit den Schultern und spiele die Unschuldige. »Ich habe Ihnen die Informationen überlassen. Aber wenn Sie sie wirklich haben wollen, dann müssen Sie sie suchen.«

Wilks reckt mir die Pistole entgegen, sodass die Mündung direkt auf mein Gesicht zeigt. »Ich sollte Sie erschießen.«

»Erschießen Sie mich«, sage ich, »aber dann müssen Sie die beiden anderen auch umbringen. Drei Schüsse, mindestens. Peng. Peng. Peng. Laut. Weithin hörbar. Und das nur unter der Voraussetzung, dass Sie wirklich schießen können. Nur unter der Voraussetzung, dass Sie uns beim ersten Mal auch wirklich ausschalten. Aber so oder so ... Schüsse sind selbst in dieser Gegend hier kaum zu überhören. Sie haben sicherlich bemerkt, dass in vielen Firmen noch Betrieb ist. Und Sie wissen auch, dass viele über private Sicherheitsdienste verfügen.« Diesen Teil habe ich mir ausgedacht, aber ich hoffe einfach, dass sie nicht mit Gewissheit das Gegenteil behaupten kann. »Also, sind Sie wirklich bereit, so ein Risiko einzugehen? Denn sobald Sie geschossen haben, müssen Sie auf allen vieren hier herumkriechen und ein kleines Plastikteilchen suchen, das so groß ist wie ein Daumennagel. Das kann dauern.«

Wilks erwidert nichts.

»Ihr einziger Vorteil liegt darin, dass die Halle ziemlich leer ist, aber trotzdem ... die Fläche ist ziemlich groß. Jede Menge Regale, unter denen Sie nachsehen müssen. Oh Gott, womöglich ist das Ding in den Abfluss dort gerutscht. Sie müssen sich also zwei Fragen stellen: Wie lange brauche ich, um es zu finden? Und wie lange braucht die Polizei, bis sie hier ist?«

Wilks schweigt und dampft vor Wut.

»Ach nein, das war falsch«, fahre ich fort. »Es sind sogar drei Fragen.«

Mehr sage ich nicht.

Wilks hat keine andere Wahl, sie muss fragen: »Wie lautet die dritte?«

»Gibt es ein Passwort?«

Wilks tritt auf mich zu. »Und? Gibt es eines?«

»Es gibt nur eine Möglichkeit, das rauszufinden.«

Sie ist so wütend, dass sie anfängt zu schwitzen. Entlang ihres Haaransatzes bilden sich kleine Schweißtropfen. Es ist eine hilflose Wut, da sie zwar immer noch die Pistole, aber nicht mehr die Zügel in der Hand hält.

Irgendwie bin ich jetzt die mächtigste Person im ganzen Raum geworden.

Wilks' Kiefermuskulatur arbeitet so heftig, dass über kurz oder lang die ersten Zähne brechen werden. »Okay.«

Es klingt mehr wie ein Zischen als wie ein Wort. Ich bin mir sicher, dass sie noch nie im Leben jemanden so sehr gehasst hat wie mich in diesem Moment.

»Okay?«, wiederhole ich.

»Sie haben gewonnen.«

»Ich habe gewonnen? Ich glaube fast, das ist das allererste Mal, dass ich etwas gewinne.«

Sie nickt. »Ja, genau, Sie haben gewonnen, Jem. Weil Sie sich eine Galgenfrist erkämpft haben. Mehr aber auch nicht. Solange ich diese Daten nicht in den Händen halte, kommt niemand hier weg. Und falls ich sie gar nicht bekomme, dann bleibt ihr eben für immer hier. Dann jage ich euch allen eine Kugel in den Schädel und verschwinde, noch bevor irgendjemand anfängt, darüber nachzudenken, ob er vielleicht die Polizei verständigen soll. Also los, runter und suchen.«

Trevor sagt: »Wird es nicht manchmal zu anstrengend, immer nur das Arschloch zu spielen?«

Wilks fuchtelt mit der Pistole in Leos und Trevors Richtung. »Ihr beiden auch, los. Sucht nach meinen Daten.«

»Ich habe kaputte Knie«, sagt Trevor.

»Ohne Kopf sind Knie zu gar nichts nütze.«

Trevor erwidert achselzuckend: »Kommt drauf an, von welchem Kopf wir hier reden.«

Wilks reagiert wenig amüsiert. »Entweder du machst dich jetzt auf die Suche, oder du stirbst.«

Sie hat ihren Fehler noch nicht erkannt, und ich habe ganz bestimmt nicht vor, sie darauf aufmerksam zu machen. Eigentlich war ich davon ausgegangen, dass sie nur mich auf die Suche nach der verlorenen SD-Karte schicken würde, während sie Leo und Trevor mit der Pistole in Schach hält.

Stattdessen hat sie uns alle drei aus der Büroebene hinunter in die Halle gescheucht, um dort den Boden abzusuchen.

Das ist zweifellos Trevors Provokation zu verdanken. Hätte Wilks sich ein wenig Zeit gelassen mit ihrer Reaktion, hätte sie das Ganze ein wenig sorgfältiger durchdacht, dann wäre ihr vielleicht klar geworden, dass das nicht unbedingt das Sinnvollste war. Jetzt muss sie auf drei Personen gleichzeitig aufpassen, die an unterschiedlichen Stellen herumkriechen.

Das ist unmöglich.

Dank Trevor funktioniert meine Idee sogar noch besser, als ich zu hoffen gewagt hatte.

Trevor hat sich auf ein Knie gestützt und sucht den Fußboden nach der Mikro-SD-Karte ab. Er strengt sich dabei nicht besonders an, aber das könnte er auch gar nicht, selbst wenn er es wollte. Leo liegt ganz in seiner Nähe auf dem Bauch und streckt die Hand unter eines der Metallregale.

Er flüstert mir zu: »Warum hast du das gemacht?«

»Wir hatten nicht mehr allzu viele Optionen«, erwidere ich leise.

Wilks hält sich etwas dichter bei Trevor, sodass sie uns nicht hören kann. Ruhelos und nervös geht sie auf und ab. Sie weiß, dass ihre Situation sich zusehends verschlechtert, je länger das Ganze sich hinzieht. Aber sie kann auch nicht viel daran ändern. Ich nehme an, ihr geht meine Bemerkung durch den Kopf, dass womöglich ein paar ungewöhnlich wachsame private Sicherheitskräfte aufmerksam werden, sobald in dem Industriegebiet ein Schuss zu hören ist.

Ich habe uns Zeit geschunden.

Aber je länger das Ganze sich hinzieht, desto größer wird auch die Gefahr, dass Wilks wieder zur Besinnung kommt.

Wir müssen etwas unternehmen, und zwar, bevor es so weit ist.

»Sie hätte uns alle umbringen können«, flüstert Leo weiter. »Das hättest du nicht machen dürfen.«

Ich versuche zurückzuflüstern, aber angesichts dieser Provokation fällt es mir nicht leicht, meine Stimme im Zaum zu halten. »Du hast doch dieses ganze Chaos überhaupt erst angerichtet! Also spar dir jede Kritik an meinem Verhalten!« Er schweigt. »Überlegen wir uns lieber, wie wir aus diesem Schlamassel wieder rauskommen, bevor Wilks merkt, dass ich geblufft habe.«

»Wie bitte? Wie meinst du das? Inwiefern geblufft?«

Ich mache eine Handbewegung. »Es gibt hier nichts zu finden.«

Leo weiß nicht, was er sagen soll.

Ich klopfe auf meine Hosentasche. »Die SD-Karte ist immer noch hier drin.«

»Was hast du dann weggeworfen?«

»Einen Knopf.«

Leos erste Reaktion besteht in Verblüffung. Er hat so etwas nicht einmal in Betracht gezogen. Vielleicht müsste ich angesichts seines mangelhaften Vertrauens in meine Fähigkeiten gekränkt sein, aber das bewahre ich mir für später auf. Falls es ein Später gibt. Auf die Verblüffung folgt Erleichterung, dann Verwirrung. »Wieso hast du das nicht gleich gesagt?«

»Weil deine Reaktion absolut glaubhaft sein musste.«

Er lächelt leise, trotz der angespannten Situation. »Seit wann kannst du so was überhaupt?«

Ich schnaufe. »Der ganze Tag war ein einziger Intensivkurs. Vielen Dank auch.«

Sein Lächeln erlischt.

»Jetzt rutsch ein Stück zur Seite«, sage ich. »Je weiter wir auseinander sind, desto schwieriger ist es für Wilks, uns alle drei im Blick zu behalten. Und sobald sich für irgendjemanden eine Möglichkeit ergibt, muss er etwas unternehmen, ganz egal, was.«

Er nickt und will mir gerade etwas antworten, da merkt Wilks, dass wir miteinander geflüstert haben.

»He, lasst das Gequatsche.« Sie kommt näher. »Sucht weiter. Ich habe nicht die ganze Nacht Zeit.«

Trevor sagt: »Dann sollten Sie vielleicht mitsuchen.«

»Klappe halten, Opa.«

Leo befolgt meinen Rat und kriecht weiter. Er vergrößert den Abstand zu mir und behält den zu Trevor bei. Ziemlich bald merke ich, dass Wilks große Mühe hat, uns alle im Blick zu behalten. Sie muss dazu ständig in Bewegung bleiben, muss ständig den Kopf drehen und wenden. Sie wird frustriert und aggressiv. Ich habe schon einmal erlebt, wie wütend sie werden kann, und registriere erste Anzeichen dafür. Wenn wir nicht schnell etwas unternehmen, dann treibt sie uns wieder zusammen.

»Ich hab's gefunden«, rufe ich.

Sie kommt hastig zu mir. »Wo?«

»Unter dem Regal da«, erwidere ich und zeige mit dem Finger darauf. »Aber meine Arme sind zu kurz. Ich komme nicht dran.«

Im Idealfall würde sie sich jetzt selbst unter das Regal beugen, aber so dumm ist sie nicht. Allerdings schaut sie in die Richtung, in die mein Finger zeigt, und in diesem Moment der Ablenkung packe ich mit beiden Händen ihre Pistole.

Ich bin niemals stark genug, um ihr die Waffe aus der Hand zu ringen, aber das habe ich auch gar nicht vor. Ich will sie nur so lange beschäftigen, bis Leo bei uns ist.

Aber ich bin noch schwächer, als ich gedacht hätte, oder Wilks ist stärker, jedenfalls kann ich die Pistole nur wenige Augenblicke lang festhalten. Sie reißt mir das Ding aus den Händen und schubst mich mit solcher Kraft zurück, dass ich bei der Landung auf dem Fußboden laut aufschreie vor Schmerz.

Einen Sekundenbruchteil später ist Leo bei Wilks und rammt

sie rückwärts in das Metallregal, das bei dem Aufprall gefährlich nach hinten kippt. Um ein Haar wäre es ganz umgefallen.

Wilks lässt die Pistole fallen, sodass sie über den Fußboden in meine Richtung schlittert. Bevor ich jedoch die Hand ausstrecken kann, ist sie schon unter ein anderes Regal gerutscht.

Leo ist durchtrainiert und fit, aber Wilks ist beweglich und sehr gut ausgebildet. Er will sie niederringen, doch sie schüttelt seine unbeholfenen Versuche allesamt ab und versetzt ihm einen Kopfstoß. Blut spritzt aus seiner Nase und klatscht neben mir auf den Boden. Leo ist benommen, aber versucht immer noch, sich zu wehren, bis ihn ein zweiter Kopfstoß endgültig außer Gefecht setzt.

»Nicht schlecht«, sagt Wilks, während sie sich Leos Blut von der Stirn wischt. »Aber nicht gut genug.«

## *1.53 Uhr*

Es ist noch nicht vorbei. Trevor ist zwar langsam, aber furchtlos. Er umschlingt Wilks von hinten mit beiden Armen. Trevor ist keineswegs schmächtig. Er ist zwar alt, ja, aber alt wie ein Berg, verwittert und stark. Er hat Wilks fest im Griff. Sie versucht unter Ächzen und Stöhnen, sich dagegen zu wehren.

Ich rüttele an Leo. Er stöhnt nur, zeigt ansonsten aber keine Reaktion. Er ist mir vorerst keine Hilfe.

Die Pistole. Wo ist sie?

Ich drehe mich auf der Stelle um und starre in die Dunkelheit, überlege krampfhaft, versuche, mich zu erinnern. Das Geräusch, als sie über den Boden geschlittert ist. War das in meiner Nähe? Oder eher weiter weg?

Jetzt fällt es mir ein. Ich habe gesehen, wie das Ding unter einem Regal verschwunden ist, aber unter welchem? Hier gibt es so viele davon, und sie sehen alle gleich aus.

Wilks stemmt die Füße auf den Boden und drückt sich mit aller Kraft rückwärts. Dadurch zwingt sie Trevor, ebenfalls rückwärtszulaufen. Er hat Mühe, seinen Griff nicht zu lockern, die Balance zu halten. Sie prallen gegen ein Regal. Trevor muss den Aufprall ertragen und für Wilks abfedern. Trotzdem lässt er sie nicht los. Ich sehe ihm die Schmerzen deutlich an, genau wie seine Entschlossenheit, trotzdem weiterzukämpfen.

Seine Unbeugsamkeit verleiht mir neue Energie. Ich stürme auf das Regal los, unter dem die Pistole liegen müsste.

Ich werfe mich dagegen, drücke und stoße dabei ein lautes Gebrüll aus.

Es neigt sich.

Fällt.

Ein dröhnender Knall vibriert durch die Halle, so laut und unerwartet, dass Wilks und Trevor, wenn auch nur für einen Moment, ihren Ringkampf einstellen.

Ich suche den Boden neben dem Regal ab. Keine Pistole.

Ich gehe ein Stück zurück. Schreie. Stürme. Drücke.

Das nächste Regal neigt sich und fällt um, landet klappernd, rasselnd und scheppernd auf dem Boden.

Wilks und Trevor machen weiter.

Keuchend und schwitzend stehe ich da, mit schmerzenden Gliedmaßen und verzerrtem Gesicht nach den beiden harten Zusammenstößen mit den Metallregalen. Dann nehme ich Anlauf auf das nächste.

Ich stürme los.

Es neigt sich nicht so bereitwillig wie die beiden zuvor. Ich bin schwächer und langsamer geworden.

Ich schreie lauter, drücke fester.

Jetzt kippt es, ganz langsam zunächst.

Ich brülle.

Es fällt.

Ich bin von der Anstrengung so geschwächt, dass ich beinahe mit dem Regal zusammen umkippe.

Da, auf dem staubigen Fußboden, liegt, was gerade eben noch verborgen war: die Pistole.

Vor vierundzwanzig Stunden noch hätte der schiere Anblick dieser Waffe mich verängstigt. Ich hätte nichts damit zu tun haben wollen. Aber jetzt fürchte ich mich nicht davor. Sie ist nichts weiter als ein Werkzeug, ein Werkzeug, das ich brauche, um Trevor, meinem Mann und mir selbst das Leben zu retten.

Ohne zu zögern, hebe ich sie auf und drehe mich zu Wilks um.

Sie kauert auf dem Boden, hat sich von Trevor befreit. Er liegt auf dem Rücken und wehrt sich gegen Wilks' Attacken, die ihn schlägt, ihn würgt ... die gerade dabei ist, ihn umzubringen.

*»Runter von ihm!«*, brülle ich.

Wilks muss mich gehört haben, aber sie achtet nicht auf mich. Ich bin ein Nichts. Ich bin keine Bedrohung. Ich bin niemand, vor dem sie sich fürchten muss.

Ich richte die Waffe an die Decke und drücke ab.

*Peng.*

Jetzt habe ich Wilks' ungeteilte Aufmerksamkeit.

»Runter von ihm«, wiederhole ich. »Sofort.«

Wilks gehorcht. Sie lässt Trevor los und steht mit erhobenen Händen auf.

»Ganz ruhig«, sagt sie. »Tun Sie nichts Unüberlegtes.«

Ich lache sie aus. »Ruhig? Sie sagen mir, ich soll ruhig bleiben, und haben nicht einmal den Anstand, sich wenigstens einen sarkastischen Tonfall zuzulegen? Soll ich Ihnen mal was verraten? Ich bin nicht ruhig.«

Wilks hebt die Hände höher.

»Ich bin so weit, wie es überhaupt nur irgend vorstellbar ist, von ruhig entfernt. Seitdem Sie vor meiner Haustür gestanden haben, war ich nicht eine einzige Sekunde mehr ruhig.«

»Wir finden eine Lösung«, sagt Wilks. »Wir teilen uns das Geld.«

»Auf keinen Fall. Wir rufen die Polizei, und Sie werden festgenommen und vor Gericht gestellt, wo Sie dann wegen mehrfachen versuchten Mordes verurteilt werden. Und wegen Hochverrats wahrscheinlich auch, schätze ich.«

Trevor stemmt sich ächzend auf die Beine. »Mindestens.«

Ich sehe ihn an. »Alles in Ordnung?«

Garantiert nicht. Er ist erschöpft und verletzt und alt.

»Hab mich nie besser gefühlt«, sagt er.

Ich lächele. »Bitte versprechen Sie mir, dass wir immer noch Freunde sind, wenn das alles vorbei ist.«

»Die Leute, die mit mir Zeit verbringen, finden mich irgendwann alle unerträglich.«

»Sagen Sie einfach nur ja«, entgegne ich. »Sie müssen es gar nicht ernst meinen. Sagen Sie einfach nur ja, mir zuliebe.«

Er nickt. »Ja.«

»Danke.« Ich wende mich wieder Wilks zu. »Ich wette, Sie bereuen es schon, dass Sie bei mir angeklopft haben, stimmt's?«

Wilks schweigt. Sie wirkt eingeschüchtert, geschlagen.

»Trevor«, sage ich. »Wären Sie so freundlich, in Leos Büro zu gehen und Rusty anzurufen?«

Trevor zögert. »Es wäre mir ein Vergnügen, aber ich glaube nicht, dass ich im Moment in der Lage bin, die Treppe hochzusteigen.«

»Ach, ja, natürlich. Kommen Sie, nehmen Sie die Pistole und bewachen Sie die Spezialagentin Arschloch hier. Einverstanden?«

Trevor nickt. »Das kriege ich hin.«

»Und wenn sie Sie auch nur einmal schief anglotzt, dann schießen Sie.«

»Mit dem größten Vergnügen.«

Er schlurft zu mir herüber, noch langsamer als zuvor. Er hinkt und blutet – und er ist erschöpft.

»Ach, Trevor«, sage ich. »Es tut mir so leid, dass ich Ihnen das alles zugemutet habe.«

Er knurrt mir sein Missfallen über meine Mitleidsbekundungen entgegen und nimmt mir die Pistole aus der Hand. »Rufen Sie Rusty an.«

Zuerst sehe ich nach Leo.

»Alles okay«, sagt er mit schwacher Stimme. »Brauch bloß noch ein paar Minuten. Hilf mir auf.«

»Ich muss Rusty anrufen, ich muss …«

»Bitte«, sagt er und ergreift meine Hand, um sich daran hochzuziehen. »Hilf mir auf.«

Ich nicke. Es ist nicht einfach, weil er sehr schwach ist, aber wir schaffen es. Er stößt den Atem aus. Braucht einen Moment, bis er das Gleichgewicht gefunden hat.

»Alles klar?«, frage ich ihn.

Er nickt und lässt meine Hand los. »Siehst du? Schon viel besser.«

»Bin gleich wieder da«, sage ich und mache mich auf den Weg zur Treppe.

»Geht klar«, sagt er.

Während ich die Treppe hinaufhaste, stellt Leo sich neben Trevor. Er streckt die Hand aus. »Ich möchte mal nachsehen, ob die auch wirklich geladen ist.«

»Ist geladen«, erwidert Trevor. »Ihre Frau hat gerade eben noch damit geschossen.«

»Bitte«, erwidert Leo. »Nicht, dass wir noch eine unangenehme Überraschung erleben.«

Am oberen Ende der Treppe angelangt verlangsame ich meine Schritte. »Die Pistole ist geladen, Leo. Mach dir keine Sorgen.«

Er nickt, sieht zu Wilks hinüber und schreit: »Achtung, sie will …«

Mein Blick huscht zu Wilks. Trevors Blick auch.

Wilks steht mit erhobenen Händen da, genau wie zuvor.

Das war ein Ablenkungsmanöver.

Leo windet Trevor die Pistole aus der Hand.

»Was machst du denn da?«, schreie ich ihn an.

»Was ich tun muss«, schreit Leo zurück.

Er drückt ein einziges Mal ab, und die Kugel trifft Wilks in den Kopf. Sie sackt augenblicklich in sich zusammen.

Dort, wo sie gestanden hat, hängt träge ein blutiger Nebel in der Luft. Die feinen Tröpfchen glitzern im Mondlicht.

## 1.59 Uhr

Eine postapokalyptische Atmosphäre umgibt das Industriegebiet, findet Rusty. Rein äußerlich wirkt es zwar wie ein Außenposten der Warenwirtschaft, der Zivilisation und des Fortschritts, aber gleichzeitig ist es eine Einöde, tot und leblos, so mitten in der Nacht. Es würde sie nicht im Mindesten überraschen, wenn gleich eine Herde Zombies aus dem Schatten hervorbrechen und ihren Streifenwagen umschwärmen würde. Aber man darf sie nicht Zombies nennen, stimmt's? Das ist so eine Regel, auch wenn sie nicht versteht, wieso. Ein Zombie ist ein Zombie, oder nicht?

Normalerweise liegt Rusty um diese Zeit schon längst im Bett, und jetzt muss sie gähnen. Trotzdem ist sie irgendwie aufgekratzt. Es fühlt sich an, als wäre sie wach und gleichzeitig im Tiefschlaf. Das hat sicherlich auch damit zu tun, dass sie die Blinklichter eingeschaltet und das Gaspedal mit aller Kraft auf das Bodenblech gerammt hat. Eine rauschhafte Dringlichkeit, die sie sich gar nicht richtig erklären kann, hat von ihr Besitz ergriffen. Was hat sie denn eigentlich vor? Will sie ganz alleine Jagd auf eine flüchtige Person machen? Wahnsinn. Sie kann sich ja nicht mal erinnern, wann sie zum letzten Mal jemandem Handschellen angelegt hat. Außerdem gibt es keine Garantie, dass Jem Talhoffer tatsächlich mit einem alten Mann im Schlepptau zur Lagerhalle ihres Mannes gefahren ist. Die Chancen stehen, ehrlich gesagt, ähnlich schlecht wie auf einen Sechser im Lotto, und Rusty hat noch nie etwas gewonnen, nicht einmal einen Luftballon auf dem Jahrmarkt. Jem hat Angst, daher wäre es viel naheliegender, wenn sie in die große Stadt geflüchtet wäre, um sich zwischen den Millionen anderer verlorener Seelen zu verlieren. Dort wäre sie so gut wie unsichtbar.

Das würde Rusty jedenfalls machen, wenn sie je gezwungen wäre zu flüchten.

Sie kann sich zwar nicht vorstellen, dass es jemals so weit kommen könnte, aber ihre Flucht hat sie sich in ihrer Fantasie schon öfter ausgemalt. Einfach losfahren. Ihr ganzes Leben zurücklassen, ohne Ziel, ohne Plan, vor sich nur einen endlosen Horizont an Möglichkeiten und hinter sich die Vergangenheit.

Rusty ist sich ziemlich sicher, dass kein Mensch merken würde, dass sie weg ist.

Und selbst wenn, niemand würde sie vermissen, das steht fest.

Daran ist die Fahrerei bei Nacht schuld, sagt sie sich, und dazu noch die letzten Reste ihrer Marihuana-Paranoia. Für gewöhnlich schläft sie schon lange, bevor sie dieses Stadium erreicht. Aber jetzt könnte sie niemals schlafen. Sie ist viel zu hibbelig. Das ist dieser Rausch, von dem sie schon gelesen und gehört hat. Das ist das Gefühl, für das manche ihrer Kollegen leben. Die Euphorie der Jagd auf gefährliche Verbrecher, bis man sie dann dingfest gemacht und ihrer gerechten Strafe zugeführt hat. Das ist genau der Reiz, um den es vielen ihrer Kollegen geht.

Rusty findet das Ganze allerdings ziemlich beunruhigend. Sie ist das nicht gewohnt.

Sollte das Leben in einer Kleinstadt nicht eigentlich ruhig und beschaulich sein?

Sie hat Heidi erzählt, dass sie sich überfordert fühlt, und auch wenn sie das teilweise nur gesagt hat, um in der smaragdäugigen Jungfrau ein wenig Mitgefühl zu wecken, steckt trotzdem eine große Portion Wahrheit darin. Normalerweise hat Rusty nicht viel mehr zu tun, als ihre Wache in Schwung zu halten, und das bedeutet, sie muss Sabrowski und Zeke jede Menge Kopfnüsse verpassen, damit die tun, wofür sie bezahlt werden, nämlich Strafzettel für zu schnelles Fahren ausstellen und häusliche Zwistigkeiten schlichten.

Sollte Rusty jemals andere Ambitionen gehegt haben, haben die mit der Geburt ihrer Tochter einen ersten schweren Dämpfer erhalten. Endgültig zum Stillstand sind sie wohl gekommen, nachdem ihr Ex-Mann, dieser Versager, sie verlassen hatte, und dann war ihre Mom alt geworden und bei ihr eingezogen. Das muss wohl der finale Todesstoß gewesen sein.

Rusty ist nicht verbittert deswegen. So ist eben das Leben, und jeder muss mit dem Blatt spielen, das er bekommen hat. Im Großen und Ganzen ist sie durchaus zufrieden als Polizeidienststellenleiterin in einer Kleinstadt, in der nie irgendetwas passiert.

Nur dass in dieser Kleinstadt jetzt ein Mord geschehen ist.

Also ab sofort keine rauchgeschwängerten Nächte auf der Veranda mehr.

Sie lässt den Wagen langsam weiterrollen und hat die Fenster geöffnet, damit sie in die Nacht hinauslauschen kann. Sie weiß nicht genau, was sie da zu hören bekommen wird, aber es ist besser, wenigstens ein bisschen was mitzubekommen als gar nichts. Sie kommt an vielen großen Gebäuden vorbei, alle ziemlich flach, aber dafür sehr breit. Gäbe es überhaupt ein anderes

Geräusch, wenn das leise Schnurren ihres Streifenwagens nicht zu hören wäre?

Vor Leos Halle angekommen fährt sie nur noch Schritttempo. Es ist ein hässliches, kantiges Gebäude und so nichtssagend, dass sie beinahe daran vorbeigefahren wäre, ohne es überhaupt zu bemerken.

Im Gegensatz zu den meisten anderen Gebäuden in diesem Industriegebiet passt es jedoch nicht so recht in das postapokalyptische Gesamtbild. Und zwar, weil im Inneren Licht brennt.

Außerdem ist Rusty sich fast sicher, dass sie hinter einem der Fenster eine Gestalt gesehen hat.

Keine Zombies. Nur Lebende.

Ihr Herz schlägt schnell und laut.

*Das* also ist der Rausch.

Rustys Atem geht stoßweise, während sie den Streifenwagen vor der Lagerhalle ausrollen lässt.

Soll sie Verstärkung anfordern? Nein, sie ist sich nicht ganz sicher, ob sie wirklich jemanden gesehen hat. Und sie will sich auf keinen Fall zum Narren machen.

*Siehst du wieder mal Gespenster, Chef?*

*Halt die Klappe, Sabrowski.*

Rusty bringt den Streifenwagen zum Stehen, sieht sich im Rückspiegel tief in die Augen, um sich Mut zu machen, um sich zu beruhigen. Das funktioniert zwar nicht, aber sie steigt trotzdem aus.

Dann geht sie auf das Gebäude zu. Allein.

## 2.00 Uhr

Ich schnappe nach Luft, bin zu Tode entsetzt. Meine Hände umklammern das Geländer. Meine Fingerknöchel sind kreidebleich.

»Was hast du getan?«

»Tut mir leid, Jem«, sagt Leo. »Ich wollte nicht, dass du das siehst.«

Meine Augen sind feucht, meine Beine schwach. »Was hast du …?«

»Komm wieder runter, Baby«, sagt Leo. »Wir müssen gehen.«

Ich kann mich nicht von der Stelle rühren. Wenn ich das Geländer loslasse, falle ich die Treppe hinunter. »Warum?«, ist alles, was ich sagen kann. »Warum?«

»Sie ist eine Killerin, Jem. Sie hätte uns alle zusammen erschossen, ohne dass ihr Herz auch nur einen Schlag schneller geschlagen hätte. Komm runter, komm zu mir.«

Er streckt mir eine Hand entgegen, aber ich bekomme keine Luft.

Trevor sagt: »Sie hätten sie nicht gleich erschießen müssen. Sie war nicht bewaffnet.«

»Sie verstehen die Zusammenhänge nicht, Trevor. Ich habe genau das Richtige getan, glauben Sie mir.«

»Dann sind Sie jetzt bereit, mir die Waffe wiederzugeben?«

»Ausgeschlossen«, entgegnet Leo. »Die behalte ich.«

Trevor schnaubt. »Hab mir schon so was gedacht.«

»Du hast sie umgebracht«, höre ich mich sagen. »Und du hast dabei nicht einmal gezuckt.«

Leo kommt auf mich zu und fängt an, die Treppe emporzusteigen. »Ich beschütze dich. Mir ist klar, dass du gerade sehr viel zu verkraften hast, aber es geht nur so. Wir dürfen keine Schwäche zeigen. Wir müssen genauso stark sein wie unsere Feinde.«

Ich weiche vor ihm zurück. »Ich ... ich muss Rusty anrufen.«

»Ich fürchte, das ist keine gute Idee.«

»Wieso denn nicht?«

»Denk doch mal nach, Jem. Da unten liegt eine Leiche.«

»Noch vor einer Sekunde hast du behauptet, dass das das Richtige war.«

»Das war es auch. Ist es auch. Aber unter Umständen sind die Vertreter des Gesetzes in diesem Punkt anderer Meinung.«

»Was soll das denn heißen?«

»Das heißt, dass wir jetzt losmüssen. Das heißt, dass wir nicht die Polizei anrufen. Dass wir niemanden anrufen. Wir verschwinden einfach.«

»Und wohin?«

»Weg. Wir verkriechen uns. Warten, dass die Aufregung sich wieder legt, während ich mir Gedanken über unseren nächsten Zug mache.«

»Was denn für Gedanken? Welchen nächsten Zug?« Meine Stimme klingt aufgeregt, verzweifelt. »Wir müssen zur Polizei gehen. Wir müssen diesem Schrecken ein Ende machen.«

»Jem, komm zur Besinnung. Wir würden alle ins Gefängnis wandern, sogar der alte Mann. Ihr seid Komplizen bei allem, was ich getan habe. Wir stehen ganz alleine da.«

Ich schüttele den Kopf. Ich kann es nicht glauben. Ich will es nicht glauben. Ich will, dass das vorbei ist.

Leo zeigt auf Wilks. »Das da auf dem Boden, das ist eine bösartige Frau. Eine Diebin. Eine Mörderin. Eine Frau, die uns alle umgebracht hätte, nur um sich dieses Geld wiederzuholen. Aber schon morgen werden sie sie zur Heldin erklären, die bei dem heroischen Versuch, gestohlene Informationen wiederzubeschaffen, ums Leben gekommen ist. Und du wirst für ihren Tod bezahlen. Wir alle werden dafür bezahlen.«

»Nein ...«

»So funktioniert der Staat nun mal. So funktionieren Geheimdienste. Da gibt es keine Schurken mehr, nur noch tote Helden.«

Trevor sagt: »Der Regierung kann man nicht über den Weg trauen, zumindest darin sind wir uns einig.«

»Rusty«, werfe ich ein. »Rusty ist anders. Sie gehört nicht zur Regierung. Sie ist Polizeichefin in einer Kleinstadt. Sie wird das Richtige tun. Sie wird uns beschützen.«

»Kann sein«, erwidert Leo. »Vielleicht erweist sich das irgendwann als der richtige Schritt. Aber im Moment noch nicht. Nicht so unmittelbar nach einem tödlichen Schusswechsel. Wir müssen uns erst mal sammeln. Nachdenken. Wir haben nur eine Chance, um die richtige Entscheidung zu treffen. Falls wir einen Fehler machen, können wir den nie wieder korrigieren.«

Ich schweige.

»Komm mit mir«, beharrt er. »Wir brauchen dringend ein bisschen Ruhe. Und heute Abend können wir nichts mehr tun.«

»Versprichst du's mir?«, frage ich ihn. »Versprichst du mir, dass wir morgen früh zu Rusty gehen, wenn ich das immer noch will?«

Er nickt. »Wenn wir uns einig sind, dass das das Beste ist, dann, ja, dann komme ich mit.«

Ich blicke ihm forschend in die Augen und sehe Aufrichtigkeit. Ich hoffe, es liegt nicht einfach nur daran, dass ich diese Aufrichtigkeit sehen will. Ich kann es nicht mit Sicherheit wissen. Ich muss ihm glauben.

Ich muss ihm ein letztes Mal vertrauen.

## *2.03 Uhr*

Rusty hat zwar den Boden unter den Füßen verloren, aber sie schwimmt trotzdem weiter.

Ein kraftvoller Strudel will sie in die ausweglosen schwarzen Tiefen des Zweifels und des Selbsthasses hinabziehen. Doch dann fällt ihr ein, dass sie eine Schwimmweste dabeihat, und sie löst den Verschluss ihres Pistolenhalfters. Jetzt empfindet sie ein neues Unwohlsein, weil sie nicht einmal mehr weiß, wann sie das im Dienst das letzte Mal gemacht hat. Sie kann mit ihrer Pistole umgehen – sie schießt und reinigt sie regelmäßig –, aber das ist nicht dasselbe. Es ist nicht einfach, das Blut in Wallung zu bringen, wenn man nur auf Pappziele schießt.

Die Nacht fühlt sich noch kälter an als zuvor. Ihre schweißnasse Haut saugt die Kälte aus der Luft und leitet sie in ihre Knochen. Jeder Atemstoß schickt eine dichte Wolke aus weißem Wasserdampf in die Dunkelheit.

Warum klingen ihre Schritte so laut? Sosehr sie es auch versucht, sie kann dieses donnernde Dröhnen nicht dämpfen. Ähnlich laut klingt nur das pulsierende Blut in ihren Ohren.

Auf der schmalen Parkfläche vor Leos Halle stehen keine Autos. Bedeutet das, dass sie sich tatsächlich getäuscht hat? Dass da hinter dem Fenster gar keine Gestalt war? Nein, sie hat gesehen, was sie gesehen hat. Ihre Bandscheiben sind nicht mehr die besten, die Knie auch nicht, und bei der kleinsten Anstrengung fängt sie an zu keuchen, aber ihre Augen funktionieren immer noch gut und zuverlässig.

Trau dir wenigstens einmal im Leben selbst, sagt sie sich.

Sie denkt an Heidis Worte und wiederholt sie im Geist, um Selbstbewusstsein zu tanken.

*Du kannst beißen.*

Nach einem kurzen Ruck weiß sie, dass die Vordertür sich nicht öffnen lässt, und da auch sonst kein Eingang zu erkennen ist, wirft Rusty einen Blick um die Ecke in eine schmale Gasse, die an der Seitenwand des Gebäudes verläuft.

Gestalten.

Gestalten in der Dunkelheit. Nicht klar erkennbar. Nicht ausgeformt. Eher ein Durcheinander aus Gliedmaßen und Köpfen, verbunden über einen wabernden Rumpf. Ihr erster Gedanke lautet: Paranoia. Sie sieht irgendwelche Dinge, ein Ungeheuer. Ein Albtraum, der Wirklichkeit geworden ist, der Gestalt angenommen hat. Aber nein, hier spielt ihr nicht die Fantasie einen bösen Streich.

Schatten an der Wand. Mehrere Menschen. Zwei oder drei? Sie weiß es nicht genau.

Jem, der alte Mann und dann vielleicht noch jemand.

Rustys Puls geht schneller. Könnte dieser andere vielleicht Leo sein?

Sie hastet über den Asphalt und hat die Pistole aus dem Halfter gezogen, noch bevor sie sich darüber bewusst ist. Trotz ihrer mangelhaften Fitness kommt sie schnell näher. Die Dringlichkeit verleiht ihr neue Energie. Wenn sie sich zu viel Zeit lässt, dann sind sie wieder weg. Sie weiß, dass sie Lärm macht, sie weiß, dass ihre Schritte schwer und laut sind, und sie weiß auch, dass sie nichts daran ändern kann.

Die Schatten weichen zurück, weil diejenigen, die die Schatten verursachen, sich von ihr entfernen. Sie sieht ihre dunklen, undefinierbaren Silhouetten am hinteren Ende der Gasse.

»He«, ruft sie. »Stehen bleiben.«

Eigentlich wollte sie noch mehr sagen, aber sie ist außer Atem, und ihr Herz pocht wie verrückt.

Es folgt ein Augenblick der Stille, des Innehaltens, und obwohl sie die Gesichter nicht sehen kann, weiß sie, dass die Gestalten angehalten haben und jetzt in ihre Richtung blicken. Für sie muss Rustys Silhouette ebenso deutlich zu erkennen sein wie umgekehrt.

»Polizei!« ruft sie, nur für den Fall, dass sie das nicht ohnehin schon wissen. »Stehen bleiben!«

Zu ihrer großen Überraschung bleiben sie tatsächlich stehen. Sie hatte sich schon darauf eingestellt, ihnen hinterherzurennen, auch wenn das natürlich vollkommen sinnlos gewesen wäre. Sie hört nichts. Sie sprechen nicht mit ihr, aber vielleicht flüstern sie ja miteinander. Rusty schnauft so hastig und tief, dass sie die Gestalten auf diese Entfernung wahrscheinlich nicht einmal dann verstehen könnte, wenn sie brüllen würden. Sie wischt sich den Schweiß aus den Augen und macht einen Schritt nach vorne. Die Pistole liegt schwer in ihrer feuchten, glitschigen Hand.

Da spürt sie etwas in der Luft. Ein Kribbeln läuft ihre Wirbelsäule entlang.

Ist das immer noch dieser Rausch, von dem sie gehört, über den sie gelesen hat?

Oder etwas anderes?

Letzteres, wie sie feststellt, als ein Licht aufblitzt, greller als die Sterne, als der Mond, als der Tag, und dann spürt sie einen seltsam dumpfen Aufprall in der Mitte ihres Brustkorbs.

Sie taumelt, macht einen kleinen Schritt zurück, während ihre Knie unter einem unsichtbaren Druck nachgeben. Sie bekommt gar nicht mit, dass sie ihre Pistole fallen lässt, erst als sie den Aufprall auf dem Asphalt, das Kratzen des Metalls auf dem harten Untergrund hört. So dicht in ihrer Nähe, dass sie nichts weiter tun muss, als sich zu bücken und sie aufzuheben, aber sie weiß auch, dass solche extravaganten Bewegungen nicht mehr im Bereich ihrer Möglichkeiten liegen.

»Ihr habt auf mich geschossen«, sagt sie zu niemandem. »Ihr habt auf mich geschossen.«

Sie will nach ihrem Funkgerät greifen, um Hilfe zu rufen, um Verstärkung anzufordern, was sie ja schon längst hätte tun sollen, doch ihre Hand wird von etwas Schwerem festgehalten. Unsichtbare Kräfte sorgen dafür, dass ihr Arm unbeweglich an ihrer Seite festklemmt.

Rusty wird von einem Schraubstock festgehalten. Sie sitzt in der Falle und kann sich nicht mehr rühren.

Sie weiß nicht, ob die Nacht an der Dunkelheit schuld ist oder ob ihre Augenlider einen Schleier über die Welt legen. Sie spürt, dass sie keine Gewalt mehr über ihren Körper hat, falls sie überhaupt noch darin wohnt.

Rusty merkt, dass sie fällt ... und fällt ...

## 2.07 Uhr

*»Nein!«*, schreie ich, als ich Rusty zu Boden stürzen sehe. Ich brülle laut vor Entsetzen und Wut, greife nach Leo, nach der Waffe, bevor er noch einmal schießen kann. Er hat den rechten Arm geradeaus gestreckt. Rauch quillt aus der heißen Pistolenmündung.

Ich greife ihn an, schlage auf ihn ein, allerdings nur in Gedanken. In Wirklichkeit kann ich keinen Finger rühren. Ich habe mich nicht von der Stelle bewegt. Ich kann kaum atmen.

»Wie konntest du nur?«, presse ich mühsam hervor.

»Ich wollte sie nicht treffen«, erwidert Leo mit ruhiger Stimme, während er mir den Kopf zudreht. »Ich wollte bloß, dass sie stehen bleibt. Das sollte ein Warnschuss sein. Es ist dunkel. Ich ...«

Verwirrt und erschrocken, mit weit aufgerissenen, im Licht der Straßenlaternen glänzenden Augen, blickt er mich an. Er sieht vollkommen entsetzt aus, als würde er jeden Augenblick in Tränen ausbrechen, und ich weiß nicht, was ich machen oder wie ich reagieren soll.

»Sie bewegt sich«, sagt Trevor. »Wir müssen ihr helfen.«

Sein altes Gesicht ist zerklüftet und voller Falten. Er ist genauso entsetzt und erschüttert wie ich und Leo, und er befindet sich in einer Art Schockstarre. Doch dann schluckt er einmal und macht einen Schritt nach vorne. Oder besser: Er versucht es, aber er ist alt und langsam, und Leo versperrt ihm den Weg.

»Kommt nicht infrage«, sagt Leo, während er sich zwischen Trevor und Rusty aufbaut und sich so auch vor mich stellt. »Wir müssen verschwinden. Sofort. Wir dürfen uns hier nicht länger aufhalten. Der Schuss …«

»Gehen Sie mir aus dem Weg«, fährt Trevor ihn halb flüsternd, halb grollend an.

Leo gibt nicht nach. »Kann ich nicht machen.«

»Verschwinden Sie ruhig, wenn Sie wollen«, sagt Trevor. »Ich kümmere mich um Rusty. Und keine Sorge, ich werde aussagen, dass Sie eigentlich danebenschießen wollten.«

Leo bleibt stumm.

Trevor sagt: »Aus dem Weg.«

Leo schüttelt den Kopf. »Kann ich nicht machen.«

Ich sehe, wie er die Hand noch fester um die Pistole schließt, und stelle mich zwischen die beiden, bevor das Ganze noch hässlicher werden kann. Ich lege ihnen je eine Hand auf den Arm. Sie sind bis zum Äußersten angespannt. Im Moment kann ich überhaupt nicht einschätzen, wozu sie imstande sind, und ich will es auch nicht erfahren.

»Bitte«, sage ich. »Lass mich einen Krankenwagen rufen. Dann können wir gehen.«

Leo schüttelt den Kopf. »Sie hat bestimmt Verstärkung angefordert, bevor sie uns gestellt hat. Die sind garantiert schon unterwegs. Jede Sekunde, die wir hier mit Quatschen vergeuden, kommen sie näher.«

Trevor sagt: »Das können Sie doch gar nicht wissen.«

»Doch, ich weiß nämlich, wie so was abläuft.«

»Wie kannst du nur so abgebrüht sein?«, sage ich zu Leo.

»Weil du für mich das Wichtigste bist«, sagt er zu mir. »Und nicht irgendeine Polizeibeamtin.«

»Sie ist nicht ›irgendeine Polizeibeamtin‹«, fauche ich ihn an. »Sie heißt Rusty, und du hast auf sie geschossen.«

»Sie hätte uns umgebracht«, gibt er zurück. »Oder uns für den Rest unseres Lebens ins Gefängnis gesteckt, was noch schlimmer wäre.«

Jetzt bin ich diejenige, die sagt: »Das kannst du doch gar nicht wissen.«

Seine Augen sind weit aufgerissen, sein Blick ist wütend. »Ich lasse mich nicht einsperren, Jem, und ich werde auch nicht zulassen, dass irgendjemand dich einsperrt. Ich bin dein Mann, ich liebe dich, und ich werde alles – ALLES – tun, um dich zu beschützen. Und wenn ich deshalb auf irgendwelche Politessen schießen muss, dann werde ich genau das tun.«

»Ich will nicht, dass du mich beschützt! Ich will nur noch nach Hause.«

»Wir gehen nie wieder nach Hause, wann bekommst du das endlich in deinen Schädel? Du nicht. Ich nicht. Wir beide nicht.«

Er packt mich am Arm und zerrt mich weg. Ich bin zu schwach, zu überwältigt, um mich dagegen zu wehren.

Trevor rührt sich nicht von der Stelle.

»Du auch, alter Mann«, sagt Leo.

Trevor bleibt stehen.

Leo hebt die Waffe und will noch etwas sagen, einen Befehl oder eine Aufforderung vielleicht, doch dann stößt Trevor einen

Seufzer aus, schüttelt den Kopf und tut, was von ihm verlangt wird. Hat er eine andere Wahl? Habe ich eine andere Wahl?

Ich blicke zu Rusty hinüber, die allein in der Dunkelheit auf dem kalten Boden liegt. Ist sie am Leben? Bewegt sie sich? Ich kann es nicht erkennen.

Leo scheucht uns zu seinem Wagen, den er in einer Straße hinter der Lagerhalle abgestellt hat. Ich registriere, dass er hinter uns bleibt, dass er uns sagt, welche Richtung wir einschlagen sollen, anstatt einfach vorauszugehen.

Ist mein Mann gerade dabei, mich zu entführen?

»Einsteigen.«

Das Auto habe ich noch nie zuvor gesehen. Ich weiß nicht, wie lange er es schon hat, ob es ihm überhaupt gehört, ob er es gemietet oder gestohlen hat, und ich frage auch nicht danach. Würde er mir eine ehrliche Antwort geben? Würde ich ihm glauben, selbst wenn er mir die Wahrheit sagen würde? Ich schüttele den Kopf und mache die Beifahrertür auf, nachdem Leo den Sender betätigt und den Wagen mit einem lauten *Tschak* entriegelt hat. Trevor öffnet eine der hinteren Türen, doch Leo schüttelt den Kopf.

»Du fährst«, sagt er zu Trevor.

Trevor runzelt die Stirn. »Ich?«

Leo hält ihm die Fahrertür auf. »Setz dich ans Steuer und mach genau das, was ich dir sage.«

Trevor gehorcht, und Leo gleitet auf die Sitzbank hinter ihm.

»Wo fahren wir hin?«, will Trevor wissen.

»Nach Norden«, lautet Leos Antwort.

Ich spüre Hoffnung aufkeimen. »Nach Hause?«

Er stößt ein kurzes, bitteres Lachen aus, und ich lasse die Schultern sinken. »Mach dich nicht lächerlich. Nein, wir fahren nicht nach Hause, Jem. Was habe ich dir gesagt? Wir gehen nie wieder nach Hause zurück. NIE. WIEDER.«

»Wohin fahren wir dann?« Meine Stimme ist schwach.

»An die Küste. Ich kenne da ein Örtchen, wo wir uns verstecken können.«

»Was für ein Örtchen?«

»Ein Haus.«

»Wem gehört das Haus?«

Ich drehe mich um und sehe ihn direkt an, aber Leo erwidert meinen Blick nicht. Stattdessen starrt er in das nächtliche Dunkel jenseits der Windschutzscheibe. Sehe ich tatsächlich Bedauern in seinem Blick, oder ist dieses Bedauern nur da, weil ich es sehen will?

*Es tut mir so leid, Rusty. Es tut mir so leid.*

## 3.11 Uhr

Das Haus liegt auf einem Grundstück mit Blick aufs Meer. Der Atlantik ist genauso schwarz wie die Nacht über ihm. Der Mond lässt die Kämme der heranrollenden Wellen silbern leuchten. Weißer Strand erstreckt sich vom Haus in gerader Linie Richtung Süden, bis die Nacht ihn verschluckt. Keine Menschenseele weit und breit, darum habe ich vollkommene Ruhe und Stille erwartet, aber das Meer ist laut und steht niemals still. Laut und dröhnend schickt es seine Brecher auf den Sand, und ich kann seine Feindseligkeit spüren. Das Meer will nicht, dass wir hier sind. Das Meer mag uns nicht.

Ich gehe voran, auch wenn ich nicht die Richtung bestimme. Leo ist hinter uns und lenkt mich und Trevor durch die Dünen. Es ist dunkel, und der sandige Untergrund ist uneben und trügerisch. Ich komme mehr als einmal ins Straucheln, bin aber immerhin so beweglich, dass ich nicht hinfalle oder mir gar den

Knöchel verstauche. Trevor hat es deutlich schwerer, und ich muss ihn mehrfach festhalten und stabilisieren. Jedes Mal regt er sich darüber auf und lehnt meine Hilfe ab.

Doch dann fällt er doch hin. Er stützt sich auf seine Hände und Knie und kann sich nicht mehr bewegen. Er ist verletzt, aber sein Ego bereitet ihm mehr Schmerzen als alles andere, und er kann mich nicht einmal ansehen, während ich ihm wieder auf die Füße helfe. Leo hilft ihm nicht. Er hält die ganze Zeit Abstand, als hätte er Angst, dass wir ihn angreifen. Trevor würde das vielleicht sogar tun, wenn er das könnte.

Er hinkt und stützt sich mit einer Hand auf meiner Schulter ab. Ich lege ihm im Gegenzug den Arm um die Hüfte, und er nickt dankbar. Er schämt sich zu sehr, um etwas zu sagen, und ich erwidere sein Nicken zum Zeichen, dass ich seinen Dank annehme, auch wenn das überflüssig ist. Ich wäre bereit, alles für diesen liebenswerten alten Mann zu tun, der schon so viel für mich getan hat.

Bitte, tu ihm nichts zuleide, flehe ich stumm in Leos Richtung.

Meine Augen sind feucht, und daran ist nicht die kalte Seeluft schuld. Ich wische sie mit dem Ärmel ab. Trevor sieht es, sagt aber nichts, und ich bin froh darüber.

»Wir sind gleich da«, sagt Leo hinter uns.

Eine überflüssige Bemerkung, da das Haus deutlich sichtbar vor uns liegt. Gleich da, und doch so weit vom Ziel entfernt. Wird die ganze verworrene Situation sich jetzt auflösen? Lässt sich überhaupt noch irgendetwas reparieren?

Ich wüsste nicht, wie. Ich sehe keine Lösung, die das alles wieder in Ordnung bringen könnte.

Mein Mann ist einige Schritte hinter mir, und ich kann nicht darauf hoffen, seine Absichten zu verstehen, weil ich ihn überhaupt nicht mehr wiedererkenne. Ich weiß, wer er war, aber nicht, wer er jetzt ist.

Habe ich ihn überhaupt jemals gekannt?

Mir wird klar, dass Trevor mich genauso sehr stützt wie ich ihn. Wir haben unterschiedliche Schmerzen, aber wir leiden beide gleichermaßen daran.

»Was gibt's denn da zu quatschen?«, will Leo wissen.

Weder Trevor noch ich haben etwas gesagt. Leo ist paranoid.

»Gar nichts«, sage ich.

»Ihr flüstert doch miteinander.«

Ich drehe mich nicht zu ihm um. »Warum, Leo? Warum sollten wir flüstern?«

Er gibt keine Antwort.

»Und warum sollte es dich kümmern, wenn wir miteinander flüstern?«

Wieder bekomme ich keine Antwort, sondern nur das Dröhnen der Brecher zu hören.

Wir sind hier nicht willkommen.

Das Haus ist klein und alt, aber keine Bruchbude. Der Wind und das Salz haben gnadenlos an ihm gerüttelt und genagt, und es hat viele kleine Narben davongetragen – Zeugen seiner Widerstandsfähigkeit. Die Farbe ist abgeplatzt und verblasst. Das Holz ist verzogen. Die Eingangstreppe knarrt und quietscht unter unseren Füßen.

»Hier«, sagt Leo und drückt mir einen Schlüsselbund in die Hand.

Ich starre ihm in die Augen, die einmal himmelblau waren, aber jetzt kalt wie Gletschereis wirken, ohne jede Spur von Wärme.

»Was ist aus dir geworden?«, frage ich ihn.

»Ich versuche, dafür zu sorgen, dass wir am Leben bleiben, Jem. Vergiss das nicht.«

»Und trotzdem kommt es mir so vor, als wären wir schon tot.«

»Sei doch nicht so melodramatisch«, entgegnet er unwirsch. »Jetzt ist nicht der richtige Zeitpunkt für eine deiner Launen.«

Erneut werden meine Augen feucht. Seine spöttischen Worte rauben mir die Beherrschung. »Eine meiner Launen?«

»Es tut mir leid. So war es nicht gemeint. Ich weiß, dass das sehr stressig ist. Ich ... bitte, lass uns einfach erst mal reingehen. Ich bringe das wieder in Ordnung, versprochen.«

»Wie, Leo? Wie, um alles in der Welt, kannst du das wieder in Ordnung bringen?«

Er ist sauer, dass ich meinen unerschütterlichen Glauben an ihn und seine Fähigkeiten verloren habe.

»Was machen wir hier?«, frage ich ihn.

»Das weißt du doch«, entgegnet er. »Wir müssen uns verstecken. Wir dürfen nicht auffallen. Und hier sind wir in Sicherheit.«

»Wir? Oder du?«

»Ich tue das für uns, Jem. Warum erkennst du das nicht? Dir ist doch klar, dass ich einfach nur hätte verschwinden können, oder? Ich hätte dich verlassen können, für immer. Wenn es mir nur um meine persönlichen Interessen gegangen wäre, dann wäre ich schon lange weg. Ehrlich gesagt, genau das ...«

Er verstummt, und ich sehe ihm an, dass er um ein Haar zu viel gesagt hätte.

»Was?«, hake ich nach. »Ehrlich gesagt, was?«

»Vergiss es. Ich bin erschöpft. Ich bin gestresst.«

»Was soll ich vergessen, Leo? Was wolltest du gerade sagen? Dass du mich hättest verlassen können, und dass ich dankbar sein soll, dass du deine Ehefrau nicht im Stich gelassen hast? Oh, vielen, vielen Dank, liebster Gatte, dass du deine Frau nicht einfach ihren Mördern überlassen hast.«

»Jem ...«

Ich bin noch nicht fertig. »Den Leuten – nur, damit wir das

nicht vergessen –, die deine Geschäftspartner sind. Den Leuten – nur, damit wir das nicht vergessen –, denen ich nie begegnet wäre, wenn du nicht wärst. Den Leuten, vor denen du auf der Flucht bist. Den Leuten …«

Jetzt bin ich es, die plötzlich verstummt, aber nicht, weil ich fürchte, zu viel zu sagen, sondern weil ich mit einem Mal die Wahrheit erkannt habe.

»Mein Gott«, sage ich. »Deshalb also.«

Leo schweigt. Er weiß, dass ich es weiß.

»Das wolltest du sagen, stimmt's? Die Leute, vor denen du geflüchtet bist.«

Nur mit Mühe hält Leo meinem Blick stand.

»Heute Morgen. Genau das hast du heute Morgen gemacht. Mir hast du erzählt, dass du auf Geschäftsreise musst, aber in Wirklichkeit bist du geflüchtet. Du hast gewusst, dass sie dir auf die Schliche gekommen sind, stimmt's? Du hast gewusst, dass Wilks und Messer sich das holen wollen, was ihnen zusteht.« Ich muss eine enorme Selbstbeherrschung aufbringen, um die nächsten Worte auszustoßen. »Du hast mich verlassen. Du hast mich ihnen ausgeliefert.«

»Aber ich bin zurückgekommen.« Mehr bringt er nicht zustande.

»Du hast mich verlassen«, sage ich noch einmal. »Du hast gewusst, dass sie kommen, und du hast mich zurückgelassen.«

»Ich bin zurückgekommen.« Durch die Tränen nehme ich ihn nur noch verschwommen wahr.

»Du hast mich nicht einmal gewarnt.«

»Ich bin zurückgekommen, um dich zu mir zu holen.«

»Hör auf damit«, brülle ich ihn an. »Du hast kein Recht, das zu sagen. Ich könnte jetzt schon tot sein. Sie hätten mich um ein Haar ermordet. Du hast genau gewusst, welcher Gefahr du mich aussetzt, und du hast kein Wort gesagt. Aber wieso auch? Wenn du mich gewarnt hättest, dann hättest du ja keinen Vorsprung gehabt.«

Trevor sagt: »Sie sind ein Feigling. Sie sind ein ganz erbärmlicher Feigling.«

Leo hebt wutentbrannt die Pistole und will Trevor damit schlagen.

Ich stelle mich zwischen die beiden.

Einen Augenblick lang bin ich unsicher, weiß ich nicht, was gleich passieren wird.

»Jetzt beruhigen wir uns alle mal wieder«, sagt Leo und lässt die Waffe sinken. »Was geschehen ist, ist geschehen. Falls ihr aus diesem Chaos heil wieder herauskommen wollt, dann auf meine Weise. Und bevor wir jetzt gleich reingehen: Hat irgendjemand damit ein Problem?«

Trevor sagt nichts.

Ich werfe einen Blick auf die Waffe in der Hand meines Mannes und sage: »Nein.«

»Gut«, erwidert er mit kalter, harter Stimme. »Dann mach jetzt die verdammte Tür auf.«

Ich gehorche, wische mir die Augen aus und unterdrücke das Zittern, um die Tür aufzuschließen. Dahinter gähnt eine undurchdringliche Finsternis ohne jede Hoffnung.

Ich zögere, will genauso wenig in diesen finsteren Schlund eintauchen wie Trevor. Leo muss uns über die Schwelle stoßen.

»Wieso hat das so lange gedauert?«, höre ich Carlson aus dem Inneren der Schwärze fragen.

## 3.16 Uhr

Carlson hat seine Waffe auf uns gerichtet. Wir sind alle gleichermaßen verblüfft, obwohl mich Carlsons Auftauchen hier eigentlich nicht überraschen dürfte. Er hat sich ja bereits zuvor als sehr entschlossen und einfallsreich erwiesen. Ich merke, dass es mir inzwischen völlig egal ist. Ich bin fertig mit alledem.

Ich will nur noch, dass es vorbei ist, ganz egal, was das bedeutet.

»Alles in Ordnung bei euch?«, erkundigt sich Carlson. »Von hier drin klang das nicht besonders harmonisch, ehrlich gesagt.« Er mustert mich mit meinen geröteten Augen und den tränenverschmierten Wangen. »Aber ich bin erfreut zu sehen, dass das Ganze sich so … freundschaftlich aufgelöst hat.«

Carlson lässt die Pistole sinken. Ich verspanne mich und mache mich innerlich bereit, noch ein letztes Mal etwas zu unternehmen, aber dann spüre ich Leos Hand an meinem Arm.

»Alles okay«, sagt er. »Alles okay.«

Ich weiß nicht, was das heißen soll. Hat er einen Plan? Hat er eine Idee, wie er uns hier wieder rauskriegen will? Ja, lautet die Antwort. Und doch werden meine Augen groß, als ich erkenne, wie einfach, wie mühelos das Ganze abläuft.

Leo lässt mich los und geht auf Carlson zu.

Sie schütteln einander die Hände.

»Du hast es geschafft«, sagt Carlson.

Leo nickt. »Dank deiner Unterstützung.«

»Gehört alles mit zum Service.«

Ich folge diesem Wortwechsel mit offenem Mund. Ich hatte gedacht, dass das mit Carlson alles Lüge war. Hat Wilks nicht gesagt, dass Leo sich das alles ausgedacht hat?

Er dreht sich zu mir um und sagt: »Gib mir die SD-Karte.«

»Warum?«

»Tu es einfach, Jem. Gib sie mir, damit wir das alles hinter uns bringen können.«

»Aber du gibst sie dann Carlson«, wende ich ein. »Wieso?«

»Alleine hätte ich das alles nicht geschafft«, erwidert Leo. »Das Geld nützt mir gar nichts, wenn es sich irgendwie zu mir in Verbindung bringen lässt. Und da springt Carlson in die Bresche. Er investiert es für mich.«

Er kommt auf mich zu. »Für einen bescheidenen Anteil am Gewinn, selbstverständlich.«

Ich zögere, aber ich weiß, dass ich keine andere Wahl habe. Nicht einmal mein Leben gehört mir mehr. Ich gebe Leo die SD-Karte, und er überreicht sie Carlson.

»Ich mache mich sofort an die Arbeit«, sagt Carlson, öffnet die Haustür und lässt die kalte Meeresluft hereinwehen. »Melde dich, sobald du außer Landes bist.«

Dann ist er verschwunden.

Leo geht in die Küche und öffnet den Kühlschrank, während ich einfach nur dastehe und nicht weiß, was ich tun, was ich sagen, was ich denken soll. Trevor hat mir eine tröstende Hand auf den Rücken gelegt, die mich kein bisschen tröstet.

Ich höre, wie Leo eine Bierflasche öffnet. Dann nimmt er einen großen Schluck und kommt dabei zu uns zurück. Er wirkt sehr zufrieden mit sich, triumphierend. Meine Miene passt ihm nicht, und er versucht, sie zu ignorieren, während er sich gleichzeitig sein Feierbier schmecken lässt.

»Ich mache das alles wieder gut, Jem«, sagt er, nachdem die Flasche leer ist. »Ich weiß zwar noch nicht, wie, aber wenn du mir eine Chance gibst, dann versuche ich es, und zwar für den Rest meines Lebens. Wenn du auch nur ein Fünkchen Liebe für mich übrig hast, dann sag, dass du mir diese Chance geben willst. Ich kann dir nichts versprechen. Ich erwarte nicht, dass ich in deinen Augen derselbe bin wie zuvor, aber bitte, sag, dass du es wenigstens versuchen willst. Sag, dass du mir irgendwann wieder gestattest, dein Mann zu sein.«

Ich bringe kein Wort heraus, aber ich nicke. Ich kann es versuchen. Das kann ich doch, oder nicht?

»Danke«, sagt Leo. »Wir können noch einmal ganz von vorne anfangen. Würdest du das nicht auch gern?«

Ich nicke. Das will ich wirklich. Ich wünschte, dass wir alles wieder auf Anfang setzen könnten, so, wie es war, bevor dieser Albtraum begonnen hat.

»Es wird nicht einfach werden«, fährt er fort. »Das verstehe ich. Aber du musst auch etwas verstehen. Du musst unbedingt verstehen, dass das hier ein Neubeginn ist.«

Ich nicke.

»Und zwar nur für dich und mich, Jem. Wir müssen von hier verschwinden, und zwar alleine. Irgendwohin, wo uns niemand kennt und wo niemand weiß, was wir durchgestanden haben. Verstehst du das?«

Ich nicke erneut, wenn auch ein wenig zögerlich. Seine Worte kommen mir so selbstverständlich vor, dass ich mir nicht sicher bin, ob ich wirklich voll und ganz begriffen habe, was er mir sagen will.

Es stellt sich heraus, dass meine Zweifel berechtigt sind.

»Gut«, sagt er. »Ich möchte, dass du dich an dieses Gespräch erinnerst. An jedes einzelne Wort. Das ist wirklich von größter Bedeutung.«

»Warum?« Jetzt habe ich Angst. »Warum ist das von größter Bedeutung?«

»Mach die Augen zu, Jem«, sagt er. »Sieh nicht hin.«

Ich bin verwirrt, aber nur für einen kurzen Moment. Dann weiß ich genau, was er vorhat.

*»Nein!«*, schreie ich.

Zu spät.

Er erschießt Trevor.

## 3.19 Uhr

Ein einziger Schuss in die Brust.

Trevors Beine geben nach, und er fällt einfach um. Ich stoße Leo, der noch versucht, mich aufzuhalten, beiseite und eile zu Trevor, halb schlitternd, halb auf die Knie fallend. Ich weiß nicht, was ich machen soll. Ich presse die Hände auf die Wunde. Ich weine. Ich kreische.

Trevors Augen sind geschlossen. Er rührt sich nicht. Er reagiert nicht.

Lieber, fürsorglicher Trevor. Der beste Mann, den ich je gekannt habe.

Er ist tot.

»Das musste sein«, höre ich Leo in meinem Rücken sagen. »Nur du und ich, Jem. Anders geht es nicht.« Ich spüre seine Hände auf meinem Rücken. Er will mich trösten. »Genau so wird es von jetzt an sein, und zwar immer. Wir beide. Nur wir beide.«

Er packt mich an den Schultern. Kräftige Finger bohren sich in meine Haut, in mein Fleisch. Er hilft mir auf die Beine, hält mich fest, zieht mich zu sich heran, während er auf mich einredet, mich anfleht. Manche Wörter nehme ich wahr, andere nicht. Sein Atem, sauer vom Flüssigkeitsmangel und dem Bier, streift mir heiß übers Gesicht. Sein Speichel spritzt auf meine Wangen.

»Hörst du mir zu, Jem? Verstehst du, was ich dir sage?«

Ich nicke, weil ich weiß, dass das von mir erwartet wird. Ich bin die pflichtschuldige, kleine, verschreckte Ehefrau. Er redet, erklärt, rechtfertigt. Er streitet mit mir, weil ich nicht mit ihm streite. Ich könnte gar nicht, selbst wenn ich das wollte. Der Schuss dröhnt noch immer wie ein erbarmungsloser Tinnitus in meinen Ohren, nur unterbrochen von Leos Worten und der grauenhaften Erinnerung an Trevors letzten, verzweifelten Atemzug.

Leo, mein Ehemann, den ich nicht mehr wiedererkenne. Ein verschwommener Anblick vor tränennassen Augen. Ich weine um Trevor, um mich und um diesen Mann, den ich nicht länger verstehe.

Doch dann wird mir klar, dass ich mich irre. Ich verstehe ihn sehr wohl. Endlich. Wie habe ich es bloß so lange geschafft, die Augen vor dem Offensichtlichen zu verschließen? War ich blind? Habe ich mich absichtlich so übertölpeln lassen? Habe ich mir so sehr einen perfekten Mann gewünscht, dass ich jedes Anzeichen für das Gegenteil einfach übersehen habe? Habe ich mich während all der Zeit selbst belogen? Ganz egal, wie die Antwort auf diese Fragen lauten mag, jetzt, in diesem Augenblick, erkenne ich ihn, jetzt ist mir klar, wer er ist.

»Du bist ein Monster«, sage ich.

Er gibt einen Laut von sich, halb frustrierter Seufzer und halb ungläubiger Aufschrei. Genau passend, kehlig und bestialisch.

»Das alles habe ich für uns getan«, beharrt er. »Für dich.«

Er hält meine Schultern mit solcher Kraft, solcher Dringlichkeit gepackt, dass ich garantiert blaue Flecken davon bekommen werde. Trotzdem empfinde ich keinen Schmerz, sondern nur Druck, nur die Macht seines Willens. Ich habe die schwärzlichvioletten Fingerabdrücke, die er hinterlassen wird, deutlich vor Augen. Ich sehe sie mit solcher Klarheit, solcher Intensität vor mir, dass ich Leo überhaupt nicht mehr wahrnehme. Ich sehe nur die zukünftigen Beweise für diesen Augenblick.

»Hörst du mir überhaupt zu?«, brüllt er mich an, und sein kräftiger Atem, sein Speichel auf meinem Gesicht, in meinen Augen, sie löschen dieses Bild aus. Jetzt sehe ich ihn wieder klar und deutlich vor mir, sehe den Zorn, der sein Gesicht verzerrt, den Stress, der seine Augen rötet, sehe das Zerrbild jenes Leo, den ich einst gekannt habe.

Wo ist der fürsorgliche Mann geblieben, in den ich mich verliebt habe? Was ist aus seinem unbeschwerten Lächeln, aus seinen hinreißenden blauen Augen geworden? Ich erkenne diesen Menschen nicht mehr.

Ich nicke und nicke. Ich nicke immer weiter, weil ich sonst nichts tun kann. Kein Laut, kein Wort kommt mir über die Lippen. Ich bin eine Gefangene meiner selbst, eingesperrt hinter Gittern der Angst und des Verlusts.

Sein Griff lockert sich allmählich, und sein panisches, schweres Keuchen wird langsamer. Die Falten, die sein verkniffenes, vor Wut verzerrtes Gesicht überziehen, verschwinden immer mehr, sodass er nun zumindest wieder an den Leo erinnert, den ich einst gekannt habe.

»Ach, Jem«, sagt er und drückt mich fest an sich.

Ich schaffe es nicht, seine Umarmung zu erwidern. Schlaff und regungslos hängen meine Arme zu beiden Seiten herab. Er will mich trösten, aber ich komme mir so klein vor, so schwach und so unbedeutend. Für einen Moment wünsche ich mir nichts anderes, als dass es vorbei wäre. Ich will, dass er weiter zudrückt, dass er seine Kraft benützt, um das Leben aus mir zu quetschen, weil ich dieses Leben, mein Leben, nicht länger haben will.

»Ich erwarte nicht, dass du einverstanden bist mit dem, was ich getan habe«, fährt er fort. »Ich weiß, dass es seine Zeit dauern wird, aber ich weiß auch, dass du irgendwann verstehen wirst, dass ich keine andere Wahl hatte. Ich werde geduldig sein, das verspreche ich dir. Ich bringe alles wieder in Ordnung. Lass mir nur bitte ein bisschen Zeit. Lass es mich wenigstens versuchen. Kannst du das? Schaffst du das? Für deinen Mann?«

Ich nicke an seiner Brust.

»Ja«, presse ich mühsam hervor.

Es kostet mich eine enorme Anstrengung zu antworten.

Es kostet mich eine gewaltige Anstrengung zu lügen.

In der folgenden Stille versuche ich, nicht zu verkrampfen. Ich kann sein Gesicht nicht sehen, darum weiß ich nicht, ob er mir glaubt, selbst wenn er es gehört hat. Ob er die Lüge entdeckt hat? Kennt er mich besser, als ich ihn kenne?

Er atmet hörbar aus. »Mehr verlange ich gar nicht.«

Er glaubt mir.

Er lässt mich los. Tritt einen Schritt zurück.

»Tut mir leid, dass ich dir das alles nicht ersparen konnte«, sagt er dann und wischt mir mit dem Daumen die Tränen ab. In der Geste liegt eine solch zärtliche Intimität, dass ich mir wünsche, sie würde niemals enden. Denn sobald sie endet, kehrt die Realität wieder zurück, und er wird wieder ein Mörder sein.

*Nicht aufhören*, flüstere ich unhörbar. *Nicht aufhören*.

Aber er hört auf. Er hat mir die Tränen aus den Augen, von meinen Wangen gewischt, sodass die Haut jetzt gespannt und gereizt ist. Er lächelt, weil er sieht, dass ich auch lächele. Allerdings ist das nur das Lächeln, das er sehen will, aber nichts, was ich auch nur ansatzweise empfinden könnte. Wann hast du mich zum letzten Mal zum Lächeln gebracht, Leo? Ich wünschte, ich wüsste es, ich wünschte, ich könnte mich daran erinnern, denn was immer diese Nacht noch bringen, was immer als Nächstes geschehen mag, nie wieder wird Leo solche Gefühle in mir wecken können. Er wird mich nie wieder zum Lächeln bringen.

»Alles wird gut«, sagt er. »Alles wird gut.«

Er streichelt meine Wange, und ich schmiege mich in seine Hand.

»Ich mache das alles wieder gut, ich schwöre«, sagt er. »Das ist schwer, ich weiß. Und es wird in absehbarer Zeit nicht leichter werden, aber irgendwann doch, wenn wir weit weg von hier sind. Und genau das brauchen wir, Jem. Wir müssen weit weg sein, wo uns niemand kennt, wo niemand weiß, wie wir da hingekommen sind und warum wir hier weggegangen sind. Falls irgendjemand wüsste, was hier passiert ist, was heute alles passiert ist, dann würden wir nicht weit kommen. Nur wir zwei, anders geht es nicht. Nur wir zw…«

Er unterbricht sich und schreit laut auf vor Schmerz.

Er schreit, weil ich meine Zähne in seine Hand geschlagen habe.

*»Du Dreckschwein«*, brülle ich ihn an, als er seine Hand wegzieht.

Ich springe auf, während er mit schockiertem, schmerzverzerrtem Gesicht zurücktaumelt.

Mein Mund ist voller Blut. Es klebt an meinen Lippen und meinen Zähnen.

Ich stürze mich auf ihn, auf diesen Mörder, den ich geheiratet habe. Dieses Monster. Er reagiert nur langsam, hat immer noch Schmerzen und steht unter der Wirkung meines überraschenden Bisses. Ich lande etliche Treffer, seine Lippe platzt auf, und ich dränge ihn zurück, aber er ist widerstandsfähig und stark. Die Wirkung meiner Schläge verpufft, und als ich versuche, ihm die Pistole aus der Hand zu winden, da ist er vorbereitet. Ich scheitere.

»Was soll denn das?«, brüllt er mich an.

Ich gebe ihm keine Antwort. Ich weiß es nicht. Ich will nur, dass das alles vorbei ist. Ich will, dass es aufhört.

Er packt mit einer Faust meine Haare und reißt meinen Kopf nach hinten. Ich verliere jedes Gleichgewicht, jede Stabilität. Ich muss die Pistole loslassen, um nicht umzufallen. Er schubst mich weg, ich stolpere und lande auf dem Fußboden.

Aber ich bin schnell wieder auf den Beinen. Die Wut und das Adrenalin sind stärker als der Schmerz.

Gerade, als ich erneut auf ihn losstürmen will, höre ich ein leises Klicken, dann starre ich direkt in die Mündung der Waffe.

»Stopp«, sagt Leo.

Ich weiß sofort, wie ernst er es meint. Alles, was er zu sagen hat, steckt in diesem einen Wort. Wenn ich ihn angreife, wird er schießen. Er blufft nicht.

Es ist mir egal. Es ist mir inzwischen vollkommen egal.

Ich stürme los.

Er schießt.

Aber ich sterbe nicht, sondern fange laut an zu schreien.

Bevor ich weiß, was passiert ist, liege ich auf den Knien. Ich fasse mir an den linken Arm. Erst jetzt wird mir klar, dass ich getroffen worden bin. Ich habe große Schmerzen, und überall ist Blut.

»Du hast auf mich geschossen.«

Leo kommt näher. »Das ist bloß eine Fleischwunde, und ich musste es tun.«

»Du hast auf mich geschossen«, sage ich noch einmal.

»Du hast mir keine andere Wahl gelassen.«

Behutsam nehme ich die Hand weg. Ein oberflächlicher Riss, aus dem hellrotes Blut läuft. Allein beim Anblick der Wunde wird mir schwindelig.

»Nur ein Streifschuss«, sagt Leo. »Du kannst von Glück sagen, dass ich so ein guter Schütze bin.«

Ich empfinde keine Spur von Glück. Ich empfinde Übelkeit und Kälte und Schwäche. Ich fühle mich hintergangen und bin verstört.

»Du bist meine Frau«, höre ich Leo sagen. »Und ich werde alles tun, um dich zu beschützen. Ich habe alles getan, um dich zu beschützen. Aber wenn du mir keine andere Wahl lässt, wenn du uns in Gefahr bringst, dann werde ich dir wehtun. Ich lasse nicht zu, dass du das, was wir zusammen haben, nur wegen eines Fremden, den du gerade erst kennengelernt hast, aufs Spiel setzt. Ich bin dein Mann. Vergiss das nie. Alles, was ich jemals getan habe, war nur für dich.«

Ich verziehe das Gesicht. Ich beiße die Zähne aufeinander und kneife die Augen zu.

»Jetzt hole ich einen Erste-Hilfe-Kasten und versorge deine Wunde«, sagt er mit einer Spur Mitleid in der Stimme. »Und dann fahren wir los. Wir lassen das alles hinter uns und kommen nie wieder zurück. Ich muss wissen, dass du das begriffen hast, Jem. Ich muss wissen, dass du das akzeptierst.«

Mit zusammengebissenen Zähnen und immer noch geschlossenen Augen nicke ich.

»Gut«, sagt Leo. »Ich bin gleich wieder da.«

Ich höre, wie er den Raum verlässt.

Meine Kiefer entspannen sich. Meine Augen klappen auf.

Ich renne los.

## *3.25 Uhr*

Durch die Haustür ins Freie, die Verandatreppe hinunter und an den Strand.

So schnell, dass ich mit den Armen rudern muss, um nicht kopfüber im Sand zu landen. Ich weiß, dass ich nur wenig Vorsprung habe. Ich weiß, dass Leo schnell und fit und nicht verletzt ist. Mir bleiben nur wenige Sekunden, und ich darf keinen Bruchteil davon vergeuden.

Zu meiner Rechten liegen die Dünen, gespickt mit vielen langen Grashalmen, die sich in unaufhörlichem Gleichklang hin und her wiegen. Links befindet sich das Meer, schwarz und schäumend, wütend und wogend. Dazwischen der endlose Sand, wunderschön im Schein des silbernen Mondes. Ich laufe diesen nicht enden wollenden Strand entlang, ohne zu wissen, wohin er mich führen wird oder welche Richtung ich einschlagen muss, aber ich denke nicht nach, ich habe keinen Plan. Meine Verzweiflung verlangt nur nach Abstand, meine Angst lässt sich nur dadurch besänftigen, dass ich so schnell wie möglich so viel wie möglich Abstand zu diesem Haus, zu Leo gewinne.

Ich glaube, dass ich vor ihm davonlaufen kann.

Ich glaube, dass ich vor allem davonlaufen kann.

Aber mein Körper weiß es besser. Seit Wilks und Messer heute Morgen vor meiner Tür gestanden haben, habe ich so viel durchgemacht und so wenig Erholung bekommen, dass ich schon nach wenigen Metern von einer tiefen Erschöpfung gepackt werde. Meine Beine werden schwer wie Blei, und jeder Schritt wird zum Kampf. Meine Brust ist so eng, dass ich mit keinem Atemzug ausreichend Luft bekomme, ganz egal, wie sehr ich mich anstrenge.

Der Wind, der vom Atlantik aufs Land fegt, schüttelt mich durch, will mich aufhalten, will mich umwerfen. Der lockere Sand unter meinen Sohlen hat sich mit dem Meer, mit Leo verschworen und will mich zum Stolpern bringen, will mich mit einem Happs verschlingen.

Ich bin allein. Ich bin so allein.

Ich renne in die Dunkelheit, laufe ins Nichts, flüchte vor dem einzigen Mann, den ich je geliebt habe, dem einzigen Mann, der meine Liebe je erwidert hat.

Ich höre seine Stimme durch den Wind, höre ihn nach mir rufen.

Ich rechne jeden Moment mit einer Kugel, einem stechenden Schmerz im Rücken, doch Leo schießt nicht. Vielleicht ist er zu weit entfernt. Vielleicht ist er außer Reichweite. Vielleicht lässt er mich laufen.

Ich werfe einen Blick zurück, obwohl ich weiß, dass das falsch ist. Ich sehe ihn von der Veranda springen, sehe, wie er mit der

Pistole in der Hand die Verfolgung aufnimmt. Seine langen Beine treiben ihn an. Er ist schnell, furchterregend schnell.

Er lässt mich niemals entkommen.

Ich renne weiter, kämpfe gegen die Erschöpfung an, gegen die Schmerzen in meinen Füßen, meinem Arm, gegen den Wind und gegen den Sand. Ich werde langsamer. Ich merke, wie meine Schritte erlahmen, und spüre, wie Leo näher kommt, unausweichlich, mit tödlicher Gewissheit.

Ich kann ihm nicht davonlaufen.

Ich kann ihm nicht entkommen.

Dann höre ich ihn, trotz des dröhnenden Wellenrauschens. So dicht ist er schon hinter mir. Ich höre seine schnellen, hechelnden Atemzüge. Es klingt wie ein Tier, wie eine wilde Bestie.

Seine Finger greifen nach meinen Haaren. Mir wird übel, und gleichzeitig packt mich die Todesangst. Er bekommt mich nicht zu fassen.

Ich versuche, schneller zu laufen, meine letzten Energiereserven zu mobilisieren. Ich schaffe es nicht. Mein Tank ist leer, alle Reserven aufgebraucht. Ich habe schon zu oft Zuflucht dazu genommen, und jetzt ist nichts mehr davon übrig.

Erneut streckt Leo die Hand aus, und dieses Mal bekommt er genügend Haare zu fassen, um daran zu ziehen und mich aus dem Gleichgewicht zu bringen.

Nur für eine Sekunde, aber das reicht.

Ich komme ins Straucheln.

Und so kann er auch die allerletzte Lücke schließen, kann sich von hinten auf mich stürzen und mir die Arme um die Hüften schlingen.

Ich falle, lande mit den Ellbogen zuerst auf dem Sand, dann folgt der ganze Rest. Die Luft wird mir schmerzhaft aus der Lunge gepresst, und ich schließe die Augen, unmittelbar bevor mein Gesicht auf den Sand prallt. Mir wird schwindelig, und ich verliere die Orientierung, ich rutsche, rolle seitwärts, während Leo mich umklammert, auf mir liegt, unter mir, wieder auf mir … wir überschlagen uns immer und immer wieder.

Wir rollen vom trockenen Sand auf nassen Sand und schließlich ins Wasser. Das Meer ist so kalt, dass mir der Atem stockt, noch mehr als bei meinem Sturz, und ich stoße einen lautlosen Schrei aus.

Schließlich bleibe ich auf dem Rücken liegen. Leo liegt auf mir und drückt mich mit seinem Gewicht auf den Sand, während eine Welle über mir bricht und eiskaltes schwarzes Meerwasser mich unter sich begräbt. Es dringt in meine Augen, in meinen Mund. Ich huste. Ich ringe um Atem. Ich würge.

Ich blinzele und sehe, wie Leo sich aufsetzt. Seine Knie bohren sich links und rechts von mir, auf Hüfthöhe, in den Sand. Er hat keine Waffe in der Hand. Er muss sie beim Sturz verloren haben.

Leo sitzt auf mir und blickt auf mich herab. In seinem Blick liegt so viel Traurigkeit, so viel Bedauern, dass ich ihn beinahe nicht erkenne, weil er jetzt gerade wieder genau so aussieht wie der Leo, den ich einst gekannt, der Leo, den ich geheiratet habe.

»Es tut mir leid, Jem«, sagt er, »aber jetzt muss endlich Schluss sein. Ich habe das nicht gewollt, das schwöre ich dir. Alles, nur das nicht.«

Durch das Heulen des Windes und das Tosen der Wellen muss er mir seine Worte entgegenbrüllen, damit ich ihn überhaupt höre. Trotzdem klingt die Stimme, die an mein Ohr dringt, leise, beinahe sanft.

»Ich weiß keine andere Lösung mehr.«

Er legt mir die Hände auf die Schultern und drückt.

Der nasse Sand gibt nach, und ich sinke tiefer hinein. Nur wenige Zentimeter, aber es reicht. Das Wasser, das meinen Kopf umgibt, steigt höher und legt sich wie ein eiskalter Schleier auf mein Gesicht, dringt mir in Nase und Mund.

Ich ringe um Atem und huste, hebe den Kopf so weit, dass Lippen und Nase wieder frei sind und ich einmal Luft holen kann, bevor die nächste Welle mich unter sich begräbt. Obwohl ich die Augen offen lasse, kann ich nichts mehr sehen, und ich kann nicht mehr atmen. Ich versuche, die Luft anzuhalten und den schwarzen Ozean auszusperren, klammere mich an mein Leben.

Ich packe Leos Handgelenke und versuche, seine Hände von meinen Schultern zu lösen. Doch sie rühren sich keinen Millimeter von der Stelle. Entweder ist er zu stark, oder ich bin zu schwach. Oder beides.

Irgendwo in weiter Ferne kann ich Leos Stimme hören, geisterhaft und gedämpft durch das Meerwasser und meine eigenen lautlosen Schreie.

Die Welle zieht sich zurück, und ich schnappe nach Luft und huste.

»Lass los, Jem«, brüllt Leo mit seiner weit entfernten Flüsterstimme. »Lass es geschehen. Lass es enden. Schlaf ein, Baby. Schlaf einfach ein.«

Er richtet sich ein wenig auf, damit er sich weiter nach vorne beugen und noch mehr Druck auf meine Schultern ausüben kann.

Ich sinke noch tiefer in den Sand. Ich schaffe es nicht mehr, den Kopf über das Wasser zu heben. Es plätschert über meine Lippen, rinnt in meine Nasenlöcher, eisig, dickflüssig und rau vom Salz und vom Sand.

Jeder Atemzug wird von Würgen, Spucken, Husten begleitet. Ich ertrinke und ersticke gleichzeitig.

»Es tut mir leid«, sagt er, während er nicht aufhört, mich zu ermorden.

Die nächste Welle erwischt uns mit voller Wucht, und ich kann nicht einmal einen halben Atemzug nehmen, bevor das

Wasser meinen Kopf überspült. Mir wird schwummrig durch den Sauerstoffmangel, aber dafür ist mir jetzt nicht mehr kalt.

Eine Dunkelheit, die schwärzer ist als das Meer, schwärzer als die Nacht, kriecht von den Rändern aus in mein Gesichtsfeld, aber ich empfinde keine Angst. Ich fange vielmehr an, mich über diese Schwärze zu freuen, weil sie Erlösung von aller Hoffnungslosigkeit, von allem Schmerz verheißt.

*Schlaf ein, Baby. Schlaf einfach ein.*

Ja. Genau das will ich.

Ich wehre mich nicht länger. Ich entspanne meinen Griff um Leos Handgelenke. Ich bin so müde. Ich bin bereit zu schlafen. Ich bin bereit für das Ende.

Da reißt mich der Stoß der nächsten Welle aus meiner Benommenheit, macht mich gegen meinen Willen wach, prügelt auf mich ein, versetzt mir harte, schmerzhafte Schläge gegen die Rippen.

Zu hart.

Ich lasse eines von Leos Handgelenken los und taste mit tauben Fingern herum, bis ich an meiner Seite etwas Festes, Kantiges spüre.

Leos Pistole, angespült von einem gnädigen Ozean, der offensichtlich doch nicht so gierig ist, wie ich dachte.

Meine Finger sind so steif, dass es mir vorkommt, als würden viele Sekunden vergehen, bis ich die Waffe zu fassen bekomme, den Finger in den Abzugsbügel stecken und den Arm heben kann. Als das Wasser sich zurückzieht, taucht meine Hand mit der Pistole aus der ablaufenden Welle auf. Die Mündung ist genau auf Leo gerichtet.

»Nicht«, fleht mein Mann.

Doch.

## 8.01 Uhr

Jem Talhoffer sieht erschöpft aus.

Nein, viel mehr als erschöpft. Sie wirkt körperlich und geistig so vollkommen ausgelaugt, dass ihre Ermattung jeden menschlichen Erfahrungshorizont übersteigt und bereits spirituellen Charakter hat, als hätte die Kraftlosigkeit auch ihre Seele in Beschlag genommen. Rusty weiß nicht, ob es für diesen Zustand überhaupt ein Wort gibt. Falls ja, dann fällt es ihr im Moment jedoch nicht ein. Vielleicht, wenn sie das nächste Mal auf ihrer Veranda sitzt, allein mit der Nacht, ihren Gedanken und ihrem Gras, vielleicht fällt ihr dann eine angemessene Beschreibung für diesen Erschöpfungszustand ein.

Rusty hat den Tatort abgeschritten. Ist an ihm entlang-, um ihn herumgeschlurft. Sie kann nicht schnell gehen. Das konnte sie noch nie, klar, aber jetzt ist sie nur noch eine Zeitlupenversion ihrer selbst. Als würde sie auf dem Mond spazieren gehen oder sei in einen Wirbelsturm geraten. Wenn sie sich nicht bewegt, ist es besser, aber das Schlimmste ist das Atmen. Und das ist gleichzeitig das Einzige, was sie nicht bleiben lassen kann. Jedes Mal, wenn sie Luft holt, fühlt es sich an, als würde ihr ein rot glühender Schürhaken in das Brustbein gestoßen. Und jedes Mal, wenn sie die Luft wieder ausstößt, wird der heiße Metallstab wieder herausgezogen.

Wieso konnten sie mir nicht in den Bauch schießen?, denkt sie. Das hätte ich wahrscheinlich nicht einmal gespürt.

Sie ist nur deshalb noch am Leben, weil sie eine Schutzweste getragen hat, das ist ihr klar. Neunundvierzig Schichten aus gewebtem Kevlar, um genau zu sein. Die Kugel hat nicht einmal die Hälfte davon durchschlagen. Aber den brutalen Aufprall des Geschosses auf ihr Brustbein, den konnte auch die Weste nicht verhindern.

Sie beißt jedoch auf die Zähne und lässt sich gegenüber den Ortspolizisten, die als Erste beim Haus waren, dicht gefolgt von den Notfallsanitätern, nichts anmerken. Sie haben Jem auf der Eingangsveranda vorgefunden, eingewickelt in eine alte Decke, das Gesicht hinter strähnigen, nassen Haaren verborgen. Dieses Gesicht ist kreidebleich, während ihr Blick auf einen Punkt in weiter Ferne gerichtet ist. Sie hat eine Schusswunde am Arm, aber nichts Ernstes, und dazu jede Menge oberflächliche Verletzungen am gesamten Körper. Schnittwunden und Kratzer, Prellungen und Schrammen verwandeln ihre Haut in einen Flickenteppich der Brutalität, wie Rusty ihn nur selten zu sehen bekommen hat. Natürlich wird das alles fotografiert werden, sobald sie im Krankenhaus war und medizinisch versorgt worden ist.

»Das wird alles wieder«, erklärt ihr einer der Sanitäter. »Aber sie wird garantiert noch lange Schmerzen haben.«

Rusty nickt.

Man hat am Tatort zwei Leichen gefunden. Eine im Haus und die andere am Strand. Beides Männer. Beide erschossen.

Und in Leo Talhoffers leerer Lagerhalle liegt noch eine Tote.

Normalerweise hat Rusty es mit maximal einem gewaltsamen Todesfall pro Jahr zu tun. Und jetzt gleich mit vieren in einer einzigen Nacht.

Die offiziellen Aussagen können warten, aber Jem hat ihnen einen kurzen Abriss ihres Tages in der Hölle gegeben. Was passiert ist, und wie es passiert ist. Von ihrem Frühstückstoast mit Avocado und dem Abschiedskuss für ihren Ehemann bis zu dem Punkt, wo sie ihn erschossen hat. Und auch alles, was dazwischen geschehen ist. Die beiden korrupten Regierungsbeamten Wilks und Messer, der gute Samariter Trevor, dem Leo bedauerlicherweise das Leben genommen hat. Und dann noch der geheimnisvolle Carlson. Ein FBI-Agent? Oder etwas anderes? Rusty glaubt, es zu wissen. Rusty hat eine Theorie.

Sie bespricht sich ausführlich mit ihrem Kollegen, dem Leiter der hiesigen Polizeidienststelle. Es gibt vieles zu bedenken, und er ist sehr gerne zum Austausch über jedes Detail bereit.

»Was halten Sie davon?«, möchte Rusty wissen.

»Es ist ein Wunder, dass sie noch am Leben ist«, erwidert er. »Sie ist ein zäher Brocken, das steht mal fest.«

Rusty ist seiner Meinung.

Sie wundert sich nicht weiter, als ein schwarzer SUV vorfährt und zwei Agententypen im Trenchcoat aussteigen und auf sie zukommen. Sie stellen sich vor, zeigen ihre Dienstausweise der National Security Agency und beschweren sich nicht, als sie sie um einen Moment Geduld bittet, damit sie überprüfen kann, ob sie wirklich die sind, für die sie sich ausgeben. Nach einem kurzen Telefonat ist Rusty sich sicher, dass sie es nicht schon wieder mit einer Wilks-und-Messer-Situation zu tun hat. Diese beiden sind tatsächlich Percival und Hirsch, genau wie es in ihren Papieren steht.

Percival ist für das Reden zuständig. Sie ist eigentlich zu jung, um für irgendetwas die Verantwortung zu tragen, aber Rusty ist mittlerweile in dem Alter, in dem alle Jüngeren zu jung aussehen. Ist Percival dreißig, oder ist sie irgend so ein Wunderkind, das mit zwölf schon aufs College gegangen ist und am sechzehnten Geburtstag nicht nur den Führerschein, sondern auch einen Arbeitsvertrag bei einer Regierungsbehörde bekommen hat?

Percival redet nicht um den heißen Brei herum.

»Wir hoffen, dass das Ganze sich mit einer gewissen Diskretion handhaben lässt.«

»Ich hab mir schon gedacht, dass Sie so was sagen würden.«

Percival kann Rustys Tonfall nicht so recht einschätzen. »Sehen Sie da ein Problem?«

Rusty schüttelt den Kopf. »Keineswegs. Ich wüsste nur gerne, wieso.«

»Das sage ich Ihnen«, erwidert Percival. »Wir haben Mist gebaut. Kompletten Bockmist. Das ist überaus peinlich. Und das möchten wir nicht unbedingt an die große Glocke hängen.«

»Ich war mir eigentlich sicher, dass Sie mir mit der Nationalen Sicherheit kommen würden.«

Percival lässt ein schmales Lächeln sehen. »Ich glaube kaum, dass Sie sich mit so einer billigen Ausrede abspeisen lassen würden. Sie würden das vermutlich eher als Beleidigung betrachten. So würde es mir jedenfalls gehen. Und nach meiner Erfahrung müssen wir die, die wir vor den Kopf stoßen, mehr fürchten als alle anderen. Weil das genau die sind, die sich dann in ihrer Freizeit hinsetzen und Fakten überprüfen und Fragen stellen.«

»Mich müssen Sie in keiner Weise fürchten.«

»Das ist ein Missverständnis«, sagt Percival. »Ich habe Ihnen aus Höflichkeit die Wahrheit gesagt, aber mir ist trotzdem klar, dass das auch aus taktischen Gründen die sinnvollste Herangehensweise ist.«

»Dann macht es Ihnen doch bestimmt nichts aus, mir zu verraten, inwiefern Sie Mist gebaut haben, oder?«

»Lacy Wilks und John Messer haben uns nie Anlass zum Misstrauen gegeben. Sie waren gute, nutzbringende Agenten, so wie Hunderte, vielleicht sogar Tausende ihrer Kolleginnen und Kollegen auch. Nichts Besonderes. Effizient, aber auch nicht mehr. Dass sie gewissen Nebentätigkeiten nachgegangen sind, war für uns eine große Überraschung. Oder auch nicht, wenn man sich einmal bewusst macht, dass hier riesige Geldsummen im Spiel sind. Ich habe das alles abgezeichnet, also fällt der ganze Vorgang in meine Verantwortung. Ich habe mich bis auf die Knochen blamiert.«

»Ich verstehe.«

»Dafür kriege ich noch jahrelang auf den Deckel. Ich bin darüber weder verärgert noch verbittert. Aber ich bin von mir selbst sehr enttäuscht, und ich möchte unbedingt, dass das der einzige Fleck auf meiner Weste bleibt. Ich werde ab jetzt doppelt so hart arbeiten müssen wie bisher, nur um meinen Status zu behalten. Falls die ganze Sache an die Öffentlichkeit kommen sollte, dann unterdrücken wir sämtliche Informationen und sorgen dafür, dass die beteiligten Journalisten binnen Tagen diskreditiert werden. So was machen wir ständig. Aber in diesem Fall wäre mir das nicht recht, weil auch ein gelöschtes Feuer einmal gebrannt hat, wenn auch nur vorübergehend.«

Percival möchte nicht, dass der Fleck auf ihrer Weste an die große Glocke gehängt wird.

»Wenn es nicht öffentlich wird, dann können Sie das Ganze überleben«, sagt Rusty.

Percival erwidert: »Öffentliche Aufmerksamkeit ist schlimmer als das Versagen selbst. Dann kann ich mich gleich begraben lassen.«

»Ich will Sie nicht begraben.«

»Danke.«

»Keine Ursache.« Rusty zuckt mit den Schultern. »Es ist ein gutes Gefühl, nett zu sein, stimmt's?«

Percival nickt.

»Was ist mit dem Geld, den Informationen?«

»Wir beschlagnahmen alles, was sich eindeutig zuordnen lässt, und behalten alle Bankkonten und Unternehmungen, die auf Leo Talhoffers Namen laufen, im Blick. Aber ganz unter uns: Das Geld ist nicht das Wichtigste. Selbst Summen, die für einen einzelnen Menschen riesig sind, haben wir nicht einmal auf dem Radar.«

»Vier Menschen mussten sterben, nur wegen dieses Geldes.«

»Ich weiß nicht, was ich dazu sagen soll«, sagt Percival.

»Ich auch nicht«, erwidert Rusty.

»Es sind schon Menschen für weniger gestorben.«

Rusty nickt.

»Wie geht es der Frau?«

»Sie ist ein Häufchen Elend. Wollen Sie mit ihr sprechen?«

Percival denkt einen Augenblick lang nach, dann schüttelt sie kurz und knapp den Kopf. »Später, wenn wir die letzten unvermeidlichen Lücken füllen müssen, aber ich glaube, heute hat sie schon genug durchgemacht. Da brauche ich sie nicht auch noch mit Fragen zu löchern. Oder wie sehen Sie das?«

»Wahrscheinlich.«

»Es macht einen schon nachdenklich, oder?« Percival lässt den Blick in die Halbdistanz schweifen. »Man weiß nie, wer die Menschen wirklich sind. Nicht einmal die in unserer unmittelbaren Nähe.«

»Besonders die nicht.«

Percival begegnet Rustys Blick. »Was für eine traurige Wahrheit.«

»Das Traurige ist, dass die meisten Wahrheiten traurig sind.«

Hirsch, der bis jetzt stumm und unterwürfig zugehört hat, wirft einen demonstrativen Blick auf seine Armbanduhr und sagt zu Percival: »Wir müssen uns langsam auf den Weg machen, wenn wir es zur Abschlussbesprechung schaffen wollen.«

Sie nickt, ohne ihn anzusehen, und sagt zu Rusty: »Danke, dass Sie es mir so leicht gemacht haben.«

»Gern geschehen. Ich mag es leicht.«

»Ich bin Ihnen was schuldig.« Percival gibt Rusty eine Visitenkarte. »Jederzeit einlösbar.«

Rusty sieht Percival und Hirsch hinterher, wie sie zu ihrem Auto schreiten. Vielleicht liegt es ja an den Anzügen, denkt Rusty, dass Agententypen immer so gehen. Sie schlendern nie. Sie flanieren nie. Sie bummeln nie. Sie schreiten immer nur. Kraftvoll. Zielgerichtet. Als wäre jeder einzelne Schritt notwendig, als wäre jede Richtung die richtige.

Es gefällt Rusty, wie Percival geht.

Behutsam schiebt sie Percivals Visitenkarte in ihr Portemonnaie.

Rusty muss jetzt nach Hause. Sie muss schlafen. Sie muss sich auf ihre Veranda setzen und rauchen und das alles für eine Weile aus ihrem Bewusstsein verdrängen. Vielleicht noch einmal ihre Freundin in L. A. anrufen und diesen längst versprochenen Besuch in die Tat umsetzen.

Aber vor alledem will sie zu Trevors Hütte fahren und den kleinen Hund abholen, diesen Merlin. Rusty hat nie das Bedürfnis gehabt, sich ein Haustier anzuschaffen, aber vielleicht behält sie diesen Hund bei sich, anstatt ihn ins Tierheim zu bringen. Der Gedanke nimmt allmählich Gestalt an, und Rusty stellt sich vor, wie es wäre, den kleinen Kläffer um sich zu haben. Es wäre ein Grund, gelegentlich ein bisschen mehr frische Luft zu schnappen. Vielleicht wird sie sogar, wenn sie oft genug lange Spaziergänge gemacht und Bällchen geworfen hat, ihre Beklemmung vor dem Treppensteigen los. Außerdem hat sie schon einmal gehört, dass Hunde therapeutische Wirkung haben, dass sie einen beruhigen, und das klingt gut, findet Rusty. Sie braucht so viel Ruhe wie nur irgend möglich. Womöglich tut so ein Hund sogar ihrer Mutter gut, obwohl sie darauf lieber keine Hoffnungen setzen möchte. Eine solche Verantwortung wäre unfair, auch für ein Haustier. Trotzdem gefällt ihr die Vorstellung, einen Hund zu haben, von Minute zu Minute besser. Aber vielleicht gibt sie ihm dann einen anderen Namen.

Merlin klingt irgendwie nicht richtig.

Rusty geht zu ihrem Auto, das nur wenige Meter entfernt steht. Sie braucht trotzdem eine halbe Ewigkeit, was an dem glühend heißen Schürhaken liegt, der ihr ständig in die Brust gestoßen wird.

Komisch, wie sehr das wehtut, obwohl sie, als die Kugel sie getroffen hat, kaum etwas gespürt hat.

## *Am nächsten Tag*

»Meine Finger sind so steif, dass es mir vorkommt, als würden viele Sekunden vergehen, bis ich die Waffe zu fassen bekomme, den Finger in den Abzugsbügel stecken und den Arm heben kann. Als das Wasser sich zurückzieht, taucht meine Hand mit der Pistole aus der ablaufenden Welle auf. Die Mündung ist genau auf Leo gerichtet. ›Nicht‹, fleht mein Mann. Doch.«

Jem Talhoffer wischt sich die Tränen aus den Augen, reibt sich die Erschöpfung aus der Seele. Gierig trinkt sie das Wasser aus dem Plastikbecher, den Sabrowski ihr auf Rustys Bitten hin gebracht hat. Den Kaffee hat sie abgelehnt, und Rusty hat versucht, deswegen nicht persönlich gekränkt zu sein. Jem trinkt in großen Schlucken. Es ist kein Wunder, dass ihre Kehle trocken ist. Schließlich hat sie gerade die ganze Geschichte erzählt.

Sie sagt: »Wie ich ganz am Anfang schon gesagt habe, Rusty, ein Türklopfen kann wirklich alles verändern. Ich habe nicht übertrieben, denn jetzt wird nichts mehr so sein wie vorher, stimmt's? Im Verlauf eines einzigen Tages habe ich erfahren, dass meine ganze Ehe eine Lüge war. Ich habe herausgefunden, dass mein Mann ein vollkommen anderer Mensch war als der, für den ich ihn gehalten habe. Aber seltsamerweise ist das irgendwie auch entlastend, nicht wahr? Weil es bedeutet, dass ich nicht den Mann erschossen habe, den ich geliebt habe. Ich habe vielmehr einen Mann getötet, den ich nicht einmal gekannt habe.«

Rusty sagt: »Soll ich vielleicht jemanden anrufen?«

Jem schüttelt den Kopf. Sie ist alleine ins Krankenhaus gefahren, ist alleine entlassen worden und alleine auf die Wache gekommen, um ihre Aussage zu machen.

»Kommt niemand Sie abholen?«

Sie schüttelt erneut den Kopf.

Rusty beugt sich vor. »Keine Angehörigen? Keine Freunde?«

»Ich habe keine Familie, und ich habe keine Freunde.«

»Wie kommt denn das?«

Sie zuckt mit den Schultern.

»Was ist mit Ihren Eltern?«

»Sie sind tot.«

»Freundinnen«, hakt Rusty nach. »Es muss ja nicht die beste Freundin für immer sein, aber Sie müssen doch im Lauf Ihres Lebens andere Menschen kennengelernt haben, oder nicht?«

»Ich kann nicht besonders gut mit anderen Menschen.«

»Oha«, meint Rusty. »Bis jetzt ist mir im Lauf meiner beruflichen Laufbahn noch niemand begegnet, der noch einsamer ist als ich.«

»Und was erwarten Sie jetzt von mir?«

Rusty dreht die Handflächen nach oben. »Ich mache mir lediglich Sorgen um Sie, Jem. Sie haben Schreckliches durchgemacht, und ich will Sie eigentlich nicht von hier wegschicken, ohne dass Sie jemanden haben, der sich um Sie kümmern kann.«

»Ich brauche niemanden, der sich um mich kümmert. Ich bin ja nicht schwer verletzt.«

»Sie sind traumatisiert«, sagt Rusty. »Ihr Ehemann ist tot. Der Ehemann, der Sie umbringen wollte.«

»Mache ich auf Sie einen traumatisierten Eindruck?«

Rusty ist sehr zufrieden mit sich selbst, weil das genau die Reaktion ist, auf die sie gewartet hat, und sie hat die Antwort bereits parat. »Nein, Jem, Sie machen absolut keinen traumatisierten Eindruck auf mich.«

Jem schweigt.

»Das liegt wahrscheinlich am Schock, nicht wahr? Genau das passiert mit Menschen, die ein Trauma durchlitten haben. Sie fallen in einen Schockzustand. Sie sind wie taub. Ein Überlebensmechanismus, vermutlich. Evolution. Also schätze ich mal, dass wir das, was wir hier erleben, Darwinismus in Aktion nennen könnten.«

»Darwinismus«, sagt Jem.

Erneute Stille.

»Sie haben gar nicht über den Diner gesprochen«, sagt Rusty.

»Doch, hab ich. Dass wir da angehalten haben.«

»Ja, schon. Einen ›Zwischenstopp‹ haben Sie es genannt. Aber was Sie mir nicht erzählt haben, ist, dass Sie die Kellnerin gebeten haben, meinen Wachtmeister abzulenken.«

»Hab ich nicht dran gedacht«, erwidert Jem nach einer kurzen Pause. »Das erschien mir nicht wichtig.«

»Ich schätze mal, Sie haben nicht damit gerechnet, dass sie Sie verpetzen würde.«

»Das finde ich ein bisschen übertrieben. Ich kann mich ja schließlich nicht an jedes kleine Detail erinnern, oder?«

»Dana hat erwähnt, dass Sie und Trevor in einem Pick-up weitergefahren sind. Nicht in einem Pkw. Und zwar, wenn man ihrer Beschreibung glauben darf, in Trevors Pick-up.«

»Sie irrt sich. Wir sind mit Carlsons Wagen gefahren.«

»Mit dem Fahrzeug, mit dem Sie Trevors Hütte verlassen haben und zu Leos Lagerhalle gefahren sind?«

»Genau.«

»Aber warum ist es dann nicht mehr da? Da Sie doch zusammen mit Leo zu dem Haus am Strand gefahren sind?«

Schweigen, und dann: »Er muss es abgeholt haben.«

»Und wo ist dann der Wagen, mit dem Sie und Leo zum Strand gekommen sind? Wir haben dort nämlich nur Trevors Pick-up gefunden.«

»Carlson muss den Pick-up genommen haben und dann mit dem anderen Auto weggefahren sein.«

»Um sein eigenes Fahrzeug abzuholen?«

»Ja.«

»Verstehen Sie jetzt, was mich so verwirrt? Denn wo ist dann dieses andere Auto?«

»Woher soll ich das denn wissen?«

»Tja, also, ich habe da eine Theorie, mit der sich das alles erklären lässt«, sagt Rusty. »Ist wahrscheinlich völlig verrückt. So ein ›Was-wäre-wenn‹-Ding. Wollen Sie sie hören?«

Jem Talhoffer hört zu.

»Das ist so eine Idee, die sich im Lauf des Tages und der Nacht immer mehr verfestigt hat. Hat als winziges Samenkorn in meinen Gedanken angefangen, das in der Dunkelheit erste Keime und dann allmählich Triebe gebildet hat, ohne dass ich es mitbekommen habe. Die Triebe sind immer größer und größer geworden, bis ich sie nicht länger ignorieren konnte. Und jetzt ist die ganze Idee ausgewachsen und hat sich so verfestigt, dass ich mir sogar vorstellen kann, dass es mehr ist als nur so eine dahergelaufene Theorie.«

Der Spannungsaufbau funktioniert, denn Jem Talhoffer sagt: »Und was ist das für eine Idee?«

»Haben Sie ein paar Minuten Zeit? Sie sind keineswegs verpflichtet zu bleiben, jetzt, nachdem Sie Ihre Aussage gemacht haben. Nur, damit es da keine Missverständnisse gibt.«

»Ja, klar.«

»Prima«, meint Rusty. »Ich bin nämlich ganz scharf darauf, meine Theorie mit jemandem zu teilen. Meine Wachtmeister sind … Wie soll ich das sagen, ohne verletzend zu klingen? … nicht mit einer übermäßigen geistigen Kreativität gesegnet. Es ist äußerst unwahrscheinlich, dass sie bereit sind, sich mit einer Idee zu befassen, die mehr gedankliche Arbeit erfordert als unbedingt notwendig. Aber für diese Theorie, die ich da entwickelt habe, muss man so weit über den eigenen Tellerrand hinausblicken, dass der Teller überhaupt keine Rolle mehr spielt. Der Teller könnte auch einfach nur ein Punkt in der Landschaft sein.«

Schweigen, und dann hat Jem Talhoffer gar keine andere Wahl, als ihren Satz von vorhin noch einmal zu wiederholen. »Und was ist das für eine Idee?«

Jetzt hat Rusty ihre ungeteilte Aufmerksamkeit, und das ist das Allerwichtigste. Wenn Jem begierig darauf ist, mehr zu erfahren, denkt sie nicht mehr daran, ihr Mienenspiel unter Kontrolle zu halten. Bis jetzt konnte Rusty nicht lesen, was in ihren Augen geschrieben stand, darum hat sie versucht, die Schrift zu vergrößern.

Rusty sagt: »Es ist unglaublich, nicht wahr? Als das alles angefangen hat, waren Sie nichts weiter als eine normale, unbescholtene Bürgerin. Und dann, mit einem Mal, müssen Sie um Ihr Leben rennen, werden Sie mit dem Tod bedroht, stellt sich heraus, dass Ihr Mann ein Spion ist. Er hat Sie während Ihrer ganzen Ehe angelogen. Er bringt den einen Menschen um, der Ihnen geglaubt hat, der Ihnen ohne Fragen zu stellen geholfen hat. Sie fürchten um Ihr Leben. Sie kennen diesen Leo, dieses Monster, nicht mehr. Sie haben keine andere Wahl, als ihn in Notwehr zu töten. Carlson kann flüchten. Ich hoffe, wir finden ihn.«

Jem schluckt. Nickt. Hat Tränen auf den Wangen.

»Und niemand ist mehr am Leben, der Ihre Geschichte infrage stellen könnte.«

Jem trocknet sich die Augen.

»Hoffnung und Erwartung sind jedoch zwei unterschiedliche Dinge, nicht wahr?«

»Ich kann Ihnen nicht ganz folgen.«

Rusty beugt sich vor. »Dann will ich es Ihnen erklären. Ich hoffe sehr, dass wir Carlson finden, ich hoffe es wirklich. Weil er, nach allem, was Sie berichtet haben, Messer getötet hat und ein Komplize Ihres Mannes war. Denkbar, dass er für einen ausländischen Nachrichtendienst tätig ist. Er könnte auch ein Auftragskiller sein. Sie sind sich nicht sicher. Aber er ist eindeutig gefährlich.«

Jem nickt.

»Aber«, fährt Rusty fort, »ich glaube nicht, dass wir ihn finden werden.«

Jem bleibt stumm.

»Kennen Sie diesen Ausdruck: Wenn etwas watschelt wie eine Ente und quakt wie eine Ente …?«

Jem nickt. »Dann ist es wahrscheinlich auch eine Ente.«

»Ja, wahrscheinlich.« Rusty hält inne. »Aber in diesem Fall können wir mich getrost als Expertin für Vogelkunde betrachten, weil ich nämlich etwas sehe, was watschelt wie eine Ente und quakt wie eine Ente. Aber wissen Sie was? Es ist keine Ente.«

Jem hat schon lange nicht mehr geblinzelt.

»Ich habe mich die ganze Zeit mit Leo beschäftigt, Jem. Ich habe mich mit Wilks und mit Messer beschäftigt, und natürlich mit diesem geheimnisvollen Carlson. Aber während dieser ganzen langen Zeit habe ich keine einzige Sekunde lang einen Gedanken an Sie verschwendet. Nicht einen.«

»Warum sollten Sie?«

»Sehr richtig, Jem. Warum sollte ich? Sie sind nichts weiter als eine Teilzeit-Yogalehrerin, die gerne für sich bleibt. Nehmen Sie's mir nicht übel, aber Sie sind ein bisschen langweilig. Abgesehen von der Tatsache, dass Sie einen heimlichen Spion geheiratet haben.«

»Jeder Mensch macht Fehler.«

»Das stimmt«, pflichtet Rusty ihr bei. »Ich mache jeden Tag ein Dutzend davon, und das ist noch freundlich gerechnet. Sie haben, soweit ich das beurteilen kann, nur einen einzigen gemacht.«

Jem wartet auf eine Erklärung.

»Sie haben Messer getötet.«

»Carlson hat Messer getötet.«

»Wilks hat etwas anderes behauptet.«

»Wilks war korrupt.«

»Warum wollten die Sie umbringen?«

»Ich weiß es nicht«, erwidert Jem. »Vielleicht, weil ich für sie ein Problem geworden war, das sie loswerden wollten?«

»Schon, aber wäre es nicht viel sinnvoller gewesen, Sie irgendwo gefangen zu halten? Gefesselt, aber lebend, falls Sie noch einmal nützlich sein können, zum Beispiel, um Leo in eine Falle zu locken? Das will mir einfach nicht in den Kopf, auch wenn alles andere absolut stimmig ist. Aber die beiden hätten doch niemals in Ihrem eigenen Haus einen Mordanschlag auf Sie verübt, hätten niemals versucht, Sie in Ihrem eigenen Badezimmer zu erdrosseln oder zu Tode zu prügeln. Wie hätten sie denn damit durchkommen sollen? Sie hätten doch jede Menge Indizien hinterlassen. Das waren schließlich keine Junkies, die auf der Straße leben, sondern Bundesagenten. Warum hätten sie dieses Risiko eingehen sollen? Warum? Ich habe keine Antwort darauf.«

»Ich auch nicht.«

»Aber während ich darüber nachgegrübelt habe, musste ich an all das denken, was Sie mir davor schon erzählt hatten. Das mit den Besuchern, die an Ihre Tür geklopft haben.« Rusty hält inne. »Das mit dem Anruf.«

Jem zeigt keine Reaktion.

»Und da wären wir bei dem Telefon gelandet, dem Festnetztelefon an der Wand in Ihrer Küche. Was mache ich also? Ich nehme den Hörer ab. Ich höre den Wählton. Ich tippe die 69 ein, damit ich die Nummern bekomme, die diesen Anschluss als Letztes angerufen haben. Ich schreibe mir die Nummern auf und rufe dort an. Und wissen Sie, wer der letzte Anrufer war? Sie selbst, von einem Münztelefon. Und der vorletzte Anrufer? – Carlson, meinen Sie? Nun, es war die Fahrzeugzulassungsstelle ...«

»Vielleicht arbeitet Carlson ja dort, als Tarnung. Oder er hat einfach deren Telefon benutzt.«

»Es gibt keinen Carlson, nicht wahr? Sie haben ihn erfunden. Deswegen werde ich ihn auch nicht finden. Er ist nicht echt. Aber warum haben Sie das gemacht?«

»Das erzählen Sie mir bestimmt gleich.«

»Weil Sie einen Grund gebraucht haben, um zu fliehen. Einen Anlass. Als Wilks und Messer bei Ihnen vor der Tür gestanden haben, da haben Sie durchgedreht. Damit hatten Sie nicht gerechnet. Und Sie sind weggelaufen. Aber dann haben Sie es sich anders überlegt. Sie haben sich einen Plan zurechtgelegt. Ihnen ist klar geworden, wie Sie den Hals aus der Schlinge ziehen und dieses ganze Chaos auf Leo abwälzen können. Sie sind zu mir gekommen, weil Sie wussten, dass Wilks und Messer das ebenfalls tun würden. Sie haben uns alles ausführlich berichtet, und ich muss zugeben, dass darin eine gewisse arrogante Genialität liegt. In eine Polizeiwache zu marschieren und solche Lügen zu präsentieren ... Donnerwetter, Sie haben Eier. Wie können Sie überhaupt gehen? Ich wette, Sie haben ständig blaue Flecken an den Innenseiten der Oberschenkel, was? Sie fahren also wieder nach Hause, zusammen mit Wilks und Messer. Sie trennen die beiden und greifen sie an. Sie überrumpeln sie. Vielleicht ist alles genau so gelaufen, wie Sie gehofft haben, vielleicht war es auch komplizierter. Jedenfalls haben Sie sich dabei verletzt, sodass Sie im Badezimmer, im Flur, auf der Treppe Blutspuren hinterlassen haben. Sie sorgen dafür, dass das Haus aussieht, als wäre eine Bombe explodiert, als hätten Sie um Ihr Leben gekämpft, als wäre jemand gekommen, um Sie da rauszuholen. Sie fahren zu Trevors Hütte und umgarnen ihn mit noch mehr Lügen. Er ist ein guter Mensch und will Ihnen helfen. Sie fahren in Leos Lagerhalle, um diese SD-Karte zu holen. Das ist eine Schwäche Ihrer Version, denn warum sollte Leo ohne diese wertvollen Informationen die

Flucht antreten wollen? Ich kann mir sehr gut vorstellen, dass Leo dort Wilks tötet, weil er seine Frau beschützen will, die Frau, die ihn ununterbrochen manipuliert und sein Weingeschäft als Tarnung für ihre Mauscheleien benutzt hat. Und natürlich sind Sie es, die Leo überredet, zu dem Haus am Meer zu fahren, damit Sie dort Ihren nächsten Angriff starten können. Und wie praktisch, dass Carlson ebenfalls dort auftaucht und natürlich mit den Informationen verschwindet.«

Rusty holt einmal tief Luft.

»Aber das Schlimmste, das mit Abstand Schlimmste an allem ist, dass Sie Trevor getötet haben. Wie konnten Sie nur? Er wollte Ihnen doch einfach nur helfen, Jem. Ich wette, er hat darauf bestanden mitzukommen, nicht wahr? Ich wette, Sie wollten sich eigentlich heimlich mit seinem Pick-up aus dem Staub machen, aber er hat Sie dabei erwischt und hat Ihr Nein einfach nicht akzeptiert. Er wollte Ihnen doch nur helfen. Sie haben Trevor ermordet, und Sie haben Leo ermordet. Und danach haben Sie mich angerufen. Die verlässliche Rusty. Zu dämlich, um die Wahrheit zu erkennen.«

Jem fängt an zu weinen und schüttelt protestierend den Kopf.

»Leo, der Geldwäscher, der Dieb im Auftrag einer korrupten FBI-Agentin. Aber das ist nicht richtig, stimmt's? Das ist meilenweit von der Wahrheit entfernt, nicht wahr? Jem, die ängstliche, kleine Ehefrau. Niemand würde vermuten, was hinter Ihren großen braunen Augen so alles vor sich geht. Aber so ist das nun mal mit Geheimnissen, nicht wahr? Sie haben ein Eigenleben. Früher oder später drängen sie ans Licht. Sie haben Ihren Ehemann umgebracht, weil Sie das mussten, das weiß ich. Aber was ich nicht weiß, ist, ob das von Anfang an zu Ihrem Plan gehört hat oder nicht.«

Jem Talhoffer schweigt lange.

Rusty sagt: »Die Behörden werden sich bei Ihnen melden,

aber nur, um ein paar zusätzliche Hintergrundinformationen über Leo zu bekommen. Die machen sich mehr Sorgen darüber, dass die Presse von ihrem Fehlschlag Wind bekommen könnte, als über die verloren gegangenen Informationen. Die sind nicht auf Rache aus, das Ganze ist ihnen vielmehr peinlich. Und das Geld, das Sie gestohlen haben, dafür machen die keinen Finger krumm.«

Jems Augen sind für Rusty ein Buch mit sieben Siegeln. Sie kann nichts darin erkennen. Das ist sie nicht gewohnt, und es gefällt ihr ganz und gar nicht.

Nachdem Jem sich die Tränen aus den Augen gewischt hat, sagt sie: »Können Sie irgendwas davon beweisen?«

Rusty zuckt mit den Schultern und schüttelt den Kopf. »Ich habe das seltsame Gefühl, dass sämtliche Indizien Ihre Version stützen werden, hab ich recht? Wir suchen natürlich weiter, aber wenn Sie auch nur die geringste Befürchtung gehabt hätten, dass wir etwas finden könnten, dann hätten Sie die Polizei nicht zu diesem Häuschen geholt, nicht wahr? Dann wären Sie einfach verschwunden.«

»Stehe ich unter Arrest?«

»Nein. Es gibt ja nichts, was wir Ihnen vorwerfen könnten. Außerdem ist das Ganze nur eine Theorie.«

»Dann war's das.« Jem steht auf. »Man sieht sich, Rusty.«

Rusty begleitet sie bis zur Tür. »Ich nehme an, Sie wollen jetzt wegziehen. Ins Ausland, vielleicht?«

Jem schüttelt den Kopf. »Nein. Ich bin genau da, wo ich sein möchte.«

Rusty hält ihr die Tür auf, und Jem tritt hinaus in den Morgen eines neuen Tages. Die aufgehende Sonne taucht die Häuser in ein orange-pinkfarbenes Licht. Es verspricht, ein herrlicher Tag zu werden.

Rusty sieht ihr hinterher und bewundert ihre Haltung. Sie ist weder wütend noch enttäuscht. Wie gesagt, es ist ja nur eine

Theorie. Es spielt keine Rolle, was man weiß, entscheidend ist, was man beweisen kann. Rusty ist eine Dienerin des Gesetzes, keine Kämpferin für Gerechtigkeit. Sie wird jeder Spur, jedem Hinweis nachgehen. Wird jedes einzelne Indiz einer genauen Prüfung unterziehen.

Aber als sie sieht, mit welcher Seelenruhe Jem die Polizeiwache hinter sich lässt, kann sie sich nicht vorstellen, dass sie irgendetwas finden wird.

Vielleicht, weil es gar nichts zu finden gibt.

Jem überquert die Straße und bleibt dann auf dem gegenüberliegenden Bürgersteig stehen. Dreht sich um.

Sieht Rusty an.

Es herrscht kein Verkehr, und auch sonst ist kein Geräusch zu hören, aber allein die Entfernung und der Wind sorgen dafür, dass sie rufen müssten, um sich gegenseitig verstehen zu können. Jem ruft nicht. Aber sie spricht zwei Wörter, die Rusty zwar nicht hören, aber problemlos von Jem Talhoffers Lippen ablesen kann.

*Quak. Quak.*

# VORHER

*»Sind wir denn wirklich Fremde?«*

*Er lächelte erneut. »Jetzt nicht mehr.«*

*Wir unterhielten uns eine Weile. Wir plauderten über Rom und was wir davon hielten. Ich erzählte ihm von dem Hostel, in dem ich untergekommen war, und dass es unmöglich war, dort eine ungestörte Nacht zu verbringen, aber dass das irgendwie gar keine Rolle spielte. Ich war nie müde. Morgens konnte ich es nie erwarten, endlich aufzustehen und in die Stadt zu gehen. Ich erzählte ihm, dass ich durch die kleinen Seitenstraßen schlenderte, immer auf der Suche nach dicht gedrängten alten Wohnvierteln, und dass ich Kinder fotografierte, die Fußbälle gegen die Wände kickten, und Frauen, die Bettlaken zum Fenster heraushängten. Dass ich mich einerseits als Außenstehende fühlte, aber gleichzeitig zu Hause, so, als würde ich hierhergehören.*

*Leo erzählte, wie er so viel Pasta gegessen hatte, dass er keine andere Wahl gehabt hatte, als ein zusätzliches Loch in seinen Gürtel zu stechen, und ich lachte, als er mir das alles mit weit ausholenden Bewegungen demonstrierte. Ich sagte, dass ich nie begreifen würde, wie es so viele bezaubernde, spindeldürre Italienerinnen gab, die unter dem Beifall der einheimischen Männer über die Piazze schlendern konnten.*

*Ich berichtete ihm von den vielen faszinierenden und einzigartigen Menschen, die ich kennengelernt hatte.*

*Er erzählte mir, dass er sich an jedem Tag ein dutzend Mal verliebte.*

*Nachdem wir unsere Kaffeetassen geleert hatten, tranken wir Eiswasser und hörten zwei Einheimischen zu, die sich über Jazz unterhielten. Sie redeten so schnell, dass wir unmöglich jedes Wort verstehen konnten, aber das war uns egal. Es war ein Grund, warum uns das Ganze so viel Spaß machte, wie ein Spiel, bei dem wir versuchten, in diesem rasanten Wortwechsel genügend Wörter zu erkennen, um die unterschiedlichen Positionen der beiden zu erschließen. Es war ein lebhafter Austausch, einerseits durchaus hitzig, aber gleichzeitig auch beiläufig, so, wie es nur die Italiener zustande bringen.*

*Leo fragte: »Was liest du da?«*

*Ich zeigte ihm das Cover meines Taschenbuchs.*

*»›Am Rande des Abgrunds‹«, las er. »›Mein Leben mit einer Angststörung‹. Klingt sehr spannend.«*

*»Es ist ein bisschen ausschweifend«, sagte ich, »aber ich habe schon viel gelernt.«*

*»Das glaube ich«, sagte er.*

*Dann folgte Schweigen.*

*Für mich kein Problem. Aber für ihn.*

*Ich sagte: »Ich spüre, dass du gern ein bisschen mehr erfahren würdest.«*

*»Nun ja, das Geplauder hat mir sehr viel Spaß gemacht, aber irgendwann muss es ja zu Ende gehen, nicht wahr?«*

*»Ich bin froh, dass wir uns gut verstehen«, erwiderte ich. »Ich hatte schon Angst, du könntest hässlich sein.«*

*Er lächelte. »Ich auch.«*

*»Jetzt bin ich positiv überrascht.«*

*»Ich auch.«*

*Ich sagte: »Wie lange machst du das schon?«*

*»Ein Jahr. Und du?«*

*»Mehrere.«*

*Er schüttelte den Kopf. »Man verdient unfassbar gut.«*

*»Und es wird noch besser. Und du hast also schon ein Geschäft auf die Beine gestellt?«*

*»Ganz genau. Wein. Kaufen und verkaufen. Ein guter Grund für ausgedehnte Reisen. Viele ausländische Geschäftspartner und Bankkon-*

*ten. Aber ich mache ihnen zu wenig Umsatz. Sie wollen sehr viel mehr waschen, als ich kann. Ich bin bloß nicht besonders gut mit Zahlen.«*

*»Und da komme ich ins Spiel.«*

*Er nippte an seinem Wasserglas. »Wie hast du Kontakt zu ihnen bekommen?«*

*»Durch das Reisen«, erwiderte ich. »Südamerika. Du weißt ja, wie das läuft.«*

*Er nickte. »Sie haben uns nicht ohne Grund zusammengespannt.«*

*»Wenn wir zurückkommen, müssen wir alles genau richtig machen. Und ich meine nicht nur das Geschäft, ich meine wirklich alles. Heiraten. Kinder. Haus.«*

*»Ich bin nicht gerade ein Kinderfreund.«*

*»Ich auch nicht, aber wenn wir glaubwürdig wirken, dann ist das schon die halbe Miete. Ich plane jedenfalls langfristig. Wir wollen in der Masse untertauchen, und das funktioniert umso besser, je normaler wir sind. Die Leute sollen uns sehen und glauben, dass wir genauso sind wie alle anderen.«*

*Leo lächelte. »Du denkst wirklich an alles.«*

*»Das muss ich.« Ich erwiderte sein Lächeln. »Gehört alles zu unserem Plan.«*

*»Unserem Plan?«*

*»Ja«, sagte ich. »Wir brauchen doch einen Plan.«*

*»Wie kommst du bloß auf all das?«*

*»Ich habe mir schon immer wahnsinnig gerne Geschichten ausgedacht«, erwiderte ich. »Es gibt nichts auf der Welt, was ich lieber tue.«*

Autor

Tom Wood, der eigentlich Tom Hinshelwood heißt, ist freischaffender Bildeditor und Drehbuchautor. Er wurde in Staffordshire, England, geboren und lebt mittlerweile in London. Sein Debütroman »Codename Tesseract« wurde von Kritik wie Lesern sofort begeistert gefeiert. Mit Victor, dem brillanten Auftragskiller, hat Tom Wood in diesem eine Serien-Figur geschaffen, die so faszinierend ist wie nur wenige Protagonisten in der Spannungsliteratur.
»Die Besucher« ist Tom Woods erster Stand-alone-Thriller und erschien in einigen Ländern unter dem Pseudonym T. W. Ellis.
Tom Wood lebt und arbeitet in London. Mehr zum Autor und seinen Büchern finden Sie unter www.tomwoodbooks.com

Die Victor-Serie von Tom Wood in chronologischer Reihenfolge:

Codename Tesseract. Thriller
Zero Option. Thriller
Blood Target. Thriller
Kill Shot. Thriller
Dark Day. Thriller
Cold Killing. Thriller
Die Tage des Jägers. Thriller
Blutverrat. Thriller

Alle Romane von Tom Wood sind auch als E-Book erhältlich.

Nur als E-Original lieferbar:

Victor. Thriller (Kurzgeschichte)
Die Stunde der Vergeltung. Ein Victor-Thriller (Kurzgeschichte)

# Unsere Leseempfehlung

416 Seiten
Auch als E-Book
und Hörbuch
erhältlich

Adam Price ist glücklich verheiratet. Doch dann spricht ihn eines Tages ein völlig Fremder an. Ein Fremder, der Dinge weiß über Adams Frau Corinne, die diesen zutiefst erschüttern – und ihn in einen wilden Zwiespalt stürzen: Soll er seine Frau mit dem konfrontieren, was er erfahren hat? Oder soll er schweigen? Dann verschwindet Corinne spurlos. Adam macht sich auf die verzweifelte Suche nach ihr, ohne zu ahnen, dass es um weit mehr geht als eine Familienangelegenheit. Denn er ist längst Teil eines düsteren Komplotts, bei dem eine einfache Wahrheit schnell das Leben kosten kann ...